E. R. EDDISON

EIN FISCHESSEN IN MEMISON

Zweiter Band der Zimiamvischen Trilogie

Ein klassischer Fantasy-Roman

Deutsche Erstveröffentlichung

WILHELM HEYNE VERLAG
MÜNCHEN

HEYNE-BUCH Nr. 06/3907
im Wilhelm Heyne Verlag GmbH & Co. KG, München

Titel der englischen Originalausgabe

A FISH DINNER IN MEMISON

Deutsche Übersetzung von Reinhard Heinz
Das Umschlagbild schuf Karel Thole
Die Illustrationen im Text zeichnete Johann Peterka
Die Karte auf Seite 8/9 zeichnete Johann Peterka
zusammen mit Erhard Ringer

Redaktion: Friedel Wahren

Printed in Germany 1982
Umschlaggestaltung: Atelier Heinrichs & Schütz, München
Gesamtherstellung: Mohndruck Graphische Betriebe GmbH, Gütersloh

ISBN 3-453-30831-X

Inhalt

Meinem Schwiegersohn,
Oberleutnant der R.A.F.
KENNETH HESKETH HIGSON,
der in einem Luftkampf
über Italien seinen vier
Kameraden das Leben auf Kosten
seines eigenen rettete,
WIDME ICH
DIESES BUCH,
das er zweimal gelesen hatte.

Diese göttliche Schönheit ist etwas Augenscheinliches, Unbeständiges, kaum Faßbares und Fremdes in einer materiellen Tatsachenwelt; dennoch ist sie zweifellos individuell und selbstgenügend, und wenn auch vielleicht bald erschöpft, so doch nie wirklich ausgelöscht: denn sie besucht die Zeit und gehört zur Ewigkeit.

George Santayana

χρόνια μὲν τὰ τῶν Θεῶν πξ̃ν, είς τέλος δ 'ούκ ἀσθενή.

Euripides, *Ion,* 1615

. . . denn was, wenn die Erde
nur der Schatten des Himmels wäre und dort,
obzwar einander ähnlich, mehr als auf Erden gedacht würde?

Milton, *Paradise Lost,* V. 571

Ces serments, ces parfums, ses baisers infinis,
Renaîtront-ils d'un gouffre interdit à nos sondes,
Comme montent au ciel les soleils rejeunis
Après s'être lavés au fond des mers profondes?
– O serments! ô parfums! ô baisers infinis!

Baudelaire, *Le Balcon*

ἔλθε μοι καὶ νῦν, χαλεπᾶν δὲ λῦσοω
ἐκ μεριμνᾶν, ὄσσα δέ μοι τελέσσαι
θῦμος ἰμέρρει τέλεσον Σὺ δ 'αΰτα
σύμμαχος ἔσσο.

Sappho, *Ode an Aphrodite*

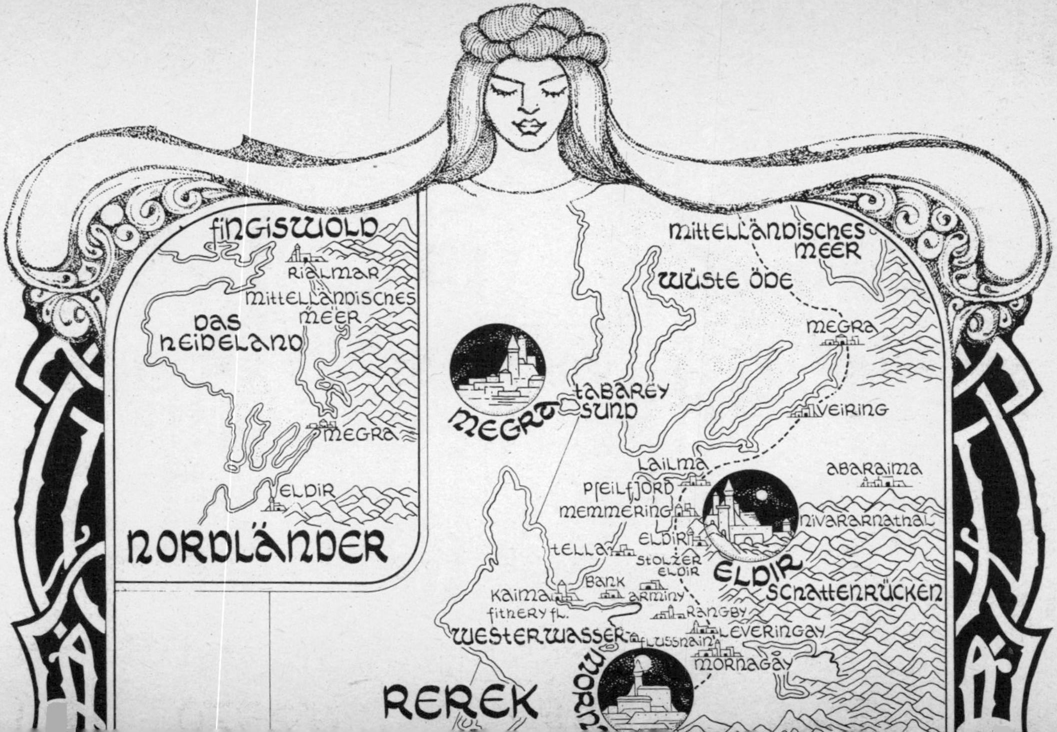
Fingiswold
Rialmar
Mittelländisches Meer
Das Heideland
Megra
Eldir
Nordländer
Mittelländisches Meer
Wüste Öde
Megra
Tabarey Sund
Megra
Veiring
Lailma
Abaraima
Pfeilfjord
Memmering
Nivararnathal
Eldir
Tella
Stolzer Eldir
Eldir
Schattenrücken
Kaima
Bank
Arminy
Fithery Fl.
Rangby
Westerwasser
Flussnain
Leveringay
Mornagay
Rerek

OZEAN
LAIMAK
FORN
HORNSEE
RUMALA
EULENTHAL
LAIMAK
RISTBY
QUESMODISCHE INSELN
ARGYANNA
KUTARMISH
HINTERMESZRIA
KESSAREY
ULBA
KUTARMISH
ILKIS
HURUN-KETTE
ZENNER FL.
RUMALA
FÜNFWEG
SHERMA
SALIMAT P.
ALZULMA
REISMA SEE
PERAZ
MEMISON
MESZRIA
ANINMA
MEMISON
ZAYANA
PAISN
ZAYANA
SPRUNA
SESTOLA
ARMASH
LASHOBA
DIE DREI KÖNIGREICHE

Einführungsbrief

An George Rostrevor Hamilton

Mein lieber George,
Du hast mir bei meinen beiden zimiamvischen Büchern wie Palles Athene – manchmal zu meinem Achilles, manchmal zu meinem Odysseus – beratend, anregend oder zügelnd beigestanden und stets ein so väterlich-brüderliches Auge auf das Thema gehabt, in das wir beide verliebt sind, daß es Dir vor allen anderen zusteht, diesen Brief zu erhalten. Dir, einem Dichter und Philosophen: von mir, der ich weder ein Dichter bin (denn meine Form ist die dramatische Prosaerzählung) noch ein Philosoph. Es sei denn, ein demütiger Weisheitsliebender verdiente diesen Namen, zudem ich mich als Erzähler nicht so sehr mit Dingen befasse, die von dieser Welt sind, sondern mit jenen Dingen dieser Welt, die ich für gegeben halte, weil sie als wertvoll und damit als wirklich hervorstechen.

Die offenen, ›glasklaren‹ Handlungsabläufe meiner Geschichte erstrecken sich über die Jahre von April 1908 bis Oktober 1933; wohingegen der Monat, der sich gleichzeitig in Zimiamvia abspielt (vom Mittsommertag Anno Zayanae Conditiae 775, als der Herzog zum erstenmal seine Dunkle Dame erblickt, bis zum 25. Juli, als seine Mutter, die Herzogin von Memison, jenes besondere Diner veranstaltet), in ausreichendem Maße aufzeigt, wo der Hauptunterschied zwischen Erde und Himmel liegen mag: daß wir hier Sklaven der Zeit sind, dort die Götter aber Herren.

Es gibt keine verborgenen Bedeutungen: keine gewollten Symbole oder Allegorien. Es ist das Gebrechen der Allegorie und Symbolik, das Allgemeine über das Einzelne, das Abstrakte über das Konkrete, die Vorstellung über den Menschen zu stellen. Ich trete für das Gegenteil ein: für mich liegt der Wert des Sonnenuntergangs nicht darin, daß er mir Vorstellungen der Ewigkeit vermittelt; vielmehr gewinnt für mich die Ewigkeit selbst an Wert, weil ich sie (und daneben auch anderes) im Sonnenuntergang und (sagen wir) in der stolzen Blässe von Fiorindas Stirn und Wangen – selbst in Deinem Freund, diesem rohen, grimmigen und löwenhaften Fuchs, dem Vikar von Rerek – gesehen und von ihrer vielfältigen Vollkommenheit gekostet habe.

Persönlichkeit ist ein Geheimnis: ein Geheimnis, das sich verfinstert, wenn wir unsere Fantasie über die Durchdringung der menschlichen Persönlichkeit durch die göttliche und umgekehrt mutmaßen lassen. Vielleicht sind meine drei Liebespaare letztendlich nur ein Paar. Vielleicht entspräche die Behauptung, Lessingham, Barganax und der König (einerseits) und Mary, die Herzogin und Fiorinda (andrerseits) seien nur zwei Personen, jeweils auf drei verschiedenen Bewußtseinsstufen, genauso der Wahrheit wie ihre Bezeichnung als sechs getrennte Personen.

Und es gibt neben diesem Geheimnis der Persönlichkeit andere brennende Fragen. Zum Beispiel: Wer bin ich? Wer bist Du? Woher kamen wir? Wohin gehen wir? Wie kamen wir hierher? Was ist ›hier‹? Waren wir nicht immer ›hier‹, und wenn ja, wo waren wir gewesen? Werden wir eines Tages anderswo hin gehen? Wenn ja, wohin? Wenn nein, und wir dennoch sterben, was ist dann der Tod? Was ist Zeit, und warum? Hatte sie einen Anfang, und wird sie ein Ende haben? Wie die Antwort auf diese beiden letzten Fragen auch lauten mag (das heißt, ob sie einen Anfang hatte: oder ein Ende haben wird), sie ist jeweils nur wahlweise denkbar. Doch sind nicht beide Möglichkeiten genauso undenkbar? Wie steht es mit dem Raum (der uns sehr ähnliche Rätsel aufgibt)? Und weiter, *warum* sind wir hier? Was soll das alles bezwecken? Was meinen die Leute, wenn sie von Ewigkeit, Allmacht, Gott sprechen? Was meinen sie mit dem Wahren, dem Guten, dem Schönen? Beziehen sich diese ›großen und schallenden Wörter‹ auf eine objektive Wahrheit, oder sind sie nur leere Phrasen, die uns selbst und die anderen aufmuntern und beeindrucken sollen: der vage Ausdruck vager Bedürfnisse, Wünsche, Ängste und Gelüste von uns schwachen Kindern des Tages, die wir wenig wissen (und uns noch weniger kümmern) um die gewaltige, blinde, gleichgültige, unverständliche Maschine oder Macht oder Flut oder Nichtigkeit, an deren dunklem Saum unser kurzes Leben für einen Augenblick aufflackert und wieder vergeht?

Und wenn es sich fürwahr so mit uns und unserem Leben und Lieben und all dem verhält, woran wir Anteil nehmen, warum ist dem dann so?

Ach, Liebe! könnten du und ich mit Ihm ersinnen
Wie diese traurige Ordnung entspinnen,

Würden wir sie nicht niederreißen und beginnen,
Sie umzugestalten, eine wünschenswertere zu gewinnen!

Warum nicht? Warum gibt es das Böse auf der Welt?

Solcherart stellen sich nach schneller und oberflächlicher Betrachtung die Probleme des Daseins dar; ›Rätsel der Sphinx‹, die den menschlichen Geist auf die eine oder andere Weise beschäftigten und seit dem Beginn der Geschichte ohne endgültige Antwort blieben und sicherlich so lange ungelöst und unfaßbar bleiben werden, wie es Menschen auf dieser Erde geben wird.

Aber obschon es stimmt, daß (im Gegensatz zu den Fachwissenschaften) in der Philosophie nur geringer Fortschritt gemacht wurde: daß wir heute Plato und Aristoteles nicht im gleichen Sinne verdrängt haben, wie die moderne Medizin Hippokrates und Galenus abgelöst hat: so wurde dennoch auf der negativen Seite und insbesondere in der Metaphysik ein klarer Fortschritt erreicht.

Descartes' *Cogito ergo sum* (»Ich denke, daher existiere ich«) wurde nicht kritisiert, weil seine Annahmen zu bescheiden sind, sondern weil sie zu weitläufig sind. Logisch betrachtet, läßt es sich auf *cogito* reduzieren, und selbst das enthält nicht den Beweis für ein existierendes ›Ich‹. Mit anderen Worten, das momentane tatsächliche Bewußtsein ist die einzige Realität, die, logisch betrachtet, nicht bezweifelt werden kann; denn das Bezweifeln an sich, immerhin ein bewußter Akt, beweist allein schon die Existenz dessen, was der Gegenstand des Zweifels wäre.

Bewußtsein ist somit die grundlegende Realität, und alle metaphysischen Systeme oder Dogmen, die sich auf ein anderes Fundament gründen, sind erwiesenermaßen phantastisch. Insbesondere alle mehr oder weniger materialistischen Philosophien sind phantastisch.

Doch weil erwiesenermaßen phantastisch, sind sie deshalb nicht gleich erwiesenermaßen falsch. Keine Vernunft kann uns zum Beispiel dazu bringen einzugestehen, daß eine äußere Substanz namens ›Materie‹ vor unserem Bewußtsein steht oder ihm unterworfen ist; ebensowenig jedoch könnten wir die *Möglichkeit* einer solchen Ordnung ablehnen. Denn logisch betrachtet, ist sowohl die Ablehnung als auch die Geltendmachung unzulässig, stehen wir den Grundproblemen des Daseins außerhalb des engen Bewußtseinsmoments gegenüber; mehr bleibt uns nach der cartesianischen Analyse sicherlich nicht. Descartes, das stimmt, beließ es nicht dabei. Doch hatte er den Weg bereitet für Hume und Kant; diese zeigten, kurz gesagt, daß jede Annahme, die er oder ein anderer Metaphysiker wie ein Kaninchen aus dem Zylinder zögen, zuvor in den Zylinder gebracht werden müßte, ehe man sie von dort herausholen könnte. Anders ausgedrückt, führt die auf diese Probleme angewandte wissenschaftliche Methode, schält man ihre logischen Folgerungen heraus, zu einem Agnostizismus, der alle Erfahrung umfassen muß, wie es bei Pyrrhon der Fall war, und nicht willkürlich vor ausgewählten Grenzen halt machen darf, wie dies der Agnostizismus des neunzehnten Jahrhunderts praktiziert. Er führt somit zu einem Standpunkt vollkommener und stummer Skepsis.

Halten wir diesen Schluß für eine *reductio ad absurdum*, und suchen wir dennoch nach einem Prüfstein für das Falsche und Wahre, müssen wir anderswo als in der reinen Vernunft suchen. Das heißt (wobei wir uns in unserer Argumentation beschränken auf ernsthafte Standpunkte der Spekulation über die Grundprobleme des Daseins), wir müssen an dieser Stelle den wissenschaftlichen Standpunkt verlassen und den des Dichters übernehmen. Unter dem Standpunkt des Dichters verstehe ich jene Haltung, die besagt, Grundwahrheiten seien, falls überhaupt, nur auf unmittelbare Weise zu erhalten: nicht durch vernunftmäßiges Folgern, sondern durch Schauung.

Wie soll demzufolge der Dichter vorgehen auf seiner gefahrvollen Reise zwischen Szylla und Charybdis, welche die cartesianisch-kantianische Kritik offenlegte – das dumme Unvermögen reiner Vernunft einerseits und andererseits ein Wirrwarr ungeordneter Phantasie, durch den die Vernunft aus sich heraus keinen Weg zu finden vermag, da der Vernunft (in diesen Problemen) »alle Dinge möglich sind« und keine Phantasie wahrscheinlicher als eine andere ist?

Die Vernunft erreichte, wie wir sahen, einen bestimmten unbedeutenden, aber unerschütterlichen Grundstein vermittels einer auf Glaubwürdigkeit beruhenden Kritik: sie beseitigte ein großes Zuviel an unbegründeten Systemen und Dogmen, indem sie sich aller anzweifelbaren Meinungen entledigte. Kann es demzufolge nicht möglich sein, in dem Chaos der Phantasie einen bestimmten Grundstein zu erreichen, indem man sich einer Kritik bedient, die nicht auf Glaubwürdigkeit, sondern auf *Wert* beruht?

Kein bewußtes Wesen, so können wir annehmen, ist wunschlos; und wenn bestimmte Philosophien und Religionen als Ideal der Errettung und Seligkeit einen Zustand der Wunschlosigkeit aufgestellt haben, der sich durch jedes Verlangen abtötende Enthaltsamkeit erreichen läßt, so bedeutet das weiter nichts, als daß diese Systeme tatsächlich eine Kritik nach Werten durchgeführt haben, um alle geringeren Werte zu stürzen; übrig bleibt somit nur dieser Gnadenzustand, der (ungeachtet ihrer Verwerfung allen Verlangens) als das einzig Wünschenswerte (in ihrer Vorstellung zumindest) besteht. Allgemein läßt sich sagen, daß nie eine Religion, Philosophie, Weltanschauung oder Betrachtung des menschlichen Lebens und seiner Bestimmung formuliert wurde, ohne ausdrücklich oder stillschweigend eine Beteuerung darüber zu enthalten, was – oder was nicht – wünschenswert sei: und es ist dieser niemals erreichte, doch stets angestrebte Stern, der durch alle große Dichtung scheint, durch alle große Musik, Malerei, Baukunst, durch alle Menschenwerke, Großtaten, Liebe, Spekulation, Ausdauer, Unternehmung und Pracht »der Erde und des weiten Himmelszeltes« – vom Anbeginn der Zeiten. Und es ist dieser Stern (wenn er manchmal hindurchscheint), der die göttliche Vollkommenheit einem winzigen Lebewesen, einem durch die tiefstehende Sonne wie von innen heraus erleuchteten Dolomitfelsen, einem weiblichen Augenpaar verleiht.

Also ist dieses, wie immer wir es nennen wollen – dieses eine Wünschenswerte, nicht als Mittel, das uns etwas anderes erschließt, sei es gut oder schlecht, hoch oder niedrig (wie Essen als Nahrung wünschenswert ist; Geld als Machtmittel; Macht als Möglichkeit einer Gewaltherrschaft über andere oder als Möglichkeit, zu ihrem Besten zu wirken; hohes Alter als ein Mittel, Großes zu leisten oder seine Erben zu betrügen; Urteilskraft, um geschäftlich erfolgreich zu sein; Ausschweifungen um der »angeblichen Wonnen« willen; Wind in den Bergen zur Inspiration; Mäßigkeit für ein feines und ausgewogenes Leben), sondern in sich allein – also ist dieses offenbar der einzige grundlegende und unendliche *Wert*. Durch ein Verfahren ähnlich jenem von Descartes, der alles andere anzweifelte und durch Ausklammerung schließlich etwas Unbezweifelbares fand, haben wir alles zurückgewiesen, dessen Wünschenswertheit von seinem Nutzen als Werkzeug für weiterreichende Ziele abhängt und etwas in sich selbst Wünschenswertes entdeckt. Was es konkret im einzelnen darstellt, ist eine Frage, auf die es so vielfältige Antworten gibt, wie Denkende sie formulieren können. (»Im Hause meines Vaters gibt es viele Wohnungen.«) Aber ihr Vorhandensein zu leugnen, obschon es kein in sich selbst widersprüchlicher, der Vernunft augenfälliger Irrtum ist (wie die Leugnung des Cartesianischen *cogito*), wäre gleichbedeutend mit einer Beteuerung völliger Nichtigkeit und Wertlosigkeit des ganzen Seins und Werdens.

Es ist unanfechtbar, daß eine völlig skeptische und nihilistische Einstellung hinsichtlich der objektiven Wahrheit und des objektiven Wertes logischerweise unwiderlegbar ist. Doch da logischerweise jemand, der diese Einstellung annimmt, sprachlos bleiben muß (denn nichts kann, *ex hypothesi*, beteuert werden, noch ist jemand vorhanden, der Beteuerung zu lauschen), sich nichts wünschen darf (denn es gibt nichts Wünschenswertes) und nichts tut (denn nichts ist tuenswert), so »ist der Rest Stille«.

Verfolgen wir die andere Annahme weiter – das heißt, die Tatsache des Bewußtseins als unsere grundlegende Realität und dieses undefinierte, aber nicht ausklammerbare »eine Wünschenswerte« anzuerkennen als unseren Grundwert –, so haben wir freie Hand, über die metaphysischen Grundprobleme zu spekulieren, wobei wir uns als Forschungshilfe unseres Verstandes allgemein bedienen, der (aber nicht ausschließlich) aus der analytischen Vernunft besteht. Solche Spekulation habe ich mangels eines besseren Wortes *poetisch* genannt. Man könnte sie (unter einem gewissen Risiko des Mißverstandenwerdens) ebenso die dem Wahnsinnigen oder dem Liebenden eigene Art der Spekulation bezeichnen, denn:

Der Wahnsinnige, der Liebende und der Dichter
Haben eine fest miteinander verwachsene Phantasie.

Drei weitreichende Gedanken werden hier berührt:

1. Es scheint nicht notwendig, eine Vielfalt von Grundwerten zu fordern. Das Wahre, Schöne, Gute werden häufig als solche postuliert. Der Wahrheitsanspruch kann jedoch kaum einer Prüfung standhalten. Einerseits sind die empirischen Wahrheiten der Wissenschaft oder die abstrakten Wahrheiten der Mathematik entweder ›Werte‹ als Mittel zur Macht oder ›Werte‹, weil sie offenbar irgendwie etwas Richtiges oder Vollkommenes darstellen: eine Art Vollkommenheit besitzen, die ihren Wert offenbar einer Art Schönheit verdankt. Andererseits kann die Wahrheit,

sieht man sie abstrakt (als neutrales Urteil: »Was, was ist, ist«), keinerlei Wert haben: sie wird nur wertvoll, insofern »das, was ist« in sich selbst wünschenswert ist, und nicht lediglich dank seines Wahrheitsgehalts. Wenn Schopenhauers *Die Welt als Wille und Vorstellung* eine Erklärung der Wahrheit ist, so hat die Wahrheit im Grunde einen negativen Wert, und wir können gern auf sie verzichten (außer als Mittel zur Macht etc.). Wahrheit ist also nur dann ein Grundwert, wenn sie gut ist. Aber ›gut‹ ist wiederum doppelsinnig, denn es bedeutet a) gut im Sinne von wünschenswert und b) moralisch gut. In der ersten Bedeutung wäre es sicherlich eine Tautologie, vom ›Guten‹ im Unterschied zum ›Schönen‹ zu sprechen; in der zweiten Bedeutung ist es umstritten (und meines Erachtens angebracht), daß Handlungen nur insofern moralisch ›gut‹ sind, wie sie im Endeffekt das ›Schöne‹ schaffen, fördern oder schützen. Die Dreieinigkeit der sogenannten Grundwerte ist somit reduziert auf einen.

2. Keine vernünftige Werttheorie wird im Grunde mit den Gegebenheiten dieser Welt, wie wir sie ›hier und jetzt‹ kennen, in Einklang stehen. Aber der Grundwert ist, wie wir gesehen haben, einer der ›Grundsteine‹: nicht so diese Welt, die wir nur empirisch und als bestimmte Phase unseres anderen ›Grundsteins‹ (des Bewußtseins nämlich) erfahren. Demnach ist die Probe für eine metaphysische Anschauung nicht, daß sie mit der Welt, wie wir sie kennen, in Einklang steht, sondern mit dem Grundwert übereinstimmt. (Vgl. Vandermasts Worte in *Der Herrin Zimiamvias,* Kapitel XVIII: ». . . ohne zu vergessen, daß in dieser überweltlichen Wissenschaft von den Göttern die Bestimmung des *Seienden* unwiderlegbar aus dem zu folgern ist, was sein *sollte.*«)

3. Konkrete Realität, ob als Bewußtsein oder als Wert, verfügt über zwei Aspekte, die tatsächlich nicht getrennt oder trennbar sind: das Eine und das Viele: das Universale und das Einzelne: das Ewige und das Zeitliche: das Unwandelbare und das Wandelbare. Aufgrund der Untrennbarkeit dieser Seinsweisen ist es müßig, das Schöne, Wahre, Gute gesondert von ihren einzelnen Erscheinungsformen als etwas Abstraktes anzustreben, wie es (auch umgekehrt) genauso müßig ist, die Einzelheiten isolieren zu wollen. Das Viele ist nur als Erscheinung des Einen zu verstehen: das Eine nur als im Vielen verkörpert. Abstrakte Aussagen, wie sie unsere Aufmerksamkeit in den vorausgegangenen Seiten in Anspruch nahmen, können somit in keinem näheren Bezug zu den konkreten Wahrheiten stehen, die sie beschreiben, wie (zum

Beispiel) das Längen- und Breitengradsystem zum festen Erdball, auf dem wir leben.

Nur unter diesen Bedingungen (als Erklärung unserer ›Längen- und Breitengrade‹) kann man somit in wenigen Zeilen zusammenfassen, welche Konzeption den Büchern *Die Herrin Zimiamvias* und *Ein Fischessen in Memison* zugrunde liegt.

In dieser Konzeption ruht die Grundrealität in einem Maskulin-Feminin-Dualismus, in dem die alte Dreieinigkeit des Wahren, Schönen, Guten ausgedehnt ist auf alles Sein und Werden; wobei Wahrheit besteht aus »jener unendlichen und allmächtigen Liebe, die unendliche und vollkommene Schönheit erschafft, erhält und genießt«: *(Infinitus Amor potestate infinitâ Pulchritudinem infinitam in infinitâ perfectione creatur et conservatur.)* Liebe und Schönheit sind in dieser Zweiheit ebenbürtig und gleich immerwährend; und das Maskulinum Liebe verdankt durch einen heftigen Selbstwiderspruch das Sein dieser ohnmächtigen Vollkommenheit, die ihm ausgeliefert ist, die es verehrt und der es unterworfen ist, während das Femininum Schönheit (durch einen ähnlichen Selbstwiderspruch) herrscht über die Allmacht selbst, die es erschuf und die ihm zugleich allein Schutz und Gewähr ist.

Die Grundrealität muß, wie oben dargelegt, konkret sein; und eine unendliche Macht, die einen unendlichen Wert schafft und sich an ihm erfreut, kann nicht zusammengepfercht oder erstarrt sein zu einer einzigen Erscheinungsform. Im Gegenteil, sie muß in der Lage sein, sich in verschiedenen Momenten verschiedenen Köpfen in einer unendlichen Vielzahl von Aspekten darzustellen; und jeder einzelne dieser Aspekte muß wahr und (paradoxerweise) vollständig sein, obschon keine abstrakte Aussage, wie wohlbegründet sie auch sei, entweder vollständig oder wahr sein kann. Dieser vielgestaltige Charakter der Wahrheit ist eine philosophische Rechtfertigung für religiöse Toleranz; denn es ist beinahe undenkbar, daß die in der Vielfalt konkreter Wirklichkeit dargestellte Wahrheit sich zwei Denkenden identisch darbieten sollte. Kirchen, Glaubensbekenntnisse, Denkschulen oder philosophische Systeme sind zweckdienlich, nützlich oder nachteilig, was von Fall zu Fall verschieden ist. Aber der Grundvision, die Wirklichkeit von ›Fleisch und Blut‹ hinter diesen Symbolen oder Formeln, ist für diese wie zum lebenden Körper das Gewand, das die körperliche Vollkommenheit verhüllt, verschleiert, andeutet oder schmückt.

Dieses ›Fleisch und Blut‹, soweit es sich in *Der Herrin Zimiamvias* abzeichnet und im *Fischessen* weiter definiert wird, zeigt also diesen Grunddualismus als bestehend aus den zwei Höchsten Wesen, dem göttlichen, vollkommenen und ewigen Er und Sie, *Zeus* und *Aphrodite*, »wirklicher als die Lebenden«. Alle Männer und Frauen, alle Lebewesen, die ganze materielle und geistige Erscheinungswelt, selbst die Seinsformen – Zeit, Raum, Ewigkeit – bestehen und leben in und aus diesen Zweien, und weil es *ihnen* gefällt, und haben teil (jede einzelne Seele, möchten wir meinen, mehr oder weniger) an *ihrer* göttlichen Natur. »Der Herr hat mich schon gehabt im Anfang seiner Wege, ehe er etwas schuf, von Anbeginn her. Ich bin eingesetzt von Ewigkeit her, im Anfang, ehe die Erde war ... Als er die Himmel bereitete, war ich da, als er den Kreis zog über den Fluten der Tiefe, als er die Wolken droben mächtig machte, als er stark machte die Quellen der Tiefe, als er dem Meer seine Grenzen setzte und den Wassern, daß sie nicht überschreiten seinen Befehl; als er die Grundfesten der Erde legte, da war ich als sein Liebling bei ihm; ich war seine Lust täglich und spielte vor ihm allezeit ... Wer mich findet, der findet das Leben und erlangt Wohlgefallen vom Herrn. Wer aber mich verfehlt, zerstört sein Leben; alle, die mich hassen, lieben den Tod.« (Sprüche 8, dort von der *Weisheit* gesprochen; aber es trifft eher für weniger weltliche Dinge zu. Denn Weisheit kann niemals ein Grundwert sein, sondern nur ein Mittel zu etwas, das über ihr selbst liegt, das heißt eine Richtschnur des Handelns; wohingegen *sie* [l'inutile Beauté] kein Mittel, sondern das Ziel und die Herrin allen Handelns ist, das einzige für *sie* allein Wünschenswerte, *causa immanens* der Welt und des Seins und des Werdens selbst: »Ehe der Tag war, bin ich *sie*.«)

Zugegeben, die weltliche Erfahrung steht dem im allgemeinen entgegen: sie liefert geringen Beweis für eine allmächtige Liebe, aber starken Beweis für schwaches, unstetes, törichtes Lieben: für gewaltigen Haß, für Schmerz, Furcht, Grausamkeit. »Tout passe, tout casse, tout lasse.« – »Gebrechen, Leiden, Tod, sind aller Sterblichen Not.« – »Und Sklave gut in Dienst beim Herren schlecht.« Diese und all die Anklagen von Shakespeares 66. Sonett* treffen für diese »nichtige Welt« zu, und das schon seit jeher. Diese Welt war bestenfalls schon immer eine gute und böse;

* Anm. d. Übers.: hier zitiert nach der Übersetzung von Stefan George

ist bestenfalls eine Welt in beständigem Wechsel, wobei die Wandlungen einander insgesamt ausgleichen.

Aber in dieser Unvollkommenheit weltlicher Erfahrung finden wir uns (auf dem Felsen des Dualismus Zeus-Aphrodite stehend) dem Problem des Bösen gegenüber; und dem Bösen weniger Zugeständnisse einzuräumen als der Realität, ist die einzige Lösung, die wir (auf diesem Felsen stehend) akzeptieren können. Lahme Entschuldigungen für das Unvermögen, die Ungeschicktheit, Fahrlässigkeit, Gefühllosigkeit oder schlichte Niedertracht des Allmächtigen Gottes, worauf alle anderen Lösungen des Problems zurückfallen, sind unvereinbar mit der Allmacht der Liebe, die man in ihrem Wirken wohl kaum mit den Attributen eines Idioten oder Teufels versehen kann. (Zweifelsohne könnte man behaupten, die Liebe sei *nicht* allmächtig, sondern irgendeiner dunklen *Αωάγκη* oder Notwendigkeit, selbst für einen Gott bindend, unterworfen. Es ist offensichtlich, daß hierfür weder Beweise noch Gegenbeweise gefunden werden können, aber es ist einfach unvereinbar mit meiner Überzeugung. Denn das bedeutete, wäre dem wirklich so, daß das Schema tatsächlich im Kern faul wäre.)

Sub specie aeternitatis, im Lichte der Ewigkeit, ist diese Welt also nur zu verstehen, wenn man annimmt, daß ihre Wirklichkeit keine endgültige, sondern eine partielle Wirklichkeit ist. Zwei alternative Hypothesen dafür bieten sich an:

1. als etwas, das im *Entstehen* begriffen ist, in zukünftigen Äonen vollendet sein wird;
2. als ein Werkzeug von *ἄσκησις*, ein Übungsplatz oder Ort der Bewährung.

Beide Hypothesen sind jedoch mit Ungereimtheiten behaftet: 1. Warum muß die Allmacht das Eintreten zukünftiger Äonen abwarten? warum überhaupt Unvollkommenheiten haben? 2. (Die gleiche Ungereimtheit unter einem anderen Gesichtspunkt;) wenn Vollkommenheit machbar wäre – und was wäre für die Allmacht nicht machbar? –, warum muß die Allmacht dann Stätten der Übung oder Bewährung einrichten?

Somit bleibt uns nichts anderes übrig als wieder die Frage zu stellen: Wenn Illusion *warum dann diese Illusion?*

Darauf läßt sich wohl keine klare Antwort finden; und (wegen mangelnder Erfahrung) kein sicherer Test für den Wahrheitsgehalt irgendeiner bestimmten Erfahrung. Diese Welt muß man durchleben, und der beste Weg, sie zu durchleben, ist eine Frage der *Ethik*: der Wissenschaft vom guten Handeln. Eine ›gute‹ Handlung ist eine Liebeshandlung, das heißt (wie oben dargelegt) eine Handlung, die der *Schönheit* dient. Der ›gute‹ Mensch vollbringt in seinem Handeln, soweit sein Handeln gut ist und soweit es in seiner Macht liegt, somit das, was auch das göttliche ewige Maskulinum tut: *sie*, das göttliche ewige Femininum zu erschaffen, zu fördern, zu verehren, zu genießen und zu lieben. Ergänzt man dies, so vollbringt die ›gute‹ Frau in ihrem Handeln, soweit sie das vermag, was auch das göttliche ewige Femininum tut: sie vollendet und bildet in ihrer Einzigartigkeit nämlich, durch und in ihrem Handeln und durch und in ihrer Passivität »alles, was wünschenswert war, ist und sein wird, sei es im Himmel oder auf Erden.« Also ist das, auf das Handeln bezogen »Alles, was ihr auf Erden wißt, und alles, was ihr zu wissen braucht.«

Aber der Mensch ist nicht nur *πράκτικος*, sondern auch *δεωρήτικος* – nicht nur ein aufs Handeln beschränkter, sondern auch ein Denkender –, und die unbeantworteten Fragen im dritten Absatz vor diesem bleiben offen. Gibt es vielleicht eine Antwort auf beide? daß nämlich keine *Notwendigkeit* für diesen eigentümlichen und (für uns) unliebsamen Stand der Dinge besteht, sondern diese Umstände – im Augenblick – einfach amüsant sind?

Daß sie alles andere als *amüsant* sind für uns, hier und jetzt – daß sie tagtäglich das eine oder andere ihrer hilflosen Opfer peinigen und quälen, daß schon der Gedanke daran für einen Menschen unerträglich ist –, liegt vielleicht daran, daß wir im Grunde unseres Herzens nicht an unsere eigene Unsterblichkeit und die Unsterblichkeit unserer Lieben glauben. Wenn für Dich und mich als Individuen diese Welt alles ist, dann bedeutet vieles im einzelnen (und der große Weltplan insgesamt) sicherlich nichts Amüsantes. Denkt man aber in den Bahnen eines mohammedanischen Fanatikers, eines Thugs* eines christlichen Märtyrers, wäre es so nicht vorstellbar, daß (vielleicht wenn akute körperliche Qualen fehlen) die »Schlingen und Pfeile des wütenden Schicksals« nicht schmerzhafter als die vorgestellten Schrecken eines tragischen Dramas wären und mit dem gleichen Losgelöstsein erlebt und erfahren werden könnten? Der Tod seiner Näch-

* Anm. d. Übers.: Thug od. Würger: Mitglied einer geheimen Mordbande in Nordindien

sten und Liebsten zum Beispiel wäre nur eine tiefergehende Erfahrung, könnte man (ohne Zweifel und mit jener Unmittelbarkeit, die Sinneswahrnehmungen zu eigen ist) glauben und überzeugt sein, daß es keinen Tod *gibt*, nur das Sterben des Körpers in diesem unbeständigen und unbefriedigenden Leben; daß die Wahrheit tatsächlich in dieser ewigen Dualität ruht, wobei der *eine* Wert von der *einen* Macht geschaffen und erhalten wird; daß die Wahrheit nicht abstrakt und körperlos ist, sondern konkret in der ganzen vorstellbaren Vielfalt der Seele und Sinne; daß die Trennung somit nur vorübergehend ist; und zuletzt, daß die gesamte Geschichte der Menschheit und der wissenschaftlich erfaßte materielle Kosmos nichts weiter sind als Trivialitäten – belanglose Episoden, die wohl erfunden und dann wieder abgetan wurden, wie wir selbst etwa bei der Unterhaltung nach Tisch eine Theorie des Universums aufstellen und kurz darauf wieder verwerfen.

So stellt sich die Frage, warum nicht den Freitod als Ausweg wählen? Ist das nicht der logische Schluß aus einer solchen weltfremden Philosophie? Gewiß muß die Antwort lauten, daß Handeln Schönheit in sich birgt (wie schon die Nordländer wußten) und daß Selbstmord nur selten eine edle Tat darstellt. Sofern wir nicht an der Stelle Othellos oder Kleopatras stehen, ist Selbstmord ein niedriger Akt und *ihr* (als solcher) wenig gefällig. Je mehr wir *ihrer* gewiß sind, je unwahrscheinlicher ist es, daß wir in Verzweiflung jenen dunklen Schritt tun, der (zwar kein Akt der Feigheit, wie allgemein behauptet: wenn freiwillig ausgeführt, erfordert er großen Mut) im Grunde ein Sich-drückenwollen vor dem Spiel ist, das *sie* uns vorgibt. Und dieses Spiel (das keiner in Frage stellen wird, der unserer »golden thronenden, himmlischen Aphrodite, listenersinnenden Tochter des Zeus« in die Augen gesehen hat) müssen wir spielen, um *ihr* zu gefallen, »streng nach seinen Regeln.«

Dieses Buch kann man sowohl vor als auch nach *Der Herrin Zimiamvias* lesen. Die Hauptpersonen erscheinen in beiden Büchern, aber jedes ist ein selbständiges, in sich geschlossenes Werk.

Herzlichst Dein

E.R.E.

Dark Lane
Marlborough
Wiltshire
29. Juli 1940

Ein Fischessen in Memison

HAUPTPERSONEN

DER KÖNIG

BARGANAX,
Herzog von Zayana

EDWARD LESSINGHAM

LADY MARY LESSINGHAM

DIE HERZOGIN VON MEMISON

FIORINDA

KAPITEL I

Aphrodite in Verona

»Ça m'amuse.« Die bedächtigen Worte, bedächtig langsam von einer reizenden, trägen Stimme ausgesprochen, schienen die Nacht – nein, die Zeit selbst – zu durchdringen und eine jähe Kluft aufzutun; wie wenn dieses blanke, pfeilscharfe dreigestrichene E, hoch auf der ersten Violine, tief auf dem Cello, plötzlich die verzauberte Stille im Andante des dritten Rasoumoffskij-Quartett zerreißt. Ein wirklich seltsames Klangspiel in einer Frauenstimme; daß es vermag, durch einen zufällig erlauschten Ausspruch die Gedanken von ihrer Reise in diesem Boot zwischen unsichtbaren Ufern zurückzuholen: sie zu haschen und überzusetzen in einen sicheren Stand hoch in den Gipfeln archäischer Berge; wo man sich wie nach dem Erwachen den Schlaf aus den Augen reibt und eigentlich die wahre Natur vom Lauf der Dinge müßte unterscheiden können. Und hier, heute abend, in Verona . . .

Lessingham blickte um und sah gerade noch, wie sie halb spöttisch, halb lauschend den Kopf geneigt hielt, als ihre Lippen sich nach der nachtönenden letzten Silbe dieses insgeheimen »M'amuse« schlossen. Der Ausspruch, das lag auf der Hand, war an niemanden gerichtet gewesen, denn sie saß allein am Tisch: bestimmt nicht an ihn: nicht einmal (sonderbarerweise) an sie selbst: vielleicht an die samtbusige Nacht, von Schwester zu Schwester: an die Fledermäuse, die unachtsamen Sterne, diesen Trubel des latinischen Nachtlebens; weiße Tischchen mit Kaffee, Vino rosso und Vino bianco, Karaffe und Weinglas, die Musik und das Geplauder; die Ringe des Zigarren- und Zigarettenrauches, die aufstiegen und sich auflösten und vermischten mit dem frühlingshaften Blütenduft von den Rabatten in der Mitte der Piazza und dem von den Frauen ausströmenden Wohlgeruch, einem Aroma mit einer exotischeren, anregenderen Würze. Über allem thronte der gewaltige Rundbau des Diokletianischen Amphitheaters, tief vom Zahn der Zeit geprägt, einsam im Schein der elektrischen Bogenlichtlampen. In Lessinghams Hand, die auf dem Tisch ruhte, erkaltete die Glut der Zigarre. In diese Ruhe schienen sich all diese Dinge – Amphitheater, elektrisches Licht, das Alte und Neue, die einfache Lebenskunst, die Nacht mit ihrem Fledermausgeflatter, die Schwärze der Dunkelheit – zu drängen und, mit der langsam aufwallenden Macht ihres Anstiegs, nach einem zeitlosen Augenblick zu greifen, den sie darstellte; und der so unveränderlich wirkte, während darunter das Leben und die Stunden ungreifbar abliefen, ungreifbar wie der hinabstürzende Sprühnebel, wenn Wasser von großer Höhe fällt . . . *Ça m'amuse.*

Dann, genau wie im Andante das nachfolgende profane Erbeben der Arpeggios, so schien auch die Zeit wieder ins Gleichgewicht zu kommen: den Atem anzuhalten: ihren unerklärlichen, unfaßbaren, unabänderlichen Lauf zu nehmen. Unerklärlich, doch bei diesem Echo aufgehellt: ungreifbar, doch (in diesem Moment) gnädigerweise beispiellos in Reichweite gerückt: nicht rückgängig zu machen, doch plötzlich zugestandenermaßen der Rückgängigmachung vielleicht nicht mehr wert. Sie blickte auf, und ihre Blicke begegneten sich.

»Vous parlez français, Madame?«

»O, depende dello soggetto: depende con cui si parla. Mit einem Engländer Englisch.«

»Gemischt mit Italienisch?«

»Wenn es an jemanden gerichtet ist, der genauso gemischt ist. Oder habe ich falsch geraten?«

Lessingham lächelte und erwiderte: »Ein dubioses Kompliment, Signora. Sagt man nicht: ›Inglese Italianato e Diavolo incarnato‹? Aber zurück zum Thema«, sagte er. »Wenn die Signora mir eine Frage erlauben wollen: Gibt es denn einen bestimmten Anlaß, sich zu amüsieren, auf französisch?«

»Einfach so – vielleicht. Nein. Aber *darüber* – ja.«

»Und *worüber*?«

Ihre Hand, in einem karminroten Handschuh, auf der bis jetzt ihre Wange geruht hatte, beschrieb, die Handfläche nach oben, einen kleinen Halbkreis, eine alles höhnende Geste. »Es steckt etwas Logisches: eine gewisse Präzision im Französischen, was für diese Sache sehr passend ist. Der Respekt gebietet, es französisch auszudrücken: es ist die einzige Sprache.«

»Auch im Lateinischen steckt viel Präzision.«

»O gewiß: so auch in einer Dampfwalze: aber keine Spur von *Seele*. Il faut de l'esprit pour savourer nettement cette affaire-là«; und wieder gab sie mit der Hand einen feinen Wink: »diese Welt, wie ein Räderwerk, dieses Possenspiel, aufgeführt von der Zeit und der endlosen Kette von Ursache und Wirkung. Die Zeit, wenn man überlegt«, sagte sie, »arbeitet mit einer so genialen Einfachheit: mit einer so perfekten Mechanik. Wie eine Uhr. Angenommen, Sie wären Gott: sie bräuchten sie nur aufzuziehen, und sie liefe eifrig weiter: kein Problem.«

»So lange«, sagte Lessingham, »bis man sie wieder aufziehen müßte?«

Die Dame zuckte die Achsel.

»Signora«, sagte er, »erinnern Sie sich an M. d'Anquetil, an dieses erfreulich freimütige Abendessen in *La Rôtisserie de la Reine Pédauque?* ›Je vous confierai que je ne crois pas en Dieu.‹«

»Gestatten Sie mir, Sir«, sagte sie, »das Zitat aus diesem unterhaltsamen Buch weiterzuführen: ›Pour le coup, dit l'abbé, je vous blâme, monsieur.‹ Und doch bin ich froh; denn es ist wirklich eine bedauernswerte Charakterschwäche in einem jungen Mann, wenn er an Gott glaubt. Aber angenommen, Sir, Sie wären tatsächlich mit – soll ich sagen?– dieser Befugnis betraut: würden Sie sie wieder aufziehen?«

Er zögerte mit der Antwort, wie gebannt von ihrem Blick: von der Passivität ihrer Lippen, die waren wie die alles überkommende Stille des Himmels, der des Morgengrauens harrt, oder wie die Stille der unendlich gekräuselten See, die nach Sonnenuntergang der Dunkelheit harrt: eine Gewißheit, wie einer Kraft eigen, die so sehr die Allmacht übertrifft, daß sie lediglich in ihrem passiven Dasein fortfahren muß, um die Allmacht vor ihre Räder zu spannen.

Wie die ellipsischen, weiten Kreise, die ein Mauersegler zwischen Himmel und Erde zieht, hinab und herum und wieder hinauf, so flog der beschwingte Augenblick auf und davon: nun zwanzig Jahre zurück in seine früheste Kindheit, zu einem Juniabend auf den Tennisplatz des alten Gutshauses, wo er als jüngster von sieben Geschwistern einer Grenzlandfamilie zwischen dem Solway und den Bergen Cumberlands zur Welt gekommen war: Kirchenglocken, lange Schatten, Sharon-Rosen mit ihrem schweren Blütenduft: Eton: dann, mit achtzehn (das lag nun fast acht Jahre zurück) Heidelberg und der unglückliche Zwischenfall, der sein Studium dort abgekürzt hatte. Dann seine Pariser Jahre, die Sorbonne, das besessene Schaffen in den Ateliers von Montmartre, das ein Ende fand, als er sich mit jenem widerwärtigen jüdischen Musiker ein Messerduell lieferte, weil der unerfahrene Lessingham in der Leidenschaft und Donquichotterie seiner Jugend dessen spanische Geliebte unter Schutz genommen hatte. Und dann, nachdem er ganz knapp seiner Verhaftung entgangen war, in die Provence und zu seiner Amaryllis von Estremadura: ihre Trennung in beiderseitigem Einvernehmen nach wenigen Wochen, und sein Entschluß (weil seine Geldmittel erschöpft waren, und falls man ihm, sollte sein früherer Gegenspieler sterben, der nun wieder im Krankenhaus lag, dies zur Last legen würde) unter falschem Namen der Fremdenlegion beizutreten. Seine Desertion nach einigen Monaten, ernüchtert durch eine solche Schule, aber erfreut über die Machterfahrung, die er durch sie gemacht hatte, und seine Flucht über Marokko nach Ägypten. Die Ankunft mit leeren Taschen in der britischen Botschaft: die Nachricht, daß sein Vater, erzürnt über dieses Verhalten, die Gelder an ihn gestrichen und ihn enterbt hatte. Als nächstes seine Arbeit auf einem P&O-Dampfer, um sich die Heimreise zu verdienen: an seinem einundzwanzigsten Geburtstag, dem vierundzwanzigsten November 1903, das Eintreffen in Tilbury und (durch Vermittlung seiner Mutter, dieser königlichen Frau, die eintrat für Freundschaft und feste leibliche Bande) die Versöhnung mit dem Vater noch vor Weihnachten; und so ein Jahr in England, als sein eigener Herr und mit genügend Geld, um unabhängig zu sein, denn dazu ist Geld ja gut: selbsttätig zu arbeiten und seinem Besitzer ein freies Leben zu sichern. Dann Richtung Osten, hauptsächlich Indien: zum Erkunden des Landes und Bergsteigen ein halbes Jahr im östlichen Himalaya und Karakorum. Die Heimreise, gegen den dringenden Rat der Behörden, durch Afghanistan und Persien, unter vielen Gefahren: dann fast das ganze Jahr 1906 in Griechenland, wo er im Sattel die Landschaften, im Segelboot die Inselwelt erforschte, und sein Studienaufenthalt in Athen. Dann – der neunzehnte Dezember 1906. Vor einem Jahr und vier Monaten.

Der neunzehnte Dezember: Beteigeuze, sein besonderer Stern, um Mitternacht im Höchststand. Der Anfang: Dinner bei seiner Schwester Anne, und danach mit ihren Gästen zu jenem historischen Ball in der spanischen Botschaft. Eine kuriose Komposition, das Thema *pianissimo,* auf gedämpften Saiten, anzustimmen, wie es der Fall war; unhörbar beim hellen Klang der Trompeten. Seltsam, der Gedanke daran: gegen Ende des Abends wunderte er sich, was er neben den nächsten Walzer auf sein Programm geschrieben hatte: »Dijon-Fiammetta«, und schließlich entsann er sich der Bedeutung: »Fiammetta« – Flamme: rotgoldenes Haar, die Teerose, die sie darin trug, und ein cremefarbenes Kleid wie die Rosenblüte. Ihr Tanz: und wie sie danach auf der Treppe saßen: wie sie dann (als hätten sie stillschweigend eine Übereinkunft geschlossen, die alleingelassenen Partner in der Pracht und Hitze des Ballsaals sich selbst zu überlassen und noch eine Weile diese Ruhe zu genießen) sitzen blieben und zwei Tänze warteten. Hatte es daran gelegen, daß Mary müde war oder daß sie entschlossen war, ihm die Gestaltung des Gesprächs zu überlassen, jedenfalls hatten sie wenig gesprochen. Dunkle Mädchen waren die Trompeten in dieser Symphonie; und es hatte ihm den ganzen Abend lang weder an Gelegenheit gefehlt, sich an den Lockungen, der betörenden Anmut und dem ungekünstelten, geistreichen Charme seiner verschiedenen Partnerinnen, die dieser seiner Wunschvorstellung entsprachen, zu weiden, noch hatte er diese Gelegenheiten ungenutzt verstreichen lassen. Welcher Hohn! daß mit solch zartem Saitenspiel und derart unauffällig ein solch imposantes Thema Einzug halten sollte. Derartig unauffällig, daß er am kommenden Morgen, als er beim Erwachen beiläufig den Erinnerungen an den gestrigen Abend nachging, Mary vergessen hatte.

Und dennoch hatte er, als er eine Woche später mit Anne und Charles in Taverford Manor das Weihnachtsfest beging, die anderen vergessen und dachte immer mehr an sie: zuerst an ihre Zitate aus *Wuthering Heights*, einem ganz besonderen Buch von ihm: dann an ihre eigenen Bemerkungen, die sie hin und wieder eingeflochten hatten: allein die Art des Ausdrucks und der Sprechtakt. Sie hatte an jenem Abend nicht viel gesagt, aber das Wenige war einzigartig, doch keineswegs eigennützig. Auch war ihm etwas neben ihrem Mundwinkel aufgefallen, das manchmal schlief, manchmal zum Leben erwachte. Vergeblich hatte er sich gefragt, wer sie sei und ob diese Dinge auch am hellichten Tag vonstatten gingen. Und dann, eine Woche später bei einer Jagdgesellschaft in West-Norfolk: zum zweiten Mal wurde er ihr vorgestellt und konnte sich über beide Fragen Gewißheit verschaffen; er gewann bezüglich der zweiten die Überzeugung, daß die Antwort ja lautete.

Ein halbes Jahr später. Vierundzwanzigster Juni. Die Einladung zum Fest am Wasser: der gut vorbereitete, zeitlich gut abgestimmte, zuversichtliche Heiratsantrag: die Ablehnung: (eine Niederlage, die er nicht als einziger hatte einstecken müssen, sondern acht oder neun vor ihm, konnte man dem Gerede glauben). Und das Niederschmetterndste war die Art ihrer Abweisung: in der Natur von Artemis, wie das Beben einer aufgescheuchten Hirschkuh, wodurch ihm die Schuppen von den Augen fielen und er sie in ganz neuem Licht sah: plötzlich war sie ihm das Einzige, das er als unerläßliche Bedingung für das Weiterleben haben mußte – oder zum Teufel mit der Welt! Und gleichzeitig mit diesem Donnerschlag war ihm dieses Eine verwehrt. Und so folgten zwei fieberhafte Wochen, die (dem Himmel sei Dank) damit endeten, daß er (mit ihrem Cousin Jim Scarnside als ehrlichem Vermittler) das für sich Beste aushandeln konnte: sie nahm ihr schwarzes Nein zurück, jedoch unter der Bedingung, daß er das Land verlassen habe und erst nach fünfzehn Monaten zurückkomme, sich eine Antwort zu holen: achtzehn Monate, wie zuerst vorgeschlagen, die er verkürzen wollte bis zum August nächsten Jahres (das wäre die Erntezeit);, aber Mary wollte nicht nachgeben und forderte mindestens bis zum Michaelstag: »Ein gutes Vorzeichen, wenn du klug bist – die Zeit der Weinlese.«

Weinlese, *Vindemiatrix*: sie, die den Wein erntet: der zarte Stern, in dessen Haus die Herbstsonne weilt und der mit seinem milden Schein den ihrigen mäßigt und in ein goldeneres, ruhigeres, fruchtbareres Strahlen verwandelt.

Vor neun Monaten: Dahomey, Spanien, Korsika. Und nun April: der zweiundzwanzigste April. Einhundertundneunundfünfzig Tage waren es noch.

Der schwarze, pfeilschnelle Flug des Augenblicks führte nun tief in die schrankenlose Zukunft hinein; zehn, fünfzig, sechzig Jahre vielleicht: dann hinaus aus dem Blickfeld, hinein in die kalte, unberücksichtigte Scheinzeit, wo nichts mehr übrig sein wird als das Andenken, das auf alle Menschen (außer den unglücklichsten, gibt es solche) paßt: *Ich war nicht. Ich lebte und liebte. Ich bin nicht.* Dann (oder war es eine der Fledermäuse, die dort zwischen den Lampen der Piazza und den Sternen Insekten jagten?) näherte sich der Augenblick in seinem Flug und schoß wie ein dunkler Schatten am regungslosen Mund jener dunklen Dame vorbei, an derem Mundwinkel ein flackerndes Etwas weilte: wunderbarerweise das gleiche, das schlafend oder wachend an Marys Mundwinkel wohnte.

Herz-Königin: Pik-Königin: »Inglese Italianato«: der Konflikt des Nordischen und Südländischen in seinen Adern; der Segen dieses – allen – Konflikts. Und doch so leicht zu erniedrigen.

Wie die weibliche Schönheit so leicht erniedrigt werden kann. Die Zweiheit im Kern der Dinge: dieser Fels, an dem so viele Maler zerschellen. Der widerliche Renoir und seine entbehrlichen nackten Frauenleiber mit Schafsblick, schlaffem Mund und Affenschädel; mit spitzen Krüppelfingern, aufgedunsenen Händchen und Busen und Gesäß einer aufblasbaren Puppe, wodurch der Zauber seiner Farben und feurigen Posen zunichte gemacht wird. Toulouse-Lautrec mit seiner von Bordellen genährten Phantasie, dessen Bilder von heißem Schweiß und toter Lust strotzen. Ettys Empfindsamkeit, durch äußere Konventionen aufs gröblichste gezügelt und so des Geistes beraubt, der ihr innere Schönheit verliehen hätte. Burne-Jones' froststarre Schönheiten: Rossettis Frauenbildnisse, von Unverdautem niedergedrückt: Beardsley, ein Hurenbock, der seine hübsche Malerei für weniger hübsche Flittchen wegwirft. Selbst die Großen: selbst Tizian in seiner *Himmlischen und irdischen Liebe*, selbst Botticelli in seiner hervorragenden Venus war es (sagte er sich) durch irgendeine innere oder äußere Einmischung versagt, das Äußerste zu erreichen, das ich haben will, und das ich als Maler (Kapaneaus *θεῶν θελόντων ἐκπέρσειν πόλιν, ἢ μὴ θελόντων φησι* – so Gott will oder nicht) erreichen werde. Strebten die Griechen es an mit ihren statuenhaften Bildern, Apelles, dem Phryne Modell stand? Und gelang es ihnen? Wir wissen es nicht. Sterben denn solche Dinge? Solche seelisch-geistigen Dinge? Sapphos verbrannte Gedichte? Botticellis Gemälde der schönen Nackten, vielleicht von gleicher Güte wie seine Venus und seine Frühlingsnymphen? Ein schwacher Trost, daß auch diejenigen verbrannten, die sie verbrannten.

Ja. Sie sterben. *ὁ δ' ἐν στροφάλιγγι κονίης κειτο μεγας μεγαλωστί, λελασμένος ἱπποσυνάων* – der Halbbruder des tötenden Hektor und sein Wagenlenker; im Staub und Schlachtenlärm vor Troja – »groß, weithingestreckt, der Wagenkunde vergessend«. Seit jeher, Konflikt und Herzenskummer (er blickte auf das Amphitheater, ein zum Zeugnis dessen aufragendes Skelett): erstarrt. Er blickte auf sie: ihre Augen waren stiller als der Augenblick des Wartens zwischen Blitz- und Donnerschlag. Nein. Nicht erstarrt; denn das ist der Tod. Kein Tod hier: vielmehr die Anspannung in den Gliedern und Muskeln eines Panthers, der zum Sprung ansetzt: Cangrandes Grab, heute morgen, im strahlenden Sonnenschein. Unter dem gotischen Baldachin liegt, in Stein gemeißelt, die verhüllte Gestalt des großen Kondottiere aufgebahrt, ergeben auf dem Rücken ausgestreckt, die Hände fromm auf der Brust zum Gebet gefaltet, »requiescat in pace«, »Domine, in manus tuas« und so weiter, behaftet mit kindlicher Schwäche, wie der wiederkehrende Refrain eines Liedes, die Augen, ohne zu sehen, nach oben gerichtet. Doch darüber, hoch auf dem Baldachin, sein dämonisches Reiterstandbild im kraftstrotzenden Frühling seiner wilden Jugend; behelmt und geharnischt, mit erhobenem Schwert, sitzt er lächelnd auf seinem aufgeputzten Roß, und das Tier selbst scheint beseelt von einer geheimnisvollen Heiterkeit und lacht ha! ha! zwischen den Trompeten: eine Verschmelzung des Widerstreits aller Macht, allen Ruhms, Sieges, aller Behendigkeit, aller Welten zu einer einzigen Flamme; und diese nimmt aus ihrer bloßen Endlosigkeit und einzigen Substantialität heraus, wie sengendes Eis oder gefrierendes Feuer, den Anschein von etwas Totenstillem an.

Binnen weniger Sekunden ereigneten sich diese rätselhaften Enthüllungen.

Lessingham antwortete ihr: »Signora, wenn ich der Allmächtige wäre, sollte ich dessen Herr sein. Und als Herr ließe ich mich nicht umherfahren wie ein Reisender, der eine Kreuzfahrt bucht. Ich würde an Land gehen, wo ich an Land gehen wollte; ich würde die Häfen einlaufen, die ich möchte, und wieder in See stechen, wann ich wünschte; ich würde nach Belieben schnell oder langsam fahren. Ich würde sie aufziehen, aber meinen Neigungen entsprechend.«

»Das ergäbe eine sehr komplizierte Ordnung. Zugegeben, es wäre ein Vergnügen. Aber die französische Präzision würde leider auf einen solchen Sachverhalt kaum anwendbar sein.«

»Sie würden schwerlich etwas anderes von mir erwarten?«

Indem sie langsam ihren rechten Handschuh auszog, lächelte sie ihr profanes Lächeln. »Sir, ich würde (in meiner gegenwärtigen Stimmung) von Ihnen verlangen, das Spiel selbst dann streng nach seinen Regeln zu spielen.«

»Oh«, sagte Lessingham. »Und wollten Sie damit (wenn die Frage erlaubt ist) mein Geschick? oder meine Geduld auf die Probe stellen?«

Ihre Finger machten sich an ihrem mit einem Goldgeflecht versehenen Täschchen zu schaffen, wo sie eine Lira für ihren Wein suchte. Lessingham zog eine Handvoll Münzen hervor, aber sie lehnte sein Angebot, für sie zu bezahlen, graziös ab. »Nun?«

sagte sie und senkte den Blick, als sie den karminroten Handschuh wieder auszog: »Nun? vielleicht ist es eine ausreichende Antwort, Sir, wenn ich sage – weil es mir gefällt.« Sie erhob sich. Auch Lessingham stand auf. »Reicht das aus?« fragte sie.

Lessingham erwiderte nichts. Sie war groß: haargenau von der Größe Marys, stellte er fest, als er an ihr hinabblickte: unglaublich, wie ähnlich sie Mary war: die kleinen Bewegungen von Hals oder Hand, gewisse Blicke aus ihren Augen, diese Sache an ihrem Mund (sicherlich etwas noch nie Dagewesenes in lebenden Frauen). Im Gegensatz zu Mary war sie nicht blond: pechschwarzes Haar und eine helle, klare Haut. »Gute Nacht, Sir«, sagte sie und streckte die Hand aus. Wie zu diesen eleganten fremdländischen Sitten erzogen, verbeugte er sich: führte sie an seine Lippen. Seltsamerweise machte er keine Anstalten, ihr zu folgen; erst als sie sich abkehrte, beobachtete er ihren Gang und ihre Haltung, etwas unmenschlich Schönes, bis die Menschenmenge sie verschluckt hatte. Dann setzte er wieder den Hut auf und nahm wieder am Tisch Platz.

So saß er noch eine halbe Stunde oder länger: als Zuschauer, der sich die Gesichter betrachtete, sich Gedanken machte und mit diesen Gedanken spielte: ein Gefühl der Freiheit rieselte durch seine Adern: dieser seltsame Glanz einer Stadt bei Nacht, wo sich unbegrenzte Möglichkeiten auftaten. In dieser verinnerlicht-träumerischen Stimmung bemerkte er nicht, wie sich am Himmel Wolken vor die Sterne schoben, wie die Luft drückender wurde, bis die ersten dicken Tropfen fielen und Blitze den ganzen Himmel erleuchteten und dröhnenden Donner entfesselten. Als er, den Kragen hochgestellt, bis auf die Haut durchnäßt, zum Hotel zurückhastete und der Regen in abertausend Tropfen vom überströmten Pflaster aufspritzte, sagte er, als hätte ihn plötzlich ein unerträglicher Hunger gepackt, bei sich: »Es ist lange genug: ich werde nicht mehr fünf Monate warten. Morgen geht's heim.«

Sie war indessen (wenn man zwischen Welt und Welt überhaupt von »vorher« und »nachher« sprechen darf), nachdem Lessingham sie schließlich aus den Augen verloren hatte, noch ein Dutzend Schritte gegangen und aus dem leibhaftigen April in den leibhaftigen Juni getreten – aus dem Nachtleben Veronas durch einen Säulengang aus kaltem, purpurrotem Sandstein auf eine mit Gänseblümchen übersäte Wiese, unter den flammenden weißen Glanz der mittsommerlichen Mittagsstunde.

KAPITEL II

Memison: König Mezentius

Am jenseitigen Rand der Wiese angelangt, hielt diese Dame nun am Lilienteich unter dem Schatten der Pappeln inne: hielt inne, um eine Weile in die Tiefe zu sehen, aus der ihr, umrahmt von karminroten und goldgelben Lilien, das Spiegelbild ihres Antlitzes entgegenblickte. Die Rundungen ihrer Nasenlöcher verhärteten sich: etwas uranfänglich Altertümliches schien plötzlich ihr Äußeres zu beseelen, als wären diese Jugend und Hochsommerzeit ihrer Mädchenjahre überhaupt nichts Zeitliches: nichts Bedingendes, das in sich die Bestimmung trägt, zu vergehen und zukünftiger Reife zu weichen, zu erblühen, zu welken und zu dorren; vielmehr etwas Unwandelbares und Immerwährendes. Ihr Hals: ihr Arm: die Form ihres streng aus den Schläfen gebürsteten Haares, den ineinandergeschlungenen, geschmückten Locken, diesem Flechtwerk aus Schwärze und geschmeidig-glänzender Schwärze in ihrem Nacken: dort, fein geordnet wie die dunkle Strichzeichnung auf den weißen Flügeln der Schwertlilie, die nach oben wachsenden, seidigen Härchen, die wie ein Schatten die helle Haut überzogen; ihre kalt wie ein Kristall wirkenden Lippen, scharf geschnitten und blutrot, zwischen denen ihre weißen Zähne als hauchdünner Faden aufblitzten; all dieses schien eine schreckliche Vollkommenheit anzunehmen, schrecklich, weil zeitlos.

Der Kanzler Lord Beroald, der in einiger Entfernung links von ihr neben einem Geißblattstrauch saß, beobachtete sie insgeheim. In seinem Blick lag nichts von dieser Anbetung, wie sie die sprachlose Natur zu empfinden schien: vielmehr eine abschätzende Ironie, die Bekundung neben Durchführung, Tatsächliches neben Scheinbares setzt und den Possen nicht nur gegenwärtiges Vergnügen, sondern auch Wissen und somit Macht abgewinnt.

»Ist Euer Gemahl im Palast?« fragte er sodann.

»Wie soll ich das wissen?«

»Ich dachte, Ihr kämet von dort.«

»Ja. Aber wohl kaum von einer Bestandsaufnahme.«

»Ha, daher weht der Wind?«

Er stand auf, als sie zu ihm kam, und sie blickten sich stumm an. Sanft wie das Säuseln im überhängenden Laubwerk der Pappel über ihnen, lachte sie dann: hielt ihm die Hand hin, zu der er sich bald ergeben hinabbeugte und sie mit einem Hauch von Ironie, um diese Geste zu würzen, küßte.

»Eure Ladyschaft scheinen belustigt?«

Sie setzte sich und nahm graziös eine behagliche Stellung auf der rosenfarbenen Marmorbank ein: graziös zog sie, um daran zu riechen, einen Zweig des Geißblattstrauches zu sich herab. Die schwarzen Wimpern verdeckten ihre Augen, als sie an acht abstehenden Blütenhörnchen von karminroter, rotgelber und milchweißer Farbe die Süße des Geißblatts einsog. Als sie daraufhin den hängenden Blütenzweig losließ, blickte sie zu ihm, der nun neben ihr saß. »Ich war abgelenkt«, sagte sie, »von Eurem Blick, edler Bruder. Denselben Blick hattet Ihr, fällt mir auf, als Ihr mich umgarntet, Eurem hübschen Plan bezüglich meines früheren Gatten zuzustimmen.«

»Je höher man den Berg ersteigt«, sagte der Kanzler, »desto weiter wird die Aussicht. Das waren Anfänge.«

»Oh, ich sprach nicht von Anfängen: nicht bei diesem Borgia-Blick. Piazzastufen in Krestenaya.«

»Schluß mit diesem Gerede«, sagte der Kanzler.

»Nachdem Ihr ihn mir zuerst, auf Euren Vorteil bedacht, angedreht hattet wie Falschgeld«, sagte sie; »und kaum war ich ihn wieder los, bestürmtet Ihr mich, diesen Morville zu nehmen: eine für Euch um so bessere Verbindung, als er eine entfernte Verwandtschaft mit den Parrys beanspruchen kann. Ihr glaubt wohl, mit mir als Eurer Pik-Königin könntet Ihr stets die As zum Stechen der Buben bewegen?«

»Pfui, Schwester!«

»Pfui, Bruder! Ihr werdet sehen, daß ich um die Liebe, nicht um Politik spiele. Das nächste Mal müßt Ihr mir schon den Herz-König zuspielen, der meinem As zum Trumpfen würdig ist.«

»Was?« sagte der König hinter ihnen: »der Kanzler spielt mit Königen? Das führte immer zum sicheren Verderben, und zwar für beide, den Spieler und den Ausgespielten.«

»Durchlaucht«, sagte der Kanzler, erhob sich und wandte sich seinem Herrn zu: »Ihr kennt mich: ich spiele nie Karten.«

Der König lachte. »Ich auch nicht: außer hin und wieder mit dem Teufel zusammen; und das ist hin und wieder nützlich und notwendig.« Gut sechs Fuß hoch stand der Kanzler, von ebenmäßigem Körperbau und soldatisch; aber der König, in seiner schwarzbärtigen Majestät, blickte mit Adleraugen unter dem schwarzen, mit schwarzen Adlerfedern geschmückten Hut hervor, auf ihn hinunter. Die Herzogin von Memison an des Königs Arm war von der Schönheit eines Herbstabends, der sich zur Nacht neigt: der Schönheit von Wolken und Feuer, vom rotgoldenen Glanz der untergehenden Sonne, die zwischen den Wipfeln der Kiefern und den Farnwedeln herüberscheint, wenn sich ein leichter Nebel über den Berghang stiehlt und heimkehrende Wildenten hoch oben westwärts ziehen. Jene Dunkle Dame, die immer noch saß und ihnen immer noch den Rücken zugekehrt hielt, hatte soeben die mit Juwelen geschmückte Hand nach dem Geißblatt ausgestreckt, um es abermals herunterzuziehen und daran zu riechen.

»Mylady Fiorinda.«

Sie drehte sich um, schaute und erhob sich ergebenst und gehorsamst, doch mit der selbstauferlegten uneilfertigen Eile einer schaumbekrönten Meereswelle bei ruhigem Juniwetter. »Ich bitte gnädigst um Verzeihung, Eure Stimme nicht erkannt zu haben, Hoheit. Madam, Euer Gnaden untertänige Dienerin.«

»Ich habe schon Schlimmeres«, sagte der König, »bei einer Walküre nachgesehen.«

»Bei einer Walküre? Bin ich eine solche?«

»Antwortet ihr, Madam.«

»Oh«, sagte die Herzogin, »sie gehört nicht zu mir. Soll sie selbst antworten.«

»Nicht zu Euch? und im schönen Memison? wo Euch die Vögel gar auf den leisesten Wink zufliegen? Durch wessen Wirken, wenn nicht durch Eures, konnte es geschehen, daß ich sie heute morgen auf einem Schimmel galoppierend antraf, als ich zu früher Stunde durch Eure Eichenhaine ritt.«

»Um auf die Walküren zurückzukommen«, sagte Fiorinda: »ich glaubte, Eure Hoheit hätten gemeint, mein Pferd sei mit mir durchgegangen: so geschwind holtet Ihr mich ein und packtet es am Zügel.«

Der König blickte in ihre grünen, harten Augen. »Das ist der beste Weg«, sagte er, »bei einer Walküre: eine Göttin als Frau zu behandeln, ist sicherer als eine Frau als Göttin. Und um auf die Entschuldigung zurückzukommen: sagt das nicht, Verehrteste! Ihr wußtet. Und bliebet absichtlich sitzen: wolltet sehen, ob ich Euch anspräche.«

Sie stand still, gesenkten Blickes, kühl wie eine Statue; nur das schwache Heben ihrer schmalen schwarzen Brauen, wie die Schwingen einer Seeschwalbe im Flug, und eine schwache Veränderung in der Gegend ihres Mundes vollzogen sich und schienen sie mit einer Kälte wie von der Öde zwischen den Welten zu überströmen.

»Ich habe Euch eine Stellung beschafft«, sagte der König: »Hofdame der Herzogin. Seid Ihr mir dafür dankbar?«

Sie blickte auf, aber zuerst zur Herzogin. »Ich bin allen dankbar und kränke keinen. Doch will ich, mit Verlaub Euer Durchlaucht, meinen Gatten vorher um Erlaubnis fragen.«

»Nicht nötig«, sagte der König. »Es wurde gefragt und gestattet vor einer Stunde schon. Und nun folgt mir, Beroald.« Er flüsterte der Herzogin zu, wobei er über ihre Finger, als er ihre Hand an seine Lippen führte, in ihre grünen Augen blickte: »Ich werde Euren Weg gehen, Madonna.«

»Beim Kanzler? Oh, ich bin froh darüber«, sagte sie, und es war, als käme und ginge etwas Segnendes, wie der Wohlgeruch von Geißblatt unter gewöhnlichen Gartendüften.

»Nun denn, Ihr Damen, entschuldigt uns eine Stunde. Bei Gott, Staatsgeschäfte dienen uns hier in Memison als Salzheringe und Räucherfisch zwischen den Weinen, auf daß nicht zuviel Liebliches uns übersättige. Ruhig und ausgeglichen wie das schöne Memison und Eure werte Gesellschaft, Madam, ist mein mittätiges Wandern zwischen Schatten und Laub in einer solch ereignislosen Zeit.«

»Und Ihr«, sagte die Herzogin, »unser und aller Herr, seid selbst Sklave dieser Ereignislosigkeit.«

»Ich bin Sklave von nur einer Sache im Himmel und auf Erden.«

»Und das ist?«

»Mein eigener Wille«, sagte der König lachend. »Kommt, Kanzler.«

Die beiden entfernten sich langsam über die Wiese und schritten unter jenen Säulengang hindurch zu einer zweiten mit einer Länge von etwa hundertfünfzig und einer Breite von vierzig Schritt, am jenseitigen Ende begrenzt von der langen Ostmauer des Schlosses. Ziemlich in der Mitte dieser Wiese wandelten sie nun hin und her und schritten sie immer wieder langsam und bedächtig der Länge nach ab; zuweilen sprachen sie dabei, zuweilen schwiegen sie und schienen die Angelegenheit abzuwägen. Leise war ihre Unterhaltung, und an diesem offenen, sonnenbeschienenen Ort bestand keine Gefahr, belauscht zu werden; es sei denn, die Amsel, die vor ihnen im Gras hüpfte und mit dem Schwanz ruckte, behorchte und verstünde ihr Gespräch; oder die Mauerschwalbe, die als schwarz-silberner Streifen auf- und absegelte, stets wiederkam und zu ihrem Nest im Säulengang zurückkehrte.

»Ich habe Eier in der Pfanne, Beroald.«

»Ich weiß«, sagte der Kanzler sehr nüchtern.

»Wie wollt Ihr das wissen? Ich habe Euch nichts gesagt.«

»Ich kann sie riechen, sogar durch diesen Lilienduft hindurch.«

»Beroald, ich habe vor, Eure Dienste in einer Sache zu beanspruchen, obwohl ich bis heute morgen noch entschlossen war, daß keiner außer mir allein darin eingreifen sollte. Bin ich, meint Ihr, gut beraten?«

»Wenn Eure Hoheit meinen, ob es klug sei, diese Sache anzugehen, wie kann ich Euch da eine Antwort geben, weiß ich doch nicht, was es ist?«

»Ich meine«, sagte der König, und es lag Schärfe in seiner Stimme, »ob es klug ist, selbst Euch gegenüber eine Sache von solcher Bedrohlichkeit und Tragweite offenzulegen?«

Der Kanzler machte eine Pause. Dann sagte er: »Das ist eine Frage, mein Herr und König, die weder Ihr noch ich beantworten können. Die Antwort wird sich in dem zeigen, was anliegt.«

»Ihr meint also, es wird sich erweisen, ob es töricht von mir ist, Euch ins Vertrauen zu nehmen? ob ihr ein Mann von echtem Schrot und Korn seid, wie ich glaube, und ein Mann der Vernunft, und mein Mann?«

»Eure Hoheit haben mit eigenem Mund ausgesprochen, was ich denke.«

»So kalt?«

»Nun, hinzu kommt«, sagte der Kanzler: »daß Ihr immer mein Förderer wart; und ich, der ich fünf mal sieben Jahre auf diese Welt geblickt, habe soviel Weisheit mir erworben, daß ›man nicht in die Hand beißt, die einen füttert‹.«

»Ein Freund im Glück könnte das gesagt haben«, antwortete der König. »Wir indes treiben auf einem unauslotbaren Wasser.«

Der Kanzler entgegnete: »Mehr kann ich nicht sagen. Doch

sollte dies tatsächlich einen Einsatz bedeuten, wie Eure Hoheit (wie ich es seit jeher bei Euch kenne) solche Maßnahmen verstehen, so habt Ihr in mir oder anderen Auserwählten stets nur eine schwache Stütze zur Verfügung.«

»Genug, Beroald. Den Parry habe ich im Blick.«

»So auch Eure Untertanen.«

»Vier Jahre schon.«

»Seitdem er in Eurem Namen Valeros Aufstand in der Mark von Ulba niedergeworfen hat. Ihr habt Euch viel Zeit gelassen.«

»Ich wollte, ohne einzugreifen, daß er auf dem eingeschlagenen Kurs fortfährt, bis er sich verausgabt hätte.«

»Bedenkt«, sagte der Kanzler, »sein Grundsatz ist derjenige einer Ente: über dem Wasser träge, kaum sichtbare Bewegungen; unter Wasser aber wird insgeheim flink auf das Ziel zugepaddelt.«

Der König sagte: »Bestimmt wird ein Otter jene Ente am Fuß schnappen und hinunterziehen, ehe sie sich versieht.«

»Es wird nun kriegerischer Mittel bedürfen, ihn zu bezwingen.«

»Er ist mein Vikar in Rerek. Wird es nicht von schwacher Staatskunst zeugen, wenn ich nach fünfundzwanzig Regierungsjahren in schwierigen und unruhigen Zeiten nun nicht vermag, meinen eigenen Beamten zu befehligen, ohne ihn zu bekriegen?«

»Eure Durchlaucht verfügen vielleicht über Wissen, das unsereins nicht besitzt. Doch es steht fest, daß er, durch das Niederwerfen jener Übergriffe in den Marken stolzer und mutiger geworden, Euren königlichen Auftrag als Klammer mißbrauchte, an seine Person als Oberherrn das ganze mittlere Königreich zwischen Megra und dem Zennerfluß zu klammern. Ich behaupte nicht, er wolle dem Landesherrn selbst offen die Stirn bieten. Das glaube ich nicht. Aber er wartet, bis seine Zeit kommt.«

Schweigend machten sie kehrt. Daraufhin sagte der König, wobei er seinen Unterarm, der locker um Lord Beroalds Hals geschlungen gewesen war, zurückgleiten ließ, bis die Hand fest seine Schulter umschloß: »Wie Ihr wißt, deckten wir unlängst die Machenschaften eines Bundes auf, der sich aus unzufriedenen Gemütern Rereks und der Marken zusammensetzt. Seine Austriebe wären zwar leicht zu beschneiden, aber die Wurzel sitzt gefährlich und unauffindbar tief, wie man glaubte. Mir selbst ist es inzwischen auf verschiedene Art gelungen, der Wahrheit näher auf den Grund zu kommen. Es sind ihrer fünf oder sechs, Handlanger von ihm: Namen, die Ihr, nennte ich sie, nie glauben würdet: soviel freundschaftliches Getue, soviel feindliche Gesinnung. Ich besitze Briefe, genügend Beweise. Ratet mir: was soll ich tun?«

»Ladet sie vor Euren Thron, ihn und alle anderen, auf daß sie Euch Rede und Antwort stehen. Reichen ihre Antworten nicht hin, enthauptet sie.«

»Was? Wenn der Ruf ›Mieze, Mieze, wo bist du?‹ der kürzeste Weg wäre, sie in Angst und Schrecken zu versetzen und zum offenen Aufstand zu treiben? Berichtigt Euren Rat, Kanzler: das genügt nicht.«

»Majestät, ich bin ein Mann des Gesetzes und mische mich nicht in Dinge jenseits meiner Befugnis ein. Ist nicht alles Recht grundsätzlich so zu verstehen, daß der König angesichts entsprechender Veranlassung das Gesetz übertreten darf, ohne Unrecht zu tun? Ihr seid unser großer Führer, auf den wir alle unsere Augen richten und unsere Sicherheit gründen. Für die Sicherheit Eurer Person wäre es gut, würde der Vikar beseitigt. Dieses also ist mein Rat: verschafft Euch Gewißheit, wie stark Ihr seid, und dann schlagt zu: und unverhofft.«

Der König lachte in seinen großen schwarzen Bart. »Ihr habt genau meinen Entschluß bekräftigt, und so soll es sein. Aber unter zwei Bedingungen. Erstens werde ich nicht, wie ein tollpatschiger Bauernflegel, meinen guten Falken töten, weil er wild wird: ich zähme meinen Horius Parry, anstatt ihn umzubringen.«

»So tut es mir leid«, sagte der Kanzler. »Er ist ein Bussard: er führt sich schlecht: mit ihm könnt Ihr nichts erreichen.«

»Wer seid Ihr, mein Können messen und bevormunden zu wollen?«

»Es widerstrebte meiner Ehre, Euch zu schmeicheln. Zudem haben Eure Hoheit bewiesen, daß dieser Mann weder etwas glaubt, was ein anderer spricht, noch selbst etwas spricht, das glaubenswürdig wäre.«

»Laßt Euch gesagt sein«, sagte der König, »ich werde diesen Mann dazu bringen, den Köder anzunehmen. Und wie mancher sich Raben, Turmfalken, Elstern und was nicht alles abrichtet und zu seinem Vergnügen hält, habe so nicht auch ich mich seiner seit Jahr und Tag als mein eigen bedient? Nicht zum doppelten Preis dieses Reiches, das er für mich verwaltet, wollte ich ihn verlieren.«

Beroald sagte: »Sind meine Worte zu seicht, eine solch gewichtige Sache auszudrücken, so laßt Euch, Hoheit, weiter raten: holt die Meinung des Admirals ein, oder des Grafen Roder, oder des alten Bodenay, Eures Marschalls in Rialmar; oder Eurer tributpflichtigen Prinzen in Nordrerek: sie werden dasselbe sagen.«

Aber der König antwortete ihm: »Weder Ihr alle, Beroald, und flehtet Ihr mich auch gebeugten Knies an, noch alle meine Lehnsmänner landauf, landab in den Drei Königreichen, könnten mich hiervon abbringen. Obendrein«, sagte er und wandte sich Beroald zu, indessen er ihm in die Augen blickte, »(und das ist die zweite Bedingung): sollte ein König aufgrund seiner Befähigung im Amte sein, nicht aufgrund irgendeines Vorrechtes. Dieses war immer meine Überzeugung, und dieses war immer die Richtschnur meines Handelns. Falls ich aus eigener Kraft nicht fähig bin, diese Angelegenheit zu vollenden, dann besser gut' Nacht und ein neuer König fürs Land.

Hört also, und merkt es Euch gut. Es war kein Zufall, daß ich ihm vor zwei Wochen in aller Liebenswürdigkeit in Laimak einen Besuch abstattete, als ich meine Rundreise durchs Land tätigte; noch war es ein Zufall, daß ich von dort aus mit großem Pomp südwärts nach Meszria weiterzog. Ich bezweckte damit, sie einzulullen. Denn all dies tat ich mit dem geheimen Wissen, daß er sich eines Nachts an einer geeigneten, abgeschiedenen Stelle am Oberlauf des Zenners mit fünf oder sechs Männern (denselben, die ich bereits erwähnte) treffen wolle, um das Vorhaben in die Tat umzusetzen, aus Rerek ein unabhängiges Königreich und ihn zum König desselben zu machen. Über den Zeitpunkt, den Ort und andere Einzelheiten dieses vereinbarten Treffens erwarte ich stündlich Meldung. Ihr und ich, wir beide allein, werden dieses Stelldichein mit ihnen einhalten: wobei ich, falls es mißlingt, die übrigen zu vernichten und ihn zum Gehorsam zu zwingen, wenigstens beim Versuch sterben werde.

Nun? wollt Ihr ziehen oder zurückbleiben?«

Der Kanzler, der sehr blaß geworden war und eine stolze Miene aufgesetzt hatte und starr, wie zu irgendeinem Punkt in die Ferne, vor sich hin blickte, sagte nach einer längeren Weile: »Ich ziehe, mein Herr und König.« Der König nahm ihn an beiden Händen und küßte ihn. »Und dennoch«, sagte der Kanzler, wobei er ihn voller Ehrlichkeit ansah, »möchte ich, mit Verlaub, Euer Hoheit, ein Wort noch dazu sagen.«

»Sagt an, was Euch gelüstet.«

»Nun denn: ich glaube, Ihr seid völlig verrückt. Und dennoch«, sagte er und schürzte die Lippen, »bin ich bereit, meinem Herrn hierbei zu gefallen und Gefahr zu laufen, mit ihm zusammen ermordet zu werden; denn ich fürchte meinen Tod nicht.«

Der König sah ihn seltsam an: so mag vielleicht ein Berg, an dessen Höhe selbst Adler scheitern, auf die eigene Standfestigkeit blicken, die sich schwach in einem See spiegelt, dessen gekräuselte Oberfläche das Spiegelbild verwischt: so vielleicht mag Zeus, der die Wolken lenkt, von den Hängen des Ida-Gebirges ausblicken. »Ist solches Schicksal meinem Leben beschert, um so besser. Dies muß für uns die Stunde der Bewährung sein, eine Stunde, die alles andere mißt. Ich mache nicht kehrt, Beroald.«

KAPITEL III

Ein Spiel vor Zuschauern

»Die Zeit ist etwas Seltsames, nicht wahr?« fragte Lord Anmering und neigte den Kopf ein wenig, um sich mit der Krempe seines Panamahutes die Augen zu schützen; denn es war Teestunde, und aus dem wolkenlosen Blau jenseits des Kricketfeldes unter ihnen strahlte ihnen grell die Nachmittagssonne ins Gesicht. »Geldgier – so sagt man uns – sei die Wurzel allen Übels. Ach Gott! Ich denke anders darüber. Ich glaube, die Zeit dringt tiefer.«

Lady Southmere füllte das Vakuum mit einer dieser ziemlich langgezogenen, grüblerischen, unverbindlichen Versionen des unnachahmlichen, weltumspannenden »Aha«.

»Sehen Sie sich Mary an«, sagte er. »Sehen Sie mich an. Wäre ich nicht ihr Vater: wäre ich nicht zweiunddreißig Jahre älter als sie. Wüßte ich nicht, was ich mit ihr tun sollte?«

»Nun, bestimmt.«

»Kinderleicht, wenn's nicht um die eigenen geht«, sagte er, während sie langsam weitergingen und am oberen Absatz der zwei flachen Treppen stehenblieben, die vom Park zum Spielfeld hinabführten. »Sind es aber die eigenen – Donnerwetter, so wird's gemacht!« Der Ball flog nach einem herrlichen Schlag bis über den hinteren Zaun, und die Zuschauer jubelten über die sechs Punkte. »Wenn Ihr Junge weiterhin so durch die Gegend ballert und meine Glashäuser kaputtmacht, ist er bei mir abgeschrieben. Wir dürfen nicht vergessen«, sagte er dann wieder leiser, »daß sie noch sehr jung ist. Man soll kein zu scharfes Tempo anschlagen.«

»Aber sind wir da nicht einer Meinung? Und sie ist so süß, so lieb . . .«

»Sie kennen sie so gut wie ich. Obwohl, eigentlich doch nicht. Sehen Sie«, und er setzte die Brille auf und warf einen Blick auf die Anzeigetafel: »achtzig. Achtzig: einhundertdreiundsechzig: dreiundachtzig Vorsprung. Nicht schlecht, obwohl erst der dritte Schläger ausgeschieden ist. Ihr Junge macht das aus: ist ein toller, sicherer Spieler: sein Stil ist auch nett: hoffentlich schafft er seine hundert Läufe. Sie wissen, unsere beiden besten Schläger, Chedisford und dieser junge Macnaghten, haben keine zweistellige Wertung zustande gebracht: Hugh hat schwer zu schaffen. Schauen Sie nur! diese Würfe! Ein starkes Team, das uns der alte Playter diesmal von Hyrnbastwick gebracht hat: ich würde ihnen zur Abwechslung mal eine Tracht Prügel verpassen. Nun, Hugh und Jim scheinen es darauf anzulegen. Möchten Sie mit mir dorthin hinuntergehen: es ist schattiger dort?«

»Ich möchte alles tun, was man mir nur sagt. Das ist einfach zu makellos.« Sie wandte sich um, bevor sie die Stufen hinabschritt, und blickte eine Weile zurück auf die mächtige Westfassade von Anmering Blunds, wo sie hinter grünen Wiesen und Blumenbeeten und zurechtgeschnittenen, satten Hecken aus gestutztem Buchsbaum und Berberitze und Eibe emporragte: lange Reihen zweiflügeliger Fenster glänzten in der Sonne, deren Strahlen das alte Ziegelgemäuer in seiner Substanz scheinbar zu einer kalt schimmernden, duftigen Essenz aus Gold erglühen ließen. Dieser Flügel von Inigo Jones war der neueste Teil und verbarg von dieser Seite das ursprüngliche Gebäude aus Flintstein, das dem alten Sir Robert Scarnside, von Heinrich VIII. zum ersten Earl of Anmering gemacht, gehört hatte. Rechts davon stand im eigenen Park der Kirchturm von Anmering, viereckig und grau. Ein schützender Wald aus Eichen, Eschen, Buchen und Ahorn schirmte das Herrenhaus, die Kapelle und die Gärten gegen Osten ab; das mittsommerliche Laub dieser Bäume war zu dieser Stunde scheinbar vom Gold des Lichtes durchdrungen. Nordwärts schloß sich freies Gelände an, das steil abfiel zu der kleinen Bucht, den Salzmarschen und Sanddünen und dann weiter zum Nordpol und der See. Südwärts und landeinwärts stiegen der Park und Wald und die Wiesen und Äcker sanft an und wurden schließlich abgelöst von Heide und Gemeinden: Bestarton, Sprowswood, Toftrising. Lady Southmere, die eine Weile in die Stille lauschte, konnte neben dem Lärm vom Kricketfeld (den Rufen der Zuschauer und Spieler, dem Geräusch von Holz auf Leder, als die Schläger spielten) das schwache, ferne Rauschen der Flut auf dem Kiesstrand hören, und aus den Bäumen das schlichte, schläfrige, plötzlich erschreckte, plötzlich gedämpfte Gurren der Ringeltauben. Von Rose zu Rittersporn flatterte ein Schwalbenschwanz in der Hitze. »Einfach zu makellos – mir fehlen die Worte«, sagte sie und wandte sich schließlich um.

Sie gingen die Treppen hinunter und spazierten, zuerst ein wenig nach Norden und dann um das vordere Ende des Kricketfeldes herum in Richtung der Zelte. »Ich will damit nicht hinterm

Berg halten«, sagte sie: »seit sechsundzwanzig Jahren bin ich jetzt in England und lebe in den Midlands; und dennoch zieht es mich im Sommer nach Blunds: macht mich heimwehkrank.« Genauso wie neben den unmittelbaren Geräuschen und Stimmen das ferne Rollen der See vernehmbar war, so klang aus Lady Southmeres Stimme eine gewisse Eigenheit des angenehmen Südstaatlerdialekts.

»Heimweh?« sagte Lord Anmering. »Nach Virginia?«

»Nein, nein, keineswegs: nur nach Norfolk. Bin ich denn keine Engländerin? und ist euer Norfolk nicht reinstes England, wie England sein sollte?«

»Bringt Southmere doch dazu, einen Tausch zu machen: mir das Anwesen in Leicestershire zu geben, und Sie nehmen Blunds.«

»Würden Sie denn damit einverstanden sein? Können Sie das unveräußerliche Familiengut auflösen?«

»Liebe gnädige Frau«, sagte er, »ich würde für Sie vieles tun.«

»Aber wohl kaum das?«

»Das leider nicht.«

»Ach, wie schade!« sagte sie, als Jim Scarnside, der einen Aufsetzer abwehrte, durch Treffen des Dreistabs, als er gerade sein Feld verlassen hatte, vom Torhüter »aus« gemacht wurde.

Etwa fünfzig oder sechzig Leute verfolgten das Spiel von dieser Westseite aus, wo die Zelte und Gartenstühle und Bänke aufgestellt waren, alle im kühlen Schutz der Buchen und Kastanien und Linden und Ahornbäume, deren Schatten immer weiter ins Spielfeld fielen: eine angenehme, sommerliche Szene, wie man sie sich schöner nicht vorstellen kann, untermalt von Lärm und Stille, Bewegung und Ruhe: weiße Hüte und weiße Flanelle und bunte Mützen und Blazer hoben sich hier und dort von formellerer oder dunklerer Kleidung ab: eine fröhliche Mischung aus Baumwollkleidern, vielfarbigen Seiden, Floren und Schleifen, seidenen Sonnenschirmen und breitkrempigen Damenhüten: den Jungen, den Alten und denjenigen mittleren Alters: Mädchen, Jungen, Männern, Frauen: manche Angehörige des Hauses, manche der elf Spieler, die mit Colonel Playter von Hyrnbastwick gekommen waren; manche Nachbarn und Bekannte aus der Gegend: Ehefrauen, Freunde, Eltern, Schwestern, Kusinen, Tanten. Durch all diese schritt nun, begleitet von Lady Southmere, der Gastgeber und hatte beim Vorübergehen für jeden eine angemessene Begrüßung parat, sei es durch Worte, ein

Lächeln, einen förmlichen Gruß oder eine zugeschnittene scherzhafte Bemerkung: die Playter-Mädchen Norah und Sybil, unlängst aus der letzten Klasse gekommen: die alte Lady Dilstead, Sir Olivers Mutter, und seine Schwester Lucy (mit Nigel Howard verlobt): die junge Mrs. Margesson, durch Heirat eine Nichte Lord Anmerings: Romer, der Quästor von Trinity: Limpenfield: General Macnaghten mit Gattin und Sohn: Trowsley von der Gardekavallerie: Tom und Fanny Chedisford: Mr. und Mrs. Dagworth aus Semmering: Sir Roderick Bailey, der Admiral, dessen unberechenbarer Sohn Jack heute morgen die meisten Punkte (fünfzig) für die Gast-Elf erzielt hatte: der Rektor und seine Gattin: die Denmore-Benthams: Mr. und Mrs. Everard Scarnside (Jims Eltern) und Prinzessin Mitzmesczinsky (seine Schwester): die Bremmerdales aus Taverford: die Sterramores aus Burnham Overy: Janet Rustham und ihre zwei kleinen Söhne: Captain Feveringhay; und Dutzende mehr.

»Tut mir leid, Onkel«, sagte Jim Scarnside, als sich ihre Wege kreuzten; er war unterwegs zum großen Zelt. »Schande, aus bei drei.«

»Sagte ich Ihnen nicht immer«, meinte Lady Southmere, »Sie sollten einen Aufsetzer abblocken!«

»Liebe Lady Southmere, als ob ich das nicht wüßte. Aber (ich weiß, Sie werden mir nicht glauben) es war nur Ihre Schuld.«

»Das ist ja interessant.«

»Es war Ihre Schuld.«

»Und warum, bitte?«

»Nun, gerade als dieser Howard, so wie immer, zurückging, um den richtigen Schwung zu holen und wie ein angreifender Büffel Anlauf zu nehmen, so daß einem armen kleinen Schlagmann wie mir das Herz in die Hose rutscht . . .«

»Armer kleiner Zwerg von eins achtundachtzig!« sagte sie.

»Genau in diesem Augenblick bemerkte ich am Spielfeldrand Ihren schwarz-weißen Sonnenschirm! Und mir fiel ein: um Himmels willen! hatte ich Mary nicht versprochen, daß Lady Southmere die ersten Erdbeeren mit Sahne bekommen sollte, weil die ungleich besser schmecken? und daß die Teestunde längst vorüber sei, und sie hier – so spät – komme, und die Erdberen längst alle wären? Gerade dann bekam ich von Nigel Howard diesen tierischen Aufsetzer. Ist das fair? Onkel Robert, du solltest keine Frauen bei einem so ernsten Spiel wie unserem Kricket zulassen. Das gibt zuviel Ablenkung.«

»Aber wie furchtbar peinlich«, sagte sie lachend, »gäbe es keine wie unsereins, denen man die Schuld zuschieben könnte? Jim!« rief sie ihm nach, als sie sich trennten: er drehte sich um. »Es war wirklich aufmerksam und nett von Ihnen, an die Erdbeeren zu denken.«

»Ich eile zu retten, was noch zu retten ist.« Und er verschwand, wobei er seinen Schläger als Spazierstock benutzte, mit langen, galoppierenden Schritten in Richtung Teezelt.

Bei John, dem nächsten an der Reihe, war es beim ersten Ball aus. Das sorgte für Spannung, denn man rechnete damit, daß Howard nun seinen Hattrick mache; aber Denmore-Bentham, der nächste, führte seine Schläge mit größter Vorsicht und vollem Erfolg aus (was die Verteidigung des Tores anging, nicht aber beim Punktemachen).

»Wer ist dieser Bursche, der die ganzen Läufe zusammenbringt? Radford? Bradford? Ich konnte den Namen nicht verstehen?« sagte ein alter Gentleman mit weißem Backenbart, weißer Weste und dieser münzgoldenen Gesichtsfarbe, die von langem Aufenthalt östlich des Suezkanals herrührt. Seine Gattin antwortete: »Lord Glanford, der Sohn Lord Southmeres. Sie sind hier im Hause zu Gast, glaube ich. Und das ist seine Schwester; das hübsche Mädchen in Hellrot mit den braunen Haaren, das jetzt gerade mit Lady Mary spricht.«

Sein Blick, der dorthin folgte, wohin der ihrige gerichtet war, kam plötzlich zur Ruhe; aber er ruhte nicht auf Lady Rosamund Kirstead. Denn Mary, die sich in diesem Moment erhob und beim Gehen noch einmal lachend zu ihren Freunden zurücksah, ließ in sich in diesem Moment etwas Einzigartiges erkennen; wie wenn in einer Lichtung zwischen Bäumen plötzlich ein weißes Segel auftaucht, das der Wind schwellt, so daß es sich neigt, verharrt, sich wieder ausrichtet und luftig seines Weges zieht. Ein höchst seltsamer und einzigartiger Blick, der aufmerksamen Betrachtern nicht entgangen wäre, stand in den Augen dieses alten Kolonialgouverneurs zu lesen: als ob hinter diesen gewöhnlichen, aufs Geratewohl blickenden Augen sich ganze Menschengenerationen drängten, um durch sie wie durch ein Fenster auszuschauen.

Glenford machte sich nun mit einem neuen Partner offenbar daran, das Match zu gewinnen, indem er Schlag um Schlag vorsichtig spielte, nie ein Risiko einging und keine Chancen einräumte. Als nach einer geschlagenen halben Stunde schließlich hundert mehr auf der Anzeigetafel standen, gaben die Unbekümmerteren unter den Zuschauern allmählich ihren Gefühlen nach. »Liebste Anna«, sagte Fanny Chedisford, Arm in Arm mit Lady Bremmerdale, »ich kann es einfach nicht mehr ertragen: peng, peng, peng: könnte man ebensogut einem Damespiel zusehen. Gehen wir und ertränken unsere Sorgen mit einer Partie Krokket.«

»Krocket? Ich dachte, du seist einer Meinung mit Mary . . .«

»Immer. Aber was meinst du genau?«

»Sie sagte doch, es sei ein Spiel für Hilfspfarrer und vornehme Witwen, und nur dann, wenn sie zuerst Erfahrungen in einer Anstalt für geisteskranke Verbrecher gesammelt hätten.«

»Oh, dann sind wir alle reif dafür nach dem hier. Versuchen wir ein Viererspiel: hier sind Jim und Mr. Margesson: fragen wir sie, ob sie mitmachen.«

»Hat da jemand meinen Namen respektlos in den Mund genommen?« fragte Jim Scarnside. Fanny kicherte unter ihrem weißen Sonnenschirm. »Aha, es war meine sehr geschätzte und nie genug achtbare Miß Chedisford. Sie wissen ja«, sagte er zu Cuthbert Margesson, »Miß Chedisford hat uns nicht verziehen, daß wir kein gemischtes Spiel daraus gemacht haben.«

»Besenstiele für Männer?« sagte Margesson.

»Keineswegs«, sagte Fanny.

»Das meine ich auch nicht!« sagte Jim. »Kommen Sie: Margesson ist nach dem nächsten Wechsel dran. Da wird's gefährlich, weil er unser Kapitän ist. Und Kapitän ist er schließlich nur aufgrund seiner teuflischen Würfe und seines anerkannten diplomatischen Geschicks. Nehmen wir ihn uns vor und trainieren ihn ein bißchen, damit er lernt, wie man harte Schläge austeilt.«

Anne Bremmerdale lächelte. »Das ist besser als Krocket.« Sie gingen zu den Netzen.

»Sind Sie ein Schlagmann, Miß Chedisford? oder ein Werfer?« fragte Margesson.

»Nun, ich kann lustiger schlagen als die.« Fanny warf einen geringschätzigen Blick aufs Spiel. »Meine Brüder haben es mir beigebracht.«

»Nun ja«, sagte Margesson. »Glanford spielt gut. Dennoch werden wir gewinnen, Lady Bremmerdale. Wie kommt es, daß Sie Ihren Bruder nicht als Spieler für Hyrnbastwick mitgebracht haben?«

»Welchen meinen Sie? Ich habe fünf.«

»Ich kenne nur einen. Den jüngsten. Heißt er nicht Edward?«

»Sie konnte ihn nicht mitbringen, weil er gar nicht da ist.«

Fanny sagte: »Ich dachte, er wohne jetzt bei euch in Taverford?«

»Seit Anfang Mai nicht mehr.«

»Er ist so einer«, sagte Jim, »von dem man nie weiß, wo er gerade ist.«

Fanny machte ein erstauntes Gesicht. »Ich könnte wetten«, sagte sie, »daß es Edward Lessingham war, den ich heute morgen sah. Muß sein Double gewesen sein.«

»Antipholus von Ephesus«, sagte Jim: »Antipholus von Syrakus.«

»Etwa um acht«, sagte Fanny. »Es war ein traumhafter Morgen, überall lag Tau; ich stand mit den Hühnern auf und machte vor dem Frühstück mit den Hunden einen Spaziergang bis nach Kelling Heath. Ich wette, daß niemand in dieser Gegend so wunderbar im Sattel sitzt wie er. So völlig unbekümmert und lässig. Du meine Güte, ich wette um alles in der Welt, daß er es war: ritt im Galopp in südliche Richtung nach Holt!«

»Aber Fanny, das kann wirklich nicht sein«, sagte Anne.

»Es gibt nicht viele junge Männer, die man mit ihm verwechseln könnte«, sagte Fanny.

Jim sagte zu ihnen: »Apropos Kelling Heath, ich hab da eine Idee; könnten wir dort nicht ein Querfeldeinrennen im Herbst veranstalten? Was meinen Sie, Cuthbert?«

»Ich bin dabei.«

»Ich bin heute beim Lunch schon an Colonel Playter damit herangetreten: wäre sehr wichtig, wenn er als Jagdvorsteher seinen Segen dazu gäbe: ja, eigentlich müßte er die Sache selbst in die Hand nehmen, soll es ein tolles Vergnügen werden. Die Idee findet er gut. Haben Sie sich bei Charles vorgetastet, Anne?«

»Ja: er ist Feuer und Flamme, will heut' abend mit Ihnen darüber sprechen. Natürlich wäre auch die Strecke zwischen Weybourne Heath nach Salthouse Common und zurück ideal; ein ziemlich unwegsames und manchmal recht abschüssiges Gelände.«

Fanny fügte sich dem Themawechsel. Vielleicht war sie nachdenklicher geworden.

Bentham war ausgeschieden: geworfen: sechs Tore waren erzielt bei hundertneun Punkten, von denen allein Glanford als Schlagmann sechzig erkämpft hatte. Margesson war nun dran, und (nicht weil von ungeduldigen jungen Damen angestachelt – es sei denn, Telepathie war im Spiel –, denn Glanford machte die Punkte) das Spiel begann schnell zu werden. Major Rustham, der Kapitän des Teams von Hyrnbastwick, tauschte nun Howard als Werfer aus und versuchte es mit Sir Charles Bremmerdale, der mit eher trägen, regellosen Bewegungen täuschend leichte Bälle brachte, die (wie gefährliche Strömungen am Grunde eines scheinbar stillen Gewässers) erstaunlich vielseitig in Schärfe und Länge waren und ab und zu verzögert oder geschnitten kamen, was ganz schön überraschte und aus der Fassung brachte. Aber Glanford hatte einen scharfen Blick dafür: Margesson ebenfalls. »Wir gewinnen, Nell«, sagte Lord Anmering zu seiner Nichte, Mrs. Margesson. »Ein verdammt toller Stand!« sagte Sybil Playter. »Halt den Mund und fluch nicht so«, sagte ihre Schwester. »Halt selbst den Mund: ich fluche nicht.« Die Leute klatschten und jubelten über Glanfords Schläge. Charles Bremmerdale konnte ihn nicht in Verlegenheit bringen: ins *Mid-off,* zwei Punkte: ins *Mid-on,* zwei: ein *Wide*: ein kräftiger Treibschlag über den Kopf des *Cover*-Spielers zur Grenzlinie, vier: zum *Long-leg*-Fänger im *Deep field,* zwei – nein – drei, während Jack Bailey einen stümperhaften Weitwurf auf den Dreistab wagt: der Punkt folgt: »Komm!« – vier: der Feldspieler hat ihn, setzt zum Wurf an: »Nein!« sagt Margesson, aber Glanford: »Doch! Komm!« Sie laufen: Bremmerdale hockt hinter dem Dreistab: ein schöner Wurf in seine Hand, das Querholz fällt, und Glanford ist aus. »Pech!« sagte Jim Scarnside, der mit Tom und Fanny Chedisford an der Anzeigetafel stand: Glanford hatte einundneunzig Punkte gemacht. »Aber warum, zum Teufel, versucht er immer, jeden Wurf einzusacken?«

Glanford verließ das Feld, den Schläger unter den Arm geklemmt, und schüttelte enttäuscht den Kopf, als er die Handschuhe auszog. Er ging sofort zum großen Zelt, um seinen Blazer anzuziehen, und von dort aus auf dem kürzesten Weg zu Mary. »Es tut mir schrecklich leid«, sagte er, als er sich neben sie setzte. »Ich wollte so gern hundert Punkte machen als Geburtstagsgeschenk für Sie.«

»Aber es war ein herrlicher Durchgang«, sagte sie. »Und überhaupt, was bedeutet das schon für mich: hundert? Es war ein phantastisches Spiel.«

»Mächtig nett von Ihnen, das zu sagen. Trotzdem war es idiotisch, daß es mich beim Laufen erwischt hat.«

Mary lächelte beschwichtigend, eine Miene, die selbst das zerzausteste Gefieder wieder geglättet hätte; dann fuhr sie in ihrer Unterhaltung mit Lucy Dilstead fort: »Man kann sie immer wieder lesen, genauso wie Jane Austen. Das liegt wahrscheilich daran, weil sie nicht vollgestopft sind mit überflüssigem Beiwerk.«

»Ich habe erst *Shagpat* gelesen«, sagte Lucy.

»Oh, das unterscheidet sich von den übrigen. Aber ist es nicht köstlich? So ernst. Die Komödie geht immer daneben, wenn sie zu derb und possenhaft ist, nicht wahr? Man will doch im Stoff leben: mitlachen, nicht auslachen.«

»Mary ist diesem George Meredith total aufgesessen. Da kann man nichts mehr machen«, sagte Jim, der sich zu ihnen gesellte.

»Und wer ist schuld daran?« fragte sie. »Wer hat welches Buch wem in die Hand gedrückt? obwohl er wußte, daß man erst verstehen könne, worauf es hinaus will, wenn man die ersten Kapitel so und so oft gelesen hat?«

Jim faßte sich an die Schläfen und spielte den Gequälten. Hugh fand es nicht lustig. Das Match ging weiter, und wegen Margessons vorsichtiger Spielweise kletterten die Punkte sehr langsam hinauf. General Macnaghten sagte zu Mr. Romer: »Nein, nein, sie ist erst zwanzig. Das ist: ja: recht außergewöhnlich. Aber als einzige Tochter, nicht wahr, und ohne Mutter, spielt sie nun schon seit zwei Jahren für ihren Vater die Hausherrin, hier und in London: zwei längere Londonaufenthalte; das macht viel aus.«

Wieder war ein Schlagmann geworfen; Punktestand: hundertdreiundfünfzig. »Jetzt wird's lustig«, sagte man sich, als Tom Appleyard aufs Spielfeld kam; aber Margesson mahnte ihn zum Ernst: »Zusammenreißen: jetzt geht's um die Wurst.«

»Zu Befehl, Sir!« Margesson schlug in vorbildlicher Weise den letzten Ball der Wurfserie zurück. Appleyard blockte gehorsam immer wieder ab. Aber vergebens. Denn einer von Bremmerdales Meisterwürfen mit diesem unschuldigen äußeren Anschein und der inneren Tücke stibitzte sich durch Margessons Abwehr und traf ihn unerlaubterweise am linken Bein: als neunter Schlagmann aus gemacht; Punktestand: hundertsiebenundfünfzig: neun Tore insgesamt. Das Team von Hyrnbastwick warf vor Freude hohe Bälle übers ganze Spielfeld, während Dilstead, Ammerings nächster (und letzter) Mann zum Dreistab ging. Margesson sagte zu Tom Appleyard: »Nun liegt es an dir, Freund. Sollen die ruhig jubeln, zum Donnerwetter. Jetzt müssen wir es ihnen zeigen. Es fehlen nur mehr sieben zum Sieg.« Appleyard lachte und rieb sich die Hände.

Das ziellose Geplauder verstummte: alles war aufs höchste gespannt. »Wenn Sir Oliver zuerst als Schlagmann drankommt, ist der Deckel zu: er trifft doch nie.« – »Warum lassen sie ihn dann spielen?« – »Nun, du Dummkopf, weil er ein so überwältigend guter Torhüter ist.« George Chedisford, etwa sechzehn Jahre alt und von Winchester daheim wegen Masern, übte sich an der Seite Lord Anmerings in Reife und Selbstbeherrschung: »Ich wünschte, mein Frater – mein Bruder wäre wieder am Schlag, Sir. Er würde es schaffen.« – »Wart's ab. Mr. Appleyard kann gut mit dem Schläger umgehen.« Glücklicherweise war der Ball, der Margesson den Garaus gemacht hatte, der letzte der Wurfserie gewesen, so daß nun Appleyard, nicht Dilstead, am Schlag war: Howard, ein ausgeruhter Polyphem, war wieder am Wurf. Sein erster Ball kam als Aufsetzer, aber Appleyard hielt ihn. Beim zweiten trat Appleyard, der alle Vorsicht über Bord geworfen hatte, heraus und schlug aus vollem Arm: über die Grenze: vier Punkte. Großer Applaus: die Kinder des Pastors und die zwei kleinen Rustham-Jungen, wild wie die Guelfen und Ghibellinen, sprangen auf und ab und rempelten sich an. Der nächste Ball, ein sehr scharfer, war kurz geworfen und sprang über den Kopf des Schlagmanns. Appleyard traf ihn mit einem gewaltigen Überhandschlag: wieder vier Punkte. »Geschafft!« – »Nächster Wurf!«

Beim vierten Ball holte Appleyard kräftig aus, traf aber daneben. Der Ball wurde vom Feldspieler links hinter dem Tor gefangen. Es wurde viel gelacht, geneckt und gegenseitig gratuliert, als das Spiel somit – unentschieden – ein Ende fand.

»Komm mit in die Zuflucht«, sagte Jim Scarnside, als er auf dem Weg zum Haus, um sich fürs Dinner umzuziehen, Mary einholte: »wo wir allein sind. Ich habe mein bescheidenes Geburtstagsgeschenk dort gelassen, und ich möchte es dir jetzt geben.«

»Oje!« sagte sie, blieb mit einem Fuß auf der Schwelle der großen Verandatür stehen und sah zurück: »Ich dachte, wir hätten abgemacht, keine Geburtstagsgeschenke mehr zu geben. Ich kann doch nicht zulassen, daß du so viel Geld für mich ausgibst.« Ihre Rechte war ausgestreckt zu einem blühenden Glyzinienzweig, der in Schulterhöhe neben der Glastür hing: in der Linken trug sie ihren Hut, den sie zwischen Garten und Haus abgenommen hatte. Die schräg einfallende Abendsonne entfachte eine venezianische Pracht in ihrem Haar, so daß jede glatt geschwungene Locke, jede Haarflechte, jedes abirrende feine Strähnchen eine eigene feurige Farbe hatte: kastanienrot, das Funkeln einer Flammenzunge, den inneren Glanz eines rotbraunen Zirkons, blankes Kupfer, Realgar, sonnengebleichtes Gold: nicht selbst gefärbt, sondern nur in vielfältigen Tönungen schillernd, als sie den Kopf bewegte oder der Wind durch es strich.

»Genau zwanzig Penny«, sagte Jim. »Kann man wohl nicht als Verletzung unserer Abmachung bezeichnen. Komm, bitte.«

»Also gut«, lächelte sie und ging ihm durch das Teezimmer, in dem es nach allerlei Feinem roch, voraus in die mit Fellen übersäte Halle mit ihren Porträts und Waffen und Trophäen und alter Eichentäfelung und altem Leder und Perserteppichen und dem großen offenen Kamin, der um diese Jahreszeit mit Rosen und sommerlichem Grün gefüllt war, und so weiter durch einen langen, mit weichen Läufer ausgekleideten Gang in das Zimmer, das sie Zuflucht nannten: ein behagliches, sonniges Zimmer, das weder speziell Mary noch ihrem Vater, sondern beiden gehörte, und das allen Hunden von Blunds (zumindest jenen, die ins Haus durften) und allen Freunden und Verwandten, die dessen würdig waren, offenstand. Jene Teile der Wände, die nicht von Bücherschränken oder Bildern verdeckt waren, zeigten sich im hellen, rötlichen Kleid einer Morris-Tapete mit Weidenmuster; ein Morris-Fries mit seinem reichen, dunklen, nachtblauen Früchteschmuck, verziert mit Orangen, Zitronen und Granatäpfeln und ihren karminroten und weißlichen Blüten, verlief als Wandabschluß unterhalb der Decke. Auf einem rechteckigen Tisch, mit einem dunkelgrünen Tuch bedeckt, standen in einer silbernen Vase Rosen: Schreibsachen waren auf dem Tisch und Stühle um ihn herum, und vorm Kamin breite Sessel: eine Werkzeugtasche (mit Sägen, Hämmer, Schraubenzieher, Zangen und so fort) hinter der Tür, ein ledernes Gewehrfutteral und Angelruten in dieser Ecke, Spazierstöcke und Jagdpeitschen in jener, ein Feldstecher auf dem Sims, Fläschchen mit Hundemedizin: Pfeifen und Zigarrenschachtel auf der Kamineinfassung: auf einem Schreibpult eine große Mahagoni-Spieldose: ein frühviktorianischer Werktisch, ein Ständer voller Zeitungen, eine alte messingbeschlagene Truhe, auf der eine seidene Schabracke lag: eine Schweizer Kuckucksuhr: eine komplette rote Reihe Baedeker in

einem der Bücherregale, gelb gebundene in einem andern: *Wuthering Heights* aufgeschlagen auf einem Beistelltisch, Kiplings *Many Inventions* offen auf einem Stuhl, und obenauf ein Werk Homers: eine Schachtel voller Zinnsoldaten und ein kleiner Krikketschläger für Kinder daneben: dort drüben ein, zwei Puppen und ein Puppentheater mit einer ganzen Horde wollener Affen, wovon einige eine Rüstung aus Silberpapier trugen und Stecknadeln als Schwerter hielten: auf dem Teppich vor dem Feuer schlief ein Cockerspaniel, und ein kleiner dunkelgrauer langhaariger Hund, eine Art Skyeterrier mit großen Fledermausohren und verschmitztem Gesichtchen, schlief in einem Sessel. Dieses Zimmer beherbergte, und daran änderte auch die viele frische Gartenluft nichts, die durch die breiten Fenster und die zum Garten zeigende Tür ein- und ausströmte, einen merkwürdig vielfältigen und merkwürdig angenehmen Duft, wie von einem schmackhaften Eintopf, in dem diese bunte Sammlung klassischer Lektüre schmorte. Eine Zuflucht schlicht, nicht kraft ihres hohlen Namens: sondern eine Zuflucht vor allem Geordneten und Mechanischen, aller Korrektheit und allen Bürden dieser Welt: in diesem großen Haus eine Klause des Thelemas, mit dem hinlänglichen Eigengesetz: »Fay ce que vouldras.«

Mary setzte sich an den Tisch, während Jim von irgendwo ein Päckchen hervorzauberte; zusammen mit einer Schere vom Arbeitstisch zum Durchschneiden der Schnur überreichte er es ihr. »Zwanzig, wie du siehst, für die Geburtstagstorte«, sagte er, als sie auf den grünen Boi eine Handvoll bunter Kerzchen leerte.

»Das ist ja albern.«

»Wir bräuchten jetzt die Torte dafür«, sagte er. »Doch dazu fehlt uns die Zeit. Schau: es sind verschiedene Farben. Weißt du, was sie bedeuten?«

»Woher soll ich das wissen?«

»Ich zeig's dir«: er fing an, die Kerzen nebeneinander zu legen. »Richtig symbolisch. Neun weiße. Stellen deine ersten neun Lebensjahre dar: *Tabula rasa*, wie ich das sehe. Dann, wie du siehst, eine rote: ein Freudentag für dich, als du mir zum ersten Mal begegnet bist.«

»War ich damals zehn? Ich hab's vergessen.«

»La Belle Dame sans Merci vergißt alles. Nun schau: violett, blau, grün, gelb, orange, rosa.«

»Der Regenbogen?«

»Hab ich nicht reizende Gedanken?«

»Dann drei goldene, die Goldstaub enthalten«, sagte sie und strich mit dem Finger über sie.

»Wegen der Geschenke«, sagte Jim, »die ich dir in den letzten drei Jahren gern gemacht hätte, wäre ich Midas oder John D. Rockefeller gewesen. Zuletzt, wie du siehst: schwarz. Meinetwegen nämlich, weil du vorhast zu heiraten.«

»Mein lieber Jim, was für ein schrecklicher Unsinn! Wer hat dir das gesagt?«

»Ich will nicht petzen. Stimmt es nicht?« Er stellte sich mit dem Rücken zum Kamin und sah sie an.

Die plötzliche Röte in ihren Wangen, die sogar aufs ganze Gesicht übergriff, als sie ihn anblickte, ließ sie (falls das überhaupt möglich war) noch liebreizender erscheinen. »Es stimmt nicht«, antwortete sie. »Noch hat es gestimmt. Und Gott bewahre, daß es je so sein wird.«

»Oh, was für ein gefährlicher Vorsatz. Doch finde ich das wirklich überaus nett von dir, Mary. Natürlich habe ich, was mich betrifft, längst die Hoffnung aufgegeben; und wie du bemerkt hast, habe ich es sogar unterlassen, dich in den letzten – zwei Jahren, nicht wahr? zu fragen. Nein, seit deinem letzten Geburtstag.« Mary fuhr ein wenig erschreckt hoch. Er ging zum Fenster und stand dort, ohne sie direkt anzusehen. »Damals habe ich mich wirklich entschlossen, es besser sein zu lassen. Aber es hilft meinem Selbstvertrauen, zu wissen, daß kein anderer in Sicht ist«, sagte er so gelassen wie zuvor und spielte mit der Schere. »Darf ich die gute Nachricht unters Volk bringen?«

»Ganz bestimmt nicht. Was willst du dich in meine Angelegenheiten einmischen? Ich finde das anmaßend von dir.«

»Nun, ich dachte, es wäre dir recht, wenn ich es – nun, Glanford sagen würde: damit der arme Kerl Bescheid weiß.«

Es herrschte Totenstille. Er sah sich um. Marys Gesicht war abgekehrt: offenbar zählte sie die kleinen Kerzen mit den Fingern. Plötzlich erhob sie sich: »Sheila ist ein kleines Biest«, sagte sie: das auf dem Sessel zusammengerollte Bündel bewegte die Spitze des buschigen Schwanzes und indem es seine Fledermausohren spitzte und kleinlaut wieder zurücklegte, sah es mit einem höchst schmachtenden Blick zu Mary auf. »Hat heute morgen in der Speisekammer ein Viertelpfund Butter gefressen; und jetzt schaut sie drein wie eine Perle: dabei ist sie so gerissen.« Sie beugte sich hinab und küßte das kleine Geschöpf zwischen den Augen; wieder aufgerichtet, betrachtete sie dann Jim.

»Wie schrecklich unverfroren von mir«, sagte er, »so etwas in den Mund zu nehmen. Doch: zwischen alten Freunden . . .«

Mary las schnell die Kerzen auf. »Ich muß mich schleunigst umziehen.« Von der Tür aus, wo sie sich, hochgewachsen, leichtfüßig in dem weißen Kleid wie eine Nymphe von Artemis, für einen Augenblick umdrehte, sagte sie über die Schulter: »Danke für das angemessene Wort, *mon ami.*«

KAPITEL IV

Lady Mary Scarnside

Jenes gewisse Etwas, das schlafend oder wachend in der Nähe von Marys Mundwinkel weilte, spähte in den Spiegel auf sein eigenes Abbild: ein verstohlener Wissensaustausch zwischen ihm und seinem Doppel dort, was ihr verborgen blieb. Sie wandte sich von der Frisierkommode zum Fenster. Es herrschte Stillwasser, und die Flut stand bevor. Unter der Sonne glänzte die Oberfläche der Bucht wie geschmolzenes Gold. Die Landspitze mit dem Häuschen der Küstenwache obenauf flimmerte dunstig in der Ferne. Landschaft und Wasser, Horizont im Horizont, lösten sich auf in jenem Schmelzpunkt zwischen Himmel und Erde, der vielleicht durch die um so vielfältigere und feinere Abtönung sichtbar gemacht, in dieser frühen mittsommerlichen Abendstunde ferner schien als am hellichten Tage. Mary stand eine Weile und blickte aus dem Fenster, wo die Luft nach Geißblatt und Rosen duftete und den salzigen, beißenden Geruch der Marschen und der See trug.

Plötzlich bewegte sie sich und trat an den Spiegel. »›Dann sind wir uns einig, Señorita Maria. Ich entführe dich heute abend.‹ Was für eine«, sagte sie laut, wobei sie sich mit diesem scheelen, durchdringenden, höhnischen Blick ansah, den sie von ihrem Vater geerbt hatte, »verdammte Unverschämtheit.«

Es klopfte an der Tür. »Herein. O Angier, ich läute, wenn ich soweit bin: in ungefähr zehn Minuten.«

»Ja, gnädiges Fräulein. Ich dachte, Sie möchten wohl die Haare für heute abend gemacht haben.«

»Ja, ich werde läuten«, sagte Mary und lächelte ihre Zofe über den Spiegel an. Sie zog sich mit den Worten zurück: »Es ist fast halb acht, gnädiges Fräulein.«

Halb acht. Und halb acht heute morgen. Zwölf Stunden vergangen. Zurückgeworfen von ihrem Ring, wo die Sonne ihn auflas, zeichnete sich ein regenbogenfarbener Lichtstreifen auf dem Teppich ab: ihr weißes Kätzchen schlug mit dem Pfötchen, um die geheimnisvolle, tänzelnde Erscheinung zu fangen, die einmal hier, einmal dort, dann wieder verschwunden war. Und dann, halb acht morgen. In stetem Lauf, wie es scheint: alles. Nichts bleibt. Sie bewegte den Finger, um den schillernden Spuk erneut auf den Teppich zu zeichnen, und ließ ihn dann die Wand hinauf gleiten, so daß die nach ihm greifenden samtenen Pfötchen ihn nicht mehr erreichen konnten. Unglaublich. Das macht es ja aus an einer Sache wie heute morgen, daß es bleibt: irgendwo bleibt es. Man will herausfinden, wie man zu ihm zurückkommt: oder zu ihm voraus? denn es liegt auch voraus. Oder zurück und voraus haben gar nichts damit zu tun: es ist einfach. Vielleicht gibt es ein Zurück und Voraus gar nicht. Vielleicht, vielleicht, vielleicht.

Sie so auf ihrem Pfad hinter sich zu lassen: wenn man sie gesehen hätte. »Unverzeihlich«, sagte Mary, als sie vor dem Spiegel Platz nahm und sich daran machte, ihr Haar zu lösen. Und Tessa ist eine ziemlich gute kleine Stute: zeigte ihm eine Meile oder so ein blankes Hufpaar. Etwas im dunkleren Hintergrund des Spiegels nahm erstaunlicherweise ein hübsches, kleines, schwarzes Vollblutpferd-Gesicht an und sagte zu Mary: »Wie bin ich doch weichmäulig, den kleinsten winzigen Zug in der Welt verstanden und abgebremst zu haben, gerade als der . . .«

Die nordwestliche Sonne machte es heiß im Ankleidezimmer. Zwischen diesem und ihrem Schlafzimmer war die Tür geschlossen, damit es dort kühl für die Nacht bleibe: im Schlafzimmer mit den Nord- und Ostfenstern, um das Licht des neuen Tages einzulassen. Sie war bekleidet mit einer Art von Kimono aus hellblauer Seide nach dem Bad, und während sie nun beim Haarebürsten saß, löste sie wegen der Hitze die Schärpe und ließ mit einem Schulterschütteln das weiche Gewand auseinander und hinab zu ihrer Hüfte fallen. »Entführe dich heute abend.« Das ging wirklich ein wenig zu weit. Und sein ungemein kühles Vorgehen nach dieser schrecklichen Auseinandersetzung, die sie Ende April gehabt hatten, als er fünf Monate vor seiner Zeit zurückgekehrt war und sie ihm gesagt hatte – nun, genug gesagt hatte, um es für die meisten Männer zu beenden, möchte man meinen. Und trotzdem, heute morgen, nachdem er sechs Wochen gehorsam ferngeblieben war und geschwiegen hatte . . . Oft genug hatte sie an einer Parforcejagd teilgenommen; aber ihr nachzustellen wie einem Hasen! Stimmt, irgendwie hatte sie die Sache in Gang gebracht, indem sie wendete und in die andere Richtung davonritt, als sie ihn sah. Aber dennoch. Ihr Busen hob und senkte sich mit der Erinnerung daran: als ob das ganze weite Universum plötzlich in Jagdfieber ausgebrochen und sich sie zur Beute erkoren hätte: sie und das arme Tessalein mit fliegenden

Hufen: aufregend wie die Dunkelheit, begleitet von einem jähen Rollen wie von fernen Trommeln; und die Bäume, der feste Erdboden, die erwachenden Butterblumen und Mädesüß, mit Tau benetzt; die Grasmücke auf dem Dornenstrauch, die Heckenrosen am Waldesrand, die unsichtbar im blauen Himmel trillernden Lerchen, selbst die frische Sommerluft in diesem Hochland am Morgen ihres Geburtstages, alles war plötzlich wie von dieser wilden Flucht gepackt und der Hetzjagd einverleibt, so daß sich der Hufschlag von Lessinghams galoppierendem Pferd, einmal laut, dann schwach, dann wieder laut, vervielfachte zu einem Zetergeschrei und wilden Lauf all dessen. Und dann sein kühles Auftreten nach diesem hitzigen Pferderennen: die verblüffende Selbstsicherheit, mit der er seinen Antrag so dreist vorbrachte, als wäre dies die natürlichste Sache der Welt: und der Hinweis auf sein Automobil, so daß man sie nicht fassen würde. Und am allerschlimmsten das mit dem Gepäck: daß er auch Gepäck für sie habe, und zwar alles, was sie sich wünschen könnte, jede Art von Kleidung.

Woher weiß er? Mary legte die Bürste aus der Hand und lehnte sich zurück, wobei sie eine Weile in ihre eigenen Augen im Spiegel blickte. Nach einer Weile regte sich dann etwas Komisches in ihren inneren Augenwinkeln. »Woher weißt du?« fragte sie, indem sie aber nicht zu ihrem Spiegelbild sprach, sondern zur gespiegelten Tür über seiner Schulter, als ob jemand hereingekommen wäre und dort auf der Schwelle stände. Dann, wobei sie den Blick wieder auf sich selbst richtete, sagte sie plötzlich bei sich: »So würde ich ... Sollten wir ... Werden wir ... Aber nein, mein Freund. Ich lasse mich nicht auflesen – wie ein Häufchen Kerzen.«

Sie und ihr Ebenbild im Spiegel musterten sich eine Weile gegenseitig, kühl, in aller Einzelheit, ohne sich länger gegenseitig in die Augen oder über die Schulter zur dahinterliegenden Tür zu blicken. Schließlich sagte das Ebenbild im Spiegel unhörbar, außer für Marys inneres Ohr: Ein Mann sieht es wohl anders. Ein wenig verstehe ich wohl, wie er es sieht: etwas überaus Zartes, Verletzbares, Zerbrechliches, Ungreifbares. Wie eine Feldmaus oder so: oder wie ein Baby. Nein, denn das, was bei einem Baby zählt, ist, was es werden wird; aber das hier ist flügge und voll befiedert: was es ist, und was es sein sollte, in einem: erstrebt keine Wandlung: nur zu sein. Das reicht vollends. Und seine Macht, wie alle Macht sein sollte: nicht die Schwachen zu unterwerfen, sondern die Mächtigen. In Wirklichkeit hat es gar keine Macht: außer daß es nur einen Finger zu rühren braucht, und schon erhebt sich jede Macht, die ist oder sein wird, um es zu schützen.

Aber das stimmt nicht (sagte das Ebenbild im Spiegel, wobei es mit versonnenen, klaren Augen das Ding vor sich betrachtete: Kinn, Hals, ein schimmerndes Stück Schulter zwischen dem herabgefallenen feuerfarbenen Haar: Arme, deren Rundungen der Schwung des Schwans und ein Schwanenweiß kleideten: Brüste von der griechischen Form und Festigkeit, taubenhaft, silbrigrein, mit in griechischem Stolz aufgerichteten Röschen: und jene wilden, zarten, kleinen Vollkommenheiten im gleichen feurigen Farbton unter ihren Armen). Das stimmt nicht. Und währenddessen (vielleicht zwei Sekunden lang) geschah etwas im Spiegel: zwei Sekunden lang spähte etwas hervor, irgend etwas Bedrohliches, das in die Höhe trieb, wie der Rauch einer Explosion, zu einer gähnenden Unermeßlichkeit und Öde, wo der Wurm, welcher der Mensch ist, keine Bedeutung und Beachtung erfährt; und in sich hinein sog scheinbar die Leere in diesem Augenblick alle Behaglichkeit des gemütlichen Zimmers, des Elternhauses, der Lieben: die Unbekümmertheit der Jugend, die süße Sehnsucht nach der Kindheit, die dieser friedvolle Juniabend erweckte, ihre Düfte, ihre Innerlichkeit und heimliche Erwartung: die vertraute Landschaft, Schoß all dessen: die See, das meerumspülte England: die liebe Mutter Erde: ja den Hinter- und Untergrund der ganzen Geschichte: eingesogen, einverleibt, in nichts aufgelöst. Und diesem unbedeckten, allumfassenden Nichts ausgesetzt: sie, unsäglich allein; ein winziges weibliches Wesen mit einem kleinen Körper voller Schönheit, die vergeht.

Aber nur zwei Sekunden lang, und schon hüpfte ihr wieder das Herz im Leibe.

Sie war fast fertig, als an der Tür das Klopfen ihres Vaters zu hören war: seine Stimme: »Darf ich?«

»Komm herein, Vater.« Rudernd schwebte sie ihm in der Art einer herzoglichen Du Maurier entgegen, und mit der hochnäsigsten Geziertheit des Augenblicks reichte sie ihm die Hand. »Bin entzückt, daß Sie kommen konnten, Lord Anmering. Wie reizend von Ihnen. Sie haben uns viel Zeit gespart, jetzt wo uns die vielen Jagden so beanspruchen, und die Füchse es immer bunter treiben.«

Er spielte sich schöntuerisch auf; dann trat er zurück und bewunderte, wie sie in theatralischer Pose mit der Schleppe wedelte und den Bändchenspitzenfächer führte. Ihre Augen tanzten im Takt der seinen. »Siehst süß aus«, sagte er und küßte sie auf die Stirn. »Sitzordnung aufgestellt? Ich bekomme wohl Lady Southmere? und rechts von dir Hugh?«

»O ja. Die Pflicht beim Dinner: das Vergnügen nachher.«

Ihm entging nicht ihre Miene, als sie sich zur Frisierkommode nach ihren Handschuhen drehte: diese und etwas Angespanntes in ihrer Stimme. »Keine sehr schöne Art«, sagte er, »so von unseren Freunden zu sprechen.«

Mary schwieg, in den Spiegel vertieft.

Lord Anmering stellte sich ans Fenster und schnitt sich die Nägel, wobei er ihr den Rücken zugekehrt hielt. Sogleich sagte er leise: »Sie geht mir allmählich ein bißchen auf die Nerven, diese Einstellung zu Glanford.«

Mary öffnete den Verschluß ihrer Perlenkette, um sie gegen das Saphirhalsband auszutauschen: sie entglitt ihr und fiel auf die Frisierkommode. »Verdammt!« sagte sie und schwieg.

»Hast du gehört, was ich gesagt habe?«

»Einstellung? Ich habe keine, dessen bin ich mir klar. Ganz bestimmt keine Einstellung ›zu‹.« Sie verschloß das Halsband am Nacken, wandte sich um und kam zu ihm, wo er immer noch abgekehrt in der Fensternische stand: hängte den Arm in seinen. »Und ich lasse mich nicht piesacken an meinem Geburtstag.« Er umschloß ihren Arm fester in seinem Arm, ein kräftiger, beipflichtender Druck, als wollte er sagen: selbstverständlich nicht.

Er sah auf seine Uhr. »Fünf nach acht. Wir sollten hinuntergehen.«

»Ach ja, Vater«, sagte sie und drehte sich auf halber Strecke zur Tür zu ihm um, »ich habe dir, glaube ich, noch gar nicht gesagt (so hastig ging's den ganzen Tag zu): wem, meinst du, bin ich heute früh beim Reiten begegnet? und habe ihn für den Abend zum Dinner eingeladen? Edward Lessingham. Erst seit einem Monat zurück aus Italien und was weiß ich, woher?«

Lord Anmering war stehengeblieben. »Du hast ihn zum Dinner eingeladen?«

»Ja.«

»Aber warum nur?«

»Aus reiner Höflichkeit. Zudem ein glücklicher Zufall: sonst wären wir zweimal dreizehn gewesen, da Lady Dilstead auch kommt.«

»Ach was! wir wären dann mit ihm zweimal dreizehn gewesen, wenn du ihn eingeladen hast. Außerdem stimmt es gar nicht: wir wären achtunddreißig.«

»Neununddreißig mit Madame de Rosas.«

»Mein liebes Mädchen, es kann doch nicht dein Ernst sein, daß diese Tänzerin bei uns am Tisch sitzt.«

»Warum nicht? Sie ist sehr nett. Außerordentlich respektabel. Es wäre sicher unhöflich gewesen, sie nicht zu fragen. Jeder andere hätte das getan.«

»Es ist ungeheuerlich, und du bist alt genug, es besser zu wissen.«

»Nun, ich habe sie eingeladen, und ich habe ihn eingeladen. Du kannst sie beide hinauswerfen, wenn du eine Szene machen willst.«

»Sprich nicht so zu mir«, sagte ihr Vater. Sie zuckte mit den Achseln und sah weg, sehr aufsässig und verärgert. »Und ich dachte, es sei dir vollkommen klar, daß ich es nicht mag, wenn dieser junge Lessingham sich hier herumtreibt.«

»Was meinst du damit, ›herumtreibt‹?«

»Ich mag ihn nicht.«

»Ich verstehe nicht, warum. Anne Bremmerdale hast du schon immer gemocht. Ist dir seine Familie nicht gut genug? Sie ist so alt wie unsere. Älter, nehme ich an. Du kennst ihn kaum.«

»Ich habe nicht vor, über ihn zu sprechen«, sagte Lord Anmering, wobei er sie durch sein Augenglas stechend ansah: dann verstummte er, als wäre er unschlüssig, ob er seine Meinung äußern sollte. »Schau, Liebstes«, sagte er schließlich, wobei er die Augenbraue schnell hochzog, so daß sein Monokel hinabfiel: »Also gut, ich will dir reinen Wein einschenken. Eines Tages, so habe ich ernsthaft gehofft, würdest du Hugh Glanford heiraten. Ich werde dich nicht dazu zwingen oder irgend etwas mehr dazu sagen. Aber da die Dinge nun mal so stehen, wie sie stehen, schadet es nicht, wenn ich es dir klar und deutlich sage.«

»Ich würde meinen, das wäre seit geraumer Zeit klar genug gewesen. Lange lungert er schon hier herum: seit Anfang Winter bereits: die Leute beginnen zu reden, kann ich mir denken.«

»Unsinn!«

»Wie dem auch sei, es war nett von dir, es mir zu sagen, Vater. Bist du nicht auch ihm gegenüber deutlich geworden?«

»Eines Tages trat er damit an mich heran.«

»Und du gabst ihm deinen . . .?«

»Ich wünschte ihm Glück. Natürlich weiß er, daß mein Mädchen eine solche Sache selbst entscheiden muß.«

»Welch schöner Zug von ihm.« Mary begann zu lachen. »Das ist köstlich: wie in der Ballade:

Er hat's ihrem Vater, ihrer Mutter gesagt,
Wie gar mancher wissen mag,
Indes dem Mädchen selbst gesagt
Hat er's erst am Hochzeitstag.«

Ihre Stimme verhärtete sich: »Ich wünschte, ich wäre einundzwanzig. Könnte tun, was ich will. Würde den Erstbesten heiraten, der um meine Hand anhielte . . .«

»Mary, Mary . . .«

». . . solange es nicht Hugh wäre.« Mary gab ein würgendes Geräusch von sich und verschwand im Schlafzimmer, wobei sie die Tür hinter sich ins Schloß warf. Ihr Vater, der breitbeinig mitten in ihrem Ankleidezimmer stand, wartete und wischte mißmutig sein Augenglas mit einem weißen Seidentaschentuch blank, das mit Eau de Cologne parfümiert war. Nach drei Minuten kam sie zurück, strahlend Herrin ihrer selbst, und während sie rudernd auf ihn zu schwebte, duckte sich ein verschmitztes Etwas in die Grübchen neben Mund und Augen, so daß es einfacher gewesen wäre, am schillernden Hals eines Paradiesvogels das Schwarz vom Grün zu unterscheiden, als zu sagen, ob sie bei diesem Friedensschluß auf charmante Art Pardon gewährte oder ebenso charmant darum ansuchte. »Willst du mir nicht alles Gute zum Geburtstag wünschen?« fragte sie und neigte sittsam das Haupt, damit er sie auf die Stirn küsse. »Ich muß jetzt hinuntergehen, oder die ersten Leute kommen.«

Unter den Gästen, die sich nun im Salon versammelten, hatte Lessinghams Ankunft die unbemerkte, aber ganz bestimmte Wirkung ausgelöst, die etwa dann eintritt, wenn eine feine Wolke sich vor die Sonne schiebt oder wenn die Sonne wieder ungebrochen scheint, ist die Wolke weitergezogen. Mary sagte beim Händeschütteln: »Du kennst Mr. Lessingham, Vater? wie du weißt, waren er und Jim gemeinsam in Eton.«

Kühl war Lord Anmerings Begrüßung. »Das hatte ich vergessen«, sagte er. »Wann habe ich Sie zuletzt gesehen?«

»Vor etwa einem Jahr, Sir«, sagte Lessingham. »Ich war eine Weile nicht in England.«

»Ich glaube, ich weiß wieder. Sie haben lange im Ausland gelebt?«

»Ja, Sir: ein Hin und Her die letzten sieben Jahre.«

»Weswegen sind Sie heimgekehrt?«

Lessinghams Augen waren grau: hatten einen geraden Blick, ohne wie ein offenes Buch zu sein, und tief drinnen glomm etwas. Er gab zur Antwort: »Um einige Dinge zu regeln.«

»Und geht's dann wieder auf in die weite Welt?«

»Ich habe noch keinen Entschluß gefaßt.«

»Ein rollender Stein?«

Lessingham lächelte. »Fürchte ja, Sir.«

Jim schloß sich ihnen an. »Habe ich dir erzählt, Onkel, daß Lessingham auf ein paar deiner Gurkha-Träger stieß, als er vor zwei oder drei Jahren in Indien war? die dich und Mr. Freshfield in Sikkim beim Bergsteigen begleitet hatten?«

»Sie sind also Bergsteiger?« sagte Lord Anmering zu Lessingham, wobei er ihn von oben bis unten musterte: sehr groß, schätzungsweise einseinundneunzig, schwarzhaarig, sonnengebräunt, aber, wie seine Stirn zeigte, mit von Natur aus heller und klarer Haut und mit der Ausstrahlung eines solchen, der sich und andere beherrschen kann, wie man es in diesem Alter von fünfundzwanzig nicht oft zu sehen bekommt.

»Ich hab ein bißchen Bergsteigen betrieben.«

»Viel«, sagte Jim. Lessingham schüttelte den Kopf.

»Im Himalaya?« sagte Lord Anmering.

»Ein bißchen, Sir.«

»Ein bißchen!« sagte Jim: »man höre, wie diese Gipfelstürmer untereinander sprechen! Einen Sechstausendsiebenhunderter hat er einmal geschafft – wie ist denn gleich der Name? – ein Massiv des Nanga Parbats. Eine Riesenleistung; seitenweise wurde seinerzeit im *Alpine Journal* berichtet. Komm«, sagte er und nahm Lessinghams Arm, »ich will dich meiner Schwester vorstellen. Sie hat einen Russen geheiratet: den Namen können wir nicht aussprechen, keiner von uns kann's; mach dir bitte nichts daraus und versuch's bitte nicht. Sie ist deine Tischdame: stimmt doch, Mary?«

Mary lächelte beipflichtend. Sie tauschte, als sie sich umdrehte, um die soeben eingetretenen Denmore-Benthams zu begrüßen, einen blitzschnellen Blick mit Lessingham aus. Und für das Auge eines jeden Sterblichen unsichtbar, es sei denn, er und sie hätten es gesehen, tanzte (für diesen Bruchteil einer Sekunde) zwischen ihnen etwas durch die Luft: »Aber – nach dem Essen . . .«

Das Essen fand in der Bildergalerie statt (wo später auch getanzt werden sollte), dem einzigen Raum, der groß und lang genug war, vierzig Leuten bequem an einer Tafel Platz zu bieten. Es war ein schöner Raum, fünfundzwanzig auf siebeneinhalb Meter, und die Westwand war auf ganzer Länge von einer Reihe großer, tiefangesetzter Fenster durchbrochen. Diese waren, da zu Beginn des Dinners die Vorhänge nicht zugezogen wurden und die unteren Flügel offenstanden, um die Abendluft einzulassen, ausgefüllt vom Sonnenuntergang. Dutzende von Kerzen, jede unter ihrem besonders feinen, gefältelten Seidenschirmchen hervor, erleuchteten strahlend das Weiß von Tischtuch, Glas, Silber und Porzellan und die von Mary ausgewählten Blumen und die zarten grünen Ranken; überfluteten zudem mit einem weicheren, weitergestreuten und wärmeren Glanz die Abendkleider, die Juwelen, das männliche Schwarz-weiß, die Gesichter von Gastgebern und Gästen: Gesichter, die – ob jung oder alt oder irgendwo dazwischen – durch diese Einheitlichkeit des Kerzenscheins zu einem Bild zusammengefügt wurden, und von der zwar zarteren, aber tieferen Einheit, die das frohe englische Gemüt vermittelt und sicher, gelassen, lustig, unbekümmert macht. Und (zum Beweis, daß es der englischen Natur widersprechen würde, könnte sie das Exotische nicht in sich aufheben) sogar die Spanierin, die auf halber Höhe zwischen Jim Scarnside und Hesper Dagworth an der Tafel saß, wurde von diesem zersetzenden Element einverleibt, wie Königswasser säurefeste Elemente und selbst Gold angreift und auflöst.

Wie ein Ballett kleiner Tiere (Gäste an der Tafel von Königin Alice im Spiegelland, bevor das schreckliche Durcheinander einsetzte) tappte und trappelte, tippelte und trippelte, drehte und wendete und kehrte die Unterhaltung zwischen Gesichtern und Gläsern und Kleidern und Lichtern hin und her. Die klassischeren Figuren zogen eine Weile lang ihre Kreise am oberen Tafelende, unter der Leitung von Lord Anmering, Mr. Romer, General Magnaghten und Mr. Everard Scarnside. Lady Rosamund Kirstead, an der Flanke dieses Parnassus, mit dem Rücken zu den Fenstern, mäßigte seine Höhen mit Bildern von den Skiabfahrten über Villars im letzten Februar (ihrem ersten Eindruck von Wintersport) und konnte schließlich erfolgreich Anne und Margesson und Mr. Scarnside umgarnen und von diesen intellektuelleren Geistesblitzen (worin Anne sich hervortat, worüber Rosamund sich aber langweilte) ablenken zum allseits beliebten Alltagsgeschehen von Ascot, Henley, Lords, der Franko-Britischen Ausstellung, in der Vorschau und im Rückblick: was man anzieht und was nicht: August, September, Moorhuhn-Moore und Wildwechsel in Invernesshire und Sutherland.

Lessingham, auf derselben Tischseite ein Stück tiefer, führte ein Dreiergespräch mit Amabel Mitzmesczinsky zu seiner Rechten und Fanny zur Linken: hier tanzte die Unterhaltung nach fröhlicheren und wunderlicheren Weisen und war ausgeschmückt, als wären die fünf Kontinente und alles Verflossene und Gegenwärtige ihr Festgewand. In ihren Strudel wurden gezogen Tom Chedisford und Mrs. Bentham an der Tischseite gegenüber, und bald kam Jack Bailey sich wie ein Ausgestoßener vor; denn während Mrs. Bentham, seine eigentliche Partnerin, die bis jetzt ein sehr tröstliches Interesse für Dinge innerhalb seines Fassungsvermögens zur Schau gestellt hatte, unbarmherzig begann, ihn zugunsten des Quattrocentos zu ignorieren, erging sich Lucy Dilstead auf seiner anderen Seite in einem esoterischen Gespräch mit ihrem Verlobten, nicht gerade deutlich und vernehmbar. Jack, der in seiner Einsamkeit schließlich einen Namen auffing, den er kannte (Botticellis *Primavera* nämlich), nützte eine kurze Gesprächspause, um mit ehrlicher Philisterüberzeugung zu bemerken: »Das *ist* aber ein *schmutziges* Bild.« Jim und Hesper horchten abwechselnd – Hesper in seinem Spanisch, Jim im Englisch der Dame – Madame de Rosas aus, die damit eine Ablenkung zu der recht ernsten Diskussion darstellte, die Bremmerdale, Colonel Playter und Jim über Querfeldeinrennen führten. Appleyard löste mit seinen lustigen Geschichten bei den Playter-Mädchen einen Lachanfall nach dem anderen aus, bis diese schließlich dazu übergingen, ihn mit Brotkügelchen zu beschießen: ein Unterfangen, das genauso jäh ein Ende fand, wie es begonnen hatte – unter dem Tadel der entsetzten Frau des Vikars und dem eher beschwichtigenden Blick des väterlichen Auges auf ihnen.

Am unteren Tischende schien Mary als Gastgeberin zuerst alle Hände voll zu tun zu haben: mit Hugh zu ihrer Rechten, der ziemlich schlechte Laune hatte, weil er (vielleicht) für seinen beabsichtigten Antrag ein ungünstiges Klima witterte und der von Minute zu Minute immer nervöser wurde; mit dem flotten Admiral zu ihrer Linken, weil er ganz unverschämt mit Mrs. Daagworth flirtete, wobei diese allerdings ein wenig zerstreut wirkte und ihr Augenmerk auf Hesper und die de Rosas gerichtet hatte. Aber Marys geistreiche Unterhaltung und ihre bloße Anwesenheit wirkten Wunder, wie ein sonniger Frühlingstag, der die Säfte steigen lassen und die Herzen einstimmen und die ganze Welt in Einklang bringen kann.

Lessingham und Mary, die ihren Tanz unterbrachen, als er sie neben die Tür geführt hatte, gingen schnell hinaus und entflohen so durch das Teezimmer der Musik und dem bunten Treiben auf die Terrasse, wo sie eine Weile Arm in Arm standen und die frische Luft einsogen, während sie beide in dasselbe ferne Gewölbe der Dunkelheit und des Sternenscheins blickten: das duftige Gesicht der Nacht, das wachte, sich aber in Stille hüllte.

Mary zog ihren Arm zurück.

Lessingham sagte: »Gedenkst du, daraus eine ständige Übung zu machen? In der Zukunft, meine ich?«

»Woraus?«

»Daraus, wie du dich heute abend mir gegenüber verhalten hast?«

»Ich weiß nicht. Vermutlich.«

»Gut.«

Mary befächerte sich. Sofort nahm er den Fächer und faltete ihn zusammen. Die Musik klang in süßen Rhythmen aus der Bildergalerie herüber. »Wie nett von dir«, sagte sie, »daß du ›gut‹ sagst.«

»Äußerst nett von mir, wäre ich ein Freihandelnder. Aber wie dir vielleicht aufgefallen ist, bin ich das nicht.«

Mary sagte: »Meinst du ich? «

»Ganz und gar, würde ich sagen. Vollkommen frei und erstaunlich ausweichend.«

»Ausweichend? Manchmal treffen die Leute die Wahrheit genauer, als sie glauben.«

»Du bist mir den ganzen Abend mit ziemlichem Erfolg ausgewichen«, sagte Lessingham, als sie den Fächer zurücknahm. Die Musik verstummte. Mary sagte: »Wir müssen hineingehen.«

»Müssen wir? Dir ist nicht kalt?«

»Ich will.« Sie wandte sich zum Gehen.

»Aber bitte«, sagte er an ihrer Seite, »was habe ich getan? Der einzige Tanz, den wir zusammen hatten, und der halbe Abend ist schon vorüber . . .«

»Ich fühle mich – schäbig.«

Lessingham schwieg und folgte ihr zwischen den schlafenden Blumenrabatten zum Haus. Am Eingang begegneten sie unter anderem dem herauskommenden Glanford. Er wurde rot und verlegen. Auch Mary errötete, ging aber zurückhaltend, gelassen hinein. Sie und Lessingham kamen nun durch das Teezimmer und den Galeriensaal in den Salon, wo seit dem Dinner am hinteren Ende eine Art Podest oder Bühne mit Rampenlichtern entlang der Vorderseite aufgebaut worden war und davor Stühle und Sofas wie für ein Publikum aufgestellt waren. Stehlampen und Schirmleuchten auf Tischen an den Seiten und in den Ecken des Zimmers sorgten für gemütliches, goldenes Dämmerlicht.

»Du hast wohl schon einmal Kastagnetten gehört?« sagte Mary.

»Ja. Aber erst einmal richtig: in Burgos.«

»Kastagnetten und Kathedralen passen recht zusammen, würde ich meinen.«

»Ja«, sagte er. »Ich bin vorher noch gar nicht darauf gekommen; aber es stimmt. Eine seltsame Mischung von solch Gegensätzlichem: das Fühlen der Zeit, die klickend und knackend ins Endlose verläuft; und das andere – nun, als gäbe es etwas Bestehenbleibendes.«

»Wie Berge«, sagte Mary; »und das lustige Murmeln der Bäche, die Tag für Tag, Monat für Monat, an ihren Flanken herunterrinnen.«

»Und manchmal«, flüsterte Lessingham, »eine Lawine.«

Sie standen nun vor dem offenen Kamin, der verschwenderisch mit weißen Madonnenlilien gefüllt war. Über der Einfassung hing, von oben direkt mit einer Glühbirne beleuchtet, ein Ölgemälde, das Kopf-und-Schulter-Porträt einer Dame mit glattem, schwarzem Haar, von sehr blasser Gesichtsfarbe, fast als Vorderansicht dargestellt, mit runden Schultern unter dem hauchdünnen Kleid und zartem Hals (*ἁπαλὴ δειρή*, wie Homer es in seiner Hymne ausdrückt). Ihre Stirn war hoch: das Gesicht lang und oval: die Brauen gebogen und schmal: die Nase eher lang, sehr gerade und mit einer nur andeutungsweise aufgerichteten Spitze, was ihr einen gewissen Zug von Hochmut verlieh, nicht aber unschöne Verächtlichkeit. Ihre Augen waren groß, und breit war der Raum zwischen ihnen und zwischen Lid und Braue: ein jedes Lid, das sich vom inneren Augenwinkel aus schnell nach oben wölbte, endete im äußeren Winkel mit einer weiteren jähen Aufwärtsrundung: das verlieh ihr einen leicht östlichen Gesichtsausdruck, vielleicht etwas japanisch und mit tartarischer Strenge angehaucht.

»Reynolds«, sagte Lessingham, nachdem er es eine Weile still betrachtet hatte.

»Ja.«

»Eine Ahne?«

»Nein. Keine Verwandte. Schau dir den Namen an.«

Er beugte sich heran und suchte in der Ecke der Leinwand: *Anne Horton 1766.*

»Es wurde angefertigt, als sie etwa neunzehn war«, sagte Mary. Als sie dieses Porträt ansah, schien sich eine kleine Wandlung an ihrem ganzen Benehmen zu vollziehen, wie wenn im Innern Freude und Zuneigung aufflammen, sieht ein Freund einen Freund. »Gefällt es dir?«

In Lessinghams Gesicht, der immer noch das Bild studierte, trat eine ähnliche Wandlung. »Ich mag es sehr.«

»Später litt sie an Verfettung und wurde Herzogin von Cumberland. Gainsborough malte sie danach mehrmals als diese.«

»Das kann ich nicht glauben«, sagte er und blickte zu Mary um, »daß sie fett wurde. Ich denke, ich kenne diese späteren Bilder, doch jetzt überzeugen sie mich nicht mehr.«

»Sie sind uninteressant«, sagte Mary. »Aber in diesem sieht sie gewiß nicht nach dem achtzehnten Jahrhundert aus. Merkwürdig zeitlos, würde ich meinen.«

Wieder betrachtete Lessingham Mrs. Anne Horton – die seitwärts gedrehten Augen: den ganz und gar heiter-gelassenen, ganz und gar bewußten, undurchdringlichen, abwägenden Blick: die Lippen, als ob soeben geschlossen, wie in Verona, nach diesem insgeheimen *ça m'amuse.* Schnell sah er zurück zu Mary. Und für ihn klar ersichtlich, schien das gewisse Etwas, das an Marys Mundwinkel wohnte, aufzuwachen und in diesem Gemälde ergötzlich das eigene Abbild wiederzuerkennen.

Es erahnte ebenfalls (könnte man vermuten) eine gegenwärtige Erklärung für dieses *ça m'amuse.* Vielleicht erriet die Dame im Bild Marys Verärgerung über Glanfords hartnäckigen, ungehörig besitzgierigen Antrag, über ihre Ablehnung, die ziemlich kurzerhand gekommen war, und über Lessinghams Methoden, die ihn unsinnigerweise kein Haar besser scheinen ließen (und über ihren Vater obendrein, der in gewisser Weise auch nicht anders war): erriet zudem die Erbitterung in Marys Bewußtsein, daß sie überwältigenderweise zu Lessingham gehöre, daß sie vor eine Wahl gestellt sei, die sie nicht treffen wolle, und daß Lessingham unverzeihlicherweise (aber mehr oder weniger selbstverständlich, war er doch in diese Geheimnisse nicht eingeweiht) die Lage nicht zu verstehen scheine.

Mary lachte. Es war, als wäre damit das Antlitz der Nacht wieder völlig klar geworden.

Das Zimmer füllte sich nun. Madame de Rosas, mit einem Umhängetuch und schwarzer Mantilla, nahm ihren Platz auf dem Podest ein, während darunter, rechts von ihr, die Musiker mit dem Stimmen der Instrumente begannen. Lessingham und Mary ließen sich ganz hinten, nahe der Tür, in Sesseln nieder. Alle Lampen wurden ausgeschaltet, nur jene nicht, welche die Bilder anstrahlten, und die Rampenlichter wurden angemacht. »Und mein Zypern-Bild dort drüben?« flüsterte Lessingham in Marys Ohr. »Weißt du, warum ich es dir geschickt habe?«

Mary schüttelte den Kopf.

»Weißt du, was es ist?«

»Ja: du hast es mir in deinem Brief geschrieben. Sonnenaufgang vom Olymp. Es ist wunderschön. Das Höhengefühl. Der stürmische Himmel. Die Sonne, die sich hinter dir emporschwingt. Die kalten Schatten auf den Bergen, und der goldene Lichterglanz auf ihnen. Der silbrige Morgenglanz. Und dieser gewaltige, vom Olymp selbst geworfene Schatten mit dem roten Feuerband an seinen Rändern: ich habe das in den Alpen gesehen.«

»Weißt du, was das ist: dort, wo ein schmales Stück Meer zu sehen ist, links drüben, weit hinter den Gipfeln?«

»Was?«

»Paphos. Wo Aphrodite, wie man annimmt, dem Meer entstiegen ist. Ich habe dort oben, über Troodos, zwei Wochen gezeltet: bin täglich um vier Uhr morgens mit meinen Sachen hinaufgestiegen, um den Sonnenaufgang zu erleben und zu malen. Ich will dir etwas sagen«, flüsterte er noch leiser: »Ich war tatsächlich nahe daran, die Geschichte zu glauben, alles, die Homerische Hymne, Botticellis Bild in den Uffizien, die ganze Sache: richtig eigenartig, wenn ich dort hinüberblickte, allein, bei Tagesanbruch. Aber . . .«, sagte er. Die Saiten erklangen im Rhythmus einer alten Sequidilla aus Andalusien: die Spanierin trat in die Mitte der Bühne, warf ihr Umhängetuch über die Schultern und stand statuenhaft, regungslos im hochgeworfenen Glanz des Rampenlichts. Lessingham blickte kurz zu ihr auf, dann wieder auf Mary. Mary hatte das Augenmerk auf die Bühne gerichtet; aber er hatte im Halbdunkel nur Augen für sie: das Profil ihres Gesichtes, das Glitzern des Saphiranhängers, der mit solch ruhiger süßer Unrast mit ihrem Atmen atmete. »Aber«, sagte er, »es warst du.« Der dunkelglänzende Saphir stand einen Augenblick still, dann hob er sich, wie ein Schiff von einem Wellental aufsteigt, und fiel wieder, auf dem Kamm angelangt.

»Es wäre ein törichter Mythos, wenn es irgend jemand anders als du gewesen sein könnte«, flüsterte er. Und sanft setzten die Kastagnetten ein, getragen von einer pochenden, murmelnden Weise, kaum vernehmbar.

Ein andalusischer Tanz, von einer gedungenen Frau dargeboten, um die Gäste eines englischen Landsitzes im Jahre unseres Herrn 1908 zu unterhalten. Und dennoch, durch die Verschmelzung von Musik mit Landschaft und gemaltem Porträt, die sich so unter dem Atem tiefer, profaner Erinnerungen im Blut auf diesem gewärmten Saphir niederließen, der in den Wellen einer solch teuren See schaukelte, schienen die Takte des Tanzes sich in Worte zu kleiden:

Αἰδοίην χρυσοστέφανον καλὴν Αφροδίτην

Aphrodite, die goldbekränzte, schöne . . .

und weiter so zum Ende:

Heil dir, du Augenschöne, du Liebliche. Laß mich im Wettkampf
Hier den Sieg erringen, gib Segen meinem Gesange.
Ich aber werde deiner und andrer Gesänge gedenken.

Fein und dünn, wie Grashüpfer auf einem heißen Berghang im Sommer, klangen die Kastagnetten aus. Dann rauschender Beifall: immer wieder lächeln und Knickse als Dank vom Podest: neu entfesselte Unterhaltung, die als Raunen und Tuscheln mit dem Stimmen der Streichinstrumente zusammenprallte: in derem Schutze Mary, die Augen auf das Zypern-Bild gerichtet, sagte: »Du hast es nicht wirklich geglaubt?«

»Nein. Natürlich nicht.«

»Einen Moment lang vielleicht doch«, sagte sie: »bei diesem

Glühen am Rande des Schattens? einen Moment lang, in der Eile, es zu malen?«

Lessingham schien seine Antwort nicht an sie zu richten, sondern an das Geheimnis, das in ihrem ihm zugewandten Gesicht im Halbdunkel lag. Mitten beim Sprechen, wie von ihrem süßen Duft, ihrer lebendigen Nähe betäubt, stockte sein Atem, und seine Worte kamen stotternd. »Ich denke, ein Teil von einem«, sagte er, »glaubt eine Menge komisches Zeug, wenn man tatsächlich malt oder schreibt.«

»Ein Teil von einem? Und glaubt es dann später nicht mehr?«

In einem Nebel unter seinen Augen erwachte und schlief der Saphir wieder, als sie geringfügig ihre Haltung änderte und das moschusrosa, milchweiße Tal sich verengte und vertiefte.

Sie sagte, sehr sachte: »Ist das die Art, wie es sich verhält? mit allem?«

»Ich weiß nicht. Wollte, ich wüßt's.«

KAPITEL V

Herz-Königin und Pik-Königin

Zweihundert Ruten nordöstlich des Sommerpalastes zu Memison gibt es auf dem vorgelagerten Bergrücken eine flache Stelle von der Größe eines Tennisplatzes, die wie der Horst eines Turmfalken über den Abhängen liegt, die auf dieser Seite jäh zur Flußmündung des Zeshmarras, seinen Auenböden und von Vögeln wimmelnden Sumpfniederungen abfallen. Als hier vor Jahren König Mezentius die Umbauung der kleinen Spähfestung mit den Hallen und Audienzsälen Memisons, und den Unterkünften für vierhundert Soldaten und für die einer prinzlichen Hofhaltung würdigen Leute von Rang zum Abschluß gebracht hatte, und die Erstellung des weitläufigen, niedriggebauten Sommerpalastes vollendet war, mit Hainen und Wegen und hängenden Gärten und Kräutergärten und Wassergärten und Säulengängen, so daß es keine Jahreszeit oder Unbilden der Witterung gäbe, wo sich nicht zu jeder Tageszeit ein dem angemessenes Eckchen oder Winkelchen in diesen Lustgärten finden ließe, und er dies alles zusammen mit der Verleihung der Herzogswürde Amalie gegeben hatte, seiner Allerliebsten; hier also, auf dieser grasigen Bodenplatte, hatte er unter Ausnutzung einer klaren Wasserquelle für sie im Schatten von Bäumen ihr Bad errichtet, ein Bad wie das der göttlichen Jägerin. Ein Felsvorsprung, mit Sonnenröschen und Wacholderbüschen überwachsen, verwehrte die Sicht aus dem Schloß und den Gärten, und ein durch den Stein gehauenes Tor und Stufen führten zu ihm hinab. Auf der anderen Seite schirmten Eichen und Walnußbäume und Akazien das Bad entlang der Brüstung ab und boten an lichten Stellen Ausblick auf den See von Reisma und, weiter links, den flachen Talgrund, schachbrettartig in Felder aufgeteilt, und von Hecken und runden Baumkronen durchfurcht, die sich hie und da zu wogenden Gehölzen oder Waldungen zusammendrängten. Und hie und da waren vereinzelte Gehöfte ausgestreut, und hie und da wanden sich Rauchfahnen empor, und blau lag das ganze lange Tal in der mittsommerlichen Dämmerung, denn die Sonne war untergegangen, und dunkelblau hoben sich die Berge im Osten und Nordosten vom klaren Himmel ab. Aller Wind hatte sich gelegt, dennoch war die Luft nicht drückend; denn in diesem milden Klima des meszrischen Hochlands gibt es genausowenig einen Wintertag, der nicht eine gewisse Würze des Junis in sich trägt, wie es keinen sengend heißen Sommertag gibt, an dem nicht, aus der See oder den Bergen kommend, der Biß des Winters nagt. Kein Blättchen regte sich. Nur in der Mitte des Beckens stiegen vom Brunnen darunter Bläschen auf und kräuselten die Wasseroberfläche mit sich immer mehr ausweitenden Ringen: was jedoch nur ganz schwach zu erkennen war, da sich auf dem Wasser Dinge spiegelten, die selbst regungslos standen: hellrote Rosen und erhabene Schwertlilien in dunklen, üppigen Purpur- und fleckigen Goldtönen. Zu dieser vollkommenen Stunde waren Erde und Himmel bar aller Schatten, und nur mehr Formen und Farben verblieben: Form, eher als Unterscheidung zwischen Farbe und Farbe, nicht als Linienwerk und Umriß (welche tatsächlich mit den Schatten dahingeschieden waren); und Farbe unterschied sich von Farbe nicht im Ton, sondern als Farbe selbst, als reiche, selbstgenügende, ungetrübte Farbe schlechthin: das Olivgrün der Steineiche, das schwarz-grüne, buschige Gebilde der Kiefer, das kühle Weiß der Onyx-Bank über dem Wasser, der zarte Blauschimmer vom Bademantel der Herzogin aus durchbrochener Seide; die fleischfarbene Reinheit, entblößt oder halb bedeckt, von Arm, Schulter, Hüfte; ihr loses Haar voll der rotgoldenen Harmonien von Buchenwäldern in der gleißenden Frühlingssonne; und ihr Gesicht (dessen Züge in diesem zweifelhaften Licht oder Dämmer des frühen Abends schwer zu unterscheiden waren). Ihre alte Amme, weißhaarig, mit Wangen, runzlig wie ein Pippinapfel, und Augen, aus denen scheinbar etwas funkelte, das von der Schönheit ihrer Herrin abstrahlte, trocknete gerade emsig die Füße der Herzogin, während diese, die Wange in die Rechte und den Ellbogen auf taubengraue Samtpolster gestützt, südwärts über das nahe Wasser zum fernen Schimmer des Sees jenseits der Brüstung ausblickte, und zu den Wäldern und Bergen, durch die sich die Straße südwärts nach Zayana schlängelt.

»Die Sonne ist untergegangen. Wird es Euer Gnaden nicht kalt werden?«

»Kalt heute abend!« sagte die Herzogin, und etwas huschte über ihr Gesicht, wie der Tanz – gefiederte Körperchen, aufrecht schwebend, mit schwirrendem Flügelschlag, nach unten gerichteten, wie ein Fächer flatternden Schwänzen – eines gelben Bachstelzenpaares, das über das Becken flog. »Warte bis morgen: dann ist's vielleicht – ja, wirklich kalt.«

»Aber Euer Hoheit kommen, wenn gegangen, doch wieder, wie jeden Tag.«

»Komme wieder? Auch der Sommer kommt wieder. Aber wenn wir alt werden, machen wir die nützliche Erfahrung, daß wir auf jeden scheidenden Sommer neidisch sein müssen; als wäre dies – ja, tatsächlich das Ende, und käme hiernach kein Sommer mehr.«

»In zwanzig Jahren gebe ich Eurer lieblichen Exzellenz meine Erlaubnis, mit solchen Reden zu beginnen, jetzt nicht: ich, der ich Euch in Windeln wickelte und in der Wiege schaukelte, als kein König und Herzog uns noch belästigte.«

»In zwanzig Jahren?« fragte die Herzogin. »Wo ich heute schon einen Sohn von zweiundzwanzig habe?«

»Werden Seine Gnaden von Zayana heute abend hier sein?« fragte Myrrha, die zu Füßen der Herzogin mit Violante, beide Hofdamen, im Gras saß.

»Wer will das Irrlicht vorherbestimmen?«

»Euer Gnaden, wenn überhaupt irgend jemand«, sagte die Greisin; »ist Euer Gnaden doch wie aus dem Gesicht geschnitten.«

»Trägt aber auch die Züge seines Vaters in sich«, sagte die Herzogin: »zumindest was sein gebieterisches Wesen angeht, seinen Stolz, seine Überzeugung und seinen Hochmut und seine Unrast: macht den Tag zur Nacht, die Nacht zum Tage. Und Ihr, meine Unzertrennlichen, seid mir nicht zu naseweis. Ich weiß Bescheid über diese Mätzchen, die unlängst in Zayana getrieben wurden. Wohlgemerkt, ein Wachtelhund stöbert gar manches Federvieh auf. Bürste mir das Haar«, sagte sie zur Amme: »so. Es sind nicht wir, Amme, die alt werden. Wir sitzen nur da: sehen zu. Und Geburt und Kindheit, die volle Blüte der Jugend, das Schwinden und Vergehen sind lediglich wie Bilder, die vorbeigetragen werden, um uns zu erfreuen oder zu necken; oder was die Jahreszeiten für die Erde sind. Die Erde wandelt sich nicht: genauso wenig wie wir. Und der Tod führt lediglich zu einem neuen Sommer.«

»Trübselige Gedanken für einen schönen Abend«, sagte die alte Amme und bürstete.

»Warum nicht? es sei denn (und das ist, fürchte ich, wahr), es gelüstet einem im Sommer nach Schatten, aber bei mir ist es das

Fallen des Laubes. Nein, ich bin jung, ganz bestimmt, wenn Trübsal mir behagt. Indes, nein; denn ein Schatten von Hoffnung versüßt mir diese traurige Soße; ich kann sie nicht mehr ungetrübt mögen, wie rechte Jugend das kann. Alt zu werden, ist schlimmer, als nur alt zu sein«, sagte sie nach einer Pause. »Wachstumsschmerzen, glaube ich.«

»Ich mag Euer Haar im Sommer«, sagte die alte Amme und hob die schimmernden Locken so, als wären sie zu schön und fein für eine Berührung durch gewöhnliche Hände. »Die Sonne entlockt ihm alles Gold, wohingegen es im Winter nur in heißen Feuerfarben glühte.«

»Gold ist gut«, sagte die Herzogin. »Und Feuer ist gut. Aber zupfe das Silber heraus.«

»Bisher habe ich noch keins gefunden«, sagte sie. »Lady Fiorinda soll also die Stellung der Kammerfrau von der Gräfin übernehmen? Ich hätte geglaubt, Euer Gnaden könnten sie nicht ausstehen?«

Die Herzogin lächelte und griff nach ihrem Handspiegel aus Smaragd und Gold. »Heute früh, gerade als das Frühstücksgedeck aufgetragen wurde, fällte ich den Entschluß, meine Frauen zu wählen, wie ich Kleider wähle. Und schwarz steht mir ausnehmend gut. Myrrha, welchen Duft habt Ihr mir gebracht?«

»Die Rosenblume oder Armash.«

»Zu gewöhnlich. Heut' abend will ich etwas Ausgefalleneres oder um diese Jahreszeit Ungewöhnlicheres; etwas Frühlingshaftes, um den Mittsommer zu lindern. Waldlilien: diese wären gut: im goldenen Sprühfläschchen. Aber nein«, sagte sie, als Myrrha aufstand, diese zu besorgen: »sie sind erdhaft. Für heut' abend etwas Himmlisches. Bringt mir wilden Enzian: solchen, dessen Blüten zu vielen an einem Stengel wachsen, so daß man wetten wollte, es wäre eher Salomonssiegel mit den erdwärts hängenden, blassen Glöckchen, die sich dann jedoch himmelwärts durch ein Dach aus Kiefern strecken und schließlich blau werden: die Farbe des Himmels bekommen, zu dem sie aufblikken.«

»Madam, sie duften nicht.«

»Wie wollt Ihr das wissen? Was ist unmöglich in einer Nacht wie dieser? Findet mir welche. Doch seht: nicht nötig«, sagte sie. »Fiorinda! Das ist Pflichterfüllung, wie ein junger Adler die Herausforderung des Windes annimmt.«

»Ich bin es seit langem gewohnt, meinen Dienst unaufgefordert zu tun«, sagte diese Dame, die gerade über die Stufen aus einem düsteren Bogengang aus dem Nadelwerk einer Kiefer zur Linken und dem dichtverwebten Flechtwerk eines alten knorrigen Erdbeerbaumes zur Rechten kam, beide Arme voll blauem, wildem Enzian und begleitet von zwei Knaben in grünen Mäntelchen, wovon einer auf einem Tablett Vinum Hippocraticum in einem Deckelkrug und goldene Trinkkelche trug, der andere Aprikosen und Nektarinen in silbernen Schalen.

»Duften sie wirklich?« fragte die Herzogin und nahm die Enziane.

»Bitte Euer Gnaden zu riechen.«

Die Herzogin hob sie vor ihr Gesicht. »Das ist Zauberei.«

»Nein. Es ist die Nacht«, sagte Fiorinda und hieß die Knaben, abzustellen und fort. Ein Lächeln huschte über ihre Lippen, als sich die Blicke aus grünen Augen, der ihrigen und derjenigen der Herzogin, über das Hindernis aus himmelblauen Blumen hinweg begegneten. »Euer Gnaden sollten sie küssen.«

Die Herzogin tat dies. Wieder begegneten sich ihre Blicke. Der Duft dieser Waldblumen, fein und unbestimmbar, flüsterte insgeheim in das innerste und geheimste Ohr derjenigen, die diesen Wohlgeruch einsog: »Ich habe den Krieg beendet. Fünf Monate früher, als ich sagte, tritt mein Fuß auf ihren Nacken. Und fünf Monate vor der bestellten Zeit also – werde ich Euch haben, Amalie.« Sie hielt den Atem an; und der Wohlgeruch, der so zart die Luft erfüllte, daß einzig sie ihn wahrnehmen konnte, sprach abermals insgeheim zu Amalies Innerstem: »Und das war in jenem Zimmer im Turm, hoch über Acrozayana, mit den großen Fenstern, die der untergehenden Sonne Einlaß gewähren, zeigen sie doch nach Westen über die Insel Ambremerine, wohingegen das Schlafgemach ostwärts über die See zeigt: die Räume, die heute die Privatgemächer von deinem Sohn Barganax sind. Und es war die gleiche Nacht, die Mittsommernacht vor dreiundzwanzig Jahren.« Die Herzogin entließ ihre Hofdamen, Myrrha und Violante, mit einer Handbewegung und küßte, während die Amme ihr Haar flocht, einrollte und hochsteckte, die Blumen abermals, drückte sanft ihre Wange gegen sie, wie eine hübsche Katze dies tut, und hielt sie an ihren Hals. »Bei den Göttern!« sagte sie, »wäre es nicht gotteslästerlich, könnte ich mich als Königin des Himmels in ihrem beräucherten, süßen Tempel von Kypros wähnen, wie es in der heiligen Hymne steht: ich wähle dort meinen goldenen Schmuck und köstlich duftende, weiche

Gewänder und ziehe mit dem Wind zum Berge Ida, zum fürstlichen Hirten,

> ὅς τότ' ἔω ἀκροπόλοις ὄρεσιν πολυπιδάκου Ἴδης,
> βουκολέεσκεν βοῦς, δέμας ἀθανάτοισιν ἐοικώς

> *Derjenige, der in den Bergen der Akropolis am quellreichen Ida*
> *Rinder weidete, ist an Gestalt den unsterblichen Göttern gleich.«*

»Gotteslästerlich?« sagte Fiorinda. »Meint Ihr denn, man könnte die Götter durch Blasphemie erzürnen? Ich würde meinen, es wären nur falsche Götter, die man durch so etwas verletzen könnte.«

»Selbst wenn so etwas sie nicht verletzte, so fürchtete ich doch die Sünde darin«, sagte die Herzogin: »der alte Abkömmling der *ὕβρις*– der Mensch, der sich mit Gott gleichsetzt.«

Fiorinda sagte: »Ich bezweifle, ob es so etwas wie Sünde tatsächlich gibt.«

Die Herzogin, die zu ihr aufblickte, verharrte einen Moment wie geblendet, wie einer falschen Rechnung aufgesessen, durch einen gewissen Zug, fremdartig und grausam und rücksichtslos, der scheinbar mit der zunehmenden Dunkelheit die kalte Miene dieser Dame belegte. »Gib mir meinen Umhang«, sagte sie dann zur Amme, woraufhin sie aufstand und ihn um ihre Schultern legte; »geh voraus und sieh zu, daß in meinem Ankleideraum alles bereit ist. Dann kehr mit Lampen zurück. Wir kommen bald dorthin nach.« Als die Amme gegangen war, sagte sie: »Ich werde Euch ein Beispiel nennen, das meines Erachtens eine himmelschreiende, teuflische Sünde darstellt, nämlich seinen Gatten mit langen Haarnadeln auf den Piazza-Stufen von Krestenaya ermorden zu lassen.«

Fiorinda zog mit unschuldigstem, unberührtem Erstaunen eine Augenbraue hoch. »Das? Ich glaube kaum, daß dies den Göttern großen Verdruß bereitet. Außerdem war es nicht mein Tun. Obwohl er eigentlich«, sagte sie, sehr ausgewogen, und mit trägem, selbstherrlichem Tonfall, »nicht mehr verdiente, so häßlich nützte er mich aus.«

»Es wurde zur Zeit der Jahreswende vollbracht«, sagte die Herzogin; »und nun, schon im Mai, kommen uns Ernennungsurkunden vor Augen, die Eurem Gatten das Leutnantsamt von

Reisma übertragen: den Lord Morville, Euren jetzigen, zweiten Gatten, meine ich. Welche Verdienste brachten Morville dieses Amt ein?«

»Ich werde Euer Gnaden die Antwort nicht vorenthalten. Sein Verdienst war, mein Gemahl zu sein; obschon damals erst seit drei Wochen.«

»Ihr seid klug, wie ich sehe. Sagt mir: ist er ein guter Gemahl, der Euch in Ehren hält?«

»Wirklich«, sagte sie, »darüber habe ich noch nicht viel nachgedacht. Doch jetzt, wo ich's mir überlege, achte ich ihn als eines dieser Stierkälber, denen naturgemäß im ersten Jahr Hörner sprießen.«

»Ich staune, wie ungehörig Ihr über ihn sprecht. Aber es ist hinreichend bekannt, daß Ihr frühzeitig geschult wurdet in solchen Dingen.«

Fiorinda zuckte mit den Achseln. »Das gemeine Volk«, sagte sie, »ist seit jeher darauf versessen, das Schlimmste anzunehmen.«

»Gemein? Ist das auf mich gemünzt?«

»O nein. Ich hörte nie etwas anderes, als daß Euer Gnaden Vater Edelmann von Geburt gewesen war.«

»Wie alt seid Ihr?« fragte die Herzogin.

»Neunzehn. Heute ist mein Geburtstag.«

»Seltsam: und meiner auch. Neunzehn: so jung, und doch so überaus . . .«

»Euer Gnaden werden mir meine Jugend gewiß nicht als Laster entgegenhalten wollen, hoffe ich: meine Jugend und Abneigung für Toren . . .«

»O ich befasse mich nicht mit Eurer Ladyschaft Laster. Genug mit Euren Tugenden: Mord, und (sollen wir sagen?) *poudre agrippine.*«

Fiorinda glättete ihr weißes Gewand. »Ein um so größeres Wunder«, sagte sie und tat recht fein, »daß Euer Gnaden hiervon absehen und mir eine Stellung bei Hofe geben.«

»Ihr haltet das für ein Wunder?« meinte die Herzogin. »So bedarf es einer Erklärung, auf daß Ihr dies versteht. Es ist nicht meine Art, einem Freund sein Vergnügen zu neiden. Vielmehr bin ich bedacht, ein Dutzend oder so Frauen Eurer Würze um mich zu scharen, sowohl als Beiwerk und Spiegel meiner eigenen Art, als auch für den Fall, daß er in einer Mußestunde Lust auf solch lecker angemachte Naschereien hätte.«

Lady Fiorinda blieb stumm und blickte hinab in das Wasser zu ihren Füßen. Der Vollmond ging jenseits des Tales hinter einem Berg auf, und zwei Bäume am Horizont stachen klarumrissen hervor wie die Füßchen einer gegen die Scheibe des Mondes gehaltenen Kreatur. Eine Fledermaus flatterte durch die offene Stelle über dem Becken hin und her. Hoch in der Luft zog ein Reiher mit langsamen Flügelschlägen schnell vorüber, wobei er drei- oder viermal seinen wilden, krächzenden Ruf ausstieß. Das Silber das Mondscheins lag auf dem Antlitz dieser Dame, das so, von der Seite gesehen, nach unten blickte; auf ihren Armen, nackt bis zur Schulter, und auf dem Weiß ihres Gewandes, dem jede jungfräuliche, süße Rundung ihres Körpers in seiner Pose gänzlicher Ruhe Leben verlieh; und das Schwarz ihres Haares ließ das erwachende Dunkel der Sommernacht hell erscheinen. Als sie nun ihren Arm hob, um in ihrem Haupthaar die Nadeln nachzustecken, zuckte ein schwarzer Blitz auf, der all dieser silbrigen Blässe entsprang und augenblicklich wieder entschwand, so daß nur ein atemberaubender Schauder in der Luft zurückblieb, ein Schauder wie von der Sehnsucht der Welt. Schließlich sprach sie, der Herzogin immer noch die Seite zugekehrt, immer noch in das stille Wasser blickend: »Ein Dutzend? Von meiner Würze? Müssen diese so wie ich anzusehen sein? oder genügt es, daß sie . . .? aber ich will nicht Euer Gnaden Wortlaut entlehnen.«

Etwas schien sich in der lauen Luft zu regen bei diesem Tonfall ihrer Stimme: ein schmachtendes Entfalten, Heben und Senken, und wieder Schließen eines olympischen Fächers. Als würde die Abendröte die sich herabsenkende Nacht betrachten, so stand die Herzogin und betrachtete sie: als wollte sie sagen: Du und ich sind eins: derselbe gemeinsame Himmel: eine Luft: Schönheit, Farbe, Feuersglut. Die Nacht ist jung, im Kommen, während die Abendröte erstirbt: die Nacht, mit Schwärze und stählernem Sternenglanz gegürtet: Fledermausflügel; Eulenflügel, lautlos wie die gefiederten Fittiche des Schlafes; und in unergründeten, finsteren Teichen das Kommen und Gehen von Augenpaaren, gespenstisch wie grüne Monde, und das leise Zischeln von Schlangen, die im Verborgenen gleiten. So bricht allein die Nacht herein, bittersüß mit nachtigallenhafter Leidenschaft; und alle Wesen der Erde, der Luft und des Wasser bedecken vor ihr das Gesicht: jung (jung genug, sagte die Herzogin bei sich, um meine Tochter sein zu können), doch viel älter als all dies: älter als Licht: älter als die Götter. Indes hat auch die Abendröte ihr Klimakterium, das sich bei jedem Sonnenuntergang erneuert: wenn es erblüht zu unvorstellbarer, glühender Pracht, als ginge der ganze Horizont in einer Feuersbrunst auf, wo alle tote Herrlichkeit und Schönheit von früher sich in ihrer inneren Glut verzehren, und der rote Rauch in strahlenförmigen Schwaden zwischen gleißenden Nebeln emporquillt, und die Himmelskuppe droben gesprenkelt wird wie der Flügel eines Eisvogels, türkis und golden und chrysolith-grün, durchsichtiger als Luft; und über die See breitet sich ein großer, dunkler Teppich aus Purpur, auf dem, wie an der lieben Mutterbrust, aller Wind in Schlaf sinkt.

Fiorinda blickte plötzlich durch die zunehmende Finsterkeit in das Gesicht der Herzogin, aus Augen, die zu derselben Chrysolith-Farbe des Himmels verblaßt waren. »Worte!« sagte sie. »Wollen Euer Gnaden zugunsten von Worten vom Thron abdanken: und ausgerechnet heute nacht, unter allen Nächten? Haben Worte soviel Macht? in Memison? O öffnet die Augen und erwachet.«

Einen Augenblick lang schien die Herzogin den Atem anzuhalten. Mit erhabener, edler Miene sagte sie dann: »Legt Euer Mißvergnügen zur Seite und verzeiht mir. Die Herrin eines großen Hauses ist mit viel Schwermut geplagt, und so widerfährt's mir heute abend: nichts von alledem betrifft Euch. Ich biß die Hand, die am nächsten war.«

»Euer Gnaden ließen mir die Ehre zuteil werden, offen zu mir zu sein. Auch ich will offen sein. Ich bin keine Ware, für keinen Mann.«

»Nein«, sagte die Herzogin, wobei sie Fiorindas Gesicht forschend musterte. »Das ist wohl wahr.« Sie hielt inne: sagte dann: »Was seid Ihr?« Tiefere Finsterkeit schien sie zu umfangen.

»Das ist eine Frage, die Euer Gnaden Euch selbst stellen müssen.«

»Wie? mich fragen, was ich selbst bin? Oder fragen, was Ihr seid?«

»Wie Ihr wollt. Die Antwort ist dieselbe.«

»Nun«, sagte die Herzogin: »was mich betrifft, ich bin eine Frau.«

»Mir wurde dasselbe gesagt. Stellt Euch das zufrieden?«

»Und mit einer gewissen Schönheit.«

»Ganz gewiß.«

»Dennoch ist das keine hinreichende Antwort.«

»Nein«, sagte Fiorinda. »Nichts als Worte.«

Die Herzogin sagte: »Ich werde tiefer suchen.«

»Tut, was die Dame zu ihrem Galan sagte. Ihr werdet einen lohnenswerten Fund machen.«

»Wir sind beide, sozusagen, verliebt!«

»O welch beispiellos unschönes, verhüllendes Wort. Und von mir – zu behaupten, ich sei verliebt!«

»Soll ich Euch denn verraten«, sagte die Herzogin, »wer es ist, dem Eure Liebe gilt?«

»Von Herzen gern, Euer Gnaden.«

»Dem eigenen Selbst gilt sie.«

Ob wegen der schwindenden Helligkeit, die um ihre Mienen einen Schleier wob, oder weil das Denken hinter jeder sich zurückzog wie ein Vogel hinters Gestrüpp, so daß zeitweise nur mehr ein Flattern und Trällern vernehmbar ist: ihre Mienen waren nun schwerer zu entschlüsseln, und die Schönheit einer jeden weniger etwas Eigenständiges, sondern eher von derselben Substanz wie die (für sich selbst so abstoßende und widerwärtige) Schönheit, die eine jede in der anderen gewahrte. Unter all den Gegensätzen waren die Münder dieser Damen am unähnlichsten: Amalies Mund beherrschten klare, saubere griechische Züge, die Stärke und eine gewisse innere Glut von Stolz und Entschlossenheit dem verliehen, was sonst allzu süß gewesen wäre: Fiorindas Mund indes, wenn in Ruhestellung, nahm einen Ausdruck an, der härter und herzloser war als Stein, oder das Morgengrauen im Winter auf See, oder ein Gletscherrand in großer Höhe, der im Mondschein vom frostigen Äther absticht. Und dennoch, nahe dem Mundwinkel einer jeden wohnte etwas, das diesen Gegensätzen große Ähnlichkeit vermittelte: etwas, das sich einmal still duckte, dann wieder in schillernden Schuppen über die Umrisse der Lippen schleppte, die sein Nest und geheimer, verschlungener Spielplatz eigener Wahl waren. Dieses Etwas, das nun plötzlich am Mundwinkel der Herzogin erwachte, gewahrte nun wie in einem Spiegel sein zweites Selbst in Fiorindas geschwungenen Lippen, als diese mit einem kleinen, wohlig-sinnlichen, stillen Lachen den Kopf zurückwarf und sagte: »In wen denn sonst sollte man verliebt sein?«

»Nun, in alles andere«, sagte die Herzogin, »eher als in das.«

Fiorinda trat näher. »Laßt mich Euer Gnaden eingehend betrachten und mich's versuchen: angenommen, Eure Haut wandelte sich entsprechend: Ihr legtet das Sie in Euch ab: mehr Bein in den Wangenknochen: härtere Züge um die Stirn: diese dryadenhaft geschwungenen Brauen vermännlicht zu faunischen: aufwärtsgekringelter Schnurrbart: mehr Wölfisches um den Mund – nein, ich glaube wirklich, daß im Mund einer Frau etwas ist, das im Mund eines Mannes verloren ist. Küßt mich.«

Die Herzogin, da sie sich von dieser Umarmung befreit hatte, stand halb benommen und zitternd, wie wenn jemand, emporgetragen und auf einen Gipfel jenseits der Grenzen der Welt gesetzt, von dort aus den Blick kreisen ließe, einen Atemzug täte und mit dem Kopf voraus wieder zu den alltäglichen Klängen der Welt herniederschösse: dem Lied der Drossel und des Zaunkönigs, dem Murmeln eines Baches unter Erlen und Salweiden, dem Läuten der Kuhglocken von den Bergwiesen um Memison.

Es wurden Schritte hörbar: die Losung der Wache: das Tor hinter den Bäumen wurde geöffnet: schaukelnde Lichter zwischen den Blättern. Sechs Knaben kamen mit Fackeln und nahmen in einem Halbkreis über dem Becken Aufstellung; so daß die Damen in der Fackeln flackerndem Schein standen, während die Schatten, die sich am äußeren Rand dieser warmen Helligkeit zusammendrängten, dunkle Stellen warfen, wo zuvor durchsichtige Ultramarin- und Purpurtöne der fallenden Finsternis vorgeherrscht hatten. Und nun kam über diese Stufen aus dem Dunkel der überhängenden Kiefern- und Erdbeerbaumäste der König. »Das Licht hiergelassen und fort«, sagte er. Die Knaben steckten die Fackeln in die Halter und zogen sich zurück, woher sie gekommen waren. Fiorinda verschaffte sich mit einem tiefen Knicks Abgang und entfernte sich über die Stufen im Zwielicht der unruhig lodernden Fackeln und des silberfüßigen, stetigen Mondscheins.

»Es wurde vermeldet«, sagte der König, als sie sich von Fiorinda abkehrten, der sie nachgeblickt hatten, »daß die Füchse sich vor dem Bau tummeln.«

»Das ist die Meldung, die Ihr erwartet hattet?«

Der König nickte. »Ja.«

»So bleibt uns nicht einmal die Nacht?«

»Die Pferde sind gesattelt.«

»Aber wollt Ihr nicht zum Abendessen bleiben?«

Er schüttelte den Kopf. »Es hängt zuviel davon ab. Der Stahl muß die Brust durchdringen, wenn sie ihn noch Ellen entfernt wähnen.«

»Nun«, sagte sie und reichte ihm die Hand; nicht wie eine Geliebte, sondern wie eine Mitbefehlshaberin drückte sie sie: »Eure rechte Hand wird alles entlarven, was Ihr haßtet, mein Freund.«

Der König ließ sich auf der weichgepolsterten Bank aus Onyx nieder, während sie neben ihm stand; immer noch hielt er ihre Hand, zu fest, um sie ihm zu entwinden, selbst wenn sie gewollt hätte. Sogleich hob sie ihren Blick, nachdem sie seitwärts vor sich niedergesehen hatte, und begegnete den Augen des Königs, die dunkel zu ihr aufsahen. »Und es darauf ankommen lassen und nicht gehen?« sagte sie.

»Alles soll seine gerechte Ordnung haben.« Damit zog er sie zu sich auf die Bank herunter und flüsterte ihr ins Ohr, so sanft wie das Aufsetzen von Distelwolle, und dennoch so widerstandslos wie die steigende Flut, als seine Hände von ihr Besitz genommen hatten: »Amalie, ich erwählte und liebte Euch in meinen glücklichsten Stunden.«

Die Herzogin sprach: »Nun also lebt wohl. Ich begleite Euch nicht hinaus aus dem Palast. Lieber von hier hinunterfallen, ganz in der Art der Welt, als wieder hinunterzusteigen. – Und verratet mir«, sagte sie nach einer Weile, als sie nun Wange an Wange standen, denn sie war hochgewachsen, und er hatte das Haupt zu ihr geneigt, während er sie immer noch in seinen Armen hielt: »Wenn wir Götter wären und nach Belieben Welten schaffen, dann wie altmodische Kleider abwerfen und wieder erneuern könnten, sobald es uns gefällt: was für eine Welt würdet Ihr wollen, mein Freund?«

Und der König antwortete ihr und sagte: »Diese Welt, und keine andere: als mein verwunschenes Tier, das ich handzahm mache: mit dem schönen Memison als meinem Halsgeschmeide um seinen Nacken; und mit Euch, meiner Lieben, meiner Taube, meiner Holden, als seiner diamantenen Rose.«

KAPITEL VI

Kastagnetten zwischen den Welten

Lessingham saß starr und eisern in seinem Sessel. Wieder setzte die Musik ein: ein Bolero. Madame de Rosas, mit bloßen Armen und Granatspangen über den Ellbogen, ohne Kopfbedeckung und mit einer scharlachroten Kamelie im Haar, begann, ungemein langsam und ungemein weich, die Hüften zu schwingen und zu kreisen. Um nicht den Saphir anzusehen, sah er sie an: die Röte ihres Mundes, das Weiß ihrer schwarzen Augen. Aber augenblicklich tanzte statt ihrer der Saphir dort auf dem Podest, wobei von Marys Anwesenheit etwas ausging, das derbes Fleisch zu reingeistiger Sinnlichkeit verwandelte und es in einen Zustand erhob, wo Fleisch und Geist einander Hülle sind.

Langsam, und mit einem ungleichartigen, schwachen Klappern von Holz auf Holz, selbst durch das lichte Gefüge der nun gedämpften Saiten kaum vernehmbar, erwachten die Kastagnetten wieder; dann, sanfter noch, beschleunigte sich das Rasseln, und langsam, aber sicher gewann es immer mehr an Kraft, wie wenn sich aus großer Ferne allmählich galoppierender Hufschlag nähert. Hier, in diesem Salon von Anmering Blunds, war sein Klang zweifellos mit den Sinnen wahrnehmbar: es entstanden hier in der natürlichen Luft gewisse Wallungen, die auf das Trommelfell dieses oder jenes Ohres schlugen, verschiedene Wirkungen zeitigten und von diesem oder jenem Gehirn verzeichnet oder übersehen wurden: seltsam schallende Hörner, eine losgelassene Hundemeute, wilde Jägersleute, auf so vielen schattigen Äckern, wie da Gehirne waren, von dieser alten rasselnden Weise angesteckt zu werden, die dem bocksbeinigen Waldgott so teuer ist. Aber das innere Auf- oder Erleben dieser Musik holte tiefer aus; genauso wie der tiefe Schwall eines hochwasserführenden Flusses Blätter, Äste, ertrunkene Blüten, Libellen, Blasen, Schaumfetzen, Strudel und Wellen, entwurzelte Wasserpflanzen in ihrer treibenden Bewegung lenkt und steuert (ohne hierdurch selbst gelenkt und gesteuert zu werden), so geben diese, auf seiner Oberfläche davongeschwemmt, von seinen Wirbeln umhergewirbelt, nur eine schwache Vorstellung von der wahren Macht, die sie trägt.

Gut vier Meilen nördlich hinter Memison, in den flachen Ruyar-Tälern, ritt König Mezentius, Seite an Seite mit dem Kanzler. Nun ließen sie ihre Pferde verschnaufen: nun ritten sie im Schritt und gingen ein langes Stück ansteigenden Weidelandes nördlich von Mavia an; nun eilten sie im Handgalopp über die taufeuchten Wiesen von Terainsht. Starr und eisern war des Königs Antlitz unter dem Mond, und mit einer Miene, als wären in seinem Schädel Hämmer am Werk. Aber seine Haltung im Sattel war gelöst und unbeschwert, als teilten er und der große Rappe, den er ritt, sich nur einen Leib. So ritten der König und Beroald, ohne daß ein Wort fiel; und in ihrem Hufschlag, der die laue Sommernacht störte, lag das Rasseln der Kastagnetten, dem bocksbeinigen Pan so teuer.

Im schönen Memison indes, wo die Herzogin im Kreise ihrer Frauen saß und dem Festschmaus zusah, der heute abend unter dem Himmel veranstaltet wurde, berührte diese innere geheime Musik die Sinne auf unfriedsamere Art, als wäre es das Schnurren einer schlafenden Raubkatze gewesen, die ruhte, wie sie ruhte.

Und nun senkte sich dieser gleiche Friede, still wie der sommerliche Sternenschein in einer Nacht ohne Wind, ebenfalls auf Mary herab, sei es nun wegen der Musik oder weil sie ihr innerstes Herz und Gemüt geöffnet hatte, wie Nachtblumen nach Sonnenuntergang sich auftun, oder wegen eines von Lessinghams Nähe herrührenden Gefühls der Geborgenheit: seines Ärmels, der sanft wie eine Motte ihren bloßen Arm zwischen Schulter und Ellbogen berührte.

»Geht, meine Violante«, sagte die Herzogin: »heißt sie ein Tischchen für Seine Gnaden hier neben mir aufstellen und ein kleines Mahl auftragen: Kaviar und sonst noch, was Ihr wollt, und Erdbeeren zum Schluß; und Rian-Wein. Denn dies ist königlicher Wein und für heute abend der angemessenste: Rotwein vom Rian.«

Violante ging, wobei sie mit beiden Händen locker ihr Gewand zusammenraffte, über das halbe Dutzend Stufen hinunter, welche, breit, flach, gefertigt aus Panteronstein und in der Mitte bedeckt mit einem langflorigen Läufer in Stechpalmengrün, von dieser Galerie zum Parkett führten, wo das Tanzen vor sich ging. Der Sommerpalast zu Memison ist T-förmig angelegt, und entlang des ganzen Mittelteiles (der nach Süden zeigt) und entlang des kürzeren querliegenden Teiles (der nach Westen zeigt) verläuft diese Galerie, versehen mit Türen und großen Fenstern und Säulen aus einem glatten, weißen Stein mit silbrig-schimmernden Flecken: diese, jeweils im Abstand von fünfzehn Fuß, tragen das Dach darüber und die oberen Räume des Palastes. Eine Grasfläche, hundert oder mehr Schritt Länge auf sechzig Breite, erstreckt sich unterhalb der Galerie, an der Südseite abgegrenzt von einer Anlage aus alten gestutzten Eiben, und von einer hohen, dichten Hecke mit dem gleichen dunklen Wuchs an der westlichen; und auf dem Gras, in der Nordwestecke dieses Rechtecks, war eigens für diesen Abend ein eicherner Tanzboden aufgebaut worden, mit Hängelampen, Leuchtern und schaukelnden Laternen rundherum auf allen Seiten, um den Tanzenden Licht zu spenden. Fünfzig oder sechzig Paare tanzten die Courante, in einer solch wechselnden Pracht aus Juwelen und bunten Tuchen von Wämsern, Jacken, Frauengewändern, kostbar gearbeiteten Fächern und schmückendem Beiwerk, wie man sie in einem Wasserfall gewahrt, der in der Abendsonne über eine breite Felswand in einer gebirgigen Waldgegend stürzt, und jeder einzelne Tropfen oder Strahl, wenn er fällt, zum fallenden Edelstein wird: Amethyst, goldener Topas, Rubin, Saphir, Smaragd, bei jeder geringsten Bewegung des Auges, das sie betrachtet, andersfarbig schillernd.

Aber genauso, wie wenn durch eine Änderung des Lichts eine Wassersäule oder ein Gießbach inmitten des Wasserschwalls das Strahlen der großen Sonne selbst zurückwirft und die geringeren Juwelen verblassen, so war der Einzug des Herzogs von Zayana zwischen seinen Begleitern. Er trat ohne alle Zeremonie ein, mit großen, gelösten Schritten, so daß Medor und Melates, die einzig ihn hereingeleiteten, einige Mühe hatten, mitzukommen: ohne alle Zeremonie, außer daß auf die vorausgeeilte Kunde hin die Musik aufhörte und das Tanzen; und zwei Trompeter, die von ihrem Platz hinter dem Stuhl der Herzogin vortraten, ein Trara bliesen.

Herzog Barganax hielt vor der Treppe an und stand, mit schwingendem purpurroten Umhang, einen Augenblick still, die Gäste zu begrüßen; daraufhin küßte er gebeugten Knies der Herzogin die Hand. Sie richtete ihn auf und küßte ihn auf die Stirn.

»Ihr kommt spät«, sagte sie, als der Herzog, der sich von einem Knaben den Mantel abnehmen ließ, neben ihr auf einem goldenen Sessel Platz nahm.

»Es tut mir leid, Frau Mutter. Der König, sagt man mir, war heute hier?«

»Ja.«

»Und ist wieder gegangen? Warum dieses?«

Sie schüttelte den Kopf.

»Gewitter in der Luft?«

Amalie zuckte elegant die Achseln. »Und warum so spät?« fragte sie. Sie und er glichen einander wie die Löwin und ihr Sohn.

»Nur weil ich mir vorgenommen hatte, einen Kopf zu vollenden, den ich gerade für ein neues Bild malte, ein Wandgemälde von Hippokleides' Verlobungsfeier. Und so stieg ich erst zur dritten Stunde nach Mittag in den Sattel.«

»›Hippokleides, du hast ... deine Hochzeit vertanzt.‹ Ein Thema, das sehr feinfühliger Behandlung bedarf! Und wessen Kopf maltet Ihr?«

»Nun, einer früheren Dame von Euch selbst: Bellafronts.«

»Bellafront? sie ist rothaarig: tizianrot: unsere Farbe. Hättet Ihr damit nicht bis zu einem späteren Tag warten können, mit diesem Bild?«

»Vielleicht wäre sie tot, bis ich wieder heimkäme.«

»Tot? Ist sie denn krank?«

»Nein!« sagte der Herzog, lachend. »Ich halte mich hier nur an meines Vaters gute Lebensregel; als ich klein war und die besten Erdbeeren am Tellerrand bis zuletzt aufsparte: sagte er mir, iß sie jetzt, weil ich später nicht mehr leben könnte, um sie dann zu essen.«

»Ihr seid absurd«, sagte Amalie: »Ihr und Euer Lehrer obendrein. Stimmt es nicht, Graf Medor?«

»Ich wäre ein schlechter Diener, meinen Herrn absurd zu schelten«, entgegnete Medor; »und ein schlechterer Höfling, Eurer lieblichen Exzellenz an Eurem eigenen Hofe zu widersprechen. Nun, es stimmt. Er ist absurd. Aber stets freiwillig, nie unter Zwang.«

»O welch vollendeter Höfling! Doch sicherlich sind die Männer von Natur aus absurd; und wäret Ihr, mein edler Sohn, weniger als absurd, dann wäret Ihr weniger als ein Mann. Und das – pfui! es wäre nicht meine Art, so etwas aufgezogen zu haben, oder so etwas zu Markte zu tragen.«

Nach dem Mahl blieben sie noch sitzen (Barganax mit den Lords Melates und Medor, die Herzogin mit ihrer Myrrha, Violante und anderen) und verfolgten das Fest in zufriedenem Schweigen, das hin und wieder zu einem gemächlichen Austausch zufriedener, fröhlicher Worte aufflackerte. Lampen über ihnen und um sie herum verströmten ihr unruhiges Licht, das einschläfernd wirkte. Aus großen Steinschalen, die entlang des Terrassenrandes verteilt waren, ragten Orchideen, die ihre seltsamen und üppigen Formen entfalteten, mit dunklen Blumenblättern, gestreift oder getüpfelt, behaart, weichlippig, samthäutig und die laue Luft mit ihrem zu Kopfe steigenden, schweren Duft beluden.

»Wollen Euer Gnaden nicht tanzen heute abend?« fragte Medor schließlich den Herzog.

Barganax schüttelte den Kopf.

»Warum nicht?« fragte die Herzogin. »Doch nein: es wäre unfein, Euch zu bitten. Ihr seid verliebt.«

»Ich war noch nie verliebt bis jetzt«, sagte Barganax.

»Dann sind all diese Geschichten nur Lügen?«

»Der Herzog«, sagte Medor, »war noch nie nicht verliebt: wie ich in diesen sieben Jahren mit Gewißheit feststellen konnte.«

»Was wollt Ihr dazu äußern?« sagte die Herzogin. »Als Hauptmann Eurer Leibwache sollte er es wissen.«

»Der größte Fehler diesbezüglich ist«, sagte Barganax, »sich zu verlieben. Frauen sind wie Gewohnheiten: gute bleiben hängen und werden lästig: schlechte, wenn man sie schätzt, zehren einen aus, ist die Frau auch längst auf und davon. Nein, ich habe mir an ihnen ein Beispiel genommen: verfahre mit ihnen, wie sie mit der Mode verfahren: genieße eine Zeitlang und suche mir dann eine neue.«

Amalie befächelte sich. »Welch schrecklich guter Lehrsatz. Hört man Euch zu, könnte man sich vorstellen, ein alter Praktiker, dem vorzeitig die Haare ausgehen, weil er sich im Spiel übernimmt, spräche aus Eurem Mund. Wenn Ihr nicht insgeheim schon verliebt seid, so habt acht; denn dieses, so glaube ich, droht Euch.«

Der Herzog lachte. »Ich hatte nie Liebeskummer, außer mit Euch, Frau Mutter«; er nahm ihre Hand in seine und küßte sie. »Noch braucht Ihr mir dies zu verübeln. Gewiß ist es die Pflicht eines guten Sohnes, in den Eltern ein Vorbild zu sehen? und hier ist das höchste Vorbild für mich im ganzen Land, auf das ich verweise, wenn ich mich nicht allzu übermäßig mit etwas Zweitbestem herumärgern will.« Er saß zurückgelehnt in seinem Stuhl, die überschlagenen Beine in ganzer Länge vor sich ausgestreckt, und schwieg nun eine Weile. Die Finger der einen Hand spielten geistesabwesend mit der Hand der Herzogin, während sein Blick aus halb geschlossenen Lidern hervor auf dem bunten Treiben des Tanzes und dem blauen Vorhang der Nacht dahinter ruhte. »Und was Eure alten Meister des Spieles angeht, Madam: nein. Zu schwer ist's, mich zufriedenzustellen. Ich bin ein Maler. Und schade daran ist, daß nichts bleibt. Alles vergeht oder wandelt sich.«

»Euer Gnaden«, sagte Medor, »sind ein Maler. Nun, ein gemaltes Bild ist keinem Wandel mehr unterworfen.«

»Der Zahn der Zeit, werter Medor, wird es zernagen. Und lange vorher zeigt sich, daß der Maler sich gewandelt hat. Deshalb sind Bilder wohl nicht mehr gut, sobald sie gemalt sind.«

»Und gewiß nicht gut, ehe sie gemalt sind«, sagte die Herzogin. »Denn geschieht es nicht beim Malen, daß ein Bild Gestalt annimmt?«

»Gewiß.«

Medor sagte: »Ich bin längst zu der Überzeugung gelangt, gnädiger Herzog, daß Ihr ein Atheist seid.«

»Keineswegs.«

»Zumindest lästert Ihr«, sagte Amalie, »der veilchenbekränzten Kythere, der seligen Göttin und Königin Aller.«

»Gott bewahre! Nur schmeicheln will ich Ihr nicht, Ihr Treiben verkennen. Sie wandelt sich wie die See. Sie ist unfaßbar. Wir sind gezwungen, Sie als unveränderlich und immerwährend zu achten, denn wie könnte Vollkommenheit Wandlungen unterworfen sein? Dennoch, um unser zu spotten, wandelt Sie sich stets. Aller verliebten Männer spottet Sie; und wäre ich verliebt (was ich dank Ihr nicht bin, noch je sein werde), ich spür's in meinen Knochen, unerträglich würde Sie meiner spotten. Ja, sind Rahmen und Bedingung unseres Liebens, hier auf Erden, nicht schier ein Mittel Ihrer, unserer zu spotten?«

»Ist das die Weisheit, die Euer gelehrter Lehrer Euch lehrte, der alte graubärtige Doktor?«

»Nein, Madam, ich selbst lehrte mich dies.«

Medior lächelte:

»Oft von der Weisheit beehrt,
Hab ich mich ihrer Lehren verwehrt,
Bücher, die mich erbauen,

Sind die Gesichter von Frauen,
Die mich nur Torheit gelehrt.«

»Nun, Medor? Und wie steht's mit Eurer jungen Dame aus dem Norden, der Tochter von Prinz Ercles, von der Ihr mir erzähltet? Was hat sie Euch gelehrt?«

Medor antwortete nüchtern: »Sie aus solchen Gesprächen herauszuhalten.«

»Verzeiht«, sagte der Herzog. »Ich weiß nicht, welch kecker und prickelnder Geist mich heute nacht am Ärmel hat.« Er beugte sich vor und pflückte eine blasse Orchideenblüte. »Blumen«, sagte er, wobei er langsam die eleganten Flügel und Lappen, die gewölbten und gestreckten glatten Zungen untersuchte: sie an seine Nase hielt, um den Duft einzuatmen. »Wie wenn sie Lippen hätten«, sagte er, wobei er sie wieder studierte. Er ließ sie fallen: erhob sich dann und lehnte sich leicht gegen eine der Säulen, um die Gesellschaft desto besser überschauen zu können.

»Memison hat sich heute abend selbst übertroffen, Madam«, sagte er sodann. »Und die Hälfte der Anwesenden sehe ich zum ersten Mal. Sagt, wer ist jene in dem schwarzen Kleid, mit silbernen Ziermünzen, die mit diesem Fuchs Zapheles tanzt?«

Die Herzogin antwortete: »Das ist Ninetta, Ibians jüngere Tochter, neu am Hofe. Ich hätte geglaubt, Ihr würdet sie kennen.«

»Nein«, sagte der Herzog. »Seht, Melates: wie sie tanzt: als hätte sie von der Hüfte abwärts keine Gelenke, so geschmeidig und locker wie eine Wassernixe bewegt sie sich. Ich sagte, ich wolle heute abend nicht tanzen; aber zum Kuckuck«, sagte er, »ich erwäge, ob ich nicht beim nächstfolgenden Tanz ausprobieren sollte, wen sie lieber hätte, mich oder Zephales. Indes wäre dies in der gegenwärtigen Lage ein staatsmännisches Ungeschick. Ich will mir diesen Fuchsrüden mit Freundlichkeit zahm machen: ihm diese Kränkung anzutun, wäre der einfachste Weg, alles zu verderben.«

»Nun, da ist Pantasilea«, sagte die Herzogin, als dort beim Tanz eine schmachtende, schläfrige Schönheit mit schweren Augenlidern und fleischigen Lippen wie eine üppige karminrote Rose vorüberzog. »Eine besondere Freundin von Euch.«

Aber dem Blick des Herzogs (stets wachsam, damit sich ihm nicht das Geringste entzog) entging nicht, wie nach dieser Äußerung Melates errötete und sich auf die Lippen biß.

»Längst habe ich«, sagte der Herzog, »zugunsten eines Freundes das Feld geräumt. Aber dort«, sagte er nach einer Weile, »ist eine Dame, die Ihr Euch selbst erwähltet, wie ich meinen möchte, Madam. Dort: mit Haaren in der Farbe fahlen Mondscheins, in Zöpfen geflochten und wie ein Kranz ums Haupt geschlungen: eine, die ich in grünem Gewand als Königin des Elfenlandes malen könnte. Ist sie eine Hofdame oder verheiratet?«

»Sie ist fürwahr von mir erwählt: Lydia, Gemahlin eines meiner Kammerherrn.«

»Behandelt er sie gut?«

»Das ist zu hoffen. Ich glaube, er liebt sie.«

Der Herzog nahm wieder Platz. »Genug. Geht, Melates. Ich werde nicht tanzen: ich werde heut nacht Zuschauer sein. Nein, allen Ernstes, ich meine das so. Doch wünsche ich, daß Ihr tanzt. Medor ebenfalls.«

»Ich würde lieber Euer Gnaden Gesellschaft leisten«, sagte Medor. Melates entfernte sich nach einer Kniebeuge.

»Es gibt nichts zu hoffen für Medor«, sagte der Herzog. »Er ist schon so gut wie verheiratet.«

Amalia lächelte den Herzog über ihren Pfauenfächer an. »Und sieht aus«, sagte sie, »als wollte er sagen: ›Gott gebe, daß es so sei.‹«

Ihr Gespräch schleppte sich gemächlich dahin.

Unten wartete, in einer Pause zwischen den Tänzen, die Geliebte Pantasilea, Arm in Arm mit Melates, auf das Wiedereinsetzen der Musik. »Ihr seid heute mit dem Herzog gekommen?«

»Ja.«

»Er und sein Vater: sind sich so unähnlich.«

Melates zog die Augenbrauen hoch. »So ähnlich, denke ich.«

»Der eine rot: der andere schwarz.«

»Und?«

»Der eine ein Mann der Liebe: der andere ein Mann der Tat.«

»Ich besitze zwei Speere«, sagte Melates: »ein jeder ist aus Gold und Eisen: der eine sieht hauptsächlich nach Eisen aus, der andere nach Gold. Dennoch sind beide schön anzusehen, und ein jeder erfüllt seinen Zweck.«

»Ich kann Euch versichern, dieser versteht sich mehr darauf, flugs Frauen zu erobern als ein Königreich zu regieren.«

»Ihr verkennt ihn!« sagte Melates. »Sagt lieber, er verschaffe sich so frühzeitig schon gründliche Kenntnisse und Erfahrungen in diesen beiden edlen Künsten.«

»Kommt«, sagte sie: »zwar verteidigt Ihr ihn, und klage ich ihn an, doch ist das Schlimme daran, daß wir ihn beide durchaus lieben.«

Nun begann, stattlich und langsam, eine Pavane. Barganax, der wieder stand und immer noch gemächlich zusah, beugte sich hin und wieder zu seiner Mutter oder Medors oder einer ihrer Damen Ohr, um etwas zu fragen oder zu erwidern oder einen Scherz zum besten zu geben. Doch nun, als er sich wieder so herabneigte, hielt er plötzlich mitten in der Bewegung inne, stützte sich mit den Handflächen an der Säule ab und heftete, leicht gebückt, seinen Blick auf ein bestimmtes Paar unter den Tanzenden. Die Herzogin sprach. Er gab keine Antwort. Sie schaute um: sah, daß er nicht gehört hatte: sah sein Starren, gespannt wie eine straffe Bogensehne: sah, in welche Richtung er stierte: ließ ihre Augen folgen. Gute zwei Minuten, wobei sie peinlich darauf achtete, nicht ertappt zu werden, beobachtete sie ihn, und insgeheim (hinter ihren beobachtenden Augen verborgen) lachte ihr das Herz im Leibe.

»Erinnerst du dich«, sagte Mary, »an diesen Tanz in der Spanischen Botschaft?«

»Ob ich mich erinnere!« sagte Lessingham, wobei sich unter seinem stieren Blick das Zittern der samtenen Dunkelheit im Innern des Saphirs verstärkte zum Schatten oder Beben einer höchst lebendigen Erscheinung: aller Augen und Lippen, welche die Menschen seit Anbeginn der Welt besessen hatten: schlüpften dort unter, stürmten darauf ein, ertranken in einem Kuß.

»Sie war seltsam«, sagte Mary, sehr leise: »unsere erste Begegnung: nicht gewußt zu haben . . .«

Der Herzog sprach mit einemmal hinab in Medors Ohr, das am nächsten war: »Was ist sie?«

Medor schaute, wohin der Herzog ihm bedeutete. Etwas funkelte weiß in seinen Augen. »Das weiß ich nicht. Ich habe sie noch nie vorher gesehen.«

»Stellt es fest und berichtet mir«, sagte der Herzog, erhobenen Hauptes, während sein Auge sich an diesem Bild weidete. Unter seinem nach oben gezwirbelten Schnauzbart fiel das Lampenlicht auf seine olympisch geschwungenen Lippen; im Gegensatz zu denjenigen anderer Männer wurden diese, je größer das Feuer der Lust sie aufblähte, desto zarter und immer feiner in den Konturen, und desto sinniger und härter die gebieterische Form, Ausdruck von Kraft und Selbstbeherrschung. »Geht«, sagte er. »Ich wünsche Namen und Stand eines jeden der hier heute Anwesenden zu erfahren: nicht zuletzt, damit die Gastfreundschaft der Herzogin nicht von Außenstehenden mißbraucht werde. Beschafft mir genaue Angaben.«

Die Herzogin Amalie, die sich währenddessen langsam und ruhig befächelte, verharrte (allem Anschein nach), als hätte sie damit nichts gemein und nichts bemerkt.

Nach Mitternacht war es nun, und zwischen den letzten Tänzen. Die Herzogin und der Großteil ihrer Damen hatten sich zurückgezogen, und die meisten Gäste waren gegangen. Der Vollmond, der gerade seinen Meridian durchlief, aber tief im Zeichen des Steinbocks stand, überflutete die westlich über dem Burggraben gelegene Terrasse mit seinem stillen, silbernen Schein. Verhaltenen Schrittes ging der Herzog mit Melates auf der Terrasse auf und ab und durchmaß sie nach jeder Kehrtwendung in ihrer gesamten Länge von etwa zweihundert Schritt. Ostwärts glitzerten die Lichter des Sommerpalastes durch die Eiben: die Musik war verstummt: alles war still, außer dem Knirschen des Kieses unter ihren Schuhen, den kleinen nächtlichen Geräuschen in den Bäumen und dem von unten, jenseits des Burggrabens heraufschlagenden Gesang der Nachtigallen. Weiß lag der Pfad vor ihnen im Mondlicht: das kurzgemähte, taufrische Gras links und rechts am Wegesrand: die ausladenden, rosaroten Affodill-Stauden, welche, in Abständen von etwa zehn Fuß gepflanzt, die hübschen Köpfchen höher als ein großgewachsener Mann emporreckten und die Terrasse auf ganzer Länge zu beiden Seiten säumten: auch sie verblichen zu ungewisser Durchsichtigkeit.

Und als sie so schritten, fiel ihr Augenmerk auf zwei andere Personen, die am hinteren Ende auf die Terrasse traten: ein Mann und eine Frau, Arm in Arm, die nun langsam in ihre Richtung kamen. Auf halber Strecke begegneten sie sich und gingen aneinander vorüber. Barganax nahm seine Mütze ab, und das Lächeln, mit dem diese Dame seinen Gruß erwiderte, kam so unverhofft, wie wenn sich in einem Spalt zwischen blutroten Lilien die tödliche Blässe einer unbekannten Seestraße den Blicken auftut.

»Kennt Ihr diese Dame?« fragte der Herzog, als sie weitergingen.

Melates antwortete: »Ich kenne sie. Aber benennen kann ich sie nicht.«

»Ich weiß, wer sie ist«, sagte der Herzog. »Sie ist die jüngere Schwester des gnädigen Großkanzlers.«

»Nun, dann weiß ich auch, wo ich sie gesehen habe. Er hat sie streng vom öffentlichen Leben ferngehalten: ist wohl erst vor kurzem bei Hofe eingeführt worden: bestimmt habe ich bisher weder von ihr etwas gesehen noch gehört bei Euren Audienzen, Mylord, in Zayana.«

»Auch ich«, sagte der Herzog, »sah sie heute zum ersten Mal, als sie die Pavana tanzte mit diesem Mann, der (wie ich hörte) ihr neuer Gemahl ist.«

»Euer Gnaden werden sich eines gewissen Mordes entsinnen, der viel Aufsehen erregte. Richtig, es wurde nie geklärt, wem dieser zuzurechnen sei.«

Der Herzog schwieg eine längere Weile. »Eure großen Männer, Melates, sind in der vorteilhaften Lage, etwas derartig Notwendiges, falls erforderlich, zu vollbringen, ohne daß darob viel Geschrei oder öffentliches Ärgernis entstünde.«

»Wovon es in diesem Falle genügend gab«, sagte Melates: »sechs gedungene Mörder am hellichten Tage auf dem Marktplatz von Krestenaya, um sicherzugehen. Und dennoch wagte keiner, des gnädigen Kanzlers oder ihre Urheberschaft preiszugeben, außer daß hinter den Kulissen gemunkelt wurde: und dann kamen, wie Euer Gnaden wissen, viele hübsche Geschichten auf.«

»Ich kenne sie.«

»Und dennoch«, sagte Melates, »aus geringerem Anlaß hängte oder köpfte er selbst ehedem, in seiner Zeit, Dutzende gemeiner Männer.«

»Das ist der Lauf der Welt«, sagte Barganax. »Und gar mancher meint, es sei auch besser so: lieber sollen hundert solcher sterben als daß ein großer Mann in seinem Tun gehemmt würde.«

»Verfährt man indes zu grausam«, sagte Melates, »bildet sich vielleicht solche Unzufriedenheit aus, die uns vom Thron reißen könnte, wie uns die Geschichte zeigt.«

»Noch nie wurden große Männer vom gemeinen Pöbel gestürzt«, sagte der Herzog, »wenn sie nicht selbst zuvor von ihrer Größe abgefallen waren. Weder in dieser Welt, Melates, noch in irgendeiner anderen. Denn dies ist eine Bedingung aller denkbaren Welten.«

»Euer Gnaden sprechen weise Worte. Lerntet Ihr dies von Eurem Sekretär (und seit neuestem Eurem Lehrer)? Doktor Vandermast?«

»Ich lernte viel von diesem gelehrten Doktor: wie dies, zum Beispiel: wann immer man offenbar Weises von sich gibt, so verrate man nie, wer einen dieses gelehrt. Indem ich dies beherzige, werde ich zweifelsohne eines Tages einen weißen Bart und den Ruf eines großen weisen Mannes haben. Es sei denn, was wahrscheinlicher ist, kalter Stahl . . .« Der Herzog wartete, denn abermals begegneten sie dieser bei ihrem Gemahle eingehängten Dame, schritten an ihnen vorbei. Grün blitzten ihre Augen im Mondschein, indessen sie unverwandt vor sich nieder sah: es blitzte auf ihren Zähnen der Mond, indessen sie ihrem Gatten etwas zur Antwort erwiderte: es war ihr Gang, lilienrein und kristallen, um so mehr noch durch das ihn verhüllende Gewand, weniger wie das natürliche Schreiten einer Frau, sondern mehr wie das Schwanken auf einem trägen Stengel einer ungeträumten Blume, neben deren gekringelter und süßduftender Dunkelheit jene Orchideen auf der inneren Terrasse wie gewöhnliches Ackerunkraut wirkten. ». . . oder der Biß einer Mieze«, sagte der Herzog, als sie außer Hörweite waren, »brächten mir vorher den Tod.«

Sie gingen schweigend weiter, bis sie zum Südende der Terrasse gelangten. Hier, im Schatten einer Steineiche, stand der Herzog eine längere Weile und betrachtete durch das Laub den Mond. »Der König mein Vater war es«, sagte er, wobei er den Mond betrachtete, »der diese Frau unbedingt in Memison haben wollte. Die Herzogin wollte sie zuerst nicht haben.«

Melates behielt seine Meinung für sich.

»Er hat Gefallen daran, daß schöne Frauen hier seien«, sagte der Herzog. »Ich gebe zu, er hat den Blick dafür. Nun«, sagte er, indessen er sein Augenmerk auf Melates richtete, »ist dies seiner nicht geziemend? Antwortet mir. Ich muß nicht andauernd reden, während Ihr kein Wort über die Lippen bringt.«

»Es steht mir nicht zu, Euer Gnaden, diese hohen Dinge zu beurteilen.«

»So? In Euch steckt wohl irgendein törichtes Teufelchen, das ich Euch austreiben muß. Heraus damit: wollt Ihr sagen, es wäre für die Herzogin meine Mutter klüger, sie alle packen zu lassen und ihnen die Tür zu weisen?«

»Ich bitte Euer Gnaden inständigst: das geht mich nichts an.«

»Bei Gott«, sagte der Herzog, »ich kann Eure Gedanken riechen, Melates; und sie stinken nach einem gemeinen Pferdeknecht. Ich sage Euch, Ihre Gnaden, meine Frau Mutter ist eine Perle, eine Rose; eine Göttin unter ihnen. Zum Kuckuck, es wäre eine Geringschätzung ihrer Eigenschaft oder Seiner Königlichen Hoheit scharfsichtiger Urteilskraft, ließe sie zu, daß ängstliche Eifersüchteleien das liebliche Klima trüben, das wir hier haben. Das, was ich hier sage, ist wahr. Glaubt Ihr das? Überdenkt Eure Antwort: denn, bei Gott, wenn nicht, sollt Ihr nicht länger mein Freund sein.«

Melates indes, als wollte er einen beglücken, der seinen prinzlichen Verstand nicht mehr beisammen hat, antwortete und sagte: »Euer Gnaden haben mich gröblichst mißverstanden. Ich glaube es, und habe es immer geglaubt. Was sonst?«

Sie machten kehrt und gingen wieder in nördliche Richtung zwischen dem tauigen Gras und dem ungewissen Flüstern der Nacht. Vor ihnen her, als sie gingen, huschten die Schatten, die sie warfen, scharf begrenzt und schwarz in der mondbeschienenen Blässe des Pfades.

»Wart Ihr jemals verliebt, Melates?«

»Ich versuchte nachzuahmen, was Euer Gnaden uns vorliebten.«

»In meinem Liebesleben?«

»Ich weiß nicht.«

»Mein Liebesleben besteht darin, mich davon fernzuhalten.«

Sie gingen immer langsamer, von Schritt zu Schritt verhaltener. Und nun, etwa einen Steinwurf entfernt, erblickten sie jenes andere Paar, das auf sie zuhielt: erblickten, wie er sich jählings von seiner Dame losriß, zur Brustwehr links über dem Burggraben lief, die Hände auf die Brüstung stützte und Anstalten machte, sich über den Rand zu schwingen. Dann eilte er zu ihr zurück, und Arm in Arm gingen sie weiter.

Bei der neuerlichen Begegnung in der Mitte der Terrasse blieben beide Paare stehen, wie von einem gemeinsamen Antrieb geführt. Ein koboldartiger Geist tanzte in Barganax' Auge. »Ich bin froh, Herr«, sagte er, »daß Ihr es Euch anders überlegt: zuletzt doch beschlossen habt, Euch nicht zu ertränken.«

Die Dame verharrte schweigend: überdies regungslos, außer daß sie bedächtig, gewählt, halb belustigt, halb spöttisch, geringfügig das Haupt zu neigen geruhte, während sie die Worte wahrnahm: als hätten sie es hier mit einer umherstreifenden Gottheit zu tun, die in vornehmer Gleichgültigkeit diese Dinge von hoher Warte aus gewahrte. Die Finger ihrer Hand, die im Ellenbogen ihres Gemahls ruhten, lagen silbrigweiß ausgestreckt unter den glitzernden Juwelen, die sie bedeckten: eine empfindsame, schöne Hand, die (dem Aussehen nach) zu Künstlerischem befähigt war, mit sicherem, geübtem Griff, tiefe Töne zum Schwingen und in Einklang zu bringen und zu unvorstellbaren Harmonien zu verweben. So stand sie, seitlich an diesen Mann gelehnt, stumm und still in der ungetrübten Gelassenheit des Mondscheins: jungfräulich-süß anzusehen wie eine Waldlilie; dennoch mit etwas geheimnisvoll Ausstrahlendem an sich, als könnte sie zuzeiten von der Hüfte abwärts Schlange sein.

Der Mann lächelte, als er Barganax' neckischem Blick begegnete: »Wenn Ihr nur wüßtet, Euer Gnaden«, sagte er, »was ich in diesem Moment wahrhaftig gedacht hatte.«

Und Barganax gewahrte mit einem Mal, daß dieser Dame Augen auf ihn selbst gerichtet waren, in einem abwägenden Blick, durch und durch heiter-gelassen, durch und durch unergründlich. Bis aufs Blut und tiefer, bis hinters rasende Gemüt, schien ihr Blick sein Antlitz zu durchdringen: zuerst seine Wange unter dem Wangenknochen: dann schien dieser einfallende Blick vom Scheitel bis zur Sohle an ihm hinabzuwandern, bis er schließlich wieder zu seinem Antlitz und zu seinen Augen hinaufglitt und dort mit der gleichen sphinxhaften Unabänderlichkeit grüner, schlummender Feuer verweilte.

»Sie war seltsam, unsere erste Begegnung: und nicht gewußt zu haben . . .« Sehr leise hatte Mary dies beim ersten Mal gesagt; und nun, bei diesem zweiten Mal, so leise, so verinnerlicht, daß die Silben, wie die Nestlinge eines Turmfalken, die in ihrem Horst mit den Flügeln flattern, aber noch nicht bereit sind, sich ihren Schwingen und der unerprobten Luft anzuvertrauen, unausgesprochen hinter der Abgeschlossenheit ihrer Lippen verblieben. Aber »ja« kam nun über diese, wie von einem tieferwohnenden Selbst, das bis jetzt in ihrem Innersten geschlummert hatte: »Ich wußte es. Ich wählte dich aus, mein Freund, wie mir nun wieder einfällt, wenn es auch damals fast unbewußt geschah: ja, ganz und gar unbewußt. Ich wußte es, mein Freund. Und wußte ebenfalls, daß du noch nicht wußtest.« Und um ihre Worte lag ein Glanz wie der Glanz der Sonne auf den Wellen von Paphos, das ungezählte Gelächter der Meereswogen.

Paarweise waren sie wieder ihrer verschiedenen Wege gegangen. Als der Herzog schließlich sprach, sprach er wie einer, der aus seinem Gedächtnis die flammende Erscheinung ausmerzen und auslöschen und sich an den sicheren Halt wacher Wirklichkeit klammern wollte. »Soll ich Euch sagen, Melates, was in Wahrheit im Kopfe dieses Mannes vorging, als er wie ein Laffe losstürzte und auf die Brüstung sprang? Es war die Vorstellung, daß er in dieser heutigen Nacht, noch innerhalb der nächsten Stunde vielleicht, diese Frau dort haben würde, wo er wollte.«

Sie schritten stumm weiter. Schließlich: »Als was würdet Ihr sie bezeichnen?« sagte der Herzog.

»Wen bezeichnen?«

»Von wem sonst sprechen wir? diese Frau.«

Melates sagte unhöflich: »Als Fledermaus.«

»Fledermaus!« Da der Mond hinter ihnen stand, war des Herzogs Miene undeutbar. »Nun, es ist nicht das erste Mal, daß eine Göttin dieses Wort von einer Göttin zu ertragen hat.« Und er fing zu lachen an, als wäre es nur für ihn gedacht.

Sie blickten um und gewahrten, daß außer ihnen nun die Terrasse menschenleer war. »Laßt mich allein«, sagte Barganax. »Ich muß mit mir zu Rate gehen. Nachdenken will ich hier eine Weile allein.«

Lady Fiorinda indessen, die nun unter düsteren Eiben wandelte, gestützt auf diesen unbedachten Arm, richtete ihr Sinnen auf andere Gedanken. Nach Morvilles dritter oder vierter Frage, worüber sie denn so stumm nachgrübele? antwortete sie schließlich: »Über bestimmte Kleider von mir.«

»Kleider. Aus welchem Tuch? In welcher Farbe?«

»Oh, aus den feinsten, kostbarsten Tuchen.« Der Mann sah in ihrem Mundwinkel diese kleine Ding kichern, das ihn weder jetzt noch sonst anschaute oder beachtete, sondern stets den Eindruck erweckte, als hielte es auf teuflische Art mit etwas Geheimnisvollem zurück, das nichts Gutes bedeutete. »Und was die Farbe angeht«, sagte sie (wobei sie vielleicht von über der Kamineinfassung aus den seitwärts gerichteten Augen Anne Hortons jenes Liebespaar betrachtete), »so soll es eine rotgoldene Feuerfarbe sein, wie in der äußersten Spitze einer Flammenzunge.«

»Eine Farbe, die Euch ausnehmend gut zu Gesicht stehen wird.«

»Besser als dieses Schwarz, meint Ihr?« Und das Teufelchen, hübsch heiter, ohne daß er daran teilgehabt hätte, zwinkerte mit dem Auge (indessen es vielleicht zwei Kleider in dieser Feuerfarbe, einander so ähnlich, verglich: eines, in etwa gleichen Alters wie sie, dort neben Lessingham: das andere hier, in Memison, um zwanzig Jahre älter: Kleider, in denen Sie wandelte wie im Schlaf, demütig, unschuldig, Ihre olympische Heimat vergessend).

»Schwarz?« sagte er, lachend. »Ihr träumt! Ihr tragt ein gelbes Kleid aus goldenem Tuch heut' abend.«

»O ganz recht! Wie scharfsichtig! Was für ein allwissendes Gut der Ehestand doch ist!« Und dieses Mal wirkte das Hochziehen des Mundwinkels wie ein Krümmen und Winden schuppiger Gliederchen (als das Ding vielleicht in ihr geheimes Ohr flüsterte, was für ein furchtbarer Jammer es doch wäre, würden einem solch dummen Uhu nicht schleunigst Hörner aufgesetzt).

Als Sie aber sogleich mit diesen Lippen, die in sich der Welt Sehnsucht bergen, begann, wieder zu sprechen, waren es die Worte Ihrer eigenen Dichterin, und in der süßen Äolischen Zunge: zeitlose, unverwelkliche, lilienzarte Verse, die in ihrer ungestorbenen Jugend wiederauflebten: nicht als Klang, nicht als Rhythmus oder Folge: vielmehr wie ein feingeistiger Äther, ein Silberregen der Finsternis: dieser Sinnesschauder, der wie eine Sternschnuppe dem Himmel nahekommt:

φαίνεταί μοι κῆνος ἴσος Θέοισιν
ἔμμεν ὤνηρ ὄστις ἐναντίος τοι
ἰζάνει, καὶ πλασίον ἆδυ φωνέυ σας ὑπακούει

καὶ γελαίσας ἱμερόεν, . . .

Gleich den Göttern scheint mir der Mann zu seyn, der
Deiner Schönheit Pracht gegenüber sitzet,
Und zu dem du beugest den Nacken, der dein süßes Geflüster
Höret, und das Lächeln voll Lustbegierde.
Ha, mir hat's das Herz in der Brust erschrecket!
Denn sobald ich dich nur erblickte: kam auch nichts mir von Laut mehr,
Sondern war gebrochen die Zunge; ein feines
Feuer unterlief mir die Haut urplötzlich;
Vor den Augen wird es mir dunkel; und mir braust's in den Ohren;
Kalte Schweiße rinnen herab auf einmal;
Ganz ergreift ein Zittern mich; blasser bin ich
Wie Heu, und als stürb ich in wenig, bleibet aus mir der Athem.

Alles muß gewagt seyn – –

Alle Blätter in diesem Garten Memisons zitterten. Auch Lessingham, an seine Liebste gelehnt, zitterte. Und die verlorene und zitternde Mary fühlte, wie sich in ihrem Innersten ihr innerstes Sein auflöste und schwand, unter seinen Augen und den selbstgewahrenden, unsterblichen Augen von Ihr, die sich, für den Augenblick, seiner Augen bedienten.

Es schlug tief, volltönend, Mitternacht vom Kirchturm Anmerings. Mary, in Lessinghams Arm, stand ziemlich still, hier am hinteren, seewärtigen Ende der Gartenterrasse, und lauschte: lauschte gerade Lessinghams gelüstertem: »Zeit zum Aufbruch.«

»Geh nicht. Noch nicht«, sagte sie.

»Das habe ich auch nicht vor: nicht ohne dich.«

»O nicht noch einmal von vorne. Ich habe dir gesagt, und immer wieder gesagt: ich kann nicht.«

»Du hast gesagt, du wollest und würdest.«

»Ich weiß, aber eigentlich hätte ich das nicht sagen dürfen. Ich kann nicht. Ich kann nicht.«

»Du kannst. Ich kümmere mich um das ›Können‹, Liebling: das ist meine Aufgabe.«

Mary schüttelte den Kopf. Sie machten kehrt und setzten sich, sehr langsam, in Bewegung.

»Du kennst meine schwierige Lage«, sagte Lessingham nach längerem Schweigen. »Ich kann nicht gehen ohne dich. Kann nicht leben, ohne dich. Das weißt du.«

Sie schüttelte wieder den Kopf und sagte, fast unhörbar: »Nein, das weiß ich nicht.«

»Ich habe nicht vor, mir eine Kugel in die Schläfe zu jagen, oder irgendeinen solchen Unsinn. Es ist einfach, daß ich nicht leben werde: ein wandelnder Leichnam werde ich sein, wenn ich dich nicht habe.«

Ihre Miene blieb nichtssagend.

»Das Teuflische an dir ist«, sagte er, »daß ich mir zuvor gewöhnlich alles Mögliche vornehmen konnte und dann verdammt gut dabei zurechtkam. Ich wußte das. Aber seit dir – ist das ganz anders. Es gibt keine Herausforderung in der Welt, der ich nicht spielend Herr werden könnte, solange du zu mir stehst; doch ohne dich ist nichts davon tuenswert. Du verstehst nicht«, sagte er. »Wie könntest du das? Aber willst du mir wenigstens glauben?«

Sie sagte, und es klang wie die schwirrenden Flügel einer Motte: »Ja.«

»O meine Geliebte.« Er ergriff die Hand auf seinem Arm und küßte sie: ein kaltes Händchen für eine Juninacht. »So komm. Alles ist bereit: ein Extrapaar Schuhe, werden deine naß, wenn wir über die Koppel laufen: ein neuer Pelzmantel, wir können ihn morgen zurückgeben, wenn er dir nicht gefällt . . .«

Mary blieb stehen: zog ihren Arm zurück: sah vor sich nieder, das Gesicht abgekehrt, schnell atmend, die Hände zusammengeballt. »Wie kannst du es wagen, so zu sprechen? Wieso bist du gekommen? Wieso? Ich sagte dir, nicht zu kommen. Was fällt dir ein!«

Lessingham beobachtete sie. »Es war recht schwer«, sagte er nach einer Weile, ohne sich zu rühren: »das lange Warten: all die Geduld und Unterwerfung.« Eine längere Zeit standen sie so; dann nahm sie seinen Arm, und sie setzten sich wieder langsam in Bewegung. »Wir werden es uns nie verzeihen«, sagte er unmittelbar darauf, »du und ich, kehrtgemacht zu haben.«

»Verlange das nicht, mein Freund. Ich muß nicht.«

»Du bist mein«, sagte er, und seine Lippen berührten ihr Haar über dem Ohr: dann sehr sanft: »Du mußt.«

»Ich: ich bin dein. Aber ich muß nicht.«

»Du mußt. Warum nicht?«

»Ich bin nicht nur dein«, sagte sie und blickte zum Haus und seinen dunklen oberen Fenstern.

Sie gingen weiter. Das Schweigen bekam einen furchterregenden Beigeschmack: Lessinghams Arm unter ihrer Hand verkrampfte sich: und als sie nun aufblickte, sah er stieren Blicks nieder auf die eigenen Füße, während sie Schritt für Schritt weitergingen.

»Sei nett.«

»Du bist nicht besonders nett zu mir«, sagte er. »Ich bin mir nicht sicher, ob ich nicht ein Narr war: zu geduldig und gehorsam war.« Mary gab mit einem kleinen Geräusch zu erkennen, daß sie anderer Meinung war. ». . . nicht sicher«, sagte er, »ob ich nicht zu spät bin.«

»Was zum Kuckuck meinst du damit?«

»Wir wollen nicht absurd werden.«

»Du meinst, weil ich sagte: ›nicht nur dein‹ . . .«

Die ganze Nacht schien plötzlich schwül und düster und unfreundlich.

»Kannst du mir nicht auch«, sagte Mary, »ein wenig Anerkennung dafür geben, daß ich geduldig bin? Gehorsam bin?«

»Gehorsam! eine gefährliche Tugend.«

Wieder blieben sie stehen, und sie traten voneinander zurück.

»Wir wollen nicht voreinander Versteck spielen. Es macht mir Angst, wenn du glaubst, ich würde ... Dachtest du ...?«

Lessingham gab nichts zu erkennen.

»Ach, du meine Güte!« Sie hielt ihm beide Hände hin und lachte, als würden er und sie sich gemeinsam über einen zugeflüsterten Witz amüsieren. »Soll ich's dir also sagen? Ich habe abgelehnt, wohl schon vor fast zwei Stunden. Aber wieso ist es überhaupt nötig, daß ich dir das sage?«

Er nahm die Hände in seine: hob sie höher und immer höher, um sie näher an sich zu ziehen: ein bebendes, sternengleiches Nahsein, in dem Geist und Geist sich so eng verbanden, daß die leibhaften Sinne des Sehens, Tastens und Hörens (wie Libellen, die sich soeben von der Fessel ihrer Verpuppung befreit) scheinbar ohnmächtig und verloren über diese Schwelle zwischen zwei Daseinsformen taumelten. Nur dieses kleine Ding, an alle Bedingungen gewöhnt und diese bedingend, und nur unverschämt wach und rege, betrachtete ihn aus der Gegend um ihre Mundwinkel. In Erwiderung dessen etwas in Lessinghams Auge lachte. »Also deshalb sah er aus wie ... Du lieber Himmel, ich möchte ...«

»Was?«

»Ihm den Hals brechen«, sagte er schroff, »weil er die Stirn hatte ... Aber das zeigt: viel Druck ist vorhanden. Und du bist allein.«

»Wenn man sich nun sagt: wenn er nun denkt: O natürlich, dieses Mädchen: wir haben uns nicht vertragen, und nun, als ihre Reaktion darauf ...«

»Pst! *Sie sprechen. Was sprechen sie? Sie haben gesprochen. Sollen sie sprechen.«* Aber der Mond, der in altgewohnter Gelassenheit auf Marys weißes Abendkleid und diese oberen Fenster von Anmering Blunds schien, hatte offenbar in diesen großsprecherischen Worten eine unvermutete und bestürzende Unzulänglichkeit entdeckt: zumindest wenn auf Mary angewandt, und von ihm kommend.

Er ließ ihre Hände los und stand, nicht in Unschlüssigkeit, sondern als ob einen Augenblick lang zurückgezogen in innere, abwägende Gedankengänge: eine Stille, die an Bedrohlichkeit allmählich zunahm, wie wenn man dem gedämpften Brüllen und Kämpfen von Stieren hinter geschlossenen Türen zuhört. Dann bemerkte Mary, daß sich bei ihm eine unbewußte Pose ausprägte, wie man sie manchmal, in Bronze oder Marmor auf Erden verewigt, bei einem Meisterwerk Donatellos sieht. Er sah auf. »Darf ich eine pflücken?« Sie standen neben der Steinsäule einer Pergola, die mit Gloire de Dijon-Rosen überwachsen war. Mary nickte. »Darf ich sie dir geben?« Sie nahm sie, sehr sachte und wortlos. »Gehen wir ein bißchen weiter«, sagte er. »Laß mich nachdenken.«

»Nun«, sagte er schließlich: »was ist zu tun?«

Er bekam keine Antwort, es sei denn, ihre Hand auf seinem Arm stellte eine solche dar.

»Willst du mich heiraten?«

»Ich hab's versprochen.«

»Wie konntest du? Was, wenn sie dich nicht lassen?«

»Gib mir zwei Monate: oder drei.«

»O diese Monate. Und was dann?«

»Bis dahin werde ich alles geregelt haben. Und falls nicht . . .«

»Falls nicht?«

»Falls nicht – nun, ich hab's versprochen.«

»Du hast versprochen, heute nacht mit mir fortzugehen«, sagte er.

Er war plötzlich auf die Knie gesunken, hatte die Arme um ihre Knie geschlungen und drückte die Wange an ihre Seite. Unmittelbar darauf spürte er, wie sie anfing, mit der Hand, sehr sachte, gegen den Strich, über das kurzgeschnittene Haar seines Nackens zu streicheln: hörte ihre Stimme, sehr sachte und bebend: »Liebster. Wir dürfen nicht gehen heute nacht. Es war mir nicht klar: es ist zu groß, das zwischen uns: es ist *alles*. Wie können wir sagen: alles andere zählt nicht? Alles andere? ist es nicht Teil hiervon? Es würde bedeuten, dies um seiner selbst willen zu zerstören. Es wäre abscheulich. Wir können das nicht tun. Würden einander nicht verdienen, täten wir's.« Es war, als ertönten diese mondbeschienenen Flächen der Wiese und des Kricketfeldes zu einer Musik, deren Grundton irgendein Leben darstellte, zu dem dieses Leben nur Einleitung ist. Er hörte sie sagen: »Nichts kann es uns wegnehmen: nicht einmal, wenn wir sterben würden, glaube ich.«

»Wir werden eines Tages sterben. Was dann?«

»Ich weiß nicht«, sagte Mary. »Vielleicht ist das nur ein Schatten davon.«

»Das glaube ich nicht. Es ist alles.« Sein Druck verstärkte sich: seine Augen, nicht mehr die Wange, vergruben sich nun in ihrer Seite.

Plötzlich begann Mary, die so, ganz still, dastand, ziemlich kurzatmig, ziemlich gebrochen zu sein: »Du könntest, du könntest mich dazu bringen, heute nacht zu gehen. Aber du wirst es nicht tun. Es würde alles verderben. Es würde mir wehtun. Ich war immer überzeugt, daß du mich viel zu gern hast, als daß du mir das antun könntest: als daß du mir wehtun könntest: ausgerechnet du.« Neben seinem eigenen jagenden Puls fühlte er ihr Zittern und Schwachwerden, als hielte er einen sich fügenden Vogelkörper in seinen Armen: spürte wieder die Berührung ihrer Hand, an seinem Nacken: hörte ihre Stimme, von näher, leiser: »Aber ich werde nicht kehrtmachen. Ich zweifle nicht an dir, mein Freund. Hier bin ich. Deine dir eigenste Mary.« Die Sommernacht schien, auf ihr Schweigen hin, mit einem Mal frostig. »Alles von mir, ich ganz und gar. Tu, was du willst, mit mir.«

Aber Lessingham, in diesem neuentbrannten schlimmsten Kampf hinter jenen Türen, hielt fest: verharrte, als ob auch er selbst in diesem Frost zu Eis erstarrt wäre: tat dann nur dies: immer noch auf den Knien, nahm er ihre beiden Hände und küßte sie: küßte die Gloire de Dijon-Rose, die immer noch in der einen Hand lag: dann, nachdem er wieder aufgestanden war, schloß er sie in die Arme. »Gute Nacht, meine Liebe, meine Geliebte, meine Schöne. Du bist zu gut und zu vollkommen für mich, bist du auch mein. Du beschämst mich. Gib mir einen Gutenachtkuß: ich gehe.«

Und die Herrin der Lage, Mary, die als letztes »gute Nacht!« mit der Nasenspitze das empfindsamste Teil seines Ohres berührte, flüsterte in es hinein: »Sagte ich nicht: ein gutes Vorzeichen, wenn du klug bist? Michaelstag – Weinlese.«

KAPITEL VII

Sieben gegen den König

König Mezentius und der Kanzler Mylord Beroald, da sie sich mit ein paar Stunden Schlafes in Rumala erfrischt, ritten über den Vorhang ins Rubalnarthal hinab: nahmen somit den östlichsten, direktesten und einsamsten, weil unwegsamsten Paß über die Berge, heraus aus Südmeszria nordwärts in die Sümpfe des Zennerflusses. Sie waren bis an die Zähne bewaffnet und in voller Rüstung, aber hinter wallenden Mänteln und Kapuzen vermummt. Sie ritten allein, waren sie doch allein am gestrigen Abend aus Memison aufgebrochen. In der Nähe von Ilkis hielten sie sich mehr nach Norden, wobei sie die vielbereiste Straße verließen und einen weiten Bogen um die Stadt Kutarmish machten: denn sie wollten etwa eineinhalb Meilen stromaufwärts auf den Fluß stoßen und ihn dort an einer wenig begangenen Furt überqueren, um so über Waldwege hinauf in die Gegend von Gilgash und an ihr dortiges Ziel zu gelangen. Die Sonne lugte über die fernen Schneehäupter des Ramosh-Arkab-Gebirges und überströmte das gesamte Zennertal mit der frischen, ungetrübten Pracht des Sommermorgens. Sie zogen ohne Hast dahin, und die Zeit stand zu ihren Gunsten.

»Beroald«, sagte der König, als er auf der Kuppe einer Anhöhe sein Roß zügelte; es senkte sich vor ihnen das flache Moorland in vielen Falten aus Heide und Silberbirken hinab zu einer grünen Niederung, purpurn in großer Ferne flimmernd, mit Feuchtwiesen und Wäldern und einem gewundenen Fluß. »Ich habe mich zu diesem Unternehmen anders entschlossen.«

Der Kanzler sagte mit seinem finstersten Lächeln: »Ich bin froh, das zu hören.«

»Froh? Ihr wißt noch gar nicht, was es ist.« Der König warf die Kapuze seines Umhangs zurück: nahm seinen Helm ab: ließ eine Weile die wilde, duftige Morgenbrise seine Stirn umspielen und die duftenden Locken über den Brauen zerzausen. Klar und glatt war seine Stirn wie poliertes Elfenbein; sein übriges Antlitz indes, bis hinunter zum Ansatz des großen schwarzen Schnurr- und Vollbartes, war von Wetter und Leidenschaft geprägt, und gezeichnet von eisernem Willen und einer die menschliche Natur übersteigenden Hochherzigkeit, und von Humor und von einer höchst adlerhaften Behendigkeit des Denkens und Handelns. Und als er nun lachte, war es, als ob der Übergriff des unausrottbar überreichlich Vorhandenen im König, stets ungestüm, stets Hals über Kopf, die Flamme des kalten Lichts in den wachsamen, wachsam auf den König gerichteten Augen des Kanzlers nährte. »Ums liebe Leben nicht«, sagte er, »kann ich mich dazu überwinden, selbst Euch, Beroald, jetzt wo es zum Äußersten kommt, mit mir teilhaben zu lassen am Hauptakt.«

Der Kanzler schüttelte den Kopf. »Ich habe längst aufgegeben, Euer Majestät begreifen oder Eure Absichten verstehen zu wollen. Ihr wollt also allein gehen?«

»Allein.«

Beroald schwieg.

»Kommt«, sagte der König, wobei er den Helm aufsetzte und die Kapuze wieder darüberzog: »Ihr seid ein Staatsmann und seht dennoch keine Vernunft darin?«

»Ich sehe nur Unvernunft, überhaupt zu gehen. Hätte ich Eure Befugnis, enthöbe ich ihn seines Vikarsamtes, und Schluß. Aber für diese Möglichkeit trete ich nicht mehr ein. Euer Durchlaucht haben mein Urteil ja umgestoßen.«

»Wohlgemerkt«, sagte der König, »ich ziehe aus, um heute abend einen widerspenstigen, ungezogenen Falken zu zähmen. Wenn ich in Begleitung komme, denkt er wohl, er habe allen Grund zu befürchten, daß dieser wilde Drachen des Ehrgeizes, der durch seinen Kopf taumelt, freigesetzt und der ganzen Welt vor Augen geführt würde. Dies könnte ihn so erschrecken, daß er Zuflucht in blinde Gewalt sucht: daß er uns an Ort und Stelle anfällt und alles verdirbt. Denn täte er dies, geschähe eins von beiden, und alle zwei schlimm: das Schlimmste, ich und Ihr würden getötet werden, müßten wir doch gegen eine große Übermacht ankämpfen; oder aber (das geringere Übel) er fände den Tod – was ja nicht sein soll, will ich ihn doch nur zustutzen.«

Er hielt inne. Der Kanzler, dessen Lippen etwas Verkniffenes bekamen, erachtete es indes gewiß als Torheit, mit dem Fuß gegen eine harte Mauer zu treten. »Ihr sollt deshalb«, sagte der König, »an einer Stelle auf mich warten, die ich Euch zeigen werde, an einem Waldrand nahe bei Gilgash, auf unserer Seite. Falls ich vor Mitternacht nicht zurückkomme, so seid gewiß, daß das Schlimmste geschehen ist, und eilt, flinker als ein Eilbote, nach Sestola zurück und veranlaßt . . .« (und hier unterwies er ihn ganz allgemein in der Führung aller Regierungsgeschäfte.)

Zur selbigen Stunde, knappe zehn Meilen nördlich, in der Feste Laimak, diesem grauen Horst auf seiner Felskuppe, durch seine starke Bewehrung und begünstigte Lage uneinnehmbar, den Parrys seit vielen Generationen sowohl Zuflucht vor dem Sturm als auch Sitz, Schlüssel und Garant jener Macht, mittels derer sie über lange wechselhafte Zeiten hinweg mit offener oder arglistiger Taktik das mittlere Königreich beherrscht und sich vom Lande Rerek gemästet hatten, stand der Lord Horius Parry an diesem süßen Morgen des fünfundzwanzigsten Juni am Fenster seines Privatgemaches: blickte eine Weile nach Süden aus. Große Ruhe lag in seinem stieren Blick: große Ruhe in seiner glatten Stirn. Dicht stehend, wie der Flor von Samt, sproß ihm das kurz geschorene Haar um den runden Schädel bis hinunter zum breiten Stiernacken: rotes Haar, struppig wie Schweineborsten, wuchs tief ins Kreuz hinunter. Sein Bart, ebenfalls kurz gestutzt, endete spatenförmig unmittelbar unter dem Kinn. Seine leicht nußbraunen Augen waren klein, und wie bei einem Bären saßen sie eng beieinander: ihr scharfer Blick war wie das Funkeln von Diamanten. Es hatten seine Nüstern etwas Bewegliches, Dehnbares, tierisch Gieriges an sich, daß man gewettet hätte, er schleppte einen wedelnden Schwanz hinter sich her. Und dennoch lag über allem diese Ruhe, wie bei einem, der mit sich selbst versöhnt und eins ist: seine ganze gewaltige Gestalt war ruhevoll wie ein behaubter Falke, oder wie die stillen Wasser über einem unterseeischen Strudel. Er war ein breitschultriger und beleibter Mann, etwa an die fünfzig Jahre alt, dennoch gestählt vom Soldatenleben und der Jägerei, so daß alles Übergewicht, welches man ansonsten durch allzu üppige Auskostung der Gaumen- und Bettfreuden ansetzt, in harte Muskeln verwandelt war. Er erreichte kaum mittleren Wuchs; und wirkte dennoch, durch eine ihm eigene Erhabenheit in Blick und Gebaren, wie ein Mann, der groß sein konnte, ohne auf Zehenspitzen gehen zu müssen.

»Ist ihm sein Leben teuer, sollte er sich besser fortmachen«, sagte er. »Habt Ihr mir diese Reiterschwadron kommen lassen?«

Gabriel Flores, der an einem breiten Eichentisch zwischen Papieren und Tinte und Stühlen saß, antwortete ihm: »In einer halben Stunde, unter dem Haupttor, Euer Hoheit. Und was ihn angeht, er will nicht auf Vernunft hören.«

»Dieser Lümmel, mir so keck entgegenzutreten. Ist er von Sinnen?«

»Wohl schon.«

»Bringt ihn rein.«

»Wenn es Eurer Hoheit beliebt, könnte ich ihn von zwei Burschen in den Burggraben tauchen lassen. Das würde ihm eine Lehre sein.«

»Bring ihn her, Ferkelchen.«

Gabriel ging und kam wieder. »Der Lord Sorms«, verkündete er und blieb einige Schritte zurück, um diesen vorausgehen zu lassen. Doch das Zimmer war leer. Der sehr bestürzte Sorms machte Gabriel zornige Vorhaltungen.

»Ihr müßt Euch in Geduld fassen, Mylord. Seine Hoheit wird gewiß sogleich kommen.«

»Ihr Lümmel, meine Geduld ist zu Ende. Wo ist das Geld, das ich Euch gab?«

»Eure Lordschaft erhielten des Geldes Gegenwert, und dreimal wiederholt' ich's, mit meinem weisen Rat.«

»Was? Daß ich noch eine Woche auf mein Recht in Laimak warten soll? Arquez ließ mir Unrecht widerfahren. Vor sechs Monaten, mit dem Vikariatssiegel gebilligt und durch Eure Person mir ausgeliefert, habe ich nach der Landfriedensordnung und auf dem vorschriftsmäßigen Weg Klage erhoben. Doch vergebens. Ich besitze keine Ländereien, und meine Mittel sind knapp. Unter großen Unkosten kam ich nach Süden. Vor drei Tagen ersuchte ich den Vikar um Audienz, aber er wollte nicht mit sich reden lassen. Ich sprach zu Rossilion: gestern abermals zu Euch: da könnte man ebensogut versuchen, einen Ziegenbock mit einem Sieb zu melken. Ich ließ nach dem Vikar schicken, aber er konnte wegen der Jägerei nicht anwesend sein. Entweder ich bekomm's heute morgen, oder ich werde mit ihm jagen gehen, so wahr mir Gott helfe.«

Er schritt im Zimmer auf und ab. Gabriel am Tisch hantierte mit seinen Papieren: blickte sogleich auf. »Ich will, mit Verlaub, Euer Gnaden, noch ein weises Wort zu Euch sprechen. 's ist ganz und gar unüblich, ungebetene Gäste in Laimak. Seine Hoheit der Vikar hat, auch ohne Euch und Eure persönlichen Händel, alle Hände voll zu tun. Er ist bereits voller Grimm über diese zudringlichen Ansinnen. Steckte ich in Eurer Lordschaft Haut, aus Laimak würd ich ziehen, solange es die Möglichkeit dazu noch gibt. Bis der Zorn Seiner Hoheit sich gelegt, tretet nicht vor ihn.«

»Ich will mein Recht haben«, sagte Lord Sorms. »Wenn nicht,

gedenke ich Euch derartige Mühen zu bereiten, daß Ihr dieser bald überdrüssig würdet. Und Euch, Herr Sekretär, erkenne ich allmählich als einen genauso rechtschaffenen Mann, wie es ihn in den Karten gibt, wenn die Könige draußen sind. Euch und Euren Herrn dazu.« Sein Gesicht, als er sich einem Geräusch hinter ihnen zukehrte, wurde lang, fand er sich doch dem Parry in Person gegenüber, der sich durch ein geheimes Türchen eingeschlichen hatte.

»Nun, Mylord Sorms«, sagte er mit höchst freundlicher Stimme und liebenswürdiger Miene, »ich habe Euer Lordschaft Zeugnis gelesen. Und ich bin mir darüber im klaren, wie schmerzlich es für Euch gewesen sein muß, hier so lange zu warten und nicht in Erfahrung bringen zu können, ob Eure Streitsache in irgendeiner Weise beigelegt wird, oder bald beigelegt werden wird, oder nicht.«

»Ich danke Eurer Exzellenz. Diese Belange, seien sie für Euch auch Lappalien, sind für mich gleichwohl von Gewicht und Bedeutung. Die Schriftsätze liegen nun seit sechs Monaten bei Eurem hohen Gericht in Leveringay. Euer Sekretär hier ist bereits seit April in Kenntnis gesetzt, daß ich bei Eurer Exzellenz persönlich als Generalvikar des Königs in Rerek Berufung eingelegt. Nichts geht von der Stelle. Und nun, wo ich mich nicht im geringsten mehr über die wirklich frostige Kälte und schlappe Trägheit wundere, kann ich nicht umhin, dadurch daß ich Worte und Taten zusammenfüge, dies als schlichte Finesse zu durchschauen. Ich kann mir nur mehr vorstellen, daß gewisse Machenschaften . . .«

»Ja, Machenschaften«, sagte der Vikar behutsam, und behutsam näherte er sich Sorms: Gabriels Frettchenaugen beobachteten die Augen seines Herrn. »Und dahinter verbirgt sich ein sehr großes Geheimnis, was wohl nur recht und billig ist, wenn ich es nun Eurer Lordschaft erkläre, warum ich so wenig Muße für Eure heimischen Anliegen hatte. Nun, die Sache steht so: Ich, aus meiner neidischen, gierigen und rachsüchtigen Anlage heraus, wage jetzt bald nichts Geringeres, als wider alles Gesetz und Recht die ganze Herrschergewalt eines Königs in Rerek an mich zu reißen. Und um über selbiges gewiß den Mund zu halten, habt dies –« und nach einem Satz wie ein entfesselter Zerberus, stieß er ihm einen Dolch vom Gürtel hinein, zuerst am Ohr, dann zwischen den Rippen und zuletzt durchs Schlüsselbein hinunter.

Gabriel, der klein und schmal von Wuchs war, lehnte sich zurück gegen den Tisch, während er diese Sache verfolgte; seine Zähne, schartig und ungleichmäßig, schimmerten gelblich zwischen dem schwarzen Kinn- und Schnurrbart.

»Ich werde diesen Kleinadel lehren«, sagte der Vikar, als er den blutverschmierten Dolch auf den Boden warf, »mich mit seinen Achs und Wehs zu behelligen«, sagte er, und sein Atem kam und ging heftig nach dieser Anstrengung: »wo ich mich doch um so große Dinge gräme. Kommt her, Frätzchen.« Gabriel kam: das Gesicht grau, die Augen in böser Vorahnung weit aufgerissen. Der Vikar packte mit der einen Gabriels Handgelenk, während er mit der anderen Hand, breit wie ein getrockneter Schellfisch, sommersprossig, mit in der Sonne glänzenden rötlichen Haaren überzogen, Gabriels Gurgel befühlte. »Ihr hörtet, was ich zu diesem Abschaum sagte?«

»Ja.«

»Glaubt Ihr es?« Seine Blicke, bohrend wie Nadeln, ruhten auf Gabriels Gesicht.

»Nicht, ehe Euer Hoheit es mir gegenüber wiederholen.«

»Was fällt Euch ein, es für etwas anderes als eine Lüge zu achten?«

»Euer Hoheit brauchen doch nicht so rabiat gegen mich zu sein. Das würde mir nie einfallen.«

»Und dennoch, wäre es genau so? Was dann? Sprecht, Elendiger, oder ich mache Euch den Garaus.«

»Wen sonst habe ich außer Euer Hoheit? Ich bin Euer. Ihr könnt mich wie Wachs bearbeiten.«

Die Augen des Vikars wühlten in den seinigen, wie ein Messer in einer Wunde wühlt. Gabriel hielt die Luft an. Plötzlich zog der Vikar ihn an sich, wie eine Frau: küßte ihn. »Selbst Ihr, mein kleiner Mistfink, solltet es gefährlich erachten, zu genau meine Pläne zu kennen. Nahebei, wie ich finde, gibt es Nester der Unzufriedenheit, mit denen es sich plump und indiskret umgehen läßt: törichte und tolle Vorhaben. Geht, ich menge mich nur in solche Liebeleien ein, die im Bett enden. Man wird meinen Rükken sehen, nicht aber mein Gesicht. Und so spitzt die Ohren und wandelt in meinen Fußstapfen, wenn Ihr die gefährlichen nächsten Tage zu überleben hofft. So«, sagte er, wobei er ihn losließ, »im Leben heißt's vorsichtig sein. Wischt den Saustall auf. Dann kommt zu mir ans Haupttor. Wir müssen bei Sonnenuntergang aufbrechen zu diesem Ort, der Euch bekannt ist.«

Kurz bevor am selben Tag die Sonne ihren Lauf vollendete, zügelte Graf Mandricard sein Roß, als er aus dem Wald an den nördlichen Rand einer Lichtung vor ein gewisses altes, leerstehendes, verfallenes Haus kam, das einsam zwischen Kiefernhainen eine knappe Viertelmeile über dem Dörfchen Gilgash, gerade noch innerhalb des Grenzwalls von Rerek gelegen, stand. Er war ein kräftig gebauter Mann, mit stumpfen Augen, einem Pferdegesicht, einer braunen ledrigen, faltigen Haut und einem langen, wilden Bart, der nicht eine Locke aufwies. Offenbar herrschte große Stille auf der Lichtung. Vom Westen drangen hie und da Strahlen der untergehenden Sonne durch das düstere, purpurrot-grünliche Nadelwerk der Kiefern und ihre dicht stehenden, senkrechten Stämme. Sogleich ritt er im Schritt zur Haustür hin. Unzählige Nesseln drängten sich allseits an die Hausmauern. Die Fensterscheiben waren zerbrochen. Er schob sein Pferd herum und streckte sich, indem er sich seitwärts vom Sattel beugte, um der Tür mit dem Schwertknauf einen mächtigen Schlag zu versetzen. Eine sogar noch tiefere Stille senkte sich über die Lichtung nach dem Dröhnen dieses Stoßes und dem Rascheln kleiner Füße (Ratten, vielleicht), das ihm folgte. Mandricard wartete eine längere Weile, dann schwang er sich, etwas Unzüchtiges knurrend, aus dem Sattel, rüttelte an der Klinke, trat ein. Das Haus war leer, es roch nach Trockenfäule und Spinnen: ein Gestank wie in einer modrigen Gruft. Er spie aus und kam wieder heraus: schwang sich wieder in den Sattel. Schnell breitete sich die Dämmerung übers Land, und die letzte Glut der Abendröte erkaltete zwischen den Baumstämmen: Blut zwischen Galgen. »Gar mancher treibt falsches Spiel«, sagte er bei sich. »Zum Henker! Wenn ich so aufmerksam bin und pünktlich zur vereinbarten Stunde beim Teufelsbankett erscheine, wieso die anderen nicht?« Er spie aus. »Clavius«, sagte er bei sich: »dieser junge, verschlagene Bankert. Mit jedem Greuel des Lebens ist er flink wie eine Laus zur Hand, doch vertrauenswürdig ist er nur, wenn man ihn an den Ohren hält. Sein Verhalten erstaunt: auch kostete er seinem Vater den Kopf, als er sich bei den Vorgängen von Ulba in die Flucht schlagen ließ, obschon er Präsident des Kabinetts in den Marken war. Dann Gilmanes. Nun, kann ein Mann an ihn den eigenen leiblichen Bruder verraten, um in den Kerkern Laimaks gevierteilt zu werden, so kann er danach wohl Zutrauen zu ihm haben. Zudem ist dieser Kerl neidisch wie ein Geier auf Ercles und Aramond: weiß, solange der Parry mit ungebrochener Macht in Rerek sitzt und ihn begünstigt, er unbehelligt seine Klauen über Veiring und Tella halten kann, welche ansonsten sofort wieder unter die Hoheit des Prinzen Ercles zurückfallen würden. Weiß auch, daß er längst abgesetzt worden, aller Hoffnungen beraubt worden wäre, wegen seiner Mißregierung, aber der Vikar verwandte sich für ihn: wimmelte es ab. Nun, auf Gilmanes kann er zählen. Stathmar – tja: wenn ich auch seine Gutherzigkeit fürchtete. Dennoch unternimmt er nichts ohne ihn. Wer mit dem Hintern fest auf Aryanna sitzt, kann mit dem kleinen Finger die Marken in die Gewalt bringen. Olpman: ihn betrachte ich lediglich als Dohle. Er ist nicht fähig, einen ersten Schritt zu tun. Arquez: ich hasse Arquez: was anderes ist er als ein gemeiner Halsabschneider und Dieb, der sich von Übergriffen auf anderer Leute Rechte gemästet hat? Er hat sich früher schon seiner bedient, richtig; und gedenkt (ein jeder spricht davon), Sorms zu seinen Gunsten zu kassieren. Zusammenfassend ist festzustellen: er bedarf anderer Werkzeuge, um mit Erfolg solche Ränke zu schmieden.«

Er ließ die Zügel locker am Sattelknopf hängen. Das leichte, gemessene Graskauen trug in diese häßliche Stille eine Bedrohlichkeit, wie wenn der Sand der Zeit sich neigte. Als würde gesprochen: Was, wenn damit nur unsere Zuneigung für seine Person geprüft werden sollte? Nicht um zuzuschlagen, sondern vorher – nachdem er uns hier an diese äußerste Ecke des Reiches bestellt hat – auszuwählen, und alle Klingen von minderem Wert entzweizubrechen und zu verwerfen? Seltsam, wie wir alle nicht umhin können, ihn ganz zu lieben und uns wie unvernünftige Tiere an ihn zu klammern, der er selbst doch stets falsch und doppelzüngig ist. Vielleicht steckt Absicht hinter dieser ungewollten Verspätung: des Himmels oder seine Absicht. Ein Wagnis zudem, dem Landesherrn ungehorsam zu sein ... »Indes ist's wohl besser«, sagte Graf Mandricard mit einem Mal, »sich zu packen, solange es noch geht.« Und so ruckte er am Zügel und ritt durch die Wälder in nördliche Richtung davon.

Er war erst wenige Minuten fort, als die anderen allmählich zusammenströmten: Prinz Gilmanes als erster, auf einem Schimmel: ihn überholend, Graf Olpman.

»Eure Exzellenz reiten hoch gerüstet, sehe ich.«

»Ihr ebenfalls«, sagte der Prinz.

»Wen sollen wir heut' abend treffen?«

»Ihr kennt die Antwort genausogut wie ich.«

»Unser Wirt, wir selbst, und vier andere seiner Wahl. Was haltet Ihr von diesen vieren?«

»Nennt mir zuerst ihre Namen.«

Olpman grinste verschmitzt. »Mit Verlaub, Euer Exzellenz, ich will, ehe ich sie benenne, sie zuvor sehen.«

»Allmächtiger«, sagte der Prinz, »sind wir Katzen, um den heißen Brei herumzuschleichen, wo doch jeder weiß, daß der andere weiß? Nun ja: 's ist vielleicht am sichersten so. Was haltet Ihr von ihnen?«

»Ich traue ihm zu, eine gescheite Wahl zu treffen.«

»Zutrauen? klingt seltsam nach solchem Sprechen; und bei einem Manne des Gesetzes.«

»Wenn die Zeit zum Handeln naht, duckt man sich still, bis es brenzlig wird.«

»Ich sage Euch, Olpman, wozu ich Zutrauen habe: zu Haß mehr als zu Liebe, und zu Ehrgeiz mehr als zu treuer Ergebenheit, und zu persönlichem Vorteil mehr als zu allem anderen. Deshalb auch habe ich Zutrauen zum Vikar.«

»Weshalb? Wegen des persönlichen Vorteils?«

»Ja. Wegen des Vorteils: meines in ihm, seines in mir. Ihr habt Zutrauen wegen des Hasses, den Ihr gegen Beroald hegt.«

»Nun, auch Eure Exzellenz haben wenig Grund, diesem wohlgesinnt zu sein.«

»In Anbetracht wessen?«

»Jenes wollüstigen, blutigen Weibes. Eures zu Krestenaya erdolchten Neffen.«

Der Prinz zuckte leicht mit den Achseln. Hochnäsig, herzlos, kalt, schwermütig schien er, nicht ohne gefällige Manieren indes. »Oh, was das angeht, so bin ich mir unschlüssig. Derselbe Anlaß hätte uns zur selben Grausamkeit getrieben. Eurer, Mylord, hat tiefere Wurzeln: bedenkt man, daß dieser Beroald, Euer ehemaliger Schüler, zehn Jahre jünger als Ihr, wider alle Gerechtigkeit und Vernunft Euch vorgezogen ward für dieses hohe Amt des Großkanzlers von Fingiswold. Man sollte sich nicht wundern, wenn wir anderweitig Vorkehrungen treffen für uns selbst und uns mit anderen zusammentun, wenn es doch weder Übereinstimmung noch Gemeinsamkeiten mit ihnen gibt. – Hier sind Arquez und Clavius. 's ist die Angst, die diese beiden bindet.«

»Angst, weil er Verschiedenes wider sie weiß?«

»Ja. Und weil er sie in Stücke reißen kann, wenn er will. – Hier ist Stathmar. Gut. Ich spüre Tröstliches in Stathmar.«

Im schwindenden Tageslicht war es nun kaum mehr möglich, Gesichter zu unterscheiden. Der Vikar persönlich auf einem großen braunen Hengst kam als letzter angeritten: Gabriel an seiner Seite auf einem braunen Pony und mit einem Lastpferd an der Hand, beladen mit Satteltaschen und zwei Oxhoftfässern Weines. »Gott gebe Euch einen gut'n Abend«, sagte der Vikar. als er vom Sattel sprang und Gabriel die Zügel gab. »Fünf. Nun, gehen wir rein. Jeder ist heut abend sein eigener Stallbursche. Führt sie in den Hof hinterm Haus: keine Risiken, wo Unvorbereitetsein alles verdürbe. Gabriel, verschließt die Fensterläden in dieser Kammer dort: verdunkelt die Ritzen mit Mänteln: dann zündet Kerzen an, stellt Wein auf den Tisch und die Fleischpasteten. Wir beraten beim Abendessen.« Dann, im Flüsterton, unbemerkt, zu Gabriel: »Und vergeßt nicht«, sagte er, »das Wort, das ich nannte: im Falle daß.« Gabriel antwortete mit einem kurzen Blick aus seinen flinken Wieselaugen, verstohlen, im nächsten Moment verschwunden, hinreichend.

Sie saßen um einer auf Schragen gestellten blanken Tischplatte: der Vikar am näheren Ende bei der Tür, Olpman zu seiner Rechten, hoch gerüstet, und Stathmar zu seiner Linken, mit kühnen, ehrlichen, braunen Augen, spatenförmigem braunem Bart und kahl geschorenem Schädel, ein breiter, kräftiger Mann von ungefähr vierzig Jahren. Zu Olpmans Rechten saß Arquez, ein Mann von fülliger, massiger Gestalt, mit kleinen Schweinsaugen, in fleischige Falten versenkt; dann, am Tischende gegenüber dem Vikar, Gilmanes, mit Clavius zu seiner Rechten, und dahinter wieder Stathmar. Bei weitem der jüngste von ihnen schien dieser Clavius, mit dreistem, überheblichem Gebaren, gelbem Bartflaum und blassen Fischaugen. Gabriel war auf des Vikars Geheiß ständig drinnen und draußen, um Wache zu halten: hatte sein Fleisch in der einen, das gezogene Schwert in der anderen Hand und trank bisweilen einen Mundvoll von seinem Wein.

Der Vikar saß nun seines Mantels entledigt, in einem gebeizten Lederwams, über und über gepanzert mit Schuppen oder Plättchen aus poliertem Eisen und an Kragen und Hüfte versehen mit goldenen Schnallen und einer Halsberge aus mit Gold und Silber damasziertem Eisen. Kerzengerade, die Hände vor sich mit den Ballen nach unten auf den Tisch gestützt, nahm sich einen nach dem anderen der Runde vor. »Ihr habt nicht gut mit mir begonnen, Prinz«, sagte er als erstes Wort, indem er das

Kinn verschob und ihn anfunkelte: »brachet das Vertrauen, ehe wir noch in dieser Runde versammelt.«

Gilmanes' Gesicht verfärbte sich. »Ich weiß nicht, was Eure Exzellenz meinen.«

»Einen Zug Soldaten mitzubringen, wo ich mir doch ausgebeten hatte, daß alle allein kommen sollten. Ich selbst sah sie in Gilgash.«

»Tut mir leid. Es waren nur ihrer drei oder vier, zur Sicherheit meiner Person.«

»Ich kann für Eure Person sorgen, Mylord. Räuber und Wegelagerer können sich hier, in Südrerek, nicht ungestraft Freiheiten herausnehmen, wie es in Euren nördlichen Landesteilen der Fall ist. Soll ich einem Manne vertrauen, soll dieser zuerst mir vertrauen: wie du mir, so ich dir. Wer sonst noch hat das gleiche getan? Olpman, ich bemerkte Euer Abzeichen auf einem halben Dutzend brauner Jacken, als ich durchs Dorf kam.«

»Eure Erlauchte Exzellenz werden mir hoffentlich verzeihen«, sagte der Graf, »wenn ich Eure Forderung mißverstand.«

»Kein Wenn und Aber. All dies spricht gegen Euch, und so soll's sein, bis Ihr es wiedergutmacht.«

»Ich glaubte, es wäre uns gestattet, sie bis nach Gilgash zu bringen und dann allein hierher nach Mittanger zu kommen.«

»Den Bart voll Teufelsdreck. Ihr macht's wie der Tintenfisch, Ihr Rechtsgelehrten: Ihr verdeckt Eure Spuren, indem Ihr überreichlich Tinte verspritzt. Stathmar?«

»Nicht einen einzigen, Mylord.«

»Hier spricht ein Mann. Clavius?«

»Ich kann und kann es nicht wagen, mich ohne Schutz an die meszrische Grenze zu begeben: aufgrund von Ibian.«

»Eurem alten netten meszrischen Wirt? Geht, das ist wohl ein Grund.« Der Vikar lachte, ein einzelnes Wiehern zwischen einem Knurren und Bellen. »Wäre ich so herzlos gewesen, Euch gefesselt Ibian auf sein Verlangen auszuliefern, geht, ich wette fünf Fäßchen Muskateller gegen ein paar Erbsen, Ihr hättet nicht wieder jemanden hinters Licht geführt. – Arquez?«

Arquez antwortete mürrisch: »Nein.«

»Was heißt nein? Ich sage, Ihr brachtet Männer mir, trotz der zwischen uns gelobten Treue. Antwortet mir offen und ohne Schönfärberei, ob es so ist oder nicht.«

»Ich sage Eurer Hoheit offen, es ist nicht so.«

Ein stockfinsterer galliger Zorn schien die Augen des Vikars zu verdunkeln, die ihn anfunkelten. Eine Zeitlang herrschte Schweigen. Dann sprach der Vikar wieder, wobei er sich mit verschränkten Armen in seinen Stuhl zurücklehnte: »Beim Ohrenschmalz des Satanas! Ich bin von Herzen geneigt, Euch allen den Garaus zu machen. Mylord Stathmar und ich kommen allein hierher, wie abgemacht . . .« (hier lachte Gabriel, der bei seinem ständigen Hin und Her gerade zur Tür hinaustrat, ohne daß es jemand bemerkt hätte, in seinen Ärmel) ». . . alle übrigen brechen Wort, selbst bei einer solchen Geringfügigkeit, so schnell wie ein Hund eine Blutwurst verschlingt.« Wie von einem Hermelin bedrohte Häschen saßen diese großen Lords stumm da, und einer nach dem anderen begegnete seinem Blick, der auf ihnen ruhte. »Wo ist Mandricard?« Keiner wußte das. »Wehe, er macht Mätzchen . . . Geht, man sagt, Könige hätten lange Hände: er wird sehen, ich habe längere. Ich lasse ihn köpfen wie einen Hirschen und trinke meinen Wein aus seiner Gehirnschale. Seht Euch vor«, sagte er und schlug mit einem Mal donnernd die Faust auf den Tisch, so daß alle von ihren Plätzen hochfuhren, »wenn einer von Euch hier Zweifel hat, ob er mir in dieser Sache vertrauen sollte, so soll er jetzt heimgehen. Ich nehme es auf meine Ehre, daß ihn weder mein Groll noch meine Ungnade treffen werden. So es nur jetzt in diesem Augenblick geschieht; denn ist diese Sache erst einmal aufgerollt, dann soll die Umkehr einem Mann nichts Geringeres als sein Leben kosten.«

Aber diese, wie aus einem Munde, gelobten ihn mit höchst leidenschaftlichem Eifer durch Schwüre die Lehenstreue.

»Sodann«, sagte er, »schreiten wir offen zur Sache. Es ist kein Mann hier, der nicht in Rerek geboren und aufgewachsen ist. In diesem Land unserer Väter hat sich einiges geändert seit den letzten zehn Jahren oder mehr. Wir sind treue Lehensmänner unseres Oberherrschers des Königs (geben die Götter, er möge für immer leben). Trotz alledem spüren wir die Veränderungen: spüren die fremde Hand über uns. Zum Beispiel ich selbst: Laimak war dreißig Menschenalter lang sein eigener Herr, nun ist es königliches Lehen: wir müssen bitten, betteln und dienen. Und was die kleineren Fische im Teich angeht, wo wären diese denn heute, wenn ich mich nicht zwischen sie und die Einbuße ihrer Vorrechte gestellt hätte? Wo wäre Mandricard? Graf Olpman, wo wäret Ihr? Als des Henkers Hand bereits Euren Halsbund befühlte, welche Gnade außer meiner, sagt, hätte Euch nützen können, den Kopf auf den Schultern zu behalten? Ja, und ihrer ein

Dutzend mehr in der gleichen verzweifelten Lage, zum Tode und zur Ehrlosigkeit verurteilt nach Valeros Verrat? Ihr, und auch Ihr, Mylord Stathmar, seid Zeuge meiner Strenge bei der Bestrafung dieses Verräters: meiner Strenge auch bei der Zurechtweisung jener, die glaubten, weil es im Reiche tose und brause, wäre die Zeit gekommen, ihre Nachbarn zu tyrannisieren. Aber ich rasierte ihnen ordentlich den Bart ab, bis kein Härchen mehr stand – diesen dreisten Kerlen vom Schlage jenes Amtsadels, der sich nun vor uns aufbläht, Jeronimy, Beroald, Roder und ihresgleichen: stopfte sie voll, bis ihnen das rechte Essen besserer Leute wieder aufstieß. So wahr mir Gott helfe, ich werde den einen oder anderen auch noch gehörig rupfen, ehe ich in meinen grauhaarigen Lebensherbst komme. Dann Ihr, Gilmanes. Seid gemahnt, daß der König von Euch Kaima genommen, diesen reichsten und kostbarsten Stein Eurer Prinzenkrone, anläßlich dieser Sache mit Eurem Bruder Valero; durch meine Vermittlung indes ward's zurückgegeben. Ich half Euch gegen Eure benachbarten Prinzen, Ercles und Aramond, die aus ihrer altgewohnten, langjährig genährten Feindseligkeit heraus Eure Grenzen mit allerlei Schikanen unsicher machten. Es war nur meiner eiligen Benachrichtigung zu verdanken, daß Ihr erst vergangenen Winter in Eurem bettelarmen Städtchen einem Mordanschlag entgehen konntet. Weiter half und unterstützte ich Euch beim Niederwerfen der Aufstände in gewissen Städten Eurer Landesteile, als zu fürchten war, daß diese beizeiten den Großteil der anderen Städte zum nämlichen verleiten und anstiften würden. Euch, Arquez und Clavius, sage ich nur dieses: ich habe in einer Schatulle genügend gegen Euch, um Euch (solltet Ihr mir Mißfallen bereiten) zu jenen zu schicken, welche Euch Kopf, Keulen und Hachsen abschneiden und den Rest *pro bono publico* aufhängen.

Zapft noch etwas Wein ab, Meister Reineke«, sagte er zu Gabriel. »So viel freundliches Zureden trocknet einem phantastisch die Kehle aus.« Er trommelte einen Moriskentanz mit den Fingern auf dem Tisch, während der Wein ausfloß. Als er aufblickte, waren die Gewitterwolken aus seiner Miene gewichen. »Wir sind alle ergebene Lehensmäner«, sagte er. »Aber es ist traurig und wahr, daß kein König für immer lebt; und es ist eine reine Sache der Vorsicht, darüber nachzudenken, was unser beim nächstenmal Wechsel harret. Und es wäre kein Wunder, wenn mancher, der König Mezentius gut und treu diente, stutzte und schwankte, sollte die Reihe an König Styllis kommen.«

»Wie sie, dem Gesetze nach, kommen muß«, sagte Graf Olpman: »an den ehelichen Sohn und unangefochtenen Erben.«

»Ein unerprobter Knabe«, sagte Stathmar.

»Stolz, anmaßend, neidisch auf jedes wahre Verdienst«, sagte Gilmanes.

»Gott tilge seinen Namen vom Erdboden«, sagte Clavius.

Arquez knirschte mit den Zähnen.

»Solche Ungelegenheiten«, sagte der Vikar, »lassen sich durch kluge Taktik leicht zum Vorteil kehren. Doch seine Lehrherrn sinnen auf Unheil. Seid Euch dessen gewiß, Mylords: komme dieser Tag, werdet Ihr ein Triumvirat höfischer Speichellecker erleben, das unter der Flagge des jungen Styllis die Macht über die Drei Königreiche ausübt: Roder, weil der Knabe sich noch an ihn klammert, als wäre er seine Säugamme; der fette Admiral, weil's nur Rechtens wäre und weil, was war, bleiben muß; und Beroald, weil in den Schafsköpfen der beiden anderen nicht genügend Gehirn ist, sie eine Woche lang vor Schaden zu bewahren, noch genug Willenskraft, an einem eingeschlagenen Kurs festzuhalten, sondern sie immer und ewig zu ihm laufen müssen.«

»Und neben all diesem«, sagte Stathmar, »müssen Eure Exzellenz mit Zayana rechnen.«

»Ja, ich wollte gerade darauf zu sprechen kommen.«

»Oh, ihn fürchte ich nicht«, sagte Olpman. »Solange er seine hübsche Mieze zum Schmusen hat, tut nichts not. Ein Faulpelz, ein . . .«

»Wie eh und je, Mylord Olpman, so ist Euer scharfsichtiges Urteil doch ein stockblindes«, sagte der Vikar. »In den fünf Jahren der Führung seines Herzogtums hat sich nun gezeigt, daß er edel und groß denkt wie sein Vater. Weil er in seiner Jugend und Vergnügtheit den Freuden des Essens und Trinkens zugetan ist und mit Frauen liebelt, so täuscht Euch dennoch nicht und meint, das sei alles. Bastardblut ist gar kühn und verheerend: dem um so mehr, da es aus König Mezentius' Lenden stammt. Und werden wir diesem jungen Herzog nicht Herr, ist es vielleicht hauptsächlich er, der uns in den Untergang stürzt. Ziehen Styllis, Barganax und jenes Dreiergespann vereint gegen uns, wird unsere Sache wahrscheinlich übel ausgehen. Doch nähren wir die Zwietracht unter ihnen und halten wir sie auseinander (wobei wir uns, bei ihm, der Vergehen bedienen können, welche Styllis in solch unbrüderlicher Gesinnung gegen ihn begangen und wahrscheinlich noch begehen wird) – nun, mit einer solchen Taktik wage ich, mein Leben zu verpfänden, und Rerek wird dennoch für jeden Regen einen Mantel finden.«

Ein Schweigen trat ein. Unter dem gleichmütig scheinenden, aber höchst bedrückenden Gedankenleserblick des Vikars wanderten die Augen der Männer umher, als ob jeder zuerst den anderen beobachtete, ob denn keiner das Siegel breche und offenbare, was hinter diesen beunruhigenden Winken und halb ausgesprochenen, zusammenhanglosen Andeutungen steckte. »Laßt mich Euch daran erinnern, falls Ihr's vergeßt«, sagte der Vikar, »daß Ihr, nicht ich, zuerst eine solche Unterredung wie diese suchtet, als sich ein jeder mehrmals schriftlich meinem Schutze anbefahl. Und damit Ihr sehen möget, wie ich lediglich zum Gemeinwohl diese Sache in die Hand nehme, sage ich Euch: falls es irgendeinen lebenden Mann gibt, den Ihr für geeigneter haltet, Euch in solch gefährlichen Umständen, wie wir sie soeben erwähnten, zur Hand zu gehen – zeigt ihn mir. Ich trete ihm meine Stellung ab, schwöre ihm den Lehnseid und Unterstützung.«

Jeder einzelne von ihnen saß stumm wie ein Fisch.

»Ihr, Prinz Gilmanes: wollt Ihr Euch erbieten, sagt an?«

Inmitten des ärgerlichen Gemurmels beeilte Gilmanes sich, keinen Anspruch auf ein solch undankbares hohes Amt zu erheben.

»Sollen wir die Entscheidung darüber also vertagen? Was, wenn wir nach Ercles in Eldir schickten, ihm unsere Gefolgschaft antrügen?«

»Vorher schlage Gott ihn tot.«

»Der alte Tiger, der so lange schon erpicht darauf ist, uns aufzulauern?«

Clavius fing an, ein Liedchen zu summen, das Gilmanes' Gefolgsleute in den Straßen Veirings sangen:

»Den Alten von Eldir,
Gott sende ihn dahier!«

Als er sich wieder Gehör verschaffen konnte, sagte Gilmanes: »Soll Rerek mit der Stimme eines Mannes sprechen, mit wessen sonst wenn nicht mit der des Parrys?«

Gabriel Flores, mit den Augen und Füßchen eines Wiesels, trat zwischen Bank und Wand und goß zuerst seinem großen Herrn, dann den anderen ein. Alle nahmen einen tiefen Schluck. Dann sprach der Vikar: »Falls ich Euch heut abend«, sagte er, »mit bösen Worten bedachte, so seid gewiß, 's geschah nur in Anbe-

tracht des geheimen Wissens, das ich aus mir selbst erlangte, und weil ich entschlossen war, zu unterscheiden zwischen bewährten guten und falschen Freunden, eh's daran ging, alle Hüllen abzustreifen und die nackte Natur dieser hohen Ziele zu entblößen. Gestehen wir, daß es keine frohe Welt in Rerek war, seit Fingiswold über uns gekommen ist. Was, trägt es auch den Deckmantel *per jus regale,* dennoch Tyrannei ist. Und diese Tyrannei – bedenkt man die näheren zwischen mir und Euch geknüpften Bande der Zuneigung, und bedenkt man Eure wiederholten vertraulichen Versprechen in Schriftform (welche, laßt Euch dessen versichert sein, ein Heer von gut fünftausend Mann einbegreifen, alles Veteranen, eine bereitstehende Streitmacht, die sich nun jederzeit binnen Zehn-Tages-Frist übers ganze Land aussprengen läßt und in Kutarmish liegt) – nun, 's wäre ein unverzeihlicher Greuel und endlos verachtungswürdig für uns, sie nicht zu stürzen.« Er machte eine Pause. All jene, während sie so lauschten, schienen immer mehr ihre Federn in seinen Leim zu breiten. »Das heißt«, fügte er hinzu, »stellt sich der Anlaß ein.«

Eine ganze Zeitlang sprach keiner, man beobachtete sich. Dann sagte Gilmanes, indessen er einen Blick aus seinen langen, blassen Augen über die Tafel warf und sich mit der Zunge über seine schmalen und blutleeren Lippen leckte: »Ich habe nur eine Frage, Mylord. Seine Hoheit sagten: ›stellt sich der Anlaß ein‹. Aber ist nicht der Anlaß unmittelbar gegeben? angesichts der Größe unseres Gegenspielers und seiner unendlichen Macht in Rerek, die bereits viel dazu beitrug, aus uns Prinzen Pagen zu machen. Meint auch, dünkt's mich, einige falsche Herzen in Rerek zu kennen; und ist selbst einer, der seinen Mißmut bei sich behält und somit gleich Gottes strengem Ratschluß nicht zaudert, wo er zuzuschlagen gedenkt.«

Die Luft in diesem Zimmer war scheinbar drückender geworden. Wieder beäugte man sich. Dann: »Gott sende ihn hierher«, sagte Arquez mit einem heiseren, schwelgerischen Lachen, »und gebe, daß ich ihm den Bauch aufschlitzen kann.«

Der Vikar blickte zu Arquez, dann seitwärts auf Filmanes, durch halb geschlossene Lider. »Folglich also: zaudern wir nicht, sondern führen den ersten Schlag?«

»Ja«, sagte Clavius, »und einen Schlag in seine Mitte.«

»Wer redet dagegen?« fragte der Vikar. »Bei einem solch höchst gefährlichen Werk, wie Ihr es mir vorschlagt, muß jeder unbedingt für alle eintreten, oder alles geht *in solido* unter.«

»Lieber das«, sagte Gilmanes, »als weiter wie Tiere oder Sklaven untengehalten zu werden.«

»Wer redet dagegen?«

Aber in einem Tumult großer und schallender Worte riefen sie und sagten: »Schlagen wir zu, für Parry und Rerek!« – »Tod dem Mezentius!« – »Zum Teufel mit dem lumpigen Tyrannen!« – »Hackt ihn in Stücke!«

»Ihr, Stathmar?« fragte der Vikar, als er sah, daß dieser stumm inmitten dieser Großsprechereien saß.

»'s ist nur, daß ich nicht«, antwortete er, »einer jener sein will, die unbesonnen einem großen Manne unaufgefordert in die Rede fallen. Nach meinem Dafürhalten ist es besser, das Schwert in der Scheide zu lassen als zu ziehen. Wie auch immer . . .«

Der Vikar strich dreimal über seinen Bart. Gewaltig wie ein Löwe wirkte er, hoch aufgerichtet auf seinem großen Stuhl; und rot wie ein Fuchs; und tückisch zu fassen, wie ein flinker Aal beim Schwanz; und ein König *in potentia,* der nur mehr der Regalien Krone und Zepter bedurfte; und durch und durch ruchlos. In dem Augenblick, als er abermals zum Sprechen ansetzte, flog die Tür auf vor Gabriels Nase, und vor ihnen stand in seiner Majestät der König.

Alle sprangen auf die Füße, und außer dem Vikar und Gilmanes warf jeder die Hand ans Schwertheft. Es war, als ob der augenblickliche Moment selbst einen Hüpfer täte und auf Zehenspitzen in schwankender Regungslosigkeit verharrte, während die gehörig aus der Fassung gebrachten Männer auf Weisungen warteten. Nur der Lord Horius Parry, als hätte er blitzschnell den Stand der Dinge und die verbleibenden Möglichkeiten begriffen, unentwirrbar verwickelt durch gutes und Schlechtes, Bekanntes und Unbekanntes, unumgänglich noch lange aufschiebbar, schicksalhaft über Leben und Tod entscheidend, von solcher Tragweite war der Fall, schien all dem klaren Verstandes und geistesgegenwärtig ins Auge zu sehen. Wie das Reißen einer Feder, die zur äußersten Spannung aufgezogen wird, hörte Gabriel, wie die Stille gebrochen ward von des Königs »Guten Abend, Vetter«: vernahm im tiefen Klang der unbekümmerten und sicheren Stimme des Königs einen fast unhörbaren Unterton von Ironie, der weniger das Ohr erschauern ließ, sondern das Mark innerhalb der Halswirbel: sah des Vikars Huldigung: sah, wie einen Atemzug lang ihre Blicke ineinander ruhten, die seinigen und die des Königs, als wollte ein jeder mit Schläue das Vorgehen des anderen abschätzen.

Alle entboten dem König nun ihren Gruß, der zwar nicht von Herzen kam, dennoch voll des Anscheins gebührender, ergebener Untertänigkeit, und tranken auf seinen Frieden, seine Gesundheit, seine Freude und den Sieg über seine Feinde. Der Vikar machte Platz für ihn am Kopfende der Tafel, indem er sich zur Rechten des Königs, zwischen diesen und Graf Olpman setzte. »Kaum zwei Wochen sind's her, daß ich mich Eurer Gastfreundschaft in Laimak, edler Vetter, erfreute«, sagte der König und führte an seine Lippen den Becher, aus dem soeben noch der Vikar auf seine Gesundheit getrunken hatte, und der Reihe nach trank er allen zu. »Und nun, von Dunkelheit in diesen Wäldern überrascht, was gäbe es Glücklicheres als dieses einladende Stübchen zu finden? Oder was für eine glücklichere Auswahl geliebter Freunde und Untertanen, wie ich sie hier antreffe?« Seine Augen schienen froh, wie die eines Mannes, der unter jenen seines Haushalts sitzt, und der ohne irgendeinen Argwohn ist.

»O weh«, sagte der Vikar, »dies würd Eurer Durchlauchten Hoheit wohl eine seltsame Hundehöhle scheinen, hätt ich geglaubt. Und, um die Wahrheit zu sagen, in einer seltsamen Angelegenheit sind wir hier versammelt.«

Weise Männer zuckten, leichtfertige Männer lachten innerlich bei diesen Worten. Aber der König sagte, unbekümmert: »Ich hatte vermutet, Ihr, wie wir, wäret hier in der Angelegenheit einer Jagd.«

»So könnte man es nennen. Eure Durchlaucht hatten einiges Jagdglück, hoffe ich?«

»Verfolgte den großen Bären bis zu seiner Höhle«, erwiderte der König: »obzwar, erlegt ist er noch nicht.«

Der Vikar sah ihm in die Augen und hielt seinen Blicken stand. »Was unsere Jägerei angeht«, sagte er, »so werden Eure Durchlauchte Hoheit uns verlachen. Ihr habt vielleicht die Geschichten gehört, die man sich von diesem nämlichen Gehöft erzählt: daß hier einmal vor langer Zeit allein ein Mann wohnte, ein Fronpflichtiger, der begütert war und viel Vieh besaß, allein mit seinen Hörigen. Und diese Hörigen, offenbar unzufrieden darüber, daß er sie schwer im Geschirr gehen ließ und ihnen arg zusetzte, überfielen ihn eines Nachts auf Absprache und brachten ihn ums Leben.« Als er sich beim Sprechen in der Runde umsah, bemerkte er, daß sie stumm wie Tiere dasaßen, als fürchteten sie, beim Aufschauen einen Blick auf sich zu ziehen, entweder den seinigen oder denjenigen eines anderen. Nur der König, der gemächlich mit seinem Weinkelch spielte, erwiderte einen jeden seiner Blicke: gemächlich, wie einer, der den Wein eines heimlichen Spaßes auf seiner Zunge rollt, um so ergötzlicher für ihn, weil allen anderen verborgen. Der Vikar fuhr fort: »Seit damals, bis in unsere Tage, wagte keiner, an diesem Ort zu wohnen aus Angst vor dem toten Geist, der angeblich des Nachts auf dem Dache spukt, Mensch und Tier den Hals bricht und so weiter. Und so steht's seit etwa drei Menschenaltern leer, und alles ist verfallen. Der Prinz hier nun und Mylord Olpman wetteten mit mir um tausend Dukaten, daß diese Geschichten wahr seien und daß sich tatsächlich etwas Böses in diesem Haus niedergelassen habe; ich hingegen sage ihnen, das ist nur dummes Geschwätz alter Weiber. Zur Klärung dessen gedenken wir, hier die ganze Nacht trinkend und plaudernd zu durchwachen, mit diesen vier Lords obendrein, und zu erleben, ob irgend etwas Außergewöhnliches uns überkäme.«

Der König lächelte. »Ich war felsenfest überzeugt, daß es in diesem Haus etwas gäbe, dem nachzugehen lohnenswert wäre. Als ich soeben kam, es für leer hielt und beim Öffnen der Tür diese fröhliche Runde vorfand, kam mir die alte Sage des Schäfers in den Sinn, der des Nachts am Heiligenberg in Island vorbeiwanderte. Er sah, daß der Berg an der Nordseite hohl war, und im Berg sah er mächtige Feuer und hörte großen Lärm und das Klappern der Trinkhörner; und er hörte, wie man dort Thorstein und seine Mannschaft willkommen hieß. Ihn und seine Mannschaft. Erinnert Ihr Euch?«

»Die in derselben Nacht, wie sich später zeigte, beim Fischen ertranken?«

»Ja: tote Männer«, sagte der König: »die in jener Nacht im Heiligenberg festlich bewirtet worden waren, da liegt der Unterschied: daß hier, im Moment, alle noch am Leben sind.«

Heimlich, als wehte sie allmählich ein seltsames, unbekanntes Grauen an, suchten die Augen der Männer den Blick des Vikars. Gabriel Flores, der von der Seite zusah, besann sich darauf, daß die meisten Dinge zwei Griffe haben. Was, wenn einer dieser Unheilsgesellen dem König alles im voraus ausgeplaudert hätte? Was, wenn sein Herr, der so bedacht dasaß, die gleiche dunkle Ahnung hätte? Gabriel wartete auf einen Blick von ihm. Aber der Vikar, der vor sich hin lächelte, spielte sanft mit dem großen Siegelring an seinem linken Daumen und bedachte keinen Mann mit einem Blick. »So sehen Eure Hoheit also eine gewisse Gefahr?«

»Eine gewisse Gefahr«, sagte der König unbeschwert, dennoch saß nicht ein Mann mit Gelassenheit unter dem Blick, der nun um den Tisch glitt, »mischt man sich in solche Dinge, wie sie Euch heut nacht hierher geführt.«

Der Vikar, der immer noch lächelte, nickte mit dem Kopf: immer noch mit dem Ring beschäftigt. Die Männer beobachteten ihn, als wüßten sie, daß in seiner Brust, und war seine Miene auch noch so freundlich, ein Teufel steckte.

»In Eurer Durchlauchtigen Hoheit Schule gründlich erzogen«, sagte Gilmanes nach einer Pause, und seine Zähne blitzten, »sind wir der Gefahr gefeit.«

»Und dennoch«, sagte der König, »haben alle Dinge ihr Maß. Der Mut der Weisen: der Mut des Toren.«

»Letzteres kennen wir«, sagte der Vikar. »Was ist das erste?«

»Ist es nicht ein ureigenster Teil der Weisheit? Ein weiser König, zum Beispiel, der es wagt, sich ohne persönlichen Schutz zwischen seine getreuen, geliebten Untertanen zu mengen.«

Die Männer begannen ein wenig auf ihren Plätzen hin- und herzurutschen, wie Schiffe ohne Ballast geschüttelt und geschaukelt werden. Clavius, vom Weine berauscht, rief aus: »Ja: wenn hundert Schwerter hinter der Tür zu seinem Schutz bereitstehen.«

»Das«, entgegnete der König, »wäre ein unkluges Mißtrauen gegenüber jenen, die treu und ergeben. Und doch nur zum Scherz: nehmen wir das Allerunwahrscheinlichste an: sagen wir, Ihr wäret von dieser widerlichen Sorte, und hier versammelt, meinen Sturz anzuzetteln. Dann wäre ich, der ich etwas Weisheit habe und Wissen, wie ein König wissen sollte, tatsächlich gekommen, wie ich gekommen bin, jedoch mit einer Truppe von Männern, die draußen warteten, Euch zu ergreifen; statt dessen (und so ist's) vertraue ich meinen Freunden, und nicht über einen Krieger zu meinem Schutz verfüge ich.«

Olpman flüsterte dem Vikar insgeheim zu: »Das sagt er nur, um uns den Blick zu trüben. Er hat Männer auf Abruf bereitstehen. Unsere einzige Zuversicht ist zuzuschlagen, unverhofft zuzuschlagen.«

»Still, Narr, und wartet auf meine Weisung«, sagte der Vikar. Er hielt kurz inne, wobei er lächelte und mit seinem Ring spielte:

dann gab er Gabriel das Zeichen, abermals rundherum die Becher zu füllen. Einen beziehungsvollen Blick tauschte er mit Gabriel aus, kaum merklich und flüchtig wie bei Stillwasser der Gezeitenwechsel sich vollzieht, wo das Wasser in diese und nicht länger in jene Richtung fließt und die große, unaufhaltsame Flut sich ankündigt. Gabriel ging, als er rundherum eingeschenkt hatte, zur Tür hinaus. Der Vikar fand Gelegenheit, von der allgemeinen Unterhaltung überdeckt zu Olpman zu sagen: »Ich habe alles vorausgeplant. Wir werden, um Zeit zu gewinnen, ein wenig weiterspielen. Wenn Ihr dann hören werdet, wie ich zu Gabriel sage: ›Warum nicht den Wein aus Armash?‹ so ist dies für ihn ein Zeichen, jene einzulassen, welche die Sache des Königs recht jählings erledigen werden. Gebt die Losung weiter. Und dieses: daß kein Mann sich, bei seinem Leben nicht, vor meinem Befehl rühre.«

Während Olpman Arquez vorsichtig in diesem Sinne instruierte, sagte der Vikar insgeheim zum König: »Ich bitte Eure Hoheit inständig, laßt uns kühle Mienen bewahren, auf daß keiner bezweifele, wir sprächen hier über anderes als Belangloses. Und spreche ich auch unglaubwürdig, so glaubt mir doch . . .«

»Genug«, sagte der König genauso heimlichtuerisch und genauso unbekümmert nach außen hin. »Ich sag's Euch selbst. Ihr seid heut nacht versehentlich auf ein Wespennest getreten. Ich indes bin mit der Absicht gekommen, es auszunehmen. Alle Anwesenden, Ihr allein ausgenommen, treiben falsches Spiel gegen meine königliche Stellung und Person. Ich habe Beweise für ihre Verschwörung: ich habe Schriftstücke. Eure Aufgabe soll es sein, daß kein Mann von ihnen entkomme.«

»Eine Reiterschwadron, meine eigene, steht etwa eine halbe Meile vom Gehöft entfernt«, sagte der Vikar. »Und diese, kann ich mir denken, haben wohl doppelt so viele gegen uns. Allein, was nützen Soldaten, wenn der Kopf ab ist?«

Der König lachte. »Ich bin froh, daß Ihr kein Tor seid, Vetter.«

Der Vikar, der wie zuvor mit dem großen Ring an seinem Daumen spielte, sagte: »Geht, es ist wohl nicht ein Mann hier, ich einzig ausgenommen, der glaubt, Eure Durchlauchte Hoheit seien allein und ohne Begleitung hierher gekommen.«

»Aber Ihr, Vetter, seid kein Tor.«

»Ich weiß nicht. Ich habe mein Leben in Euer Hoheit Hand gelegt.«

»Inwiefern?«

»Insofern ich hier zu Eurer Rechten sitze. Der Hand, die meinem Herzen am nächsten ist. Und Euer Dolch, wie ich sehe, für diese Hand griffbereit.«

»Wir sind beide nicht von langsamer Auffassungsgabe«, sagte der König. »Und ich meine, ein jeder von uns würd's bedauern, den anderen zu verlieren.«

Es war ihnen möglich, weitere zwei, drei vertrauliche Sätze zu wechseln. Dann kam Gabriel Flores wieder herein mit einem Krug frischen Weins. »Ich werde sogleich«, sagte der Vikar, »Euer Durchlauchten Hoheit den Beweis für meine Liebe und schlichte, vollkommene Treue liefern.« Gabriel schenkte zuerst dem König ein, dann dem Vikar, der ihm einige Anweisungen ins Ohr flüsterte. »Und Ihr werdet zudem sehen, daß ich mit beiden Händen Federball spielen kann«, sagte der Vikar im Flüsterton zum König. »Und 's mir meist gut gelingt.«

Als Gabriel nun hinter den Stuhl des Grafen Olpman trat, begegnete sein Blick demjenigen seines Herrn, und er hielt inne. Gilmanes, Clavius, und Stathmar waren, die Köpfe zusammengesteckt, mitten in einer Unterhaltung am anderen Tischende. Olpman, der sich ständig auf die Lippen biß, hatte insgeheim, durch die verdeckende Tischplatte für die anderen unsichtbar, sein Schwert aus der Scheide gezogen. Der Vikar rief mit einem Mal Gabriel zu: »Warum nicht den Wein aus Armash?« Und kaum waren die Worte über seine Lippen gekommen, schleuderte er seinen schweren Weinkelch Gilmanes mitten ins Gesicht, wobei er gleichzeitig mit der anderen Hand seinen Dolch warf, welcher Clavius' rechte Hand (hochgerissen, um ihn abzuwehren) an seine Wange nagelte. Gabriel, der mit voller Kraft den Weinkrug von hinten auf Olpmans Glatzkopf niedersausen ließ, schlug ihm dem Schädel ein. Der König war auf die Füße gesprungen, das Schwert gezückt: der Vikar neben ihm. Inmitten dieses Tumults, der Raserei, der über Wände und Decke hüpfenden Schatten, der geworfenen Messer, umgestoßenen Stühle und Bänke, kreuzte der König die Klinge mit Stathmar: beide bemerkenswerte Schwertkämpfer. Arquez zielte mit einer Fleischpastete nach dem König: streifte damit dessen Wangenknochen: warf dann einen Stuhl, der zu kurz fiel und (außer einer) alle Kerzen vom Tisch fegte. Beim fünften oder sechsten Ausfall in diesem ungewissen Licht fiel Stathmar mit durchbohrtem Herzen. Arquez, der dies sah: der sah, wie Olpman vornübergekippt auf dem Tisch lag, den Kopf in einer Blutlache: der sah, wie Gilmanes besinnungslos der Länge nach hingestreckt lag und wie Clavius verwundet ward und zauderte, ob er fliehen oder streiten sollte: warf einen zweiten Stuhl, der den gerade mit mörderischer Miene auf ihn einrennenden Vikar zu Fall brachte: dann noch einen dritten auf den König. Er verfehlte sein Ziel. Arquez machte einen Satz zum Fenster. Der König fing den Stuhl mitten aus der Luft, schleuderte ihn zurück, traf ihn am Rücken und hätte ihm fast das Steißbein gebrochen. Vom Fenster herab fiel er auf den Boden, und Gabriel, der ihm mit Geschick gezielte Fußstöße versetzte und ihm strampelnd gegen Gesicht und Bauch trat, setzte seinem Grölen rasch ein Ende.

Clavius, der sich nun demütig vor dem König in den Staub warf, rief aus, daß er, würde nur sein Leben geschont, alles offenbaren wolle: »Ich war weder Urheber noch Akteur: ward nur überredet und hineingezogen von Olpman und Gilmanes und . . .« Es blieben ihm die Worte im Halse stecken, als er gewahrte, während er sich wild umsah, wie der Vikar ihn betrachtete mit einem Blick, so grimmig, so giftig und so grausam wie im Angesicht der Todesnatter.

»Bindet sie allesamt«, sagte der König: »diese drei, die noch am Leben sind.« Gabriel band sie an Händen und Füßen mit einem Seil aus dem Packsattel: setzte sie auf eine Bank gegen die Wand: sammelte einige Kerzen vom Boden auf, um für besseres Licht zu sorgen. Gilmanes und Arquez waren inzwischen wieder zu sich gekommen. Wenig zufrieden schienen sie mit ihrem Los; sahen sie doch obendrein, wie der König ein Blatt Papier aus seiner Brusttasche zog. Indes kam keine Silbe über ihre Lippen.

Des Königs Miene war wie die vom Himmel sich herabsenkende stockfinstere Nacht, wo alles andere unerkennbar wird, selbst für die Sterne, deren Bewegungen die Geschicke und Schicksale der Menschen bestimmen. »Manche Dinge«, sagte er, »sind beweisbar, andere nicht. Ich weiß nicht, wie viele Hauptakteure es gibt, und wie viele Nebenakteure. Ich behaupte (und das nicht ohne hinlänglichen Beweis – Eure eigenen Briefe), daß Ihr hierher gekommen seid als Verbündete, um mich aufs greulichste ins Verderben zu stürzen, der ich Euer Herr und König bin. Welchen Grund hattet Ihr für solche Undankbarkeit und unverdiente Lieblosigkeit? Ihr, Gilmanes? dem ich vor vier Jahren das Leben schonte bei der Klagesache um Euren grauen Bart und den ich seither zu nachsichtig gewähren ließ in seiner strengen Regierung und den gegen meine Lehnsmänner eingesetzten Grausamkeiten. Aber Eure gnadenlosen und unerhörten Ruchlosigkeiten werden nun auf Euren eigenen Kopf herabkommen. – Ihr Arquez? in der Hoffnung, falls das Reich von Tumulten erschüttert würde, Ihr bei der Schikanierung Eurer Nachbarn freie Hand hättet? Es werden an die fünfzigtausend Dukaten sein, die Ihr meinen guten Untertanen geraubt; aber nun steht Euch die Abrechnung bevor. – Ihr, Clavius? weil meine milde Hand Euch ein ums andere Mal mit Gaben bedachte, Ihr aber trotz alledem, 's ist klar erwiesen, uns übelgewollt bliebet und, wie sich zeigt, töricht obendrein und feige.

Ich bitte Euch deshalb«, sagte er zum Vikar, »laßt mich die Köpfe dieser drei rollen sehen, von Clavius, Arquez und Gilmanes, bevor irgend jemand anderer dieses Zimmer verläßt oder betritt. Auch Olpmans Kopf: hätte rollen sollen. Der zweite Biß, nachdem ich ihm seine Teilnahme an Valeros Aufstand verziehen hatte: das war zu viel. Aber die Ratte Euer Sekretär ersparte uns diese Mühe. Stathmar hätte ich geschont. Ein guter Mann, wenn es auch nicht mehr angebracht gewesen wäre, daß er nach dem hier länger im Lande weilte, bedenkt man zudem, daß er ein Regierungsamt innehielt und in solch hoher Stellung ins Schwanken geriet. Ihn hätte ich verbannt. Aber Ihr seht, das Schicksal verbannte ihn weiter, als ich es vermocht hätte.«

Eine längere Zeitlang war es totenstill. Dann bedeutete der Vikar Gabriel: »Es gibt ein Werk zu tun, an dem Ihr Euch versuchen könnt. Ihr habt des Königs Vollmacht. Lehrt sie das Gruseln.« Gabriel nahm sein Schwert und trat vor, wobei er mit dem Daumen die Schärfe prüfte. Abermals sagte der Vikar: »Lehrt sie das Gruseln.«

Aber Clavius erhob seine Stimme gegen den Vikar und rief: »Was mit jenem grausamen Teufel, dem wir unser Elend verdanken? Dem Anstifter all dieses, dem leibhaftigen Erzrebellen?«

»Still!« sagte der Vikar wie ein Donnerschlag, und Gabriel senkte seine Klinge und holte hastig zum Schlag aus.

». . . der zu uns sprach, König«, rief Clavius, »ehe Ihr hereinkamt: aufwieglerisch auf uns einredete, vollgestopft mit ungebührenden Sprüchen, die an solch seltsame Absichten grenzten, daß ich aufspringen und von dannen eilen wollte, wäre in diesem Augenblick nicht glücklicherweise Eure Hoheit hinzugekommen . . .«

Das Gesicht des Vikars war puterrot: seine Miene unerforschlich wie Stein. Aber über des Königs Augen huschte ein spöttisches Lächeln. Er schnippte mit den Fingern: »Warum sind ihre Köpfe noch nicht ab?« und eiligst sorgte Gabriel dafür, indem er zuerst Clavius köpfte, dann Arquez (auf zwei Schläge, wegen dessen feistem Nacken); zuletzt Gilmanes.

»Euer Sekretär, sehe ich«, sagte der König, wobei er nun den Vikar am Arm nahm und hinaus an die frische Luft führte, »kann hübsche Kunstgriffe, wie wir sie normalerweise nicht von einem gelehrten Schreiberling erwarten. Nun, die wären wir los«, sagte er, als sie allein unter dem Sternenhimmel standen und ihre Augen sich noch nicht an die Dunkelheit gewöhnt hatten. »Solchen Männern, ob lebendig oder tot, fehlt etwas Substantielles: sie sind eine Art Nichts. Außer Stathmar (den ich nur tötete, weil er mir fürwahr keine andere Wahl ließ) trauere ich keinem dieser nach: verscharrt sie, denn sie verdienen es nicht anders.

Doch nun zu Euch, Vetter: Bewerkstelliger und besonderer Ränkeschmied – nein, leugnet es nicht – dieses ganzen garstigen Verrates. Was haben diese getan, den Tod zu finden, wenn Ihr unbehelligt bleibt?«

Es war eine seltsame Reise in die starken Muskeln von des Parrys Arm, eingehängt in des Königs kräftigen Arm, gekommen. Aus der verschleiernden Dunkelheit heraus antwortete er und sagte: »Eure Durchlauchte Hoheit haben nicht einen Fetzen Beweis dafür gegen mich.«

»Nein, ich sagte ja, Ihr seiet kein Tor.«

»Und außerdem ist es schon etwas, würd' ich meinen, daß ich Eurer Hoheit Leben rettete.«

»Und warum?« sagte der König. »Warum tatet Ihr dies?«

Sie entfernten sich nun mit langsamen, bedächtigen Schritten vom Haus. Es war eine Weile, als ob unter der hellen Sommernacht Blut zu Blut spräche in der unruhigen Stille ihrer eingehängten Arme. Dann überkam ein seltenes, unpassendes, kurzes Lachen den Vikar. »Dies ist kaum der rechte Moment«, sagte er, »von Eurer Durchlauchten Hoheit zu erwarten, den Köder zu schlucken. Ich könnte Euch ein Dutzend bestechender falscher Gründe vortragen, die Ihr nicht glauben würdet. Die Wahrheit ist, Ihr tauchtet so plötzlich und unvermutet auf, daß ich nicht weiß, warum ich 's tat. Wenn ich meine Hand auch nur im geringsten zurückgezogen hätte . . .«

Der König ergriff ihn an beiden Schultern, blieb stehen und sah ihm eine ganze Zeitlang ins Gesicht. Es war genügend hell, vom Sternenschein und von jenem Licht, das um diese Jahreszeit als eine Art Zwielicht die ganze Nacht lang blieb, um einen höchst merkwürdigen, ungewohnten Blick in des Vikars Augen preiszugeben: fast den gleichen Blick, wie dieser selbst ihn aus den Augen Gabriel Flores' kannte. Der König brach in Lachen aus: so auch der Vikar. »Die Wahrheit ist«, sagte der König, »betrachtet man diese Sache nüchtern, daß mich und Euch etwas verbindet, das weder Leben noch Tod zu trennen vermöchten. Was Ihr, mein höchst wölfischer und füchsischer Hauptfeldwebel vom ganzen Pionierkorps des Teufels, nicht vergessen könnt, wenn mein Blick auf Euch ruht (*ex visu amor,* wie es im Sprichwort heißt). Läßt man Euch indes zu sehr allein, habt Ihr's manchmal rasch vergessen.«

»Ich schwöre Eurer Durchlaucht«, sagte der Vikar, »mit den garstigsten Schwüren, die Ihr von mir fordert . . .«

»Spart Euch Eure Schwüre«, sagte der König, »und Eure Erfindungsgabe. Ich und Ihr verstehen einander gut: belassen wir es dabei. Ja – denn mehr Eurer Lügen könnten meine Geduld auf die Probe stellen. Schickt Euren kleinen Handlanger aus, die Männer zu holen, die Ihr erwähntet: erklärt den Fehltritt dieser fünf Adligen da drinnen, wie Ihr wollt. Nehmt Ihr das Verdienst dafür in Anspruch, wenn Ihr wollt: ich neide es Euch nicht. Gute Nacht, Vetter. Und prägt Euch die Lektion gut ein, die ich Euch heut abend lehrte. Dort ist mein Pferd, neben das Tor gebunden.«

»Aber Euer Hoheit Männer?« fragte der Vikar und holte eigenhändig das Roß heran.

»Ich sagte Euch bereits, ich bin allein.« Er schwang sich in den Sattel mit der Leichtigkeit eines Fünfundzwanzigjährigen.

»Allein?« sagte der Vikar und blieb mit großen Augen stehen. »Nein«, sagte der, »ich dachte aber . . .«

»Seid Ihr wahrhaftig, Vetter«, sagte der König, als er die Zügel aufnahm, »ein solch umfassender Lügner, daß Ihr am Ende eine Lüge in der Wahrheit selbst seht, gar wenn sie Euch splitternackt dargeboten? Wie der Trunkenbold, der einen echten, lebendigen Frosch in seinem Bierkrug verschluckte und annahm, dies sei nur ein weiteres dieser für ihn so üblichen Hirngespinste? Gute Nacht.«

»Allein?« wiederholte der Vikar bei sich, als die Hufschläge des davonreitenden Königs verhallten und hier nur mehr eine große Stille und die Nacht zurückließen. »Geh, ich glaubte es dort drinnen inmitten dieser furchtsamen und undankbaren Nattern. Und das ist vielleicht auch gut so. Und dennoch: die entblößte und enthüllte Wahrheit, in anderem Lichte betrachtet – hätte mich womöglich zu etwas aufgereizt, das mir nun leid täte. Und jetzt – wo ich's mir in aller Ruh überleg – geh, 's ist ein unglaublich Ding!«

KAPITEL VIII

Lady Mary Lessingham

Es war nun der vierundzwanzigste Juni 1914, in Wolkenstein in den Grödner Dolomiten, um neun Uhr früh, und an einem wolkenlosen Morgen. Hoch oben ragten die Wände der Sella in den Himmel: davor Kirchturm, Flüßchen, Anger, Berghaus, sich wiegende Matten, Kiefernwald und glatte, steile Almen. Durch die flimmernde Luft und den herabströmenden Glanz der Sonne gesehen, wirkten die Abermillionen Tonnen lebendigen Gesteins wie geläutert zu einem luftigen, vergeistigten Gebilde, leuchtend, türkisblau schattiert, bleicher und dünner als dünne Wolken, dennoch unbeweglich und scharf umrissen wie Kristall. Es war, als ob eine jede Platte, Rinne, Geröllhalde und Strebe und die meilenlange Flucht überhängender Felswände, abgeschnitten von allen tragenden Stützen der Erde und ausgewaschen von allem irdischen Zuviel, das den Erscheinungen zu eigen ist, die dem weltlichen Wandel unterworfen sind, hervorstächen in ihrer gewaltigen Gediegenheit; der unbegrenzte, unvergängliche Geist all dessen, im Himmel niedergelegt.

Auf der Terrasse vor dem Gasthaus wurde an einem Dutzend kleiner Tische gefrühstückt. Von einer Linde hier, von einem rot-weiß-gestreiften Sonnenschirm dort, legten sich kühle Schatten über die grün-weiß-karierten Tischdecken, den Kies und den gepflasterten Weg. Außerhalb der Schatten brütete die Sonne auf allem. Hie und da glänzte eine Glaskugel, in Blau, Gelb oder schlichtem Silberton, von der Größe einer Männerfaust und einem kurzen Flaschenhals zum Aufnehmen des Bambusstockes, auf die sie gesteckt waren, zwischen den Rosenbüschen, um Hexenblicke abzuschwächen. In einem fort begleitete das Klirren des Frühstücksgeschirrs das Kommen und Gehen, festen und anmutigen Schrittes, der beiden Wirtstöchter: tüchtige Mädchen, die Ruhe in Person, von urwüchsiger Natürlichkeit und mit einem ansteckenden Lachen, reizend anzusehen in ihren roten Röcken, bunten Schürzen, Dirndlblusen aus weißem Leinen und bestickten Gürteln mit Silberschnallen. Den Grundton neben allen Geräuschen und Bewegungen bildeten ein murmelnder Wasserfall und, in nächster Nähe, das Summen der Bienen in den Linden, die um diese Jahreszeit ihre feinen, aromatischen, hängenden Blüten trieben. Und, wie ein berauschender Lilienduft, der unter diesen schlichten Dingen für Wirbel sorgte, saß Mary: allein an einem Außentisch, halb im Schatten, halb in der Sonne.

Eine morgendliche Kühle, Tau auf einer geöffneten Lilie, bedeckte sie offenbar, wie sie da saß, sich allem Anschein nach der vielen Augenpaare unbewußt, die, hatten sie erst einmal zu ihr hingeblickt, nicht wieder von ihr ablassen konnten, wie's Bienen stets zu den Honigtropfen aus Aganippes Quelle zieht (zu denen sie fliegen, wo es geht). Ohne sich um diese Blicke zu kümmern, aß sie nun ein Honigbrot; nun (als wäre das kleine Mädchen wieder in ihr erwacht und verdrängte die Frau) tauchte sie einen Zukkerwürfel in ihren Kaffee, lutschte daran, tauchte ihn wieder ein und lutschte noch einmal; nun hielt sie schützend die Hand vor die Augen und blickte hinauf zu den fernen, bleichen, gewaltigen Formationen der Dolomiten unter der Sonne.

Als vom Hause drinnen eine Stimme unter vielen erklang, sah sie auf. Für das Auge eines oberflächlichen Betrachters schien sich kaum der geringste Zug ihres Antlitzes zu ändern. Für Lessingham jedoch, der von der mit Waldreben überdachten Tür der Kaffeestube zu ihrem Tisch ging, war in der kaum wahrnehmbaren Belebung ihres Blickes, in einer ungehörten, deutlichen innerlichen Musik ihres Körpers und jedes seiner sichtbaren oder unsichtbaren leicht angedeuteten Reize ein heimliches Willkommen, das ihn von unten nach oben durchlief, wie eine aufsteigende Lärche den Tag willkommen heißt. Er nahm einen Stuhl und setzte sich, das Gesicht ihr zugekehrt, so daß er selbst im grellen Sonnenlicht saß. Er trug Reisekleidung. Sie lachten beide. »Meine liebe Señorita, was für ein außerordentlicher Zufall, dich ausgerechnet hier zu treffen!«

»Höchst außergewöhnlich. Und *höchst* peinlich!«

»Natürlich ist mir klar, das ist das letzte Fleckchen der Welt, wo du mich erwartet hättest.«

»Das letzte Fleckchen. So hauptstädtisch. 's war viel selbstverständlicher, dir in diesem entsetzlichen georginischen Dörfchen in Suanetia zu begegnen: vor Jahren – erinnerst du dich? Im Jahr nach meiner Hochzeit.«

»Du warst verheiratet? Wie betrüblich! Wußte ich das damals?«

»Deinem Verhalten nach nicht.«

»O das wird nie anders sein. Schlimm?«

»Ist mir wohl lieber«, sagte Mary, und ihr Fuß berührte seinen unter dem Tisch. »Wir müssen aufpassen, was wir sagen. (Schau dich nicht um) – der Herr hinter dir, der kein einziges Härchen mehr auf dem Kopf hat: ich bin ihm ein großes Rätsel. Bestimmt wird er jetzt das Schlimmste annehmen. Ein Deutscher, glaube ich. Saß vor zwei Tagen im Zug, aus Bozen kommend. Stotterte ganz seltsam, und bei jedem Stottern spuckte er. Seine Frau ist ziemlich überzeugt, ich sei ein leichtes Mädchen: ein schamloses englisches Flittchen, das sich so allein herumtreibt.«

Die ältere der Töchter brachte Lessingham Kaffee: »*Und* eine große Tasse«, sagte sie und stellte sie schwungvoll ab.

»Was für ein gutes Gedächtnis Sie haben, Paula!«

»Nun ja, manche Dinge vergißt man halt nicht.«

»Gibt's heut abend einen Schuhplattler?« fragte Mary. »Von Ihnen und Andreas. Inzwischen können Sie die Schritte ja wohl?«

Das Mädchen lachte. »Morgen, vielleicht. Heut abend nicht, nein. Heut abend ist eine Tanzgruppe aus Wien da. Wir mögen sie nicht. Aber unser Vater sagt, einmal können sie kommen.«

»Warum mögen Sie sie nicht?«

Paula rümpfte die Nase und schüttelte sich. »Sie sind nicht, wie's sein sollte«, sagte sie. »Zu fesch. – Ich muß Ihnen noch mehr Butter bringen: mehr Honig.« Sie nahm das in Angriff, so schnurstracks wie ein Teichhuhn über eine Wiese hastet, um Futter für ihre Kücken zu holen.

»Herr Birkel ist ein Schatz«, sagte Mary. »War ganz besorgt und aufgeregt, als ich ankam. Nahm mich an beiden Händen. ›Willkommen, *gnädige Frau.* Sie sind größer, glaube ich, denn je.‹ Und dann, in seiner vertraulichen, eindringlichen Art: ›*Und* hübscher!‹«

»Stimmt vollkommen. Sogar in zehn Tagen.«

»Zehn Tage! Mir kommen sie vor wie zehn Monate. Oder – auf gewisse Weise – wie zehn Minuten. Du siehst sehr munter und aufgeweckt aus, obwohl du die ganze Nacht unterwegs warst.«

»Ich schlief meinen Berserkerschlaf in Waidbruck: einunddreißig Stunden am Stück. Hatte fünf Nächte kein Auge zugetan. Wurde um Mitternacht wach: hatte zum Abendessen oder vielmehr Frühstück Suppe, ein Omelette, Wiener Schnitzel, etwas Lebkuchen, Rotwein, Kaffee: ließ mir eine Kutsche besorgen: und hier bin ich.«

»Ich war so froh über dein Telegramm«, sagte Mary. »So ist also alles bestens gelaufen in Paris?«

»Zu guter Letzt. Die einzige Möglichkeit – man muß einfach ihre Geduld erschöpfen. Die Sache mußte in Ordnung gebracht werden: zwei Jahre sind's nun her, daß Fred ging, und immer noch war er mit allem im ungewissen. Ich brauchte es ihnen nur vor die Nase zu halten, bis sie unterschrieben, was ich wollte: nur um mich loszuwerden. Fast so amüsant wie der Kampf gegen die Bulgaren. Viel amüsanter als Berlin 1912 . . . Hallo, wen haben wir denn da?« – als ein weißes Kätzchen auf das Holzgeländer kletterte und auf Marys Schoß hüpfte.

»Miezi«, sagte sie und reichte sie Lessingham über den Tisch. ». . . du willst eben immer das Regiment führen.«

»Ich schrieb von Paris aus an deinen Vater, sobald die Sache durch war; und an Jim als deinem Treuhänder. Informierte ihn über das Treuhandvermögen, die beiden Summen von je hundertzwanzigtausend: eine gemäß unserem Ehevertrag, die andere für dich persönlich. Insgesamt etwa ein Drittel des Ganzen. Das ist für den Fall, daß ich eines Tages vor lauter Geldgeschäften verrückt werde: zur Hochfinanz greife und mir die Finger verbrenne. Glaubst du, das ist jüdisches Blut, das in mir hervorbricht?«

Mary lächelte. »Das kann man nie sagen! Für Medici-Blut spräche auch einiges, würde ich meinen.«

»Klingt schöner. Wenn es nun aber die gleiche Wirkung hat? Du weißt, ich möchte mein Leben eigentlich nicht damit verbringen, Geld zu scheffeln. Wirklich nicht«, sagte Lessingham und hielt das Kätzchen in seiner rechten Hand hoch, wo es wie in einem Polsterstuhl saß, wobei er es immer näher an sein Gesicht hob. »Wirklich nicht, wirklich, wirklich nicht.« Miezi blieb ganz still, wie mesmerisiert, und blickte ihn an aus Augen, blau wie der Morgenhimmel, wie die Augen junger Katzen sind; dann streckte sie, als sie genügend nahe war, zögernd ein Pfötchen vor und berührte Lessinghams Wange. »Haben wir dasselbe Zimmer wie damals?«

»Hast du noch nicht nachgesehen?«

»Glaubst du, ich würde mit so etwas meine Zeit verschwenden, wenn ich erfahre, daß du auf der Terrasse seist?«

»Nun, wir haben dasselbe«, sagte sie. »Und dein Ankleidezimmer nebenan.«

»Gibt es das noch, daß um halb sieben ins Horn geblasen wird, wenn die Tore geöffnet und das Vieh auf die Weide gebracht wird?«

»Ja. Und getrieben wird es von einem winzigen Dreikäsehoch!«

»Willst du dein Miezchen wieder?«

Sie hielt beide Hände auf: nahm das Tierchen in Empfang. Lessingham steckte sich eine Zigarre an. Eine ganze Weile sagten sie nichts; benützten vielleicht die Berge, und das Dorfleben um sie herum, und den Anblick voneinander, wie sie dort saßen, als ein Medium, das direkter als Gesprochenes war.

Nach einer Zeitlang fragte er: »Hattest du je das Gefühl in dir, doppelt zu sein?«

»Nein«, antwortete sie, mit einem halb höhnischen, halb zärtlichen Unterton in ihrer Stimme, als wäre dieses ›Nein‹ mit Honigwasser benetzt.

»Eine Hälfte ganz *Ambitioso*: darauf versessen, die ganze Welt ins Lot zu bringen und die Menschheit zu unterjochen. Die andere Hälfte, ganz *Lussurioso* und *Supervacuo*: gib mir den Wunsch, dich in die Südsee auf eine Insel der Seligen zu entführen, dort zu malen, zu schreiben und von Naschereien zu leben: den ganzen Lauf der immerwährenden Zeit mit der bewegenden und schwermütigen Besinnung auf die Flüchtigkeit des menschlichen Lebens, vergänglich wie eine Blume, zu verbringen. Doch wie wär's statt beidem«, sagte er und erhob sich vom Tisch, »wenn wir unseren Lunch mit hinauf zum Sellajoch nähmen?«

Doktor Vandermast, ein gelehrter Mann, jetziger Sekretär und vormaliger Erzieher des Herzogs von Zayana, wandelte bei Tagesanbruch unter Memision, über einen ausgetretenen Pfad südöstlich des Seeufers, eine Meile oder so auf dem Weg in Richtung Reisma. Es war zwischen drei und vier Uhr: am zwanzigsten Morgen nach diesem Meisterstreich des Königs in Rerek. Der See von Reisma, glatt wie polierter Stahl, verlief sich in kühler Ferne, eingehüllt von Dunst. Das Wasser und Wiesenland, Eichen- und Buchenwald, und die Birken und weit abgelegenen Gebirgszüge zeigten sich nur als unterschiedlich tiefe Töne jenes ungewissen Graus und bargen in sich etwas Bebendes wie das erwachende Blau, das den Himmel erfüllte. Nur im Nordosten nahmen die gewaltigen Gipfel allmählich kristallklare Umrisse an und überzogen sich langsam mit einer kälteren und azurblaueren Tönung, während der Himmel dahinter safrangelbe

Streifen bekam, und über dem Safran schließlich ein, zwei Wölkchen (bis dahin unsichtbar) in Purpur erstrahlten und an der Unterseite in feurigem Gold erglühten. Ein feines, primelfarbiges Licht durchtränkte allmählich den ganzen Osten und spiegelte sich im stillen See; und als erste Stimme des Tages antwortete nun ein Kuckuck dem letzten Eulenruf. Der gelehrte Doktor, mit diesem Augenblick allein, während andere Sterbliche schliefen, gebot dem eine Weile Halt durch seine Kunst: ließ es, während er wandelte, eine Zeitlang für sich im Stillstand verweilen, um es vollkommener auskosten und genießen zu können.

Er hatte viermal zwanzig Jahre auf dem Buckel. Schlankwüchsig wie eine Libelle, so daß er fast nur aus Augen und Magerkeit bestand, ging er dennoch in aufrechter Haltung und ohne Gebrechlichkeit des Greisenalters. Vom Grübeln eingesunken waren seine Augenhöhlen unter den buschigen Brauen, und vom Grübeln bleich und eingefallen seine Wangen, doch waren sie nicht stumpf ob der schneidenden Glut dieses Geistes, der in seinen Augen brannte. Sein weißer Bart fiel bis zum Gürtel. Er trug einen wallenden ingwerfarbenen Kittel, und auf dem Haupt eine scharlachrote Mütze aus grobem Halbwollzeug. Indessen er, durch seine Kunst, der Zeit wieder ihren Lauf nehmen ließ, blieb er auf einem Fußsteg über einem Bach stehen, der durch sein mit Wasserpflanzen zugewachsenes Bett zum See hin sickerte. Unter dem jenseitigen Ufer, wo sich ein Erlendickicht über diesen Bach spannte, saß auf einem Büschel eine Schwimm-Maus, die in ihrem Pfötchen einen Halm hielt und hübsch daran knabberte, wie ein Eichhörnchen. Der Doktor wünschte ihr »Guten Morgen, Maus«; und sie, mit einem scheuen Blick aus ihren glänzenden schwarzen Perlenäuglein inmitten des runden Kopfes zwischen kurzen, abgerundeten Öhrlein, erwiderte seinen Gruß, mit schmächtiger, flötender Stimme, aber in menschlicher Sprache.

»Wo ist Madam Anthea?« fragte der Doktor.

»Sie kam, werter Herr, in diese Richtung vorbei, gegen Mitternacht auf ihrem Weg zu den Schneefeldern. Ängstigte mich, die ich doch in diesem Gewand gehe und sie in ihren Klauen und Fängen.«

»Was, Ihr ängstigt Euch vor Eurer Schwester? Wie sollen wir das nennen, wenn nicht die gröblichste Verkennung Gottes? Sie könnte Euch kein Haar krümmen, meine Campaspe, selbst wenn sie wollte.«

»Es ziemt sich nicht, daß sie in ihren Gewändern geht, wenn

ich im meinigen bin. Ihre sind zu grob: die meinigen zerreißen so leicht.«

»Ihr könnt Eure wahre Gestalt annehmen.«

»Ich mag meine kleinen Gewänder. Man muß spielen und sich ein wenig vergnügen: nicht immer nur dienen und die Pflicht tun.« Sie huschte von der Unkrautinsel, auf der sie geruht hatte, herüber und so die Uferböschung hinauf, wo sie sich hinsetzte und Gesicht und Ohren wusch. »O wir haben alle unsere Launen: wurden ein wenig rastlos, wie Ihr Euch denken könnt, Herr, durch dieses Treiben.«

Vor Vandermasts Augen tauschte dieses kleine nymphenhafte Geschöpf im Nu sein Pelzkleid gegen Federn: gegen das seidenweiche, bräunlich-grüne Kleid einer Dorngrasmücke, an der Unterseite aufgehellt und grünlich-gelb: flatterte mit den Flügeln und war verschwunden. Von einem Versteck zwischen Zweigen schmetterte sie ihm eine Vorstrophe, zart abfallende Rufe ihres Waldgesangs. Sein Blick folgte den Klängen zu etwas Flatterndem im Erlenlaub; und dort saß sie mit ihren Augenbrauen. »Es wurde unlängst falsches Spiel getrieben«, sagte sie; »wo keiner von beiden den anderen gesehen hatte, weder von der Person des anderen wußte, noch vom Kommen des anderen.« Sie hüpfte von Zweig zu Zweig: pickte wählerisch ein, zwei Insekten auf. »Sagt an, wer ist dieser König? Und wer sein Sohn, dieser Herzog?«

»Diese Frage«, sagte Vandermast, »wirft höchst zweideutige Probleme auf: ein Problem *de natura substantiarum*; ein Problem des Ichs. Es ist dem Menschen nicht gegeben, es zu lösen, höchstens darüber zu mutmaßen und Schätzungen anzustellen.«

»Und was ist Eure Mutmaßung?« Sie kauerte nun auf den höchsten Blättern der Erde und schlug nickend mit dem Schwanz, während sie zu ihm hinunter sah.

»Ihr müßt Euch mit den eigenen Mutmaßungen begnügen, meine kleine Unzertrennliche: Ich mit den meinigen.«

»Warum?«

Sie verweilte kurz auf dem Reis; dann flog sie ins Gras vor seinen Füßen. »Nun, ich will Euch sagen, was ich bis jetzt mutmaße«, sagte sie: »daß sie ein und derselbe sind, genauso wie Sie in Ihren Gestalten ein und dieselbe ist; und dennoch anders. Und daß diese Welt seine Welt ist: genauso wie sie des Königs ist. Von Ihr gegeben.«

Das ganze Himmelsgewölbe über ihnen hob und weitete sich

von Augenblick zu Augenblick zu neuer Unermeßlichkeit, vom goldenen Schein des anbrechenden Tages durchtränkt. Der Greis setzte sich wieder in Bewegung, schritt langsam voran.

Sie flog hinter ihm her: ließ sich auf seinem Finger nieder. »Soll ich meine wahre Gestalt annehmen?«

»Wenn's Euch gefällt. Doch Ihr seid so vorzüglich gekleidet.«

»Aber ich möchte Euch gefallen. Ihr seid so seltsam in dem, was Euch gefällt und mißfällt. Warum seid Ihr so?«

»Nun«, sagte Vandermast lächelnd, »zum einen dürft Ihr nicht vergessen, daß ich gesetzten Alters bin.«

»Alsdann, so wählt.«

»Unter Euren Kleidchen? Es gibt wohl kein hübscheres als meine kleine Schwimm-Maus.«

Sie lief über seinen Ärmel zum Ellbogen, setzte sich dort und beäugte ihn, während sie sich mit den Pfoten das Gesicht wusch. »Warum?«

»In diesen Dingen gibt es nur eine Antwort warum.«

»Unsere Herrin? Ich gefalle Ihr so?«

»Gewiß.«

»Ich gefalle Ihr immer. Wir sind Teil Ihres Imperiums. Ist dem nicht so?«

»So Sie will«, sagte der gelehrte Doktor, »dem ist so.«

»Es kam unlängst ein Wort über Eure Lippen: *deificatio*. Was bedeutet es?«

»Es ist ein Fachausdruck«, antwortete der Doktor, »der einen Zustand beschreibt, den wir eher mit der Vorstellung als mit der Vernunft erfassen können: das Verschmelzen und Einswerden von Gott und der Seele miteinander.«

»Wozu?« Die mauseartige Hand und der mauseartige Arm von Campaspe, jetzt plötzlich wieder in eigener Gestalt, bis zum Ellbogen bedeckt mit einem weichen braunen Lederhandschuh, von dem der scharfe Geruch nach Wasserpflanzen unter der sengenden Sonne ausging, ruhten leicht wie Luft auf seinem Ärmel. Ihr Gewand aus hellem Atlas, allenthalben mit rosaroter Seide gewirkt, machte beim Gehen kleine Sommerlaute, wie wenn Wind in Stößen durch Schilf und Weiden streift. »Wozu?«

Vandermast lächelte und schüttelte den Kopf: »Najade: Dryade«, begann er, langsam: »Hamadryade: Oreade: Nymphen der Wälder und der sanften Wasser und der unvergleichlichen Berge, was könnt Ihr von mir lernen? Denn Ihr wißt alles, was man wissen muß: wißt es, da Ihr von Geburt an wissend, ohne zu wissen, daß Ihr's wißt: wißt es von innen. Wohingegen ich, der ich nur ein Zuschauer von außen bin . . .«

Campaspe sah auf in sein Antlitz mit ihren glänzenden, perligen Augen. »Aber wer seid Ihr dann?« fragte sie, und ihre Hand griff fester um seinen Arm.

Wie aus einem Fenster in den Wolken ein Sonnenstrahl über die kalte See streicht, so schien in diesem Moment das vom Grübeln gefurchte, hagere Antlitz Vandermasts. »Ich bin wohl«, antwortete er, »ein alter Mann, der die Jugend liebt.«

»Ich hätte nicht geglaubt, die Jugend. Warum die Jugend?« fragte sie. »Was ist Jugend?«

Aber dieser gelehrte Philosoph, mit einer solch zweifelhaften Schülerin am Arm, ging seines Weges, in Schweigen gehüllt.

Mary, die auf dem Weg zum Joch vorausging (eine in stillschweigendem Einvernehmen aus zwei hinreichenden Gründen angenommene Gewohnheit: damit sich die Augen hinter ihr weiden konnten, und damit es ihr überlassen blieb, das Tempo zu bestimmen), machte im kürzer werdenden Schatten einer Kiefer Rast. Sie hatten nun vom Talgrund aus eine Höhe von tausend Fuß überwunden und waren bis zu der Stelle gelangt, wo die ausgehöhlte Bergseite besteht aus einem Irrgarten von Kuppen und Furchen, mit weiten grasbedeckten Brachen, von Blumen übersät, und kleinen Wasserläufen ringsum: in manchen quirlten Bäche und Wasserfälle, andere waren nur Trockenbetten, die nach Regen Wasser zu Tale führten. Und bei jeder Biegung, mit jeder Windung des zeitweilig unterbrochenen, steinigen Pfades nach oben, boten die Felsen des Sella stets einen neuen Anblick: sie lehnten sich zurück, dadurch daß der Weg immer näher an ihre Wurzeln heranführte, und die künstliche Verzerrung der Perspektive immer wirksamer wurde, und dauernd schossen neue Vorsprünge und Sockel nacheinander empor, verdeckten durch die Nähe die höheren Gipfel dahinter und ragten unter dem falschen Eindruck starker Seitenlastigkeit aus dem Hauptgebirgsstock heraus. Unter der wachsenden Kraft der Sonne wimmelte das ganze Bergland von Heuschrecken, großen und kleinen, die flach über dem Boden kreuz und quer hin- und herflogen, manche mit scharlachroten Flügeln, andere mit orangefarbenen, wieder andere mit blauen, und ihr leidenschaftliches, metallisches Schrillen und Zirpen erfüllte die Luft. Lessingham, der ein paar Schritte unter ihr im offenen Gelände stehenblieb, hielt schützend die Hand vor die Augen, um sie zu sehen, wo sie stand und hinauf zu dem lichten Dach blickte, welches das Nadelwerk der Kiefer bildete. Der Wind strich durch die Zweige und warf immerfort wechselnde, mosaikartige Muster aus weißem Sonnenschein und amethystfarbenem, hellem Schatten auf Marys nach oben gerichtetes Antlitz: ihr schönes feuerrotes Haar, in der schönen österreichischen Art frisiert, schimmerte, wo die Sonne es traf, wie poliertes Metall; und jede lose, fliegende Strähne war mit einem Mal unsichtbar, das andere Mal eine züngelnde Flamme.

»Die Stille des Stammes«, sagte sie. »Das unablässige feine Wippen des Gipfels. Glaubst du, die Welt habe ihre Wurzeln im Himmel, und ihre Zweige breiteten sich erdwärts aus?«

Lessingham setzte sich auf einen Stein zu ihren Füßen.

»Was für eine Wohltat«, sagte sie, »dich einmal wirklich faul zu erleben. Der erste richtig faule Urlaub seit über drei Jahren. Seit Ägypten, in diesem letzten Winter, bevor Janet zur Welt kam.«

»Wir sind immerhin weit herumgekommen. Flitterwochen in Griechenland, 1908. Kaukasus, 1909: reines Nichtstun . . .«

Er sah zu ihr auf: das griechische Profil, die liebliche, heitergelassene Stirn, der Anflug von Schwermut zwischen Brauen und Nase: die von der Nase aus nach oben geschwungenen, dann gerade auslaufenden Brauen: die fein geformte Nase, gerade, mit ausgeprägter Spitze, die fast unmerklich mehr nach oben als nach unten geneigt war: die Jochbeine, die gerade genügend ausgebildet waren, um noch erkennbar zu sein und den sanften Zügen ihrer Wangen Kraft verliehen: das feste Kinn, den geschmeidigen, zarten und starken Hals und Nacken: die Lippen wie die Lippen einer Göttin, ruhig und kühl, dennoch von höchster Lebhaftigkeit, um sich auf alle Gedanken, Stimmungen und Gefühle einstellen zu können, wie jetzt auf eine satirische, fröhliche Schwelgerei in selbstgefälliger Komik, die beseligt, wo sie hinschlägt, als sie sagte: »Wie träge sie doch verlief, diese Kaukasus-Expedition! Überhaupt nichts zum Vorzeigen – außer dem Ushba natürlich, und fünf jungfräulichen Gipfeln!«

»Nun, und im Jahr darauf, 1910«, sagte er, »im Frühsommer mit der Yacht nach Lofoten – stimmt, ich flitzte zwar nach Stockholm wegen dieser Statuen, die man mir in Auftrag gab. Aber im großen und ganzen war es reine Faulenzerei, sowohl das als auch der Monat an den italienischen Seen im Herbst. Trotzdem verspreche ich, jetzt eine Zeitlang auf der faulen Haut zu liegen. Als Anzahlung schrieb ich meinem Bruder Eric kürzlich (von Paris aus), sich mit der Parlamentsfrage zum Teufel zu scheren. Zuviel Arbeit, die erledigt werden will, auch ohne das.«

»O wie bin ich froh!« sagte sie.

»Und ich nannte ihm keine Adresse. Ich mag Eric und Jacqueline; aber sicher wollen wir nicht, daß sie wieder zu uns stoßen bei unserer Reise nach Kythera, wie sie es in Avignon taten.«

Sie gingen wieder weiter, Mary voraus; eine gute Dreiviertelstunde faßten sie sich in Schweigen, und weil in dieser stummen Gemeinschaft kein Wort fiel, erfühlte zitternd das Eindrucksvolle des einen die Ausstrahlung des anderen um so tiefer. Von dort oben auf dem Joch führte sie ein zehnminütiger Aufstieg über steile Gras- und Geröllhänge zu einer blumenbedeckten Alm auf einer Bergschulter, von wo aus man, vom Weg her außer Sicht, im Osten die eckigen Türme des Sella sieht, und westwärts, weit hinter der Einkerbung des Jochs gelegen, die rosenfarbenen, wilden, traumhaften Spitzen und Kämme des Langkofel-Massivs; den Langkofel, den Plattkofel und die Fünffingerspitze: ein Bild, das auf den ersten Blick unglaublich ist, wenn sich mit einem Mal über den durchbrochenen Wolken der weite, unerreichbare Himmel enthüllt.

»Wie Nektar!« sagte sie, als sie mit Augen und tiefen Atemzügen das Gewaltige vor sich aufnahm. »Drängt es dich nicht, hinaufzusteigen?«

»Zur Spitze.«

»Wo würdest du Halt machen?«

»Hier.«

Wieder sog Mary die berauschende Luft ein, stellte sich dabei begierig auf Zehenspitzen und nahm eine Pose ein, bezeichnender für ein Geschöpf des Waldes und der Berge, dessen Leib für es so maßgeschneidert ist, daß eine jede neue Regung ganz und fein, wie Musik, die innere Stimmung ausdrückt. Eine solche Haltung mochten jene Schwanenjungfrauen gehabt haben, aus dem Süden durch den finsteren Wald geflohene Königstöchter, die ihr Schicksal erfüllten; welche Wieland der Schmied und seine Gebrüder bei ihrem Bade auf dem Berge überraschten, die Schwanenhäute stahlen, sie einfingen, sie heirateten und eine Weile so in Frieden lebten. »Oh, ich würde nicht Halt machen. Ich würde immer höher steigen. Würdest du nicht mit mir kommen wollen?«

»Was meinst du, würde ich?«

»Müßtest.«

»Nun, aber angenommen zwanzigtausend Fuß: das würde uns wohl aufhalten. Größere Höhen habe ich im Himalaya überwunden. Man kann nicht mehr richtig atmen, wird matt, kann nicht schlafen. Und eine fürchterliche Depression: das Gefühl, beobachtet, beobachtet, ständig von hinten beobachtet zu werden. So wie sich wohl eine Auster fühlt, falls sie ein Vorstellungsvermögen hat, wenn der Koch ihre Schale aufbricht und sie sich anschaut.«

»Ich weiß. Aber wir wollen Geschöpfe sein, die's genießen können. - Ich möchte das sein«, sagte sie, wobei sie mit dem Finger zeigte, als ein Schwarm Alpendohlen, mit glanzschwarzem Gefieder und gelben Schnäbeln, vorübersegelte und im Sturzflug am Bergrand vorbei hinunterglitt, spielerisch in der Luft schwebend, heiser schwätzend und krähend.

Sie kam und setzte sich neben ihn: machte sich daran, den Lunch, den Lessingham aus seinem Rucksack holte, zu begutachten und auszubreiten. »Eine Menge Eier: hoffentlich haben sie sie in kaltem Wasser abgeschreckt, so daß sie sich gut schälen lassen. Schinkensemmeln. Huhn: ich wollte heute Huhn statt Kalb. Wurstaufschnitt. Pfirsiche. Pflaumen - o du hast sie zerdrückt! mit deinem schweren, klobigen Photoapparat obenauf! Ein großes Stück Butter. - Werden wir je alt werden?« fragte sie, als sie zu essen anfingen.

»Nein.«

»Wir werden. Ich bin heute sechsundzwanzig. Du wirst im November zweiunddreißig. Wir müssen bald beginnen, mittelalterlich zu sein. Dreiunddreißig ist eine Generation.«

»Du hast mir mein Geburtstagsgeschenk noch nicht gegeben«, sagte Lessingham, als sie fertig waren und die Reste verstauten.

»Willst du es?«

»Es gehört zu unserer Abmachung.«

»O diese dumme Abmachung.«

»Ich möchte, daß wir es beibehalten. Ich mag äußere, sichtbare Zeichen.«

»Ich auch. Aber das hier - ich meine das Abnehmen - hat seinen Sinn verloren. Mein Lieber, mein Lieber, so ist es. Das erste Mal: sogar das zweite Mal: aber danach . . .«

»Nun, betrachte es als eine Art Übung - eine Art *ἄσκησις* - für mich. Komm. Nur ein Mal im Jahr.«

»Also gut.« Sie nahm ihren Ehering ab und reichte ihn ihm.

»›Unsere‹«, sagte er, indessen er ihn betrachtete: das griechische Wort las, das an der Innenseite deutlich eingraviert war. »HMETEPA. Feminin Singular. Neutrum Plural. Meine, und deine.«

Der Blick ihrer aufeinander eingestimmten Augen ruhte eine ganze Weile ineinander, ernst, nichtssagend, als würde eine gewisse geheimnisvolle Verkettung ihres Wesens bis zum Äußersten angespannt.

»Angenommen«, sagte Lessingham nach einer langen Pause, »einer von uns würde sterben. Glaubst du denn, das ›Unsere‹ hätte dann trotzdem noch irgendeine Bedeutung?«

Es war, als bellten am Ufer Hunde. Mary sah weg: hinüber zu den blassen Abgründen des Langkofels, der sich himmelwärts reckt über Geröllhalden, die jäh abfallen zu dem gewaltigen Steinschlagfeld, wo abgerutschte Felsbrocken die Mulde darunter ausfüllen, die Steinerne Stadt genannt. »Wozu sagst du so etwas?« fragte sie.

»Um dein Ja zu hören. Ich wünschte, ich könnte *credo quia absurdum* sagen, wie du es kannst.«

»Ich kann's nicht. Ich glaube es. Aber nicht, weil's absurd ist.«

Zwischen dem Langkofel und dem Plattkofel, niedriger, aber wegen ihrer messerscharfen rötlichen Türme für das Auge giftiger, steht die Fünffingerspitze. »Ich bestieg diesen Brocken zweimal, bevor ich eine Mary hatte«, sagte er. »Beide Male allein, wie ein Wahnsinniger. Über den Schmidt-Kamin. Hätte es verdient, abzustürzen. Nein, 's ist nicht absurd«, sagte er: »wovon wir sprachen. Aber es ist nicht zu glauben. Nicht für mich.« Er stemmte seine genagelten Stiefel in den Boden. »Und die Alternative«, sagte er, »ist unglücklicherweise nicht absurd. Und ich finde sie unerträglich: der bloße Gedanke daran ist unerträglich.«

Ihn fröstelte ein wenig, und nach wie vor blickte sie zu jenen Bergen hinüber. »Ich glaube nicht, daß wir wirklich wissen, was wir meinen«, sagte sie, sehr leise, »wenn wir vom Tod sprechen.«

»Ich glaub's auch nicht«, sagte Lessingham. »Aber alles Philosophieren über dieses Thema führt zurück auf den Boden der Wirklichkeit von Jammer und Finsternis. Der Traum des Roten Königs in *Alice*. Bums ist's aus – genau wie eine Kerze!«

»Ich mag es nicht, wenn du so sprichst.«

»Früher war's mir egal. Jetzt nicht mehr.«

Sie schwiegen. Er betrachtete abermals den Ring, drehte ihn in der Sonne, steckte ihn an den kleinen Finger, zuerst von der rechten, dann von der linken Hand: aber er ließ sich nur bis zum zweiten Gelenk schieben. Schließlich bot er ihn ihr mit würdevollem, höflichem Gebaren dar. »Wollen Señorita«, sagte er, »ihn wieder annehmen?«

Aber Mary war nun aufgestanden, und mit dem Himmel im Hintergrund blickte sie von oben auf ihn herab. Und nun drehte sich im Schlaf dort an ihrem Mundwinkel jenes Teufelchen, wie in der wohligen entfalteten Schwelgerei in einem unschicklichen Traum, als sie versetzte: »Nein. Das werde ich nicht. Durch deinen Eigensinn sind wir nun geschiedene Leute. Ich überlege es mir in Ruhe: vielleicht erhältst du morgen eine Antwort auf deinen Antrag.«

»Ich hole mir die Antwort heute nacht«, sagte er.

»Du wirst eine verschlossene Tür finden.«

»Ich komme durchs Fenster, wenn du schläfst.«

»Das wirst du nicht tun. Ich schreie: sorge für einen entsetzlichen Skandal! Nein, es ist mein Ernst.«

»Du bist ein grausames, tückisches Mädchen.«

»Wenn du nicht nett bist, verschieb ich's auf übermorgen.«

Er stand auf und steckte den Ring vorsichtig in die Tasche. »Nun. Dürfte ich wenigstens einen Kuß bekommen?«

Seitwärts, zaghaft, wie sie es vor ihren tugendhaften Tagen zu tun pflegte, gab Mary ihm ihre sehr liebliche, aber sehr artemische Wange hin. Seine Lippen brachten beinahe das kleine gehörnte Etwas in seinem Bette in Bedrängnis; aber Mary tat einen Satz zur Seite. Und als sie sich nun gegenüberstanden und anlachten, sagte das Kerlchen insgeheim zu Lessingham: »Ja. Ein grausames, tückisches Mädchen. Unverzeihlich. Aber welcher Reichtümer ermangelte das Leben, wäre sie nicht so!«

Es war zehn Uhr morgens, am Mittwoch dem fünfzehnten Juli, im Hause des Leutnants zu Reisma. Der Hausherr war nicht daheim. Die Hausknechte und Frauen waren draußen auf den Feldern entlang des Seeufers beim Heumachen. Unter der brütenden Sonne stand das Haus leer, bis auf seine Herrin allein, die ausgestreckt auf einer Bank aus kostbarem Stein mit schimmernder Sternzeichnung ruhte, im kühlen Schatten der Weinreben einer Pergola an der Frontseite des Vorhofs. Weiche Kissen machten das Ruhen auf der Bank bequem. Campaspe saß zu ihren Füßen und hielt für sie einen Spiegel hoch, der einen Rahmen aus mattem Berggold hatte, besetzt mit glitzernden kleinen Diamanten, Aquamarinen und Smaragden. Anthea, die seitlich auf der Lehne der Bank saß, befächelte ihre Herrin mit einem Fächer aus weißen Pfauenfedern, die bei jedem Hin und Her andersartig schillerten, wie der Mondhof in seinem Glanz sich wandelt. Die Fingernägel Antheas liefen spitz zu wie Krallen: ihr Haar schien wie von innen heraus erleuchtet von einem sonnenähnlichen Lichtschein: weißhäutig war sie, und ihre Formen und Züge waren von klassischer, kühler Vollkommenheit, indes mit Augen, deren Pupillen senkrechte Schlitze waren, die sich zu einer inneren feurigen Glut öffneten, und mit scharlachroten Lippen, zwischen denen, wenn sie lächelte, die Fänge eines Bergluchses aufblitzen. Hinter Campaspe lehnte an einer Säule der Pergola jener greise Doktor, dessen Blick, wie in höheren als irdischen Dingen versenkt, auf der Dame des Hauses ruhte.

»Signor Vandermast«, sagte sie, »der Sommer ist nun weit fortgeschritten, und die Tage sind heiß und lang. Der Herzog von Zayana, der sich in meine Vorzüge verguckte, läßt nicht ab, mich in dieser unrechten Absicht zu belästigen. Mein eifersüchtiger Gatte hat einen leichten Schlaf. Kühlt mich ein wenig ab, ich bitte Euch, mit Eurem unerschöpflichen Born der Weisheit, und sagt mir, warum ich (so wie ich bin) unter solchen Ungelegenheiten leiden muß?«

»Warum wollen Eure Ladyschaft mir eine solche Frage stellen«, versetzte der Doktor, »auf welche Ihr selbst (so wie Ihr seid) die einzige und unbefleckbare Antwort seid.«

»Diese Antwort«, sagte sie, »hätte ich in den letzten vierzehn Tagen jederzeit erhalten können, auch ohne danach zu fragen: von Seiner Gnaden, der mich wahrlich liebt und mir untertänig zu Diensten steht, indes ohne Lohn ausging und so schwermütig wie ein verschnittener Kater wurde. Aber ich will nicht die Antwort eines Liebenden, noch die eines Höflings, sondern eine philosophische.«

»Meine Antwort war eine philosophische, Madam; sicherlich nicht auf reine Logik gestützt, sondern auf praktische Veranschaulichung: eine dartuende Prüfung, wie wir sagen. Und es ist die einzige Antwort.«

»Wodurch, dieses enthüllt, alles auf mich Arme zurückfällt?« Sie streckte träge die Hand aus, um eine der mondscheinfarbenen Federn aus Antheas Fächer zu zupfen; betrachtete neugierig eine ganze Weile ihren wechselnden Glanz. »O warum machte die Natur das Rechtmäßige so unergötzlich?«

»Hier«, entgegnete der gelehrte Doktor, »kann ich nicht umhin, Euren Obersatz zurückzuweisen, welcher nur ein Erfahrungsurteil zu unvollkommenen Gesetzen, unvollkommenen Wonnen darstellt. Wenn wir das unendliche Wesen und Sein der Göttlichkeit richtig begriffen haben – *infinitam Die atque Deae existentiam* – begriffen haben, und zwar *sub specie aeternitatis,* so sehen wir, daß sie im großen ganzen diese hübsche und frivole Unterscheidung des Guten und Schönen übersteigt. In dieser Welt ist das Gute das, was dem Schönen dient. Und gäbe es eine andere Welt, wo es nicht so wäre, wäre diese eine schlechte Welt.«

»Ich könnte mir eine solche Welt vorstellen«, sagte sie, wobei sie mit der Feder sanft über ihre Knie hin- und herstrich. »Ihr, Signor, der Ihr den Ruf habt, in allen Wissenschaften und Disziplinen vollkommen bewandert zu sein, der Ihr durch Eure Weisheit die verborgenen Ursachen der Dinge zu entschleiern vermögt, der Ihr zudem ein ernster Mann seid, allen Sinnesfreuden entsagt – könnt Ihr mir dies dartun: warum muß ich, so wie ich bin, einen Körper haben?« Schweigen trat ein, lauschte dem abwechselnden Summen und Stillsein einer Biene zwischen den Jasminblüten.

»Wieder kann ich nur mit derselben Antwort antworten; Eure Ladyschaft bitten, abermals in Euren selbstgefälligen Spiegel zu blicken. Gar manche ersannen wunderliche philosophische Wahrscheinlichkeiten einer gewissen *ὕλη*, einer *prima materia* oder urzuständlichen Materie, woraus (wie sie vorgeben) alle körperlichen Wesen bestehen, zusammen mit einem Geist, der diese Materie beseelt und verwandelt in bedeutsames Sein. Doch weit gefehlt, wenn solche unmündigen Argumente sich in die göttlichen Mysterien einschleichen; zu welchen der Schlüssel, der sie erklärende oder verwehrende, die selige, endlose Zweiheit in Einheit von Substanz und Göttlichkeit ist, wodurch Schönheit und Allmacht miteinander verknüpft sind.«

»Allmacht: Schönheit«, sagte sie, wobei sie die Feder, einmal so, ein andermal so, in ihren Fingern drehte und ihren Schimmer betrachtete, das helle bunte Funkeln in einer sich stets wandelnden Unwandelbarkeit, das Glänzen, Verblassen und Wiederaufleuchten: »Substanz: Göttlichkeit: Zweiheit: Materie: Geist. Kauderwelsche Wörter, die Staub zwischen uns und den wahren und vollkommenen Dingen aufwerfen, wie die Sonne durch weiße Wolken unklar scheint. Die (im Grunde wohl) bedeuten, daß Gott selbst in sich selbst nicht vollkommen ist, weswegen Er Mich schuf?«

Der Doktor blickte sie eine ganze Zeitlang schweigend an. »Ja«, sagte er. »Schulmänner bedienen sich dieser allgemeinen Begriffe als eine Art Kurzschrift, um uns diese große Ausdrucksweise zu vergegenwärtigen, mittels derer es teilweise möglich wäre, die Werke Gottes mit menschlicher Denkweise oder Vernunft zu verstehen. Eure Ladyschaft und jener Andere – Er, der große Vater Aller – haben so viele Gesichter in Eurer Vielfalt, daß man ebensogut versuchen könnte, dem Mond ein Gewand anzupassen wie durch Aufzählung der Eigenheiten das unendliche Wesen der Gottheiten herausschälen zu wollen. Zum Beispiel sprechen wir von den Quesmodischen Inseln: sagen: ›Das sind neun Inseln in einer Reihe.‹ *Inseln:* 's ist nur ein Zeigestab: ein Zupfen an Eurem Ärmel, auf daß Ihr sie zusammen und getrennt in ihrer mannigfaltigen, einzigartigen und unteilbaren Vielfalt betrachten möget: diese Birke, dieser Zweig, dieser Vogel auf diesem Zweig, diese weiße Wolke, dieser Windhauch, der die Grasähren durchkämmt wie Haar, diese Hainschnecke, diese Luftblase in dieser Quelle, dieses Sandkorn, allen anderen unähnlich, und doch allen anderen gleich. Genauso sprechen wir, in einer hehreren Verallgemeinerung, von Schönheit; wobei wir darunter die Bezeichnung all dessen verstehen, was auf diesem Erdball mit Eurer Ladyschaft verknüpft ist, oder sich von Eurer Ladyschaft ableitete, oder für Eurer Ladyschaft Freude ersprießlich ist.«

Fiorinda nickte: kaum merklich, schier der Schatten eines Nikkens. »Und deshalb machte Er Mich?« Ihre Stimme, die sich in der Stille verlor wie in den trägen, unwiederbringlichen, unergründeten Wassern des Flusses Lethe, schien in der Luft ein Aroma zurückzulassen, einen Hauch, eine tiefe Versicherung, stark gemahnend an alles verlorene Geliebte seit dem Anbeginn der Zeiten, oder seit der Erschaffung der Sterne und Einrichtung ihrer Stellungen. »Mich, so höchst vollkommen geschaffen, daß es nichts gibt im Himmel und auf Erden, das Er für Mich (die so Hochfeine) als würdig oder geziemend erachtet, ausgenommen allein zu herrschen? – Nun, wie löblich!«

Wieder harrte das Schweigen der Biene in den Jasminblüten. »Ich wünschte mir sehnlich«, sagte sie, »eine Eurer Ausführungen mit Eurem Herrn dem Herzog belauschen zu können. Habt Ihr ihn die Dinge gelehrt, denen ein Prinz entsagen sollte? So der Affenliebe zu Frauen?«

»Mylady Fiorinda«, versetzte Vandermast sehr nüchtern, »ich lehrte ihn dies: das Vollkommene zu erkennen, wenn er es sieht.«

»So daß er, als er erst gestern hierherkam, Eurer hohen Philosophie aufgebläht wie ein Pfau Gewalt antut, zur ungebührend späten Stunde von elf Uhr nachts (mein Gemahl war außer Haus), damit wohl bezwecken wollte, mich in diese nämliche Lektion einzuweisen? – Mjau!« sagte sie, »ich schickte ihn fort, ohne daß er aus einem anderen Buch als meiner ihm zugekehrten Seite hätte lesen können. Tat ich gut so?«

»Alles, was Eure Ladyschaft tut oder je tun wird, ist gut getan. Ihr könnt nicht, von Natur aus nicht, anders.«

Die Linien ihrer Lippen wurden mild, dann wieder hart, als sie sich betrachtete: zuerst, von Campaspes Spiegel zurückgeworfen, das Abbild ihres Antlitzes; dann, in höchst feiner Behaglichkeit lieblich ausgestreckt auf dieser Bank, ihre ruhende Stellung. »Welcher höllische Zauber ruht in einem Frauenkörper«, sagte sie. »In Körper und Kopf zusammen, meine ich. Wie Scheidewasser allein noch Vitriolsäure allein, eine Wirkung gegen Gold haben; aber mischt man sie, erhält man Königswasser. Und dieses hat die Wirkung, selbst pures Gold zu lösen und aufzuzehren.«

»Dennoch kenne ich einen Mann«, sagte der Doktor, »aus solchem gediegenem Metall, welches selbst Euer Alkahest, Madam, nicht lösen noch verzehren wird. Wie der Rubin, wenn er geläutert aus dem Feuer kommt, die Farbe glühender Kohle annimmt und behält.«

»Und ich«, sagte die Dame, und wieder klang in jedem honigsüßen Tonfall eines jeden getragenen Wortes ein Echo, schwach, ungewiß, voller Gefahr, bittersüß: das Rauschen der See an einem zeitlosen Gestade: »Und auch ich beginne ihn zu kennen, glaube ich: ein Mann, der nach mehr greift, als Gott ihm gestattet. Und ich beginne fast zu glauben«, sagte sie, »einer, der nicht ruhen wird, bis er es hat.«

Die Schatten waren länger geworden, als Lessingham und Mary den Heimweg antraten. Es war die Zeit des Tages, wo die Sonne, welche die Dinge der Erde nicht länger als Dinge sieht, die im

Hagel gleißenden Lichts von oben niederzutreten und zu zerstampfen sind, sich fast wie zu Gefährten zu ihnen neigt. In dieser Stimmung hatte die Sonne nun, als wäre jedes Ding ein Kleinod, jeden Baum hervorgehoben: jedes wetterbraune Berghaus mit weit vorragendem Dach, jede Falte oder Furche im Berghang, jede Windung eines jeden Saumpfades, jeden Stein, jedes kleinste Detail der fernen Felswände im Hintergrund, jede nach oben gestreckte Blume; bis jedes Ding, in goldener Luft gebadet, dermaßen hervorstach als etwas in sich Vollkommenes, gleichzeitig aber in Verbindung mit allen anderen Dingen dieser Landschaft eine gesamte Vollkommenheit bildete: eine Vollkommenheit, behaftet mit diesem, für alle irdische Vollkommenheit endemischen Makel: daß sie im Laufe der Zeit vergeht.

Sie kamen einen Weg herunter, der ein ganzes Stück hoch im Sonnenschein unter den Felsen des Sella verlief, dann jäh abfiel und durch Wälder zu jenem Pfad führte, den sie am Morgen begangen hatten, ein paar Minuten oberhalb des Gasthauses in Plan. Die Scheune, wo sie beim Aufstieg das dumpfe Dröhnen der Holzflegel gehört und einen jungen Mann und ein Mädchen beim Dreschen gesehen hatten, war nun leer; aber der staubige Geruch von Getreide und Spreu hatte sich noch nicht gelegt. Die weißen Mauern des Gasthofs waren mit bunten Blumen- und Schotenmustern bemalt, und zwischen den Fenstern über dem Balkon prunkten die Gottesmutter mit Kind und heilige Männer. Ein tödlicher Unfall, erzählte ihnen die Wirtstochter, heut früh auf der Fünffingerspitze: ein Herr und sein Führer: im Schmidt-Kamin. Die Leichen seien nach Canazei, auf der anderen Seite des Passes, hinuntergeschafft worden. Sie habe es von Hansl Baumann, dem Gamsjäger, erfahren: Herr Lessingham werde ihn bestimmt noch kennen: ob sie denn nicht zusammen auf die Jagd gegangen seien, vor ein, zwei Jahren? Lessingham spürte, als sie weitergingen, daß Mary ihren Arm fest in seinen schlang.

Bald brach der Abend herein. Ihr Weg führte über die Brücke und zur Straße, auf der die Kühe in einer weit auseinandergezogenen Kolonne langsam von der Weide zurückkehrten: eine zusammenschrumpfende Prozession; denn während sie sich dem Dorf näherte, trottete bei jedem Gehöft, bei jeder Biegung, das eine oder andere Hornvieh aus eigenem Antrieb aus der Herde heraus und ging, aus eigenem Antrieb, heim zum Melken. Auch die Ziegen kamen ohne Treiber daher und liefen von selbst in ihre Ställe. Der Abend, mild vom Schnaufen der Kühe, war kühl nach der Hitze des Tages, und voller Musik: einer vielstimmigen, schrillen Musik aus den Aberhunderten, unschlüssigen, schläfrigen Takten der Kuh- und Ziegenglocken. An einer der Hausecken stand erwartungsvoll ein etwa dreijähriges Kind. Eine Ziege machte halt, hielt auf es zu: blieb stehen, als der Junge beide Arme um ihren Hals legte und sie koste: trippelte dann, immer noch in dieser Umarmung, mit dem Jungen über den Weg zu einem ärmlichen Häuschen neben dem Fluß hinunter. Lessingham und Mary, die innehielten, um dieses niedliche Schauspiel zu verfolgen, sahen, wie ein noch kleineres Mädchen als der kleine Junge aus dem Haus kam, schwankend unter der Last vor der Ziege zum Fressen absetzte. Während die Ziege daraus fraß, drückten und küßten beide Kinder sie.

Drängend, als hätte sie etwas verloren, tastete Marys Hand sich in die seine.

»Was denn, Liebling?«

»Was du heute früh sagtest: das Gefühl in sich zu haben, doppelt zu sein.«

»Ja?«

»Das Kleid zu wechseln? Ich glaube, das gehört dazu, meinst du nicht auch?«

»Das Kleid wechseln?«

»Die Farbe. Herzkönig: Pik-Königin. Wie dumm, daß wir nicht – nun, das Kleid wechseln können.«

»Pik-Königin? Du meine Güte, dich würde ich nie gegen etwas anderes einwechseln!«

»O doch. Manchmal würdest du deine Seele dafür geben. *Le Lys Rouge* statt *La Tulipe Noire.* Wenn es dir danach ist.«

»Liebling, das bin nicht ich.«

»Sei dir nicht so sicher. Dann jemand anders in deiner Haut. O ja; und wenn ich dazu aufgelegt bin, ziehe ich diesen anderen dir tatsächlich vor, mein Freund!«

Lessingham schwieg. Als sie ihre Schritte zum Gehen kehrten, ließen sie sich noch ein paar Minuten Zeit, den Sonnenuntergang auf dem Sella zu betrachten: eine unverhoffte theatralischere und überirdischere Verwandlung als die Illusion vergeistigter Gediegenheit, welche der Morgen zur Frühstücksstunde hervorgezaubert hatte. Fast unglaublich schien es, daß es sich hier, wie bei jedem Sonnenuntergang in den Alpen, nur um einen Lichteinfall von außen auf die Berge handelte. Das schauende Auge erlebte diesen gewaltigen, hochgeschossenen Gebirgszug als einzigen Feueropal, durchscheinend, von innen heraus erleuchtet durch ein flackerndes Glühen roten Feuers.

In ein paar Minuten war es vorüber: wie in der steigenden Flut einer toten See vom steigenden Schatten der Nacht verschlungen. Lessingham sagte: »Erinnerst du dich, als wir in den Westfirth, an Halogaland vorbei, einsegelten: an diese Sonnenuntergänge im Sund? Hatten nicht dieses innere Glühen. Aber sie blieben.«

»Eine Zeitlang. Aber sie gingen vorüber. Gingen schließlich vorüber.« Die Dämmerung, die zwischen Sonnenuntergang und Nachtanbruch aufkommt, legte sich aschgrau über Marys Gesicht, ebenso über die Vorderseite des Sella. »Sogar der Sella«, sagte sie, »muß nicht sogar er dereinst vergehen? Obschon wir selbst zu bald und zu schnell scheiden, um das zu erleben.«

»Götter bemerken es vermutlich: sehen es, wie wir die Sonne untergehen sehen. Wenn es so etwas wie Götter gibt. Ja, er vergeht. Alles geht dahin. Und kommt nicht wieder«, sagte er, und in seiner Stimme war plötzlich giftige Wespenlaune, als er hinzufügte: »Wie wär's doch doof und fad, wär's anders!«

Er blickte zu ihr um: sah, durch das Halbdunkel, ein schwaches Heben, wie der Schwingen einer Seeschwalbe im Flug, ihrer Augenbrauen, und einen schwachen Hohn, der libellenhaft, einmal hier, einmal dort, ihre Lippen umschwirrte. Es war, als ob die Nacht und die ganze finstere Erde lechzend in einer unstillbaren Sehnsucht zu ihr aufstiegen.

Als Lessingham am nächsten Morgen die Augen aufschlug, erwachte er in grünlich-trüber Helligkeit: Speere von Licht und Schatten, alle von einer geometrischen Ebenmäßigkeit, hier senkrecht, dort waagrecht, anderswo stumpfwinklig abgelenkt und über seinen Kopf aus dem Blickfeld hinausschießend: alles sehr still. Und alles sehr ruhig; außer einem ständigen Raum im Hintergrund, wie Regen oder fließendes Wasser, das köstlich, beschwichtigend, fast wie mit vernehmlich gesprochenen Worten auf ihn einredete: »Denke nicht. Wisse nicht, in welchem Bett oder in welchem Zimmer du erwachst, oder in welchem Land. Erwache nicht. Schließe deine Augen wieder. Hülle dich behaglich bis zu den Ohren in die Bettdecke: drücke deine Wange ins Kissen. Sodann, mit allen Sinnen der Berührung durch die gefiederten Eulenschwingen des Schlafes hingegeben, wecke, welche Gedanken erweckt werden wollen, und wiege alles übrige in den Schlaf, und dein Selbst mag eine Weile, entspannt, träge, ungebunden, die reine sinnliche Schönheit seines eigenen Schlummers kosten.

Der Schlummer des Geistes, grün und still. Aus Tiefen, tiefer als diese Lichtstrahlen vordringen können, löst sich hin und wieder eine Blase, schwebt nach oben, gesondert und vollkommen, berührt die gläserne Decke, zerplatzt, und ist verschwunden. So in ungeordneter, langsamer Prozession, wie Kühe am Abend. Dieser Tiroler Tanz, lustige Gebirgler, Tanz mit Temperament: von diesen Tänzern aus Wien, es stimmt, ›zu fesch‹ getanzt. Madam de Rosas lebte darin auf, stellte ihn in den Schatten, spanisch und statuenhaft, mit einem Kastagnetten-Tremolo: Mary lauschte, sah zu: Mary in Anmering: Mary unter der Kiefer, und der goldene Sonnenschein und die hellen smaragdenen Schatten woben einen wallenden Schleier über ihr Antlitz: Heuschrecken auf den brütend heißen Hängen unter dem Sella erhoben – für wen, wenn nicht für sie? – ihre lilienzarten Stimmen. Gewitterrauch des brennenden Trojas:

ἔσσεται ἦμαρ ὅτ' ὀλώλῃ Ἴλιος ἱρή
καὶ Πρίαμος καὶ λαὸς ἐϋμελίω Πριάμοιο

Einst wird kommen der Tag, da die heilige Ilios hinsinkt,
Priamos selbst und das Volk des lanzenkundigen Königs.

Die lose Last in deinen Armen neben dem Struma: der arme alte Fred: wie du eine Kämpfernatur, zum Berserker veranlagt, Blutsbrüder: ›Schlage, Donner, und schlage laut, wenn ich scheide‹: das Dröhnenden berstender Schalen, ihr Winseln in der Luft: aber die Seichtheit, der welke Mangel an Wirklichkeit – war es alles dafür? – an Tatsächlichkeit: vom Ende: etwas sagen wollen: roter Geifer schäumt zwischen den Zähnen: Maschinengewehre rattern – Erbsen in einer Schweineblase: nein, Kastagnetten. Kastagnetten, und die rote Kamelie im Haar dieser Frau: das sinnesbetörende, schlangenhafte, langsame Wiegen und Rollen der Hüften: ihr Augenweiß: ihr weiches Haar: Frieden. Frieden, in der samtenen Finsternis dieses einzelnen Saphirs, der in seiner Unrast all diese Dinge und ihre schwungvollen Rhythmen trägt. Vorüber. Alles geht vorüber. Alles außer Mary. Mary: immer kurz davor, gefangen zu werden, aber niemals wirklich ganz. Der Hufschlag ihres Galopps: wie Kastagnetten.

Kelling Heath und die erwachende Welt, der ihr Leben Leben spendet. Der Morgen des Lebens: das Einsetzen, erbebende Pizzikati, dieses Themas (das Mary ist) der Großen Variation im cis-Moll-Quartett, Königin der Königin, unausdrückbarer Schatz aller Herzen: Dinge aus tiefster Vergangenheit drängten sich zu ihr, bildeten neue Welten, sie in die Arme zu schließen, neue Welten, die mit jedem Erbeben ihrer Tritte entstanden, wieder vergingen und wieder vergessen wurden. – ›Vielleicht ist es eine ausreichende Antwort, Sir, wenn ich sage – *weil es mir gefällt*?‹ Das Karminrot ihres Mundes: karminrote Handschuhe: ihre weiße Haut: das gleiche gewisse Etwas, das schlafend oder wachend an Marys Mundwinkel wohnt: Mary, aber mit diesem Schwarz: Ninfea di Nerezza . . .«

So stieg von diesen Blasen die langsamste zuletzt auf. Bei ihrer Berührung zitterte die gläserne Decke: zerriß wie ein Gewand: öffnete sich wie eine Blüte zu einem unerreichten, unbefleckten Himmel sonnenbeschienenen Schnees; und inmitten dieses, als wäre es eine schwarze Flamme, welche die Leuchtkraft der Sonne übertraf, eine unschaubare Glorie, welche die Sinne mit mottenhafter, ohnmächtiger Blindheit schlug.

Hellwach sprang er aus dem Bett, riß die grünen Fensterläden auf, ließ den strahlenden Sonnenschein herein. Er läutete nach seinem Bad, und während es vorbereitet wurde, feilte er an den Zeilen, die er unmittelbar vor dem Zubettgehen niedergeschrieben hatte auf ein halbes Blatt Papier, das zuoberst auf einem Stapel von Manuskripten und Notizen lag, die er bis ungefähr drei Uhr morgens bearbeitet hatte.

Zwanzig Minuten, und er hatte gebadet und sich angezogen. Dann fiel sein Blick zum ersten Mal auf ein Kuvert, das auf dem Nachtkästchen lag. Ihre Handschrift. Er hatte lange geschlafen, und seine Tür war nicht abgeschlossen gewesen. Nether-Westdale-Papier: heutiges Datum, fünfundzwanzigster Juni:

Mon ami,

ich sagte Herrn B., daß wir in ein paar Tagen vielleicht wiederkommen: solle bis dahin die Zimmer reservieren. Falls es Dir ernst sein sollte mit diesem Kompliment, das Du mir gestern auf dem Sellajoch machtest, als Du mich fragtest, ob ich Dich heiraten wolle, so weißt Du, wo Du zu suchen hast.

Deine Mary

Lessingham, der diesen Brief in der Hand hielt, bot für einen flüchtigen Moment den Anblick eines Hundes, dessen scherzende Herrin so getan hatte, als werfe sie ihm den Ball zum Holen, diesen aber tatsächlich zum Scherz versteckt in der Hand behielt. Im nächsten Augenblick, jäh und heftig wie ein Vulkanausbruch, warf er schwarz vor Wut die Faust hoch. Mitten in der Luft erstarrte diese in ihrer Bewegung, und er stand, sein ganzes Gewicht auf die Fäuste auf der Tischplatte gestützt: regungslos, still, nur daß er einmal knurrte wie der Wolf in der Falle. Das einzige Publikum, dem er dieses Gekasper ungehemmt vorführte – die vier Wände dieses Zimmers, verkleidet mit Tapeten, deren Muster ganz und gar nicht anregend war, die Wiener Stühle mit ihren runden Sitzflächen, die Dielen, die mit ihrem schwachen Seifengeruch einen bewußt soliden Eindruck vermittelten, der schlichte grüne Teppich vor dem Bett, der grün-weiß-gestreifte vor dem Waschtisch, und die unschuldige Morgensonne, die all dem angenehme Gesellschaft leistete – sah ihm aus wohltuend blinden Augen zu.

Er richtete sich plötzlich auf, mit einem Blick in den Augen wie ein Junge, der einer Frühjagd zuschaut; verstaute die Schreibsachen in einem Handkoffer, schloß ihn ab und beförderte ihn mit einem Fußtritt wieder unters Bett: lachte still über sich im Spiegel: warf rasch ein paar Sachen in einen Koffer: und ging gemütlich zum Frühstücken hinunter. Binnen einer Stunde fuhr er durchs Tal nach Waidbruck hinunter. Und die ganze Strecke, nicht abzuschütteln, einmal leise, dann wieder laut, einmal für einen Augenblick in der Ferne verklungen, dann wieder in nächster Nähe, begleiteten ihn die wilden Weisen der Jagdhörner, die in verborgenen Wäldern und unerforschten Finsternissen von berauschendem Duft bliesen und schwellten und die Jagd durch Mark und Bein trieben. Er nahm in Waidbruck den Zug; und gegen fünf Uhr dieses Abends, dank seines Geschicks und Talents, Schwierigkeiten zu meisten, dank der angeregten Findigkeit von Herrn Birkel, und dank der rücksichtslosen Benützung des Telegraphen und Telephons, startete er von Verona in einem Privatflugzeug, das Jims Schwager, Nicholas Mitzmesczinsky gehörte.

Weder durch Zug- oder Schiffsverbindungen behindert, noch durch die Verzögerungen des Sonntagsverkehrs, landete er nach weniger als fünfundzwanzig Stunden nach dem Start in Verona. Sein Mann David, telegraphisch angewiesen, wartete mit dem

Wagen Kutscher in der Familie, wie sein Vater und Großvater vor ihm, und (seit kurzem, unter Protesten, und weil es sein muß) Teilzeit-Chauffeur. Lessingham setzte sich ans Lenkrad. Es war – für einen rücksichtslosen und verwegenen Fahrer – eine Strecke von zwei Stunden bis nach Hause.

Der Abend brach herein, als der Wagen in die Toreinfahrt bog, und erfüllte die Luft mit frühlingshafter Frische nach einem regnerischen Tag. Die Halden der Wastwater Screes hoben sich schwarzpurpurn ab von den chaotischen Formen graubrauner Regenwolken, die strudelnd am Himmel südostwärts trieben. Oberhalb dieser Decke, und nicht so überstürzt, zogen in duftigem Indigoblau von Westen und Norden wellige Schichten auf; und wie Fenster im Himmel taten sich Risse auf, die nacheinander breiter wurden und den Blick freigaben auf die stillen Höhen, wo hoch über diesem Tumult weiße Federwolken schwebten, und wiederum oberhalb dieser der weite Himmel selbst sich erstreckte: reingewaschen vom Regen zu einem überaus feinen, hauchzarten Azurblau: windstill: unermeßlich entrückt.

Auf den Stufen vor dem Hauseingang stand die alte Ruth: jetzige Haushälterin dieses Landsitzes von Nether Wastdale, aber immer noch mit Häubchen und Schürze bestückt, wie man es von früher gewohnt war, als sie als Kindermädchen die Verantwortung für Lessingham und seine ganzen Geschwister vor ihm gehabt hatte.

»Nun, Ruth«, und er gab ihr den Schlüssel für seinen Koffer, der durch den Hintereingang ins Haus getragen worden war, »Sie haben mein Telegramm erhalten?«

»Ja, Sir.«

»Gibt's was Neues von der gnädigen Frau?«

»Nein, Sir. Bis jetzt nichts.«

»Sie wird morgen eintreffen. Schläft Miß Janet?«

»Ja, lammfromm. Jessie wird Ihre Sachen im Ankleidezimmer herrichten, sobald ich die Tür zur Halle oben aufschließe, Sir. Per feststehender Regel ist dort alles bereit.«

»Nein, ich werde heute nacht nicht dort schlafen. Das kleine Zimmer am Ende der Westgalerie heute. Ach und, Ruth«, rief er sie zurück. »Sie verstehen – alle verstehen, nicht wahr? Kein Wort an die gnädige Frau, wenn sie ankommt, daß ich schon hier bin.«

»Nein, Sir.«

»Daß das allen klar ist.«

CAMPASPE

»Ja, Sir.«

»Gut. Ich werde in der Zuflucht essen.«

»Ja, Sir.« Die alte Frau zögerte. Etwas, vielleicht die schwachen Takte dieser fröhlichen Jagdweise, die ihn umgaben, machte sie offenbar gelöster. »Bitte, Sir, wenn die gnädige Frau mich nun direkt darauf ansprechen sollte, wünschen Sie dann, daß ich die gnädige Frau anlüge, Mr. Edward Sir?«

»Was Sie tun sollen, liebe Ruth: Sie sollen nichts verlauten lassen und das Spiel nicht verderben. Wenn Sie nicht soviel zustande bringen, ohne geradewegs schwindeln zu müssen, dann sind Sie nicht die Frau, als die ich Sie gekannt habe.«

»Mr. Edward war schon immer einer, der seinen Spaß haben will«, sagte sie später zu David.

»Ja, und die gnädige Frau auch, Gott sei Dank. Aber daß er mit diesen Dingern, diesen gefährlichen Flugzeugen durch die Gegend rast, das ist mir zu hoch: ulkig, wo er sonst doch immer so über sie schimpft und flucht. Wenn er sich mal den Hals dabei bricht, wär's jammerschade.«

»Was würden Sie denn machen, David?«

»Ich rechne, ich müßt mir 'ne neue Stellung suchen.«

»So eine wie diese?«

»Ja.«

»Gibt es noch so eine, was glauben Sie?«

»Vielleicht nicht.«

»Zurück zu Mr. Eric in Snittlegarth?«

»In meinem Leben nicht wieder! Mr. Edward ist ab und zu ein bißchen rauhborstig. Aber Mr. Eric, so hört man neuerdings, ist nicht mehr ganz klar im Kopf, wenn er einen Koller kriegt.«

»Wo würden Sie dann hingehen, David?«

»Zu diesem Jackson Todd.«

»Das ist ja gut! Der ist doch schon tot, nicht wahr?«

»Dann eben zu einem anderen, so einem wie ihm. So sind die Herrschaften heutzutage. Alles hohe Tiere: klar, aber lauter Schwarze Peter.«

Am selben Abend blieb Lessingham auf dem Weg zu Bett am obersten breiten Treppenabsatz stehen. Mit dem Hauptschlüssel, der seinen Platz unter der Einfassung seines Ringes an der linken Hand hatte, öffnete er die Tür zur Halle rechts von ihm und trat ein. Am Ende der Halle führte eine Tür, die nicht mit einem Türblatt, sondern einem schweren Vorhang versehen war, in das Lotuszimmer: einem Zimmer mit einer Länge von vierzig oder fünfzig Fuß, das neu am Ostflügel dieses alten Hauses angebaut worden war. In der östlichen und westlichen Wand waren große Fenster, und dazwischen offene Kamine mit hoher Einfassung. Seit es vor drei Jahren erbaut worden war, hatten nur wenige dieses Schlafzimmer zu Gesicht bekommen, oder die Badezimmer aus Porphyrit und Onyx oder den Ankleideraum oder Lessinghams großes Atelier, in das man durch eine Tür in der Nordwand, links vom Bett, gelangte. Das Bett hatte vier Pfosten, war breit und ausladend und von großer Pracht, mit Vorhängen und Tagesdecken aus schwerer, lorbeergrüner, bestickter Seide und Säulen aus wohlriechendem Sandelholz, mit Gold eingelegt. Dutzendweise standen Kerzen bereit auf Tischen und Kamineinfassungen und in Haltern an den Wänden; nun aber stammte das einzige Licht im Zimmer von Glühbirnen, eingearbeitet in die kristallenen Lüster, die wie Trauben gewaltiger runder Früchte von der Decke hingen.

Auf der Schwelle stehend, wanderte sein Blick durchs Zimmer, wie wenn jemand etwas bestaunt, das er nicht ganz glauben kann. Der Ring, aus dem er den Schlüssel gezogen hatte, lag noch in seiner Hand: Marys Hochzeitsgeschenk, aus gediegenem Gold höchster Reinheit, in der Form eines schuppigen Lindwurms, den Schwanz im Maul, und der Stein des Rings, ein Rubin von hohem Alter und großer Schönheit, der Kopf des Wurms: der Wurm Ouroboros, Sinnbild der Ewigkeit, dessen Anfang zugleich sein Ende ist, und das Ende der Anfang. Und nun, als er zum Kamin gegenüber dem Bett trat, öffnete er mit diesem Schlüssel die Flügeltüren eines Wandschranks, der über dem Kaminsims in die Mauer eingelassen war, und behutsam, sacht wie ein Künstler eine runde Linie zieht, klappte er sie links und rechts auf. Nachdem er einige Schritte zurückgegangen war, setzte er sich auf das Sofa am Fußende des Bettes und betrachtete das so enthüllte Gemälde.

Und sogleich war es, als spräche das Bild. Als sagte es: – In mir, einem Porträt, von dir geschaffen, auf Leinwand, aus mit Öl vermengten Pigmenten, ist in einer Art Kurzschrift einem flüchtigen Moment beschränkte Dauerhaftigkeit verliehen. Indem du mich ansiehst, erinnere dich in deinem Auge, in deinem Ohr, in deiner Nase, in deinem geheimen Blut, was in diesem Moment gegenwärtig war; und dann erinnere dich durch all diese Sinne unter der Macht, die in dich hineingezwängt ist, was nicht gegenwärtig war, nicht gegenwärtig sein wird. Nie gegenwärtig ist. Stets auf der Schwelle. – *L'Absente de tous bouquets.*

Für Lessingham, der so in Gedanken versunken saß, war es, als würden am Rande seines Blickfelds die in den Fries eingeschlagenen Lotusblüten unter der heißen Glut des entblößten Bildes sanft hin- und herschaukeln. Das heftige Verlangen des Fleisches war, wie der Wind des Nachts die funkelnden Sterne entfacht, die nicht unterscheidbare Hülle eines beseelenden Geistes geworden: eines Geistes, der im Bild genauso wie im Leben mit ruhevoller, tiefer Unrast aller körperlichen Vollkommenheit zugrunde lag. Und in einem seltsamen, krassen Widerspruch schien einzig Marys Persönlichkeit, die heiter-gelassen und unabänderlich jeden Zug dieses Antlitzes beherrschte – und die Leib und Gliedern zutiefst innewohnende Musik obendrein –, durch eine feurige Verschmelzung von Unvereinbarem in dieses gewisse selbst das Allumfassende zu tragen, welches, horizontlos wie die weite See am Morgen oder das wogende Wolkenmeer, von einem hohen Standpunkt im feinen Zartrosa der neuen Dämmerung übersehen, in seiner Unendlichkeit ruhte in der Nacktheit ihrer Brüste, ihrer Seite, ihrer schlaftrunkenen, köstlichen, geschmeidigen Schenkel, und in diesem jähen, sinnesbetäubenden, blendenden Glanz gekräuselter Haare, wie Schatten auf der hellen Haut. Und all dieses sagte in seiner unaussprechlichen Gesamtheit, aus der Farbe und aus der erwachten Erinnerung heraus: – Wolltest du Mich anders haben? Mich, immer hier, dir ohne den Schweiß und die Pein und die Wehen des Verstandes gegeben? – Nein, mein Freund. Nicht einmal im Elysium.

Denn, sagte das Bild (und sagte der Maler, zu sich, von sich), Passivität ist nichts für dich: nichts für einen Mann. – Für eine Frau? Nun, eine Art von Passivität: die Illusion von Stille, vielleicht, wie im Zentrum des Mahlstroms. Eine Passivität, die auf der eigenen höchst festen Gewißheit darüber beruht, alle offene Macht zu beherrschen. Eine Herrschaft, die sogar in ihrem schwindelanfälligen Klimakterium der Selbstaufgabe besteht:

Eine ruhige Frau
Ist ein stilles Wasser unter einer großen Brücke;
Ein Mann kann gefahrlos auf sie zuhalten.

Wie der neue Tag, so trat Mary am nächsten Morgen gegen halb sieben auf den kleinen einsamen Bahnsteig von Drigg: die Sonne in den Augen, die Rufe der Seeschwalben in den Ohren, und die zu Kopf steigende salzige Nordseeluft in der Nase. »Lassen Sie es im Dienstraum, Tom. Es wird heute nachmittag abgeholt.« – »Ja, gnädige Frau«, sagte der Dienstmann und stellte ihr Gepäck auf seinen Handwagen. Er, und seinerseits der Bahnhofsvorsteher, der ihre Fahrkarte entgegennahm, und das Mädchen, das die Treppe zum Gasthaus putzte, für die sie alle ein freundliches, persönliches Wort übrig hatte, blieben einen Moment stehen und sahen ihr nach mit dem entfremdeten Blick von Geschöpfen des Waldes, denen plötzlich aus der Dunkelheit ein Feuer ins Gesicht geschwenkt wird.

Es war ein herrlicher Morgen: die Felder waren noch feucht, und auf den Wagen roch es überall nach Heckenrosen und Geißblatt; ab und zu war die Luft mit dem stärkeren Duft von Mädesüß überladen, und manchmal wurde das scharfe Aroma goldener Stechginsterblüten herangetragen. So ging sie heim, sieben oder acht Meilen oder so, und schwang wegen der angenehmen Luft ihren Hut in der Hand.

Zweifellos in solchen Dingen geschult, sahen alle in diesem wohlgeordneten Haushalt respektvoll davon ab, ihr zu verraten, daß er als erster angekommen – ja, jetzt gerade in seinem Bad sei. Und Mary, die ihrerseits zweifellos in Ruths allzu deutlich lesbaren Augen las, stellte keine Fragen. Nur die (zugleich falsche und richtige) Bemerkung ließ sie fallen, daß der gnädige Herr am Sonntagmorgen den Zug verpaßt habe und leider erst morgen einträfe. Und so bestellte sie resigniert ihr Frühstück in der Zuflucht mit Sheila. Und aß resigniert, als Lessingham nach unten kam.

Und er, zweifellos nicht unvorbereitet, um den Wink zu verstehen, beobachtete sie eine ganze Weile, selbst ungesehen, wie sie, den hellen Hals beugend, das Kinn in die Hand gestützt, ruhte in solch selbstgenügender Schönheit, in solch entrückter und solch eisiger Versenkung, als wäre sie eine unvergängliche und zeitlose Gottheit, die sich angetan hatte (da es den Geist zum Leibe drängt) mit der Hülle eines Frauenkörpers und für einen kurzen Augenblick so herabgekommen war.

KAPITEL IX

Ninfea di Nerezza

Am hellen Morgen des einundzwanzigsten Juli, einem Dienstag, als am Reismasee die Schatten noch lang waren und schwerer Tau die Spinnweben auf Pflanzen und Hecken am Wegesrand in gewirkte Spitzen verwandelte, schritt Doktor Vandermast allein für sich des Weges, da er nach einer Biegung unverhofft auf den Herzog seines Herrn stieß. Des Herzogs Rücken war ihm zugekehrt; er war in Reitkleidung und saß, das Gesicht von Reisma abgewendet, auf dem Stamm einer umgestürzten Esche; sein Pferd, das nicht angebunden war, graste am nahegelegenen Dikkicht. Er war ohne Kopfbedeckung, und die Sonne entfachte einen Schein wie von rotglühendem Kupfer in seinem kurzem Kraushaar. Auf des Doktors »Guten Morgen« drehte er sich mit finsterer Miene um, und es wurden seine Züge beim Umdrehen freundlicher.

»Euer Gnaden sind, seit einem knappen Monat erst, so mager und schwermütig wie ein Hirsch im Herbst geworden.«

»Ein Fall also gleicher Wirkungen, von direkt entgegengesetzten Ursachen gezeitigt.«

Vandermast ließ sich auf dem Stamm nieder, doch nicht zu nahe, sondern so, daß er Barganax bequem beobachten konnte, wenn er wollte: sein Antlitz und seine Haltung. »Die Wirkungen sind nur rein äußerlich und oberflächlich die gleichen. Innerlich, wie ausreichend in der Abhandlung *De Libertate Humana, Propositio XXX* dargetan, hat der Verstand, insofern er sich selbst und seinen Körper *sup specie aeternitatis* versteht, in diesem Grad notwendigerweise ein Verstehen Gottes, *scitque se in Deo esse et per Deum concipi*: weiß sich als in Gott seiend und durch Gott begreifbar. Und in je höherem Maße der Zenith über dem Nadir liegt, desto ungleich größer ist der Vorzug, ein unzufriedener Mensch statt eines zufriedenen Vierfüßlers zu sein.«

Der Herzog stieß ein bitteres Lachen aus. »Ich muß Euch verrückt heißen, Doktor.«

»Wie kommt's?«

»Wenn Ihr hofft, mit einem Verrückten vernünftige Worte austauschen zu können. Und weil ich sehe, daß Ihr verrückt seid und ich gefahrlos dummes Zeug bei Euch reden kann, hier ein

Stück Weisheit eines Verrückten, das mir zufloß aus dieser beklemmenden Schwüle, die ich statt Luft in dieser Vorhölle atme, an diesen Ufern von Reisma, von Weiblichkeit verpestet, die ich fliehe und dennoch suche, weil ich verrückt bin, wie die Motte die Kerzenflamme . . .

Ihr Götter am Himmel, sagt an, was ist
Wenn Wollust alle Liebe vermißt?
Ein krüppelhaft' Ding (antworten sie mir),
Doch krüppelhafter wär' Liebe ohne Lust und Begier'.«

»In einer verrückten Welt«, sagte der Doktor, »sollte man dies tatsächlich als verrückt erachten. Denn obzwar nicht so schön ausgedrückt, wie ein großer Gelehrter dies vermöchte, ist es doch von unumstößlicher Wahrheit geprägt; und diese ist stets ganz, und in ihrer Ganzheit widersprüchlich, und in ihrer Widersprüchlichkeit ein zweischneidig' Ding. Doch wird der Verrückte nicht eher rasten, bis er nach seinem höchst mathematischen Geschmack die unaufzeigbaren Erfindungen Gottes nachvollzogen hat, welche die Grundsteine und Eckpfeiler der gesamten Welt sind, sowohl der sichtbaren als auch der unsichtbaren.«

»Erfindet irgendeine Angelegenheit, die es erforderlich macht, daß ich nach Zayana heimkehre.«

Vandermast bemerkte, wie sein stolzes, schönes Antlitz nun hager und herzlich war, als hätte er einige Nächte durchwacht. »Wenn Eure Gnaden den Willen zum Gehen haben, was (außer des Königs Befehl selbst) sollte Euch halten oder hindern?«

»Mein eigener Wille will und will nicht, es sei denn, es träte ein dringender äußerer Anlaß ein. Ich will, und will doch nicht. Ohne Not werd ich nicht geh'n: nicht allein.«

Sie saßen schweigend da. Vandermast sah, wie sich die Nasenlöcher des Herzogs weiteten und wie das gebeugte Haupt und Antlitz eine gespannt ausgerichtete Aufmerksamkeit überkam. Sein Blick folgte dem Blick des Herzogs. Auf dem Kopf einer Lichtnelke, diesem feuerroten Kraut, zwei Ellen oder mehr jenseits von Barganax' Füßen über einem Beet von Mädesüß, rastete ein Schmetterling in zitternder, sanfter Unrast und öffnete und schloß seine zarten Flügel. Weiß und glatt waren seine Flügel, wie Elfenbein; und bei jedem Spreizen fielen pantherschwarze Flecken in köstlicher Herzchenform ins Auge. Es war, als ob in der sonnigen Stille des Morgens eine Hitze aufwallte, aufsteigend von den halb entfalteten, bebenden Schönheiten dieses Geschöpfes, und von den scharlachroten Blütenlippen, weit geöffnet inmitten all des Laubes und duftenden, vielfältigen Rankenwerks.

»Ihr habt in Eurer Zeit, ich in meiner«, sagte der Doktor nach einer Weile, »die breite wollüstige Straße begangen, das übliche Labyrinth der Liebe. Wir prüften und billigten die weise Lektion der Marquise von Monferrato, die mit einem Hühnergericht und gewissen spritzigen Worten die extravagante Leidenschaft des französischen Königs bändigte.«

»Mit einem Hühnergericht?«

»Indem sie *per allegoriam* zu verstehen gab, daß die so unterschiedlichen und köstlichen Gerichte an seiner Tafel allesamt (von den mannigfaltigen Saucen und der Art der Aufmachung abgesehen) schlichtes Huhn seien: genauso seien auch alle Frauen als Gebrauchsgegenstand gleich. Es wäre besser, sich zu vergewissern, ob nicht wieder dieses eine aufgekommen. Wie der Dichter sagt:

Wird Geist gewendet an den Plan der Lust,
Sind Lust und Geist im Werk der Schmach verschwendet.
Kein Meineid, kein Verrat ist unbewußt,
Nicht Mord dem Sinn, den jede Lockung blendet.
Doch sie verkürzt ihn. Denn in tollem Wagen
Wird Verlust und nichts verbleibt den Sinnen
Als noch der Wunsch, sich fortan zu versagen
Und niemals mehr von neuem zu gewinnen.
Wie Wahnwitz giert und allzu bald ersattet,
Bevor das Unmaß der Erfüllung voll –
Unselig, den die Seligkeit ermattet,
Und den das Glück gleich einem Gift macht toll.«

Barganax blieb, den Ellbogen auf dem Knie, das Kinn in der Hand, in dieser Haltung sitzen, als Vandermast ausgesprochen hatte, als wägte er es ab, kostete es gründlich aus: alles höchst still und regungslos. Als er schließlich sprach, war es sachte, als hätte sich sein eigenes Selbst ins Kämmerlein seines Herzens zurückgezogen. »Der Wahrheit Gepräge«, sagte er: »Kein Zweifel daran. Indes ist's nur die Kehrseite. Die Münze gewendet, und man hat die Vorderseite . . .

Inmitten all der Schönheit hier, Schönste ich dich preis':
Wo alles andre widrig wär', widrig ich dich hieße:

So treu trägst du der Liebe Tracht mit Fleiß,
Von allem Inbild, Seele süße.

Göttliche Tugenden, teuflische Listigkeit,
Augenschmaus, Jungfrau gar sittsam maniert –
Stolz gibt es, Reiz gibt es keinen, der nicht allzeit
Zier dir ist, Zauber wirkt, Bann gebiert.

O Hehrste, graulich du zwar wärst,
Küßt dich die Liebe nicht zuerst.

... Und die Vorderseite«, sagte er, indem er sich erhob und über Vandermast hinweg, wie ein lauernder Leopard, nach Reisma und dem klaren Morgen ausschaute, »trägt das Wichtigste, Kopf und Bild.« Er sah nieder: begegnete dem Blick des Doktors, der auf ihm ruhte. »Nun?«

Vandermast schüttelte den Kopf. »Wie sich zeigt, bildete ich Euer Gnaden zu einem solch guten Metaphysiker heran, daß es einen weiteren Schritt der Erhärtung nicht gibt. These und Antithese, dies sind die Türen zur Wahrheit. Die Philosophie kann sie uns nur zeigen: aufschließen; vielleicht für uns öffnen; doch ist das erst einmal geschehen, so liegt es an uns, einzig an der Seele eines jeden von uns, einzutreten und zu schauen, ein jeder für sich, ganz ohne Führer oder Fernglas, uns den Blick zu schärfen, ob es eine blinde Tür ist. Was sollte ein Mann mit einer Waffe«, sagte er nach einer kurzen Pause, »der sie nicht zu gebrauchen versteht? Es gibt Ihn und Sie, und eine Neigung zwischen Ihnen, die wir Ihre Liebe, Eintracht oder Güte nennen. Da Ihr Gesetz unendlich ist, sind Ihre Wonnen grenzenlos.«

Der Herzog pfiff seine Stute heran: sie hörte zu fressen auf, wieherte und kam, zierlich über das taubenbenetzte Gras schreitend, zu ihm. Im Sattel innehaltend, wobei quälender, koboldhafter Eigenspott in seinen Augen tanzte, sagte er dann: »Ihr habt mir nichts Gutes getan«, und hielt dem Gelehrten die Hand hin: »ließet mich, wo ich war. O Vandermast«, sagte er und drückte dem Greis die Hand, »es quält mich zum Zerbersten. Zum Zerbersten, Vandermast.«

Der alte Doktor, der zu ihm aufsah, das Blau des Himmels im Hintergrund, gewahrte, wie sein heißes Blut ihm das Gesicht purpurrot übergoß: gewahrte sein Pochen in seinen Schläfen und Halsschlagadern. »Und Schwärze«, preßte der Herzog zwischen den Zähnen hervor, »ist das Merkmal der Hölle.«

Er ruckte an den Zügeln und ritt in irgendwie unschlüssigem und widerwilligem Schritttempo von dannen: nicht in Richtung Zayana.

Mylady Fiorinda war an diesem Morgen ebenfalls hoch zu Roß unterwegs. Am Fußsteg nahe dem See, wo vor sechs Tagen Vandermast mit seiner kleinen Schwimm-Maus gesprochen hatte, stand sie plötzlich Auge in Auge dem Herzog gegenüber. Sie war mit ihrem Pferd zum Ufer des Baches hinuntergegangen, um es zu tränken: er tat am westlichen Ufer das gleiche. Sechs Ellen stilles Wasser trennten sie, und ihre Rosse tranken aus derselben Quelle.

»Welch glücklicher Zufall. Ich war auf dem Weg, Eurer Ladyschaft Lebewohl zu sagen.«

»Lebewohl?« sagte sie und neigte ausdrucksvoll das Haupt ein wenig. »Wie seltsam Ihr Euch gebt. Heißt man es nicht, das Pferd am Schwanz aufzäumen: bei der Begegnung Lebewohl zu sagen?«

»Nein: bei der Trennung.«

Sie erwiderte nur mit einem spöttischen Beben der Nasenflügel.

»Ich gedenke«, sagte er, »noch heute nach Zayana heimzukehren.«

»Ach, wie schade.«

»Wollen wir zur Abwechslung nicht bei der Wahrheit bleiben?«

»So bitt' ich Euer Gnaden, fangt an damit. Es wird mir höchst vergnüglich sein, den Unterschied festzustellen.«

»Die Wahrheit ist, es vollzieht sich bezüglich Eurer Ladyschaft bei mir allmählich eine Sinneswandlung.«

»Ausgezeichnet. Ich fürchtete schon, Ihr setztet Euch diese Sache derart fest in den Sinn, daß Ihr mir womöglich bald lästig würdet.«

»Und ich glaube allmählich, Madam, daß Ihr Euch zu hoch einschätzt.« Rein ihre Leibhaftigkeit schleuderte die Worte in sein eigenes Gesicht zurück: die lilienstolze Haltung von Haupt und Nacken; die weiche, wellige Schwärze ihres geteilten Haares, das von unter der mit Diamanten besetzten, hochgestellten Krempe ihrer Reithaube hervor ihre Stirn bedeckte; die Hände in karminroten Handschuhen, die eine auf verhängten Zügeln locker auf den Widerrist gestützt, die andere auf der Kruppe ruhend; das

Heben und Senken, als regten sich darunter zwei unbezahlbar wertvolle Silberäpfel, vom Busen ihres Gewandes aus Atlas; die grünen Augen voller Gefahr; die Lippen, die befähigt schienen, auf vielerlei wunderliche, ungewohnte Art mit dem Teufel Kirschen zu essen; all die sanften Reize und von Tigern genährten lieblichen Grazien, überall dort, wo Frauen sich gern küssen lassen. »Ich meine«, sagte er, »falls Ihr glaubt, mich in der Hand zu haben. Doch ich«, fügte er aufbrausend hinzu, weil er ihr kleines stilles Lachen sah, »lasse mich nicht immer mit Lippenwerk abspeisen.«

»Pfui! welchen Auswüchsen von Undank und Unbrauch der Herr sich doch hingibt!«

»Abstand halten, ferne Zukunftsversprechen nähren einen Mann nicht gut.«

»Was für Euer Gnaden sehr unnatürlich und somit unzuträglich sein muß, als ein Prinz. Nun? Worte sind Schall und Rauch. Was also gedenkt Ihr zu tun?«

»War's gestern abend nicht wieder so? Ich komme auf Verabredung und muß – eine Irreführung über alle Maßen! – feststellen, nachdem ich lange in der Galerie Eurer Muße geharrt, daß Ihr Euch mit Morville zurückgezogen habt.«

»Mit wem sonst soll eine bedachte Hausfrau sich von Rechts wegen zurückziehen, wenn nicht mit demjenigen, der von Rechts wegen ihr Gemahl? Um ehrlich zu sein, ich war neugierig, Euch gemeinsam zu erleben: wie Ihr Euch verhalten würdet.«

»Ein Mummenschanz, meint Ihr, für Eurer Ladyschaft Kurzweil?«

»Warum nicht, wenn's mir gefällt? Um so besser, da Ihr den Furioso so lebhaft spielen könnt.«

»Nun denn, adieu«, sagte der Herzog. Er nahm die Zügel auf, saß einen Moment still, schlug mit der Gerte auf seinen Stiefelschaft und funkelte sie an.

»Adieu«, sagte sie. »Die Wahrheit ist«, sagte sie, wobei sie nachdenklich mit der Rechten ihrem Roß über die Kruppe streichelte; und jede arglose Bewegung ihrer Finger schien wie ein Edelstein, kostbarer als ein ganzes Königreich. »Die Wahrheit ist, ich werde der Torheiten dieses Hofes überdrüssig.«

Barganax rümpfte die Nase.

»Außerdem stelle ich fest, daß ich mich seltsamerweise immer fester in meinen Gemahl verliebe.«

»Ihr meint wohl, ich gebe darauf etwas?«

»Nein«, sagte sie, und ihre träge in der Luft schwingende Stimme war von einer giftigen Ergötzlichkeit, die brennt und auf der Haut Blasen zieht: »denn in Eurer Verliebtheit gebart Ihr Euch tölpelhafter als er. Wie ein Tölpel macht Ihr mir den Hof: dünkt Ihr Euch unübertreffbar: plaudert mir von Liebe. Als ob (wie bei Euren Bellafronts, Phantasileas, und was weiß ich, welche schwärmenden Küken sonst mit von der Partie sind) es nur eines ›Madam, entkleidet Euch und kommt nun zu Bett‹ bedürfte.«

Barganax, der sich wie zweimal geohrfeigt und zum Widerspruch herausgefordert fühlte, hielt lediglich die Luft an und starrte sie an, ohne etwas zu sagen.

»Ihr treibt mich so weit, daß ich vergesse, was sich für eine Dame geziert. Doch Ihr werdet sehen, Mylord (falls es tatsächlich dazu käme), mich zu lieben ist wahrlich weder Kinderei noch Mumpitz.«

Unentwegt schlug sie verlockend die Wimpern nieder, und der feine Faden dieses Blinzelns zwischen ihm und dieser scheinbaren Frau schien nun zum Zerreißen gespannt, ohne indes entzweizugehen: ein Garn, abwechselnd aus Gold und Feuer gezwirnt, mit Häkchen scharf und härter als Diamant befestigt an dem Netz aus Blut und Seele, in seinem Innern verborgen. »Nun«, sagte er, »wenn ich Eurer Ladyschaft das nächste Mal begegne, hoffe ich, Euch in einer fügsameren Stimmung vorzufinden.«

»Ihr werdet mich nicht vorfinden. Auch ich gedenke fortzugehen.«

»Und wohin, wenn die Frage erlaubt ist?«

»Würd' ich Euch dies beantworten, was hätte dann mein Gehen für einen Sinn?« Das Ding, das sich an ihren gebieterischen Lippen eingenistet hatte, stellte drohend die Hörner auf, eine für ihn besonders qualvolle und rasend machende Folter und Herausforderung.

Das Blut wich aus seinem Antlitz. »So geht«, sagte er. »Und möge Euch der Teufel in Stücke reißen.« Er ruckte heftig am Maul seiner Stute, welche, eine solche Behandlung nicht gewohnt, seitlich ausbrach, eine ganze Drehung auf den Hinterfüßen vollführte und ihn im Galopp von dannen trug.

Die Dame blieb ihrerseits eine Weile sitzen und sah ihm nach, bis er, eine Viertelmeile entfernt, vollends zwischen den Bäumen verschwunden war. Zwischenzeitlich hatte der Lord Morville, der sie von einem bequemen Versteck zwischen den Erlen beobachtete, den sichtbaren Beweis dafür, wie dieses Weibsstück, das ihm in all diesen vierzehn Wochen ihrer unehelichen Ehe nicht ein Scheibchen hatte zukommen lassen, sich im Sattel aufrichtete und mit verhohlener Freude dem scheidenden Barganax nachblickte, als steckte sie mit ihm – wie wenn das von Natur aus selbstverständlich wäre – unter einer Decke, die zu lüften sich nicht schicken würde. Er saß stumm, wie vom Donner gerührt.

Die veilchenbekränzte Kythere indes, Tochter des Zeus, lenkte Ihren Sinn auf andere Dinge. Vielleicht bemerkte sie seine Anwesenheit, vielleicht auch nicht. Sie nahm die Zügel auf und machte sich auf den Heimweg, wobei sie ihr Roß so führte, daß es nicht auf eine Blume trat, die dort am schattigen Bachufer neben ihr wuchs: eine Art Bergmohn mit einer safrangelben, leicht erhöhten Fruchtkapsel, weißflaumigen Blättern und einer feinen Blütenkrause in jener hellgelben Tönung, wie sie den Mond ziert, wenn er nach dem Sonnenuntergang die erste Farbe bekommt.

KAPITEL X

Der Leutnant von Reisma

Morville holte, als seine Dame fort war, sein Pferd, das er in einem Dickicht nahebei angebunden hatte, und zog so, für das Wiederbeleben seiner Gedanken am zuträglichsten, in langsamem Schrittempo seines Weges, nicht heimwärts, sondern nordwestwärts in Richtung Memison. Er war ein kräftiger Mann und stark, mit einer guten Haltung, fünfundzwanzig Jahre vielleicht, mit stolzem Blick, glattrasiert und mit genügend Bein in seinen Zügen, ihm Männlichkeit zu verleihen, hätte er doch sonst fast weiblich gewirkt, so durchsichtig und zart war seine Haut, die nun von der Raserei innerer Leidenschaften puterrot angelaufen war.

Als er auf die Hauptstraße kam, wo sie nördlich unter dem Schloß von Memison vorbei- und südlich nach Zayana führt, begegnete er einem berittenen Kurier, der den Hut vor ihm zog und ihm einen Brief überreichte. »Vom Lord Großadmiral, Mylord, der erst gestern von Sestola nach Zayana heraufkam und heute stündlich in Memison erwartet wird. Fünf weitere Briefe habe ich im Palast dort abgeliefert.«

»Für wen?« fragte Morville, indessen er das Siegel aufbrach.

»Graf Medor. Die Lords Melates, Zapheles und Barrian. Einer für Seine Gnaden von Zayana.«

»Heute nach Norden zu reiten«, sagte Morville bei sich, indem er den Brief las, »um den König in Rumala zu treffen und ihn als Ehrenwache bei seiner Reise ins südliche Sestola zu geleiten. Dieses findet heute abend zu Rumala statt. Alle abgeliefert?« fragte er laut.

»Alle außer für Seine Gnaden den Herzog: er sei ausgeritten, sagte man mir, werde aber binnen einer Stunde zurückerwartet.«

Morville faltete den Brief und sagte bei sich: »Formuliert ist er als Einladung, aber die Bitten von des Königs Männern können strenge Befehle sein. Wenn der Herzog auch gehen muß, so kann auch ich beruhigt gehen. Außerdem ist es eine große Ehre. Gut«, sagte er zu dem Boten: »hier hast du Geld. Ich ersparte dir den Weg nach Reisma. Ich werde zur Stelle sein.«

Es war ein Brauch der Herzogin am Hofe, sich erst spät des

Nachts zurückzuziehen. So kam es, daß erst wenige auf den Beinen waren, als Morville an diesem Morgen in den Palast ritt, abgesehen vom Pförtner am Tor und etwa zwei Dutzend Gärtnern und Bediensteten bei Hofe. Er gab sein Roß einem Pferdeknecht, ließ den Sommerpalast der Herzogin rechterhand liegen und gelangte so durch die großen Gärten zum Säulengang. Als er dort eine krächzende und spöttische Stimme vernahm, die ihm bekannt war, und überdies sein eigener Name sein Ohr traf, blieb er unvermittelt stehen, trat seitlich in das dichte Nadelwerk einer Eibe an der nordwestlichen Ecke der Mauer und hörte von diesem nahen Unterschlupf aus mit.

Es war Zapheles. Er hatte gesprochen. Und nun Medor: »Warum könnte er nicht aufgerufen werden? Als Leutnant von Reisma wäre er genauso geeignet wie Ihr oder ich?«

»Leutnant, richtig: aber durch welches Verdienst?«

»Er ist ein Edelmann: in jeder Hinsicht gut und zu guten Manieren erzogen.«

»Ich gebe Euch recht. Und ein beachtenswert kluger Bursche, solange er nicht den Mund aufmacht. Obendrein fiel mir auf: seine Kleider kleiden ihn neuerdings vorzüglicher, seitdem er Schwager des großen Kanzlers geworden ist.«

»Seht Euch vor, nicht zum Gegenstand allgemeinen Gelächters zu werden«, sagte Melates, der dritte im Bunde: »der Ihr Euren Groll so offen im Ärmel trägt, wo's doch allgemein bekannt ist, daß Ihr Euch selbst um diese Stellung bewarbet.«

»Um welche? Die des Schwagers?«

»Die des Leutnants von Reisma.«

»Was ich Euch hier sage, ist nur das Gerede, das in Zayana umgeht. Frauen, Melates, sind *mala necessaria*, Sprossen zum Glück dieser Welt. Es sei denn, man wird, ist man vorteilhaft vermählt, zu eifersüchtig auf sie: das kann gefährlich werden, und man sollte es sich gut überlegen. Von unserem süßen jungen Herzog sind wir es seit langem nicht mehr gewohnt, daß er sich wochenlang am Hofe seiner Mutter aufhält. Man macht sich schon darüber lustig, wie der werte Kanzler . . .«

»Ich gehe«, sagte Medor knapp und würdig. Morville, der sich unter dem Eibenbaum so klein wie möglich gemacht hatte, hielt die Luft an, als Medor losschritt und knapp zwei Ellen an ihm vorüberging.

Die Stimmen der Plaudernden entfernten sich. Morville schlich verstohlen und vorsichtig aus seinem Versteck, gelangte auf einem Umweg zurück zu den Lustgärten, stahl sich um den Pappelhain und Lilienteich, wartete eine längere Weile und ging dann offen über die Wiesen zum Torhaus zurück: stieg dort in den Sattel und ritt heim. Indes hatte er sich, so geschickt er sich auch anstellte, nicht jeder Beobachtung entziehen können, denn Medor, der auf dem Weg zu den Gemächern des Herzogs zufällig aus dem Fenster geblickt hatte, sah ihn gehen und sah die Art seines Gehens.

Als Medor vorgelassen worden war, fand er den Herzog seinen Herrn im Hemd vor, wie er saß und einen Brief schrieb. »Gedenken Eure Gnaden, nach Rumala zu reiten?«

»Nein«, antwortete er, immer noch schreibend.

Medor runzelte die Stirn.

»Steht nicht so feierlich, guter Medor, sondern setzt Euch hin. Eßt einen Pfirsich von Reisma.« Medor nahm einen aus der silbernen Schale. »Es ist Freistein-Obst«, sagte der Herzog, der in der Linken einen halb verzehrten Pfirsich hielt, während er schrieb: »läßt sich leichter mit einer Hand essen.« Er schloß seinen Brief: unterzeichnete ihn. »Macht eine Kerze an, ich siegle ihn«, sagte er, wobei er den Ring vom Finger zog. »Nehmt diesen Brief und übergebt ihn in die Hand des Königs (geben die Götter, er möge für immer leben) und versichert ihn meiner Liebe und Treue. Er wird verstehen.«

»Ihr wollt zurückbleiben?« Medor entfachte eine Kerze. »Tut das nicht.«

»Reicht mir das Siegelwachs dort. Warum?«

»Böse Zungen behaupten, daß . . . Gott bewahre, daß ich meine Nase in Eurer Gnaden Geheimnisse stecke; aber wenn Ihr fürwahr so geneigt seid, wie man sich zumunkelt . . .«

»›Sie sprechen? Was sprechen sie? Sie haben gesprochen. Sollen sie sprechen.‹«

»Ich bitte Euch, werter Mylord, wählt Eure Schritte mit Bedacht.«

Barganax machte mit feiner Genauigkeit aus dem geschmolzenen Wachs einen Kreis und siegelte diesen Brief. Er sah auf in Medors Augen: ein Blick von Fröhlichkeit, der aber auch ausdrückte, daß er nicht weiter als bis dahin mit sich spielen ließe. Er schob den Brief über den Tisch zu Medor hin. »Nun gut«, sagte er, »raus damit, was ist los?«

»Morville war soeben hier.«

Der Herzog zuckte mit den Achseln.

»Versteckte sich an einem verstohlenen Ort und belauschte Zapheles, der sich offen über diese Mutmaßungen äußerte. Als ich von ihnen ging, sah ich ihn hocken und horchen. Wohl erweckte ich seinen Argwohn nicht, so daß er sich unbeobachtet wähnte. Machte sich in außergewöhnlicher Eile aus dem Palast, wie ich selbst sah, als ich zufällig aus einem Fenster blickte. Bestimmt führt er etwas im Schilde.«

»Pah!« sagte der Herzog. »Was kümmert's mich.«

»Es steht mir nicht zu, Eure Gnaden zu beunruhigen. Doch wenn Ihr entschlossen seid, an diesem Eurem Kurs festzuhalten, wie nun sowohl hier als auch in Zayana das Gerücht geht, so überlegt bitte, ob es nicht besser wäre, sich ihn zuerst vorzunehmen, ehe er in seiner Raserei zum Gegenschlag ansetzt.«

Barganax sagte spöttisch: »Ein Adler macht nicht auf Fliegen Jagd. Obendrein«, sagte er, »werden Eure Befürchtungen durch den Inhalt dieses Briefes in Eurer Hand zunichte gemacht. Weder hier noch in Rumala wird man mich heut abend erleben. Es geht nach Acrozayana.«

Morville setzte, sobald er von Memison herunter auf die Hauptstraße gekommen war, die hier unter dem Laubdach uralter Eichen verläuft, sein Pferd in Galopp. An den äußern Äckern seines eigenen Gutes von Reisma angelangt, sprang er vom Sattel: band sein Pferd fest: bog östlich in die Wälder ab und kam an einen Hohlweg inmitten eines Gestrüpps aus Haselnuß, Buche, Weißdorn und Schlehe, überwuchert von Geißblatt und jener rankenden Pflanze namens Liebesapfel mit ihren hellen Blütensternen: und so durch eine Öffnung im Gebüsch aufs eigentliche Grundstück und durch den Obstgarten ungesehen zum Stallhof und zur Rückseite des Hauses: und so hinein: die Zimmer durchsucht: hinauf über die Hintertreppe, die Tür aufgerissen und hinein ins Gemach seiner Dame.

Sie saß vor ihrem Spiegel, mit losem Haar, bekleidet nur mit einem Unterrock ohne Ärmel aus feiner weißer Seide, gewirkt mit Meszrischen Spitzen. Der Leutnant hielt für einen Augenblick inne, die Hand am Türgriff, wie vom jähen Anblick ihrer blendenden Schönheit plötzlich des Geistes und der Sinne beraubt. Sie sah zu ihm um. »Ihr hättet vor dem Eintreten anklopfen können. Es ist leicht, die Erlaubnis zu erhalten.«

»Ihr seid allein, scheint's mir.«

»Ist das so seltsam?«

»Ich kam nur, Euch mitzuteilen, Madam, daß mir heute morgen vermeldet wurde, mit anderen nordwärts nach Ruyar zu reiten, um den König mit einer Ehrenwache hinunter nach Sestola zu geleiten. Wir sollen Seine Hoheit, so scheint's, und Euren edlen Bruder und den Vikar obendrein heut abend in Rumala treffen: morgen geht's offenbar zurück nach Memison. Ich bin genötigt, Euch zu verlassen«, sagte er und sah sich dabei genau im Zimmer um. »Wir brechen eine Stunde vor Mittag auf.« Er wartete und sagte dann: »Seid Ihr darüber nicht erfreut?«

»Warum sollte ich erfreut oder betrübt sein?«

»Es ist eine Ehre, daß sie nach mir schicken.«

»So bin ich erfreut.«

»Mir wäre lieber, Ihr sagtet ›Es ist mir gleichgültig‹, anstatt eines solch dürftigen, eiskalten ›Ich bin erfreut‹.«

»Da Ihr es vorzieht, so denn: Es ist mir gleichgültig.«

»Ist es Euch nie in den Sinn gekommen«, sagte er, als er nun am Fenster stand und hinaussah, das Gesicht abgekehrt, die Finger nervös am Gürtel spielend, »die ich Euch liebe und verehre wie meinen Augapfel, daß es ein kleiner Gunsterweis wäre, den ich mir von Euch wünschte, für mich und meine Angelegenheiten ein wenig mehr übrig zu haben? Mich gar ein wenig auch zu lieben, wie es rechtschaffene Frauen gewöhnlich tun bei Gatten, die sie derart lieben und verehren.«

»Ich sehe es nicht als ein Verdienst: so von mir betört und in mich vernarrt zu sein. Es ist nur so, daß Ihr gar nicht anders könntet, auch wenn Ihr wolltet.«

»Es ist eine hohe und reine Liebe«, sagte Morville, der sich mit einemmal in zutiefst bewegender, seltsamer Demut an sie wandte. Fiorinda indes schürzte lediglich die Lippen, welche nun keine Spur von jenem verführerischen Mund-Gast aufwiesen, von jenem stichelnden Stachelträger und Träger aller Liebreize der Finsternis, der unter Morvilles eifersüchtigem Auge an diesem nämlichen Morgen nach Barganax ausgeschaut hatte. »Eine hohe und reine Liebe? O offenkundig!« sagte sie; »auf ihr wachsen Eifersucht, Zank und Klagen, wie Schnecken und Fliegen und Maden auf Mist.«

»Was seid Ihr so hassenswert und widerlich?«

»Ich habe mehr Grund zu fragen, warum Ihr gerade so unmanierlich in mein Schlafgemach stürztet?«

»Warum kam der Herzog nach Reisma gestern abend?«

»Fragt ihn. Woher soll ich das wissen?«

»Seine Gepflogenheiten mißfallen mir. Ich mag weder sein Gehabe noch seine Gesellschaft.«

»Nun, sagt ihm das, wenn Ihr wollt. Es betrifft nicht mich.«

»Mit ein bißchen Glück werd' ich's eines Tages. Bis dahin laßt Euch gesagt sein, denn wohl betrifft's auch Euch: hätte ich ihn heute früh in meinem Haus gefunden, möcht' ich nicht für zwanzigtausend Dukaten in seinem besten Wams stecken.«

Sie brach in Lachen aus. »O Gatten und Brüder! Eure schmeichelnden Preisaufstellungen!« Ein Schmetterlingsschwarm strich in einem Windhauch am Fenster vorüber: ein sich wandelnder, windender Zug aus sieben oder acht wechselhaften weißen Tupfern oder Stäubchen, die sich falteten, entfalteten und wieder falteten in der sonnenbeschienenen Luft. »Was Ihr habt, habt Ihr gekauft«, sagte sie. »Seid zufrieden mit dem Preis, den Ihr zahltet. Allein mich habt Ihr nicht gekauft. Ich bin nicht käuflich: schon gar nicht für kleine Männer. Was habt Ihr gemein mit dem, was die Zeit besucht, aber zur Ewigkeit gehört?«

»Ihr seid seine Metze.« Wie um ihr Herzblut zu vergießen, riß er seinen Dolch heraus: dann, als sie nun aufstand und in seine Augen blickte, warf er ihn zu Boden und stand mit verzerrter Miene da. Es schien plötzlich von dieser Dame eine Kälte und Entrücktheit auszuströmen, neben der eine Statue von leutseliger menschlicher Wärme gewesen wäre und die Starre unbelebten Marmors freundlich und menschlich neben dieser Starre. Er schlug ihr mit dem Handschuh über den Mund und sagte, indes er sich dieses Extrems bediente: »So geht Euren Gang, geile Hure.«

Ihr Antlitz wurde, bis auf den glühenden Abdruck der Ohrfeige allein, kreidebleich. »Das soll Euer Tod sein«, sagte sie.

Aber Morville ging aus dem Zimmer wie ein Trunkener, ob der beißenden Schärfe bitterer Tränen, die in seinen Augen brannten; und so hinaus aus dem Haus; und so hoch zu Roß von dannen.

KAPITEL XI

Nachtstück: Appassionato

Diese Ereignisse zu Reisma waren noch frisch, als sich Herzog Barganax bereits auf dem Weg nach Zayana befand. Ihm eine Meile voraus ritten seine Leute mit dem Gepäck, während er selbst allein war. Jedes sommerliche Geräusch auf der Reise war wie eine Strophe eines Abschiedsliedes: im Wind raschelndes Laub, singende Vögel, rauschende Sturzbäche. Langsam und gemächlich ritt er. Zwanzig Meilen südlich von Memison befand er sich nun, und zwanzig Meilen hatte er noch vor sich. Zuweilen rutschte er hin und her, als scheuerte der Sattel: zuweilen fluchte er laut; und dann, als wäre er Zuschauer, nicht Darsteller dieser Komödie, lachte er wieder über sich. Hier, wo die Straße hoch über dem südlichsten Zipfel des Reismasees eine gute halbe Meile entlang des Bergrückens von Kephalanthe eben verläuft und dann jäh zur Wasserscheide ansteigt, parierte er sein Roß. Zwischen der Straße und dem Abgrund, hoch über dem See hängend, wuchsen Zedern, deren Äste und Nadeln ein dichtes, wirres Dach- und Sparrenwerk bildeten, unter das die Sonne nur schwach und blaß zu dringen vermochte. Ihre Strahlen, die sich glasklar abzeichneten, verharrten für das Auge regungslos in der Luft, nur daß sie, trafen sie auf schwebende Stäubchen, träge nach ihnen haschten und sie zu Goldstaub entfachten. Der Herzog stieg von seinem Roß, lockerte den Sattelgurt, iließ es grasen und setzte sich zum Rasten unter die Bäume. Es war die Zeit des Tages, wo die Hitze am größten ist, doch kühl war die Luft unter der Decke der Zedernwipfel, und mit süßer Würze beladen. Er fiel in Schlaf.

Es war sehr still unter den Bäumen. Eine rote Maus huschte hervor, setzte sich auf und wusch sich mit ihren Pfötchen das Gesicht und ging unbekümmert wieder ihren Geschäften nach, wobei sie ein-, zweimal innerhalb eines Zolls an Barganax' Stiefel vorbeitrippelte. Ein Zaunkönigweibchen schimpfte im Gestrüpp. Als der Nachmittag sich neigte, zog ein Flug langschwänziger Meisen vorüber; immer wieder ließen die flinken Vögel sich nieder, hängten sich mit dem Kopf nach unten an die Zedernzweige und erfüllten die Luft mit ihrem feinen Piepen. Zwei Häslein kamen heran und hörten zu spielen auf. Unmerklich langsam fielen

die Sonnenstrahlen allmählich immer schräger ein. Als nun der Abend nahte, kamen zwei des Weges zwischen den Bäumen von Norden her, als wären es zwei Nymphen des Wassers und der Wildnis. Eine jede hatte den Arm um die Hüfte der anderen geschlungen. Ihre Kleider aus zartem, duftigem Gewebe, fast bis zum Knie aufgeschürzt, schillerten in allen Grau-.und Grüntönen ferner Schneehauben oder Flußmündungen. Leicht war ihr Schritt, so daß sich unter ihren Füßen das Gras kaum bog; und die kleinen Geschöpfe im tiefen Walde, als wären diese ihnen wohlbekannt, taten nur einen kleinen Hopser oder Satz zur Seite, während sie vorüberwandelten.

»Schaut, Schwester«, sagte jene, die klein und dunkel war und perlige schwarze Augen hatte: »ein schlafender Mann.«

»Ist er es, nach dem wir ausgeschickt sind?«

»Sind Eure Luchsaugen die Augen eines Käfers geworden, daß Ihr dieses nicht erkennt?«

»Sein Gesicht ist von uns«, versetzte die Größere. Schlankgliedrig war sie, wie ein katzenhaftes Geschöpf der Bergwelt, und die Farbe ihres dichten Haares von goldenem Feuer. »Überdies stand ich ihm noch nie Auge in Auge gegenüber. Wie auch Ihr nicht, Schwester.«

»Nein, aber ich erkenne ihn an seiner Gestalt und Art: Arme und Beine lang gestreckt und nach der Größe seines Leibes bemessen, der bemessen ist wie der Leib eines Gottes. Und dieses Königspurpur obendrein: zumindest seiner Haare. Kommt leise näher, Schwester, daß wir sein Gesicht genauer sehen. Einst beobachtete ich diesen Herzog von den Binsen aus, Schwester, doch ahnte er wenig, daß es sich um eine solche wie mich handelte, als ich ihn so unschuldig ansah. Kommt leise. Ja, er ist's, er ist's.«

Sie standen eine ganze Weile und betrachteten den schlafenden Barganax, wie Fledermäuse bei hellichtem Tage. Dann sagte Anthea: »Ich hätte ihn an der Ähnlichkeit mit der Herzogin seiner Mutter erkannt, nur hat er an sich etwas, das scharf und brennend wie Ingwer ist: selbstgefälliger und grimmiger. Wie lautete der Auftrag an Euch?«

»Als meine Herrin sich heut abend angekleidet hatte, trug sie mir auf, ihn zu holen für ein Abendessen in ihrem Hause.«

»Und was danach? Sich schöne Augen machen? Seht, er lächelt im Schlaf.«

»Der Schlaf ist ein Guckloch in den Menschen«, sagte Campaspe. »Hörtet Ihr, Schwester? Er sprach ihren Namen im Schlaf.«

»Laßt mich ihn in seinem Schlummer betrachten, Schwester. Man würde meinen, mehr als das Blut eines Sterblichen schwellte seine Adern. Und selbst bei geschlossenen Lidern, wie jetzt, ist etwas zwischen seinen Augen – ja, in seinem ganzen Antlitz: etwas Starkes, Dauerhaftes, wie ich es noch nie bei einem Sterblichen gesehen, wie es aber bei unsereins an Leib und Seele ins Auge sticht. Und heiß und offen brennt in ihm das Feuer der Liebe.«

»Seht, wie er mit seinen Händen taumelnd zur Seite tastet. Abermals spricht er ihren Namen.«

»Ich wette«, sagte Anthea, »diese Hand findet den rechten Weg zum Himmel.«

Nach einer Weile sagte Campaspe mit ihrer flötenden Najadenstimme: »Was erachtet Ihr für einen größeren Spaß, ihn nun zu wecken oder ihm die Botschaft im Schlaf mitzuteilen? Sie ihm in seinen Träumen zuzuflüstern?«

»Ein nettes Spiel: versuchen wir's. So ist uns die Zunge weniger gebunden.«

»Wer soll sie überbringen?«

»Wir beide, abwechselnd. Auf daß er in seinen Träumen koste, wie beißend und süß sie wahrlich ist«, sagte Anthea und lächelte, wobei ihre Zähne weiß aufblitzten.

»Wer von uns soll den Anfang machen?«

»Ich. – Seid gegrüßt, werter Herzog. Wir sind zwei Dienerinnen von Mylady Fiorinda zu Reisma. Und Mylady sagte heute morgen, daß rothaarige Männer voller List und Tücke und mit Füchsen vergleichbar seien.«

»Indes«, sagte Campaspe, »Euer Gnaden sind mehr einem Löwen als einem Fuchs nachgeraten.«

»Und als sie so in ihrem hehren Liebreiz saß, die Brüste entblößt, sagte sie: ›Das wäre dem Herzog von Zayana viel besser zustatten gekommen, mir meine Zähigkeit durch Küsse auszutreiben, anstatt zu gehen, als ich ihn gehen ließ. Denn ich hatte bereits, überleg' ich's recht, ein gewisses Gelüst nach ihm. Und um zu erlangen, was eines Mannes Herzen am meisten begehrt‹, sagte sie, ›scheute er in diesen verflossenen Wochen nichts, mir den Hof zu machen, so daß ich allmählich gar geneigt bin, es lieber ihm als irgendeinem anderen Erdgeborenen zu gewähren.‹«

»Nein, nein! das ward uns keineswegs aufgetragen.«

Anthea lachte. »Was für eine zaghafte Überängstlichkeit! So war's gemeint, wenn auch nicht so ausgesprochen. – ›Und deshalb‹, sagte Mylady, ›wünschte ich seine Anwesenheit beim Nachtmahl heut abend. Denn fürwahr stand die Sache zwischen mir und dem Herzog still, bis dieser eifersüchtige Narr mein Gatte . . .‹«

»›. . . welcher der miserabelste junge Bussard ist, der faul in seinem Nest auf den Tag wartet . . .‹«

»›. . . nach vielen Umständen, die aufzuführen nun zu lang wäre, am heutigen Morgen eine Ohrfeige mir versetzte.‹«

»Pfui, Schwester! Eher würde Mylady sich die Haare ausreißen, als dieses preiszugeben.«

»Ich weiß«, versetzte Anthea. »Doch vermag ein Biß in den sauren Apfel gar wundersam so manchen Sinneswandel zu erzwingen. – ›Und so sagte ich ihm‹, spricht Mylady, ›daß mein Geliebter und Geliebter der Herzog ihn zweifellos zum Kapaun verschnitte, ehe er ihm ganz den Garaus machte.‹ – Fahrt fort, Schwester.«

»›Und zum Zeichen dessen‹«, sagte Campaspe, »›werde ich für den Herzog heut abend‹, spricht Mylady, ›mein Seidenkleid in der Farbe des roten Klatschmohns tragen.‹«

»›Und zur größeren Bequemlichkeit, weil die Nacht bevorsteht‹, spricht Mylady, ›kein Unterkleid darunter.‹«

»O Schwester! Wir sagten mehr, als uns gestattet war, und größtenteils, so fürchte ich, Lügen. Euer unverblümtes, ungereimtes Geschwätz! Meint Ihr, der Herzog hat's tatsächlich in seinem Traum vernommen? Und wird er sich nach dem Erwachen erinnern können? Ich hoffe wirklich nicht.«

»'s wird nicht schaden. Was macht es schon . . .

ein Verlangen
und zwei Herzen werden Feuer fangen.«

»Schwester, Schwester! Ob all des Unsinns blieb die richtigste Botschaft ungesagt.«

»Nämlich?«

»Werter Herzog, in Euren Träumen: laßt Euch freimütig sagen, Mylady schläft allein heut nacht, da der Leutnant außer Haus ist.«

»Du meine Güte, ja! Das dient dem Zwecke mehr als alles andere.«

»Kommt, Schwester, hinweg. Ich glaube, er wird wach.«

»Ein Wort noch aus eigenem Munde, mit dem ich ihm adieu sage. – Tragt einen guten Handschuh, rate ich Euch, werter Herzog, denn Euer Falkenmännchen schlägt wild um sich.«

»Hinweg, er öffnet die Augen.«

Barganax setzte sich auf, augenblicklich hellwach; geschwind blickte er sich um. Kein Lebewesen war zu sehen, außer auf einem Zweig nahebei, von den Strahlen der Sonne im Westen berührt, eine Dorngrasmücke, die ihr klarsilbriges Lied mit seinen abfallenden Reihen flötete; und unter ihr, auf einer grauen Felsplatte am Fuße der Zeder, ein geschmeidiger Luchs mit geflecktem Fell, büscheligen aufgestellten Ohren und Augen, deren Pupillen aus senkrechten Schlitzen bestanden. Der Herzog sprang auf die Füße. Jede Linie seines Körpers, jeder Muskel seines Gesichtes schien sich anzuspannen in einer Entschlossenheit, die wie von innen heraus Gewicht bekam, unaufhaltsam wie die große Frühlingsflut. Beide Kreaturen, die eine aus feurigen, die andere aus scheuen Perlenaugen, erwiderten, während er regungslos dastand, einen jede seiner Blicke. »Ich träumte einen Traum. Ungeformte Sterne«, sagte er. »Ist der Einsatz gering, läuft das Spiel ruhig. Doch genug davon.« Mit einem Flattern der olivgrün-gelblichen Brust und Flügel entflog der Vogel. Der Luchs sprang im selben Moment ins Gebüsch, graziös wie eine Bergnymphe auf himmelhohen Gipfeln bei Tagesanbruch. Barganax pfiff nach seiner Stute: sie kam, drückte ihre Backe an seinen Hals. »Komm, Kleine«, sagte er, als er den Sattelgurt festzog und aufsaß, »wir müssen reiten: müssen reiten.«

Der Tag hatte sich fast geneigt, als Barganax im Handgalopp an den Fußsteg am Bach gelangte. Auf der gegenüberliegenden Seite stieg das Land sacht an zu ebenen Stellen, bewaldet mit Eichen und Steineichen, durch welche sich die Straße eine Meile oder so schlängelt; dann stößt sie nach einer scharfen Südostbiegung in einen Tunnel, aus diesen Bäumen gebildet, erstreckt sich dann wieder über freies Gelände und fällt dann über moosige Hänge leicht ab zum eigentlichen Gut von Reisma. Als der Herzog in dieses vom Laub überdachte Stück einritt, entfachten die Strahlen, die schräg durch das Gehölz hinter ihm einschlugen, feurige Funken an den Stämmen vor ihm. Wo der Wald weiter vorne aufhörte, war er wie ein Torbogengewölbe, das sich aus dem Halbdunkel heraus öffnete zu Feldern und Fluren, die durch und durch mit der Pracht der roten Sonne getränkt waren. Und im Hintergrund dieser Wölbung stand, wie in einem gerahmten

Gemälde, in nicht allzu großer Entfernung das links und rechts von hohen Zypressenhainen eingeschlossene Haus. Es glänzte im letzten Sonnenschein wie eine Schatulle, hoch gegen den fallenden Schleier der finsteren Nacht gehalten und vom Funkel eines in ihr verwahrten unbezahlbaren Juwels erleuchtet.

Als Barganax sich dem Haus von Reisma näherte, ging die Sonne unter, und eine seltsame, ungewohnte Wandlung vollzog sich allenthalben. Denn aus der warmen Erde dieses Hochsommerabends stiegen Frühlingsdüfte auf und kitzelten seine Nase, während er ritt; Quitten- und Kirschbäume zeigten sich im Dunkeln weiß ob der vielen hellen, süßen Blüten, die sie zierten; und aus dem kurzen, frühjahrsfrischen Gras bohrten sich wie aufgeregte Finger die Blätter junger Narzissensprossen, dick und steif und aufgedunsen vor lauter Saft, der nach oben drängte, und feucht von Tau. Und als die Schatten der nahenden Nacht über den Himmel hinter Reisma und den gewaltigen, schneebedeckten Gebirgsketten in der Ferne krochen, waren die dichtverwebten, verschwommenen Gebilde der Erdbeerbäume erfüllt vom leidenschaftlichen Schmettern der Nachtigallen. Und in dieser unüblichen Verwandlung und Umänderung von Juli in April waren nur die Gestirne eine gewisse Gewähr für das Stetige, denn sogar der unstete Mond stand, wo er stehen sollte: zartrosa heute nacht, tief im Südosten zwischen den schwachen Sternen des Schützen, ein, zwei Tage vor Vollmond.

Das Haus war still: kein Licht brannte in Tür oder Fenster. Der Herzog vergewisserte sich seines Schwertes, das er in der Scheide löste, und ritt in den Vorhof, vorbei an der weinbehangenen Pergola und der Steinbank mit schimmernder Sternzeichnung. Die Bank war leer, aber es ging von ihr ein Hauch oder Duft aus, ein prickelndes Aroma, wie von ganz fein und schnell streichelnden Fingern, das seine Sinne in höchst feurige Erregung versetzte. Es war im nächsten Moment verschwunden, aufgelöst und hinweggetragen von der Abendbrise.

Die Tür stand offen. Er saß ab, lief die Stufen hinauf, verharrte aber auf der Stelle. In der tiefen Stille des Hauses lauerte eine Bedrohung, als ob die ganze Welt mit einem Mal ein Ort der Ungewißheit, wenn auch kein uneinnehmbarer Ort geworden wäre. Es schien plötzlich unerträglich kalt zu sein, und ihm war, als stünde er auf einem bedenklich schwankenden Steg über bodenlosen Unergründlichkeiten und blickte zwischen seinen Füßen hinab zu bruchstückhaften Erinnerungen, die dort unten von lautlosen Winden umhergetrieben wurden, wie dürres Laub getrieben wird, erdwärts, himmelwärts und rundherum, ziel- und zwecklos irrend: Erinnerungen aus der tiefsten Vergangenheit, wie von anderen Leben, anderen Welten. Dann nahmen die natürlichen Gegebenheiten des Augenblicks wieder klare Form an; und der Herzog löste den Griff seiner starken Finger um die Klinke der silberbeschlagenen Tür, wodurch er sich bei diesem Wirrwarr im Gleichgewicht gehalten hatte, trat über die Schwelle und hinein in das stille Haus: blieb lauschend stehen: hörte nur das Pochen seines Herzens, das in seinen Ohren widerklang. Dann durchsuchte er das Haus, Zimmer für Zimmer in den fallenden Schatten, die fielen wie die verlangsamten Klänge eines Saitenspiels in immer finstereren Aufzügen, als Tür um Tür unter seiner Hand aufflog und wieder ins Schloß fiel. Sogar die Küche durchsuchte er, die Speisekammern, unterirdischen Kellergewölbe, die Spülküche, die Waschküche und alles. Als er alles durchstöbert hatte, ohne eine Menschenseele zu finden, begann er von neuem. Und abermals war alles still bis auf das Klappern seiner schweren Reitstiefel: alles leer, wie das Nest des Vorjahrs im November. Nur hin und wieder glimmten die Ränder dieser fallenden Schatten scheinbar kurz auf, als kaum wahrnehmbar ein Hauch dieses höchst flüchtigen Aromas in seine Nase strich. Bei dieser schwachen Wärme und Köstlichkeit, als ob sie leibhaftig innerhalb eines Zolls an ihm vorübergegangen und wieder entschwunden wäre – ungeküßt und unerkannt –, war sein Sinn nicht mehr Mittler zur Seele, sondern die lebendige Seele in entblößter Nacktheit, wie ein zitterndes Vöglein in einer riesigen Hand gehalten, die in sich lediglich die Verkörperung dieses welt-entfesselnden, süßen Hyazinthenduftes darstellte. Wie um zu sagen: Dieser Wohlgeruch, diese fadenhafte Andeutung von ihr ist alles, was das Gewebe zusammenhält. Sollte er schwinden und nicht wiederkehren, dieser schwache olympische Hauch, der schier aus dem Munde der hold lächelnden Aphrodite, der schönäugigen mit dem veilchenzarten Busen, zu stammen scheint, so wäre auch alles andere entschwunden; auch du gehst und die Welt aus deiner Hand. Barganax, nun wie ein den Gang des Todes zitternd Angehender, sagte bei sich: »Gott erhalt's.«

In der langen oberen Galerie, die zum Sonnenuntergang zeigte, gewahrte er sie dann in der Dunkelheit, wie sie in der Fensterlaibung stand.

Es führten vom Fußboden aus zwei Stufen hinauf zu der Laibung, so daß sie, als sie sich dem nahenden Herzog zuwandte, von oben auf ihn herabsah. Da sie mit dem Rücken zum Licht stand, war ihre Miene nicht zu entschlüsseln, aber sie bot ihm eine Hand dar. Sie schimmerte im Halbdunkel, ein kaltes und unkörperliches Schimmern, wie das des Mondsteins; doch war sie warm anzufühlen, als er sie nahm und küßte, und umwittert von diesem ambrosischen Duft, der einen um den Verstand brachte. »Diese auch«, sagte sie, und ihre träge, sich selbst auskostende Stimme war wie das Aufbrechen tauiger Rosenknospen, blutroter, mit Dornen bewehrter, als sie ihm die andere Hand darbot. Und indessen er diese küßte, sagt sie: »So seid Ihr also gekommen?«

»Ja, mein Herzblut und meine Königin«, sagte der Herzog. »Ich bin gekommen.« Wieder und immer wieder küßte er ihre Hände: drückte sie gemeinsam an seine Lippen, an seine Augen: fiel vor ihr auf die Knie nieder: legte seine Arme um ihre Taille, die schlank wie der Hals einer griechischen Vase der statuenhaften, weichen Trägheit ihrer Hüften entwuchs und fügsam nachgab wie die Kehle oder Brust einer schläfrigen Taube. Seine Unterarme ruhten nun verschränkt hinter ihren Knien, so daß sie wie in Fesseln stand, nach hinten gegen den Fenstersims gelehnt, schnell atmend, angespannt. Und das eine heiß-kalte Minute lang, indessen der Herzog Stirn und Augenlider blind gegen die Falten ihres Seidenkleides preßte: hier, wo es ihre Seite bedeckte, dort den Oberschenkel, dort die traumumrankte, verzauberte Mitte zwischen Hüfte und Hüfte.

Er beugte sich tiefer, als wollte er ihren Fuß küssen. »Nein«, sagte sie, und ihrer Brust entrang sich ein Seufzer. »Nein. Damit wollen wir warten, mein Freund.«

»Warten? Habe ich nicht lange genug gewartet?« Und wieder legten sich seine Hände um ihre Taille und zogen sie zu sich hinab. »Weiß Gott, zu lang.«

Sie sagte: »Nein. Gebart Euch manierlich bei dem, was Euch vorgesetzt. Wir wollen bis nach dem Essen warten.«

Er hatte sich nun neben ihr im Fenster aufgerichtet und hielt sich mit der Linken am Fenstersims fest, während er forschend ihr Antlitz betrachtete: ihre schlangenhaften schrägen Augen mit den Lidern, die einmal still verharrten, dann wieder auf- und niederschlugen: Augen, zusammen mit einem solchen Mund, solchen Nasenflügeln befähigt zu unendlichen Reizen, Naschereien aus gezuckerter Galle, versüßt mit dem Versprechen unsäglicher

Benedeiungen, unsäglicher Wonnen, oder (wenn der Teufel das Regiment führt) zum Heraufbeschwören wunderlicher Schrekken, eiskalter, scharfzähniger Grauen, aus der tiefsten Hölle heraus. »Pah! Ich träumte Träume«, sagte er.

Sie warf, während sie kurz lachte, den Kopf zurück, und das Lachen schien durch ihre ungeordnete, rastlose Schönheit lebendig zu werden. »Träume sind wie eine Orange. Die Schale ist heiß, aber das Fleisch darin ist kalt. Ich liebe den Tatmenschen, nicht den Träumer.«

»Eure Ladyschaft schickten nach mir. Ist dem nicht so?« Er sah, wie ihre Augen, nun abgekehrt und nicht mehr in seinen forschend, in diesem rasch schwindenden Licht sanfter und stiller als die Augen einer einjährigen Hindin geworden waren.

»Nach einem vom Weg abirrenden Hirschen? Nun, und wenn ich's tat? In einem Traum von mir?«

Der Herzog blickte dorthin, wohin auch sie blickte, nordwestlich zum See, vom Winde aufgerauht, der war wie ein von innen heraus leuchtender Saphir, in der Ferne dunkler. Ein wenig nördlich davon lag Memison, das sich grau von den Wolkenbänken dahinter abzeichnete, deren tieferes Grau überzeichnet war von einem hellen Karminrot, und über allem herrschte das Ockergelb des Himmels. Zur Linken, mehr westlich, trug die Wolkenwalze Indigoblau, und der gelbliche Himmel dahinter bräunliche Kleckse. Hesperos, der schönste aller Sterne, brannte tief im Westen. Hoch über allem war das nächtliche Dunkel ausgespannt: jenes Himmelsblau, das sich in Tiefe um Tiefe birgt und die jungen, noch ungefiederten Schwingen der Nacht bildet. Nach wie vor war die Luft durchdrungen vom Hauch des Frühlings und dem bittersüßen Lied der Nachtigallen.

»So schicktet Ihr und schicktet doch nicht? Gut«, sagte er. Indem er sich mit den Ellbogen auf den Fenstersims stützte, blickte er von der Seite zu ihr auf. Es war, als spannte sich die Saite einer Leier, unsichtbar und ungezupft, von seinen dunklen Augen zu den ihrigen, und kostete in der inneren Versenkung über sein zweifaches Ich die Grenzenlosigkeit zukünftiger Musik aus. »Nun«, sagte er, wobei er sich aufrichtete wie ein Mann, der sich wachschüttelt, »vorerst gebe ich mich damit zufrieden, keine weiteren dieser Geheimnisse mehr zu entschlüsseln. Wir als Paar: das soll genug sein.«

»Und 's ist Zeit zum Essen.«

Barganax sah kurz zu seinen staubigen Stiefeln nieder. »Zuerst möchte ich den Schweiß und Staub ablegen, mit dem ich mich besudelte, als ich in großer Eile zu diesem Haus kam.«

»Oh, hierfür ist alles für Euer Gnaden dort drinnen vorbereitet. Nein, die rechte Tür: die linke führt, ich weiß nicht recht wohin. Zum Himmel, vielleicht. Oder zur Hölle.«

Er sah zu den Türen: dann zu ihr. »Rechts oder links, bis jetzt sah ich keine dieser Türen«, sagte er. »Und 's ist höchst gewiß, Madam, daß ich jede einzelne Tür dieses Hauses gesehen und zweimal geöffnet habe, ehe ich hier auf Euch gestoßen bin.«

Sicherlich schwangen in der Stimme dieser Dame Fiorinda Echos des unvergänglichen Gelächters mit, als sie antwortete und sagte: »Das stimmt gewiß, Mylord, und für jede Tür, die Ihr in meinem Hause öffnet, werter Herzog, werdet Ihr stets eine neue finden, die Eurer öffnenden Hand harret.«

Die Vorhänge waren zugezogen und das Feuer nachgeschürt und die Kerzen entzündet und ein Essen für zwei in der Galerie aufgetragen, als der Herzog zurückkehrte. Die Herrin des Hauses hatte sich bereits an ihrem Platz an der Tafel niedergelassen. Wie er nun sah, trug sie ein Gewand aus scharlachrotem Zindeltaft, geschmückt mit Gold und goldenen Spangen und kleinen goldenen Klöppelspitzen. Sie trug keinen Schmuck, nur die Smaragde ud Diamanten ihrer Fingerringe und als Ohrbehang zwei große Pampeln mit glattem Schliff, die bei jeder kleinsten Bewegung aufleuchteten wie glühende Kohle. Wie er sah, ruhte auf einem Stuhl neben ihr ein geschmeidiger Bergluchs, mit dem sie spielte, und den sie mit ihrer hellen Hand wohlig kraulte.

Sie bedeutete ihm, sich ihr gegenüber zu setzen. Es standen Kerzen auf der Tafel in Haltern aus Messing und in Schälchen aus Kutarmish-Glas in den bunten Wolkenfarben der Abendröte Duftwässer zum Riechen: Rosenwasser, Veilchenblüten, aromatischer Balsam, Rosenöl, Spezereien aus Stabwurz und aus Schlüsselblume. Ihr Antlitz im Kerzenschein war schöner als der Abendstern, wenn er als Vorreiter der Nacht zwischen schwarzen Gewitterwolken aufgeht.

»Ich hoffe, Euer Gnaden werden sich mit den schlichten Gepflogenheiten dieser ländlichen Berggegend für heute abend zufriedengeben«, sagte sie. »Zudem schickte ich meine Dienerschaft vor zwei Stunden aus dem Haus, auf daß unser Gespräch und Anliegen sich freier entfalten möge.«

»Aber wer deckte dann den Tisch? Eure Ladyschaft persönlich?«

»Es gefällt mir.«

»Meinetwegen? Mit solch fraulich-zarter Hand? Ihr beschämt mich, Madam.«

»Ach, ich tat's ja nicht von eigener Hand. Es war diese meine Bergkatze, die's für mich tat. Haltet Ihr das für eine Lüge?«

»Sehr wohl.«

»Was sagt Ihr zu einer Kostprobe dessen, was sie uns vorgesetzt? Was ist das: eine kleine Sardine, mit Liebesapfel verfeinert? Dürfte ich bitte dieses Tellerchen haben, um darauf die Gräte zu legen?«

»Wenn Ihr wieder gedenkt, Dienstmädchen zu spielen«, sagte Barganax, wobei er ihr das Tellerchen reichte, »so laßt mich dabei Diener sein.«

»Ich sagte Euer Gnaden, daß meine Kreatur es tat. Sie versteht sich auf alle möglichen schicklichen Hausfrauendienste.«

Der Luchs erhob sich, machte einen Katzenbuckel und wetzte ungehörigerweise die Krallen am Stuhl: setzte sich wieder nieder und blickte Barganax aus den senkrechten Schlitzen seiner Augen unaufhörlich an. Er erwiderte jeden seiner Blicke (genau wie zu Kephalanthe), bis der Luchs fortsah und sich höchst verschmitzt das Fell leckte.

»Seht, was für ein winziger Vogel«, sagte Fiorinda, wobei sie höchst geziert und wählerisch eine Wachtel auf die Gabel lud. »Es ist wohl ein kleiner Sperling. Der ihn schoß, hatte gewiß die Mutter vom Nest verjagt und ihn dann gefangen.«

Barganax lächelte. »Manche Dinge gibt's, die sollten besser klein sein. Andere besser groß.«

»So zum Beispiel Vögel«, sagte sie. »Ich persönlich, ich wünschte mir stets kleine Vögel, niemals große. Hunde indes, stets große.«

»Und Männer?«

»Es mag seltsam sein, doch wie's ist, bin ich wirklich abgeneigt, mich mit diesem Hornvieh allzu übereifrig zu befassen. Neuerdings. In ihrer Gesamtheit. Euer Gnaden lachen?«

»Ich trage in mir, seid getrost, so manchen Trieb des Stolzes und der Eitelkeit von dieser Gesamtheit.«

»Seid nicht so dreist.«

»Fürwahr! Das bin ich nicht. Soll ein Bettler aufgebläht einherstolzieren? Und doch . . .«

»Und doch? Ist es besser, einen Spitzbuben zu küssen als seinen Belästigungen ausgesetzt zu sein?«

»Ach, nicht das. Ich kann Echtes von Unechtem unterscheiden.«

»Und doch begehrte der Teufel zu Unrecht Größe, die nicht auf ihn flog?«

»Seine Hoffnungen wurden zerschmettert. Und es geschah ihm recht. Nein, das ›und doch‹ war mein. Um aber Eurer Ladyschaft Wunsch nicht mit offenem Ungehorsam zu begegnen, soll es warten.«

In weichen, trägen Tönen, die das Blut stärker aufwallen ließen als jeder Liebestrank oder Zauber, sagte sie: »Es ist ein gutes ›und doch‹. Und Ihr seid ein liebenswerter Teufel, der Ihr so höflich wartet. Soll es auch warten, soll es dennoch nicht verzagen.«

Eine Zeitlang aßen und tranken sie stumm, denn die wilde Herzenslust in ihnen brachte sie einander so nahe, wie kein gesprochenes Wort sie hätte verschmelzen können. Fiorinda richtete hin und wieder ihre Augen auf ihn, die unerforschlich waren unter dem Schleier langer schwarzer Wimpern; und er: von solch persönlicher Größe, und in solch unbekümmerter Haltung gesetzter Macht in seiner Herrlichkeit ruhend, während der Eigenwille und die Eigenliebe seiner ungestümen Jugend einen süßen Zauberschlaf schliefen unter den stieren Blicken des Luchses und unter dem Stern seiner Dame, die dort leibhaftig fühlbar und in aller Pracht saß und ihm Gewähr dafür war, welche überirdische Kost ihn erwartete.

»Dies ist ein seltsamer Wein, Madam«, sagte er sodann, »wie ich ihn in meinen Tagen noch nie gekostet. Was für eine Sorte ist das? Ein ausländischer?«

»Nein, er stammt aus den Weingärten Reismas.«

»Ein Wein, wie er an Eurer Ladyschaft Tafel zu erwarten ist. Vor einer Weile noch rein, durchsichtig und klar: nun schäumend. Blutrot, wie's zu Euren Lippen paßt, wenn ich den Kelch so halte. Halte ich ihn so, schlangengrün, meerfarben. Halt ich ihn gegen das Licht, hell und funkelnd, mit wechselnden Farbstreifen, die in ihm erscheinen und verschwinden, wenn ich ihn im Glas schwenke. Wie nennt Ihr ihn beim Namen?«

»Angenommen«, sagte sie, während sie einander zutranken, »er hieße Nektar.«

»Allen Ernstes, das könnte ich glauben«, sagte er. Ihr Arm, glatt und hellhäutig wie eine Lilie, ruhte träge auf dem Tisch und spiegelte sich dunkel im polierten Holz, während sie träge mit dem Kelch spielte. »Angenommen«, sagte er mit einemmal aus der Stille heraus. »Ihr wärt meine Herzogin in Zayana. Sagt, daß Ihr mich liebt.«

Ein höhnischer, feuerspeiender Drache regte sich in ihren Augen. »Aber sicherlich wäre das nur eine Woche, wo's noch neu ist, dauerhaft, und bald würde uns dieses So-tun-als-ob zur Qual. Ich bin frei. Und ungebunden.«

»Ich auch.«

»Ihr auch?«

»Ja. Und ich bin unverbesserlich und lasse mich nicht gängeln.«

Sie lehnte sich lieblich in den Stuhl zurück, aber ihre Augen funkelten unnachgiebig. »So haltet Ihr das also für ein Spiel?«

»Wie soll ich das wissen?«

»Und wie ich?« sagte sie. »Angenommen, es ist ein Spiel. Und in diesem Spiel haben Ihr und ich, mein Freund, vergessen, daß wir stets diesen Wein trinken, Ihr und ich. Vergessen, daß er, welcher ihn mit mir trinkt, für immer zu mir zurückkehren wird, ohne mich je ganz zu finden, ohne mich je ganz zu verlieren.« Sie kraulte den Luchs und barg seinen Kopf in ihrem köstlichen Schoß. »Ist es nicht wahrlich ein Spiel, mein Schoßhund? Reichtümer fallen einem zu, und der Mensch ist nicht zufrieden. Ob er meint, daß ihm die gebratenen Tauben in den Mund fliegen? Was meinst du, ob er wohl hierher kam, vor einer Stunde war's, um mich zu schänden, weil er sich in den verflossenen Wochen mit seinem Scharwenzeln und Süßholzraspeln nicht durchsetzen konnte?«

Das Tier fauchte Barganax an wie eine Katze.

Er lachte. »Wenn Eure Ladyschaft zu diesem Schoßtier sprechen, so bedient Ihr Euch wohl einer dummen Tiersprache, die es verstehen kann?«

Fiorinda hatte den Kopf geneigt und strich sanft und zärtlich mit der Wange über den Pelz des Luchses. Die rosige Frische ihres Gesichtes hatte einen olivgrünen Ton, fahl wie Felder, die taubedeckt in der Morgendämmerung liegen. Und das sichtbarste äußere Zeichen aller Vollkommenheit war ihr spinnwebfeines Haar, das in hübscher Ordnung an ihren Schläfen wuchs, hinter ihren Ohren und in der Nackenrundung, wo es ineinandergeschlungen als fest verknüpfter Knoten ruhte, überaus geschmeidig und beunruhigend wie ein süßes schwarzes Raubtier, das zusammengerollt im Schlaf liegt. Barganax' Augen verloren allen Glanz, als er sie so gewahrte, und seine Kehle ward trokken.

Als sie wieder aufblickte, sah er die Tränen in ihren Augen. »Es lastet auf mir eine Blindheit«, sagte sie in Erwiderung seines Blickes, »jetzt, wo ich so weit gekommen bin.«

»Eine Blindheit?«

»Ich weiß nicht genau. Ich stehe hier wie an einer Weggabelung bei Nacht. Woher soll ich wissen, wohin? Ich wünschte und wünschte mir, Euer Gnaden wären nicht von Eurem Vorhaben abgewichen: würden nun gerade unter Euren Orangenbäumen in Zayana wandeln. Wäret Ihr nur dort geblieben. Hätte ich Euch bloß nie zu Gesicht bekommen.«

Barganax sagte: »Was für ein verwerflicher falscher Vorsatz.« Er kam und kniete sich neben sie, eine Hand auf der Stuhllehne, ohne Fiorinda allerdings zu berühren.

»Wirklich?« Sie weinte nun, in kleinen Seufzern, die einmal in ihrer Brust erstarben, ein andermal sich ihr elendiglich in wirren Stößen entrangen. »Mein Taschentuch.« Sie fand es: ein viereckiges Tüchlein aus Batist mit einem silbernen Klöppelspitzenrand, kaum groß genug, Barganax' ausgebreitete Hand zu bedecken. »Ich habe ein häßliches Bild gesehen. Das häßliche Gesicht des Nichts«, sagte sie, als sie sich die Augen trocknete.

»Wann denn?«

»Heut früh. Am Dienstagmorgen in diesem Juli. Nein, nein, nein: Ihr wart nicht dort. Ohne Euch könnte ich, mein Freund, könnte ich, glaube ich, nicht weiterleben.« Sie mied seinen Blick: immer noch erstickte sie hin und wieder einen zwanghaften Seufzer, während sie mit der linken Hand fieberhaft über den langen Rücken des Luchses streichelte. Barganax legte sehr sanft seine Wange auf ihre andere Hand, die auf der Tischkante ruhte, und in der wie in einer Kinderfaust das arme zerknüllte Taschentuch lag; und sehr sanft, als wäre es tatsächlich diejenige eines Kindes, küßte er sie.

Eine ganze Weile lang. Dann begann sie, mit den Fingerspitzen ihrer Linken, die noch ein wenig zitterten, zärtlich über sein kurzgeschnittenes, bronzenes Lockenhaar zu streichen; dann legte sie ihre lieblichen Arme um sein Haupt. Und Barganax' Antlitz, wie beim Aufgang der Sterne in den Himmel aufgenommen, ruhte, ungesehen, nicht sehend dort wo, als wären es zwei Tauben, ihre Brüste elfenbeinglatt unter der Seide thronten, veilchensüß, stolz, griechisch.

Ohne ein Wort erhoben sie sich von der Tafel. Der Luchs beobachtete sie von seinem Stuhl aus Augen, in denen gelbe Flammen züngelten.

Jene linke Tür führte in einen Gang. Fiorinda schloß sie hinter sich ab. Am Ende des Ganges kamen sie zu einer weiteren Tür, die kein Türblatt hatte, sondern mit reichen, schweren Vorhängen versehen war, und so in ein Zimmer mit hohen Fenstern in der West- und Ostwand und dazwischen jeweils einem offenen Kamin, wo heiß und knisternd und wohlriechend wohlriechende Zedernholzscheite brannten. Dutzende von Kerzen standen hell leuchtend in großen vielarmigen Kerzenständern am Bett und auf Tischchen und Kaminsimsen und in goldenen Haltern an den Wänden. Die große Bettstatt, mit einem Baldachin überdacht, war aus gediegenem Golde und verziert mit goldenen Filigranfiguren, Darstellungen von Greifen und Manticoren und fliegenden Feuerdrachen und allerlei ungewohntem Getier und Geschmeiß obendrein, deren Vielfalt sich unter den Falten der kostbaren Behänge nur halb erahnen ließ. Auf dem Boden waren Tierhäute von Wölfen, Bären und brüllenden Berglöwen ausgebreitet über einen honiggelben Teppich, sehr weich unter den Füßen, leise wie im Schlaf. Die Wände schienen aus hellgrünem Marmor, doch schimmerten sie, als wären sie mit Goldstaub und Silberstaub überzogen und jede Maser des Marmors mit unzähligen winzigen Edelsteinen wie mit bunt glitzernden Funken besetzt. Zwischen Wand und Decke verlief ein Fries mit eingemeißelten Lotusblüten, die im flackernden Kerzenlicht und Schein des Kaminfeuers einmal aufglimmten, dann als Flammenzungen auflohderten und sich wiegten und kreisten und stiegen und sanken, wie umspielt von den trägen, schläfrigen Wirbeln und Strömungen ihrer natürlichen Flußwelt.

Aber der Herzog, der diese Wunder kaum beachtete, hatte nur Augen für seine Fiorinda, die dort zum Greifen nahe, schön wie eine goldene Blume stand. Und während er sie so betrachtete, ertrank gewiß seine lebendige Seele in einem heißen, tiefen, schwarzen Strudel voll der treibenden Lotusglieder: der Lotus, der sich dennoch so jungfräulich-kühl vom Rücken des Stromes auf der Oberfläche tragen läßt.

Es war wie das Aufziehen der Sterne am nächtlichen Firmament, als diese Dame ihren Kopf drehte, wo er nun auf seiner Schulter ruhte, bis seine Augen, die ganz eng zusammenrückten ob der großen Nähe, so daß alles andere aus dem Blickfeld gedrängt ward, in ihre grünen, stillen Augen mit den klaren Lidern blickte, die er ein wenig von der Seite sah: auf ihre Nasenflügel, in deren kühlen Konturen nun flüchtig etwas Atemberaubendes, Hinschmelzendes lag ob ihrer verletzbaren Unschuld: auf ihre Wange, fest, glatt, von zartrosiger Frische: zuletzt auf ihre Lippen. Es war, als stände die Zeit in tiefer Versenkung still, als Fiorindas Lippen all die bestimmten Eigenschaften ablegten, die sie am hellen Tag innehatten: Sprachwerkzeug, Gedankenträger, Gefäß des Geistes und all der selbstgefälligen, wilden und feinen Farben und Klänge von ihrer Herrin Seele; all dessen entledigt, waren Wagnis und Liebreiz ihres Mundes nackt: ein dermaßen klimakterisches Bild, daß es rasch unerträglich ward. Das Prikkeln ihres Haares an seinen Augenlidern wühlte sein Blut zu Götterblut auf. Ihre Hand, die wie körperlos auf seiner schwebte, lenkte sie Stück für Stück hinab, bis sie am Knoten ihres Gürtels verharrte. »Küßt mich wieder« sagte sie. »Küßt mir meine Stärke aus dem Leib.« Und ihre Stimme war dann wie der Flügelschlag einer Motte, den man eher spürt als hört: »Entknotet mir diesen Knoten.«

Stille im Übermaß wirbelte herab in Strudeln, die alles nach unten zogen, ein sich selbst verzehrender Sog. Und Barganax, Fleisch und Geist wie durch Hammer und Amboß zu einer Einheit geschmiedet, gewahrte, wie Sie, zuerst zur Belastbarkeit sterblicher Sinne das Akme und Brennen des empyreischen Lichtes mildernd, Ihr mohnrotes Kleid raschelnd zu Ihren Knöcheln fallen ließ und in der Blöße Ihrer Schönheit, die weder schwindet noch welkt, nackt vor ihm stand.

Die Stunde hatte geschlagen, und die Zeit mit ihrem dreifachen Hemmnis der Vergangenheit, die tot ist, der Zukunft, die ungeboren und der Gegenwart, die Vergangenheit ist, ehe man sie fassen oder benennen kann, hatte sich aufgelöst. Nicht wie für Schlafende, wo eine Leere bleibt: vielleicht eher wie für Gott und Göttin, um jene strahlende Wirklichkeit aufzudecken, in der wahre Dinge bestehen und in Endlosigkeit bestehen: eine Art Blüte, in der die Knospe sich weder verwandelt noch vergeht, sondern um so leuchtender in der voll erblühten Rose weiterbesteht: eine Art Handlung, die sich zu immer neuen Vollkommenheiten aufschwingt, doch die vorausgehende Vollkommenheit vollkommen erhält: eine Ekstase, die in sich dennoch von Dauer ist: eine Sehnsucht, die sich in konkreter Gestalt niederschlägt und in dieser Form weiterlebt. Und während jeder nachfolgende Moment, einmal als Honigtropfen, einmal als Donnerschlag, seine schwebenden Schwingen um den Erdball legte, war es, als ob sie sagte:

Wie Sternenschein bin ich für dich ausgebreitet.
Wie weißer Nebel,
Der mit der aufgehenden Sonne verweht.
Schau, ich harre deiner:
Schau, ich bin dein:
Ein Gott könnte nicht mehr ertragen.

Ich bin ein stilles Wasser:
Steig zu mir herab.
Ich bin fallendes Licht, das glänzt. Ich bin Finsternis,
Schwarz wie ein Panther,
Die sengt und blendet,
Wenn sie sich stolz herabsenkt.
Wolle und vergewissere dich meiner.

Nimm mich in Besitz.
Erst küsse mich, so.
Teile mein duftendes Haar, wellig und eigen wie die See,
So genau, links und rechts.
Ich bin ergeben, Tiger und Königin sind in mir tot;
Hab ich mich für dich nicht
Weicher und zärter als eine Taube gemacht

Ach, hege meine Zärtlichkeit:
Lebe in mir.
Ist eine Eintagsfliege duftiger als eine Taglilie?
Diese Schönheit mein
Wankelmütiger und ungewisser
Als die Regenbogenhaut einer Blase, daher und hinweg,
Am Rande eines mächtigen Wasserfalls?

Indes, o Gott!
Wärst Gott du fürwahr,
Indes, aus meiner Schwäche
Unter dir, deinen Lippen, deiner Herrschaft,
Bin ich Herrin dir und Königin:
Ich halte dich, mein Herr und König,
Deine ausgelieferte Seele, in meiner Hand verschlossen,

Zu schonen oder zu töten.
Gott wäre kein Gott,
Die Welt keine Welt,
Wenn es Mich nicht gäbe.

In diesem anderen und vielleicht nicht so dauerhaften Lotuszimmer begann in dieser Nacht nach dem Wettlauf von Österreich heim das Morgengrauen bereits, durch die Vorhänge des hohen Ostfensters zu kriechen, und das Lied einer Amsel in Lessinghams Garten kündete den Tag an. Unten in der Waffenkammer schlug die große italienische Uhr vier. Und Mary, die sich zwischen Schlafen und Wachen wieder zu ihm drehte, hörte zwischen Schlafen und Wachen seine Stimme in ihrem Ohr:

O lente, lente, currite noctis equi!
Gemach, gemach, ihr Wagenpferde der Nacht!

KAPITEL XII

Dem Morgen zum Gruß

Anthea, die währenddessen sich selbst überlassen blieb in dieser Westgalerie von Reisma und ihre wahre Gestalt angenommen hatte, setzte sich wählerisch auf den Stuhl ihrer Herrin und machte sich daran, sich an den Resten des Abendessens gütlich zu tun. Sie aß gemächlich und fein, aber hin und wieder spielte sie mit den Speisen auf ihre eigene Art: goß einmal den Wein von Glas zu Glas und balancierte die Gläser gefährlich eins über dem andern. Das Ossa-Gebirge auf dem Olympus, und auf dem Ossa, Pelion; ein andermal rollte sie einen Happen auf der polierten Tafel hin und her und haschte danach; zerteilte dann eine Wachtel in Stücke, ordnete die Stückchen in kleinen Mustern an, schob sie dann plötzlich wieder zusammen auf einen Haufen und legte sie zu einer neuen Figur: so beschäftigte sie sich mit großer Zufriedenheit stundenlang. Zuletzt, als sie sich gerade daran versuchte, mit ihren Zähnen aus einem hübsch zusammengeschlichteten Berg Leckerbissen aufzulesen, wie Kinder es mit Kirschkernen spielen, ward ihr ergötzlicher Zeitvertreib vom Eintreten Doktor Vandermasts unterbrochen.

Wie eine Silberbirke aus den Bergen in ihrem Rock aus weißem Atlas, mit einem Netz aus schwarzer Seide überzogen, erhob sie sich ihm zum Gruß, wie er verhaltenen, gleichmütigen Schrittes die lange Galerie durchmaß und an ihre Tafel trat. Er küßte ihre Stirn, die weiß war wie ihre eigenen Firne von Ramosh Arkab. »Nun, meine Oreade?« sagte er und berührte, wie ein Kenner die Facetten eines besonders feinen Edelsteins betasten würde, mit Fingern, die feinfühliger als Frauenfinger waren, die güldene Pracht ihres Haares, das sie hochgesteckt zu einem lockeren Schopf trug, zusammengehalten von einem gelben Topasreif. Ein wenig beschämt gewahrte sie, wie sein Blick schließlich auf die Ergebnisse ihrer Tischarbeit fiel, als er jedoch zwinkernd von dort zu ihr sah, sprang sie zu ihm, fiel ihm um den Hals und küßte ihn. »Habt Ihr zu Abend gegessen, werter Herr?«

Vandermast schüttelte den Kopf. »Es ist eher Zeit zum Frühstücken als zum Abendessen. Wo ist Ihre Ladyschaft?«

»Wo der Herzog sie haben will. In jenem Gemach, das Ihr für sie schufet.«

»Ich mache besser die Türen auf«, sagte Vandermast; und unverzüglich wurden durch seine Kunst beide Türen, die linke und die rechte, in ihren ursprünglichen Zustand zurückverwandelt: Teile von der Täfelung der Innenmauer. Er stand eine ganze Zeitlang regungslos da, und hager wirkte sein hakennäsiges Gesicht im Kerzenschein. »Es ist ein Ort der Wonne«, sagte er. »*Ex necessitate divinae naturae infinita infinitis modis sequi debent*: Ihre unendliche Vielfalt, durch die göttliche Natur bedingt. Und er nimmt wieder Besitz von seinem Königreich. Doch soll er nicht vergessen, daß Sie launisch ist und nicht gegen Ihren Willen kann zurückgehalten werden. Der Mond ist vor zwei Stunden untergegangen«, sagte er. »Die Nacht geht zur Neige.«

»Mylady schickte ihre Dienerschaft fort. Zahlte sie aus, samt und sonders.«

»Ja, sie will wohl nach Memison«, sagte der Doktor. »Und der Lord Morville ritt mit dem Reiterzug nach Rumala.«

Anthea bleckte die Zähne. »Geben die Götter, er breche sich den Hals. Es gelüstet mich nach dem Fleisch von gehörntem Vieh nach all diesen Schleckereien hier. O ich könnte ihm vollends einen Korb versetzen und gar mächtig zusetzen, so daß nur mehr Gedärme und Sehnen übrigbleiben für die Falken. Überkommt Euch beim Gedanken an ihn nicht auch großer Zorn?«

»Nein. Denn Gott hat in Seinem unermeßlichen Ratschluß in Euch den Zorn zur Tugend gemacht; als er aber mich erschuf, kühlte er diese Stimmung in mir mit etwas Kühlerem, das mir besser zustatten kommt: ich meine mit der klaren Milch der Vernunft, welche in einem Philosophen stets über die Leidenschaft herrschen sollte. Der arglose Mann, der nichts Böses denkt, ein Mann, aus Lehm und Erde gemein gebaut, versehen mit einer noch nicht unsterblichen Seele, wie sollte dieser sich mit einem großen Kometen oder einem flammenden Stern verbinden oder in Ihren Höhen atmen? Bezweifelt nicht, daß er von Anbeginn in Erwägung seiner eigenen Unzulänglichkeit den Saft vergiftete, der ihn an der Wurzel hätte nähren sollen, und also, lange bevor der Herzog seine Hand ins Spiel brachte, das Schattenbild eines lebendigen Baumes geworden war: innen drin nur Feuerschwamm und Zunder. Und nun unter Ihrem teuflischen Zutun durch den Blitzstrahl seiner eigenen Eifersucht entflammt.«

»Warum sollte solcher Schmutz leben?«

»Das Ei«, antwortete Doktor Vandermast, »ist ein Huhn *in potentia.*«

»Aber dieses war schon vor dem Bebrüten faul.«

Der gelehrte Doktor saß nun auf Barganax' Stuhl. Anthea kam und setzte sich lieblich auf eine Lehne desselben, den Fuß schwingend, den Ellbogen auf seine Schulter gestützt, indessen sie zu ihm herablächelte, während sein unvordenklich alter Blick ihrer kalten klassischen Schönheit galt, die mit den Luchsaugen und Luchsfängen eine solch wunderliche Mischung einging. »Und meine Campaspe?« sagte er nach einer kleinen Weile.

»Sie ist drüben in den Auen. In Rattenart heut nacht, glaube ich. Eure Lider werden schwer, werter Meister. Warum bleibt Ihr so lange auf?«

»Ach«, sagte er, »in diesem Hause brauche ich neuerdings nicht allzuviel Ruhe:

Hier reift die rare, munter rankende Myrobalan,
Erquickende Frucht, verjüngender Baldrian.

Und heute nacht, von allen Nächten, darf man mich nicht erst suchen müssen, wenn Ihre Ladyschaft mich gegebenenfalls brauchen sollte, oder auch er. Was ist mit Euch, teure Schneefee?«

»Oh, 's ist nur, wenn ich mich zu dick in Menschlichkeit hülle, daß ich dann müde werde«, sagte sie. »Außerdem hieß Mylady mich heute nacht wachen. Wie wär's mit einem Primenspiel?«

»Sofort und gern«, sagte der Doktor. »Wo sind die Karten?«

»In jener Lade dort.« Sie holte sie, setzte sich und fegte mit zwei Armbewegungen die Reste des Abendessens vom Tisch auf den Boden. »Der Hornochse soll es morgen selbst aufsammeln«, sagte sie. »Wir werden nicht mehr hier sein.«

Die Karten waren kaum ausgeteilt, als Morville die Galerie betrat.

»Was denn, wer ist hier?« fragte er. »Ihr, alter Herr?«

Der Doktor, der seinen Platz behielt, sah zu ihm auf: sah sein kreidebleiches Gesicht. »Mylord«, sagte er, »ich kam auf das dringende Geheiß Ihrer Ladyschaft.«

»Was, um diese Nachtzeit?«

»Nein. Schon gegen Mittag. Sie hieß mich bleiben.«

»Ha! Tat sie das? Was mich angeht, so hätt ich lieber Euren Platz als Eure Gesellschaft. Offengesagt fragte ich mich seit langem, ob Ihr Eurer wollenes Gewand nicht auf einem Wolfsrükken trägt. Und Ihr, Madam Küßmund . . .

Vor Weibern wüst und liederlich
Verschon uns, bitt ich, Schicksal, dich.

Warum seid Ihr nicht im Bett?«

Anthea gab keine Antwort: blickte ihn lippenleckend an.

»Ihr bestaunt meine unerwartete Rückkehr?« fragte Morville. »Soll die Katze das Auge zudrücken und die Maus laufen lassen. Es ist zu viel, wenn ich nicht einmal eine Sekunde dem Haus den Rücken kehren kann, ohne beim Wiederkommen feststellen zu müssen, daß alles offen und unverschlossen ist; Teller, Geschirr und anderes Zeug auf dem Fußboden verstreut; allenthalben deutliche Spuren des Überdrusses und der Zügellosigkeit. Meint Ihr, mein Haus sei ein offener Schlupfwinkel für Euer und Euresgleichen lasterhaftes Treiben? Wo ist Mylady?«

Anthea warf ihm einen kecken Blick zu. »Im Bett.«

»Ihr lügt, Frau. Ihr Bett ist leer. Ihr«, sagte er zum greisen Doktor, »der Ihr über ihr Tun Bescheid wißt und, wie ich hörte, kundig seid der Künste und Lehren, dieselben zu betreiben einem rechtschaffenen Manne schlecht ansteht, sagt an, wo ist sie?«

»Mylord Morville«, versetzte Vandermast, »es ist im großen ganzen widersprüchlich und in sich unvereinbar, daß Ihr von mir eine Antwort auf eine solche Frage erwartet.«

»Meint Ihr? Ich erwarte eine Antwort, und ich werde sie, bei Gott, erhalten.«

»Wo Mylady ist«, sagte Vandermast, »ist ihre Sache. Ich will Euch Gutes, Mylord, und wo ich Euch in Ehre dienen kann, dienen werd ich Euch. Aber was Ihre Ladyschaft angeht (und wenn ich gar die Antwort wüßte), so werd ich bei meiner Ehr' nicht einmal Euch persönlich antworten, ohne zuerst um ihre Erlaubnis gefragt zu haben.«

Morville trat einen Schritt näher an ihn heran: stand da, auf den Tisch die geballten Fäuste gestützt, in denen er die Reitgerte hielt: geballt, daß die Knöchel weiß wie Marmor wurden. »So seid Ihr also gegen mich verbündet? Habt acht. Ich habe Mittel, Euch zum Sprechen zu bringen. Auch habe ich ein Recht zu erfahren, wo sie ist.«

Vandermast sagte: »Ihr seid der Herr in diesem Hause. Es ist Euer Lordschaft gutes Recht, es zu durchsuchen und zu finden, was zu finden ist.«

»Ich habe bereits in allen Ecken gesucht. Sie ist geflohen. Ist dem nicht so?«

Vandermast antwortete tunlichst kein Wort. Seine Augen, in Morvilles Augen blickend, waren wie unergründliche Höhlen.

»Sie ist mit dem Herzog geflohen«, sagte Morville und durchbohrte Vandermast mit Blicken. »Gesteht, so ist's. Ihr seid sein Sekretär. Gesteht, und ich schone vielleicht Euer Leben.«

Vandermast sagte: »Ich bin ein alter Mann. Ich fürchte den Tod nicht. Verwirkte ich aber meine Ehre, hätte ich danach arge Angst vor dem Tode.«

Es herrschte Totenstille. Dann wirbelte Morville unverhofft auf seinem Absatz herum und zum Fenster hin: stand dort, den Rücken ihnen zugekehrt, den Ellbogen gegen den Fenstersims gestemmt, die Stirn in die Armbeuge gepreßt, während seine andere Hand mit der Gerte gegen seinen Stiefelschaft schlug und einen holprigen, wirren Marsch trommelte. »O Gott!« sagte er plötzlich laut und schien an dem Wort zu ersticken. »Warum kam ich nicht eher heim?« Er biß in den Ärmel seines Mantels und rollte den Kopf auf dem Fenstersims hin und her, indessen er weiter diesen Höllenmarsch auf seinem Stiefel klopfte, zu dem sich zwischen den Bissen hin und wieder das häßliche Geplärr seines untröstlichen Weines gesellte. Doktor Vandermast, der von seinem Stuhl aufgestanden war, ging mit lautlosen Schritten neben dem Tisch auf und ab. Er sah zu Anthea. Es funkelte gelb in ihren seltsamen unmenschlichen Augen.

Der Lord Morville, scheinbar ganz angespannt von diesem Kampf, richtete sich nun auf und kam zu ihnen: setzte sich auf Vandermasts Stuhl. »Ich lege alle Karten auf den Tisch«, sagte er und blickte zum Doktor, der auf diese Ankündigung hin sein beklemmendes Hin- und Herschreiten einstellte und zu ihm kam. »Es war, und schlimm ist's, daß es das war, heut früh ein kleiner Streit zwischen uns, und ich gebrauchte ein Wort gegen sie, das ich bereue: es steckte mir seither wie eine Fischgräte im Hals. Als es Abend wurde, konnte ich's nicht mehr ertragen: die bevorstehende Nacht, und wir beide entzweit. Ersann einen Vorwand, holte die Erlaubnis des werten Admirals ein (hätt ich's um Himmels willen nur früher getan): galoppierte heim. Und nun«, sagte er zähneklappernd, »ist alles verloren.«

»Nein, das ist übertrieben«, sagte der Doktor. »Es liegt in Eurer Lordschaft Hand, zu retten, was zu retten ist.«

Morville schüttelte den Kopf. »Ich weiß nicht, was ich tun soll. Sagt Ihr's mir.«

»Mylord, Ihr habt mir nicht die Wahrheit gesagt.«

»Ich habe genügend gesagt.«

»Ich kann Eurer Lordschaft keine große Hilfe sein, wenn Ihr mir ungenügende Prämissen angebt, aus denen ich meine Folgerungen ableiten soll. Wenn Ihr es mir nicht sagen wollt, so ist doch schlimmer, fürchte ich, daß Ihr es Euch selbst nicht wahrhaftig eingesteht.« Morville schwieg.

»Wie dem auch sei«, sagte der Doktor, »ich weiß kaum, wie ich Euch helfen soll. Dieses nur lege ich Eurer Lordschaft untertänigst nahe: wartet. Zu Recht sagt man, ein Beschluß sei besser zu überschlafen.«

Morville sagte: »Ich siedle im Höllenschlund, während Ihr am Rande des Abgrunds steht und mich warten heißt.«

»Aus ganzem Herzen und um alles in der Welt willen, ja, heiße ich Euch warten. Wenn Ihr Euch jetzt, wo alles im Ungewissen liegt und Euch ob zorniger Leidenschaft das Blut kocht, auf etwas stürzt, so handelt Ihr bestimmt mit gewaltsamer Heftigkeit und unbedacht. Seid gemahnt, Mylord, daß nichts Geringeres als Euer Leben daran hängt; nein, viel mehr als das Stundenglas eines Lebens, Eure Seele selbst, denn Euer Sein oder Nichtsein hängt in der Schwebe, und nicht nur für diese Runde, sondern *in saecula saeculorum*. Und dies hat viel mehr Gewicht für Euch als die Frage, ob Ihr sie haben werdet oder nicht: sie, deren Ihr Euch, als Ihr sie noch hattet, weder würdig noch gewachsen erwieset als Frau und Herrin: vielmehr bestraft mit einem für euch zu hohen Schicksal.«

Morville saß totenstill und gesenkten Blickes, indessen Vandermast diese Dinge sprach: sprang dann auf wie ein rasender wilder Tiger. »So Gott will, bring' ich sie also ums Leben!« schrie er ohrenbetäubend laut. »Haltet Ihr mich für mehr als ein Tier, daß Ihr es wagt, so zu mir zu sprechen? Bin ich stumm, ohne Lust, Geschlecht und Feuer? Ich habe Kapital eingenommen im letzten Monat, und ich fordere meinen Zins. Sie liegt bei ihrem bösen Buhlen. Ich weiß nicht, wo; aber, und wenn's im Lotterbett der Hölle ist, ich finde sie, hacke sie alle zwei in Stücke. Und den ersten guten Anfang mache ich mit diesem Haus: brenne es nieder, diesen Pfuhl, wo kein schmutziges Tun ungetan blieb. Aus dem Weg, Hurenwirt.«

Er stieß Vandermast zur Seite, so daß der Greis ums Haar gestürzt wäre. Anthea sagte mit einer Stimme, leise wie klirrendes Eis: »Ihr schluget sie. Ihr gehörnter Mistkäfer schluget sie und spieet Ihr Euren Unflat ins Gesicht.«

»Hütet Eure Zunge, Frau, oder wir schneiden sie heraus. Verlaßt dieses Haus. Ihr habt hier nichts zu suchen.«

»Ich habe ein gutes Paar Nägel zum Kratzen und Ritzen.«

»Hinaus, alle beide, oder ich peitsche Euch aus.«

Anthea erhob sich von ihrem Stuhl. »Soll ich ihn zerreißen, werter Herr?«

»O seid still, seid bloß still«, sagte der Doktor. »Wir werden gehen«, sagte er zu Morville, und im selben Augenblick schlug Morville Anthea mit der Reitgerte quer über den zarten Nacken. Wie die Wolken sich auftun und ein Blitz herniederfährt, sprang sie in ihre Luchsgestalt und auf ihn: streckte ihn unter sich zu Boden.

Ihr lärmender Kampf auf dem Boden, Morvilles Keuchen und Fluchen, des Luchses Fauchen und Spucken, des Doktors Schreie, sie solle ablassen, wurden übertönt von lauten Schlägen gegen die Wand und von Baraganax' gewaltiger Stimme, der hinter der Wand hervor rief: »Öffnet, oder ich trete die Bretter mit den Füßen ein.« Und unverzüglich war durch des Doktors Kunst die Tür an Ort und Stelle, und unverzüglich stand sie offen und der Herzog, das Schwert in der Hand, mitten bei ihnen.

Die Oreadendame gehorchte nun Vandermasts Befehl und zog sich zurück, immer noch in ihrem Luchspelz, immer noch schnaubend und knurrend, mit zurückgelegten Ohren, ausgestreckten Krallen und feurig funkelnden Augen. Morville war wieder auf die Beine gekommen; seine Wange war bis zum Kinn lädiert von vier gleichlaufenden Furchen, aus denen Blut rieselte. »Wo ist die Hure?« fragte er den Herzog. »Diese Schnepfe von Krestenaya? Eure Rechnung begleiche ich zuerst, ihre nachher.« Er riß sein Schwert heraus. »Und hier ist die Münze, mit der ich's Euch zweien heimzahlen werde.«

»Unmanierliches Schwein«, sagte der Herzog, »fangt an. Und Eure schmutzigen Worte sprechen mich von allem frei.«

»Ja, ans Fechten: Euer Handwerk, wie man sagt«, rief Morville, als sie die Klingen kreuzten.

Sie kämpften schweigend: führten die vollkühnsten Stöße aus, hieben über Kreuz, *Stoccato, Imbroccato, Rinverso,* von oben und schräg unten in Ausfällen und Paraden: packten und umklammerten sich zuweilen und schlugen mit dem Heft aufeinander an. Wie man sehen konnte, waren beide Meister der Fechtkunde: Morville besaß vielleicht mehr Übung, doch kämpfte er jetzt nicht so kühl und entschlossen wie der Herzog. Manchmal rannte er sogar wie von Sinnen so heftig und dicht gegen den Leib an, daß es ein Wunder war, wie er dem höchst gefährlichen *Motanto* des Herzogs entging. Zuletzt gelang es dem Herzog, der ihn zurück hinter die Tafel drängte, in seiner glänzendsten Parade die Klinge des Gegners zu binden, die Griffe ineinander zu verankern und ihm durch bloßes Drücken mit dem Handgelenk die Waffe aus der Hand zu brechen. Morville tat einen gewaltigen Sturz, schlug glatt über den Tisch zurück und mit dem Ohr und der linken Schulter auf dem Boden auf, wo er wie tot liegenblieb. Sein Schwert war weit durchs Zimmer geschossen: Vandermast hob es auf und drückte es dem Herzog in die Hand. Im selben Augenblick gewahrten sie, daß unter der Tür Lady Fiorinda stand.

Einen Atemzug lang oder auch zwei betrachtete Barganax sie stumm, wie sie da stand in ihrem Nachtgewand aus orangefarbenem Atlas, das um die Taille zusammengehalten ward von einer Kette mit Granaten und Bernstein und Perlenschnüren. Ihr Haar, das lose und ungebunden und befreit von Nadeln und Spangen herabhing, reichte, als wäre es ihr Krönungsmantel aus verwebten Nebeln und Sternen und unergründeten schwarzen Finsternissen des Herzens der Nacht, fast bis zu ihren Knöcheln. Er sagte: »Wenn er zu sich kommt, soll ich fortfahren, bis er tot ist, Madam? Oder soll ich ihn lassen?«

Es funkelte etwas in ihren grünen Augen, als ob von hinter ihrem unbekümmerten äußeren Anschein von selbstgenüßlicher lauer Geringschätzung hervor plötzlich rotglühende, hohle Löwenaugen ausgespäht hätten. »Euer Gnaden mögen sich sowohl für das eine als auch andere entscheiden: es machte keinen Unterschied. Für gewöhnlich, so erfahre ich, seid Ihr eines jeglichen Tod, der Euch erzürnt.« Die glasige Kühle ihrer Miene und Stimme war wie der Eismantel, fingerdick, kalt und durchsichtig wie Glas, der die lebenden Zweige und Knospen an einem frostigen Wintertag nach einem Tauwetter umhüllt. »Wenn sein Genick nicht schon gebrochen ist. Es betrifft mich nicht«, sagte sie.

»Nun, es betrifft Euch allein«, sagte der Herzog. »Ohne Eure Ladyschaft wäre das keine Frage der Entscheidung.« Vandermast beobachtete seines Herrn adleräugigen Blick, der auf dieser Dame ruhte, wie der Blick eines Seefahrers in gebirgigen Gewässern auf den Polarstern zielt: beobachtete ihr höchst sphinxisches, abwartendes, ironisches, nichtssagendes, antwortverweigerndes Lächeln. »Ihr und ich«, sagte der Herzog schließlich und nahm einen tiefen Atemzug: »wir sind nicht sehr ungleich.«

»Nein, mein Freund. Wir sind nicht sehr ungleich.«

Und nun sah der Lord Morville, der zu sich kam, wie sie dort in solchem Aufzug in jener ungewohnten Tür stand: es wanderte sein Blick zu Herzog Barganax. Es war, als ob die Kränkungen, die auszustoßen er sich anschickte, zwischen seinen Lippen dahinwelkten. Der Herzog hielt Morvilles Schwert in der Linken: bot es ihm an mit dem Heft voraus. »Wäret Ihr in meiner Haut, hättet Ihr mir nach einem solchen Sturz gewiß den Garaus gemacht. Vielleicht wäre es klüger gewesen, mit Euch genauso zu verfahren, doch ist meine Art nicht Eure Art. Wir werden Euch verlassen und nach Memison aufbrechen. Es soll in Kürze ein rechtmäßiger Scheidungsprozeß zwischen Euch in Gang gesetzt werden. Und wohlgemerkt, ich löse meine Schuld stets gewissenhaft ein. Wenn Ihr ein böses Wort, wie Ihr es heute zur Genüge getan, gegen Ihre Ladyschaft in Umlauf setzt, so werde ich Euch bei allen großen Höllenfürsten, das schwöre ich, töten.«

»Behaltet es«, sagte Morville, der sein Schwert nicht wiederhaben wollte. »Von Euch nehme ich nichts anderes als Euer Leben. Und selbiges gilt für Euch«, sagte er zu Fiorinda: sodann, als fürchtete er ihr Gesicht, eilte er geschwind aus der Galerie.

Anthea, die immer noch ihre Luchsgestalt trug, hatte diese Vorgänge, selbst unbemerkt, von einer Ecke aus beobachtet. Auf samtenen Pfoten, lautlos wie ein Schatten, stahl sie sich nun, immer noch unbemerkt, aus der Galerie und nahm Morvilles Spur auf.

Barganax steckte sein Schwert in die Scheide. »O allerteuerste Herrin der Herrinnen und Königin der Königinnen«, sagte er, »war das recht getan?« Aber diese Dunkle Dame lächelte nur, weiß Sie doch sehr wohl, wie's zu tun ist, wenn Sie ein endgültiges Urteil fällt.

Sie gewahrten nun durch jene Westfenster, wie die weite Flur und die bewaldeten Berge und die Seebucht, Memison auf seinem Felsenthron und die rasch dahinziehenden Wolken der Dämmerung die liebliche Helligkeit und die frisch-geläuterten, weit-äugigen reinen Farben des Morgens widerspiegelten. Und die Düfte und Laute des Morgens tanzten durch die hohe Galerie vom Boden bis zur schattigen Decke: eine Kühle und Frische, von berauschenderer Wirkung als Wein. Von diesen Fenstern kehrte Barganax sich ihr zu: vom Scheinbild der in sich selbst wirklichen Wirklichkeit: ihr, die allein in ihrer einzigartigen Person, durch eine uneinschränkbare Verehrungswürdigkeit den Morgen und den Abend zu vervollständigen und zu bilden schien: den Morgen und den Abend und die Nacht obendrein und was immer sonst noch wünschenswert war, ist oder sein wird, sei es im Himmel oder auf Erden. »Es ist fast heller Morgen«, sagte er, und ihre Blicke antworteten: »Fast.«

»Und der Morgen«, sagte Barganax, »wäre ein Beweis für die Wonnen der Nacht, könnten wir, um's zu beweisen, nur Hand daran legen.«

»Euer Gnaden Pfeile«, sagte diese Dame, und der Hohn in jedem nachfolgenden trägen Wort stellte neue Fallen auf ihren Lippen, honigsüße und dornige, »schweifen, wie ich sehe, niemals weit vom Ziel ab. Und heut nacht, glaube ich, habt Ihr es ausnahmsweise verdient, daß man Euch Euren Willen läßt.«

Jener gelehrte Doktor, nun allein am Fenster, da sie sich zurückgezogen hatten, verharrte in Versenkung. »Wo seid Ihr denn gewesen?« fragte er, als er nach langer Zeit plötzlich bemerkte, daß ein wenig seitlich von ihm die Dame Anthea stand, sehr sittsam und morgenfrisch in ihrem Birken-Rock. »Ich hatte Euch ganz vergessen, und ein böser Katzenblick schielt aus Euren Augen. Was habt Ihr gegessen? Was habt Ihr getan?«

»Ich habe mich nur nach Neuigkeiten umgehört«, antwortete sie, seine Blicke meidend. »Nichts scheint mir neuer als diese über Lord Morville, der im Westwald angeblich von wilden Tieren zerrissen worden ist.«

Eine ganze Weile lang betrachtete Vandermast sie stumm: ihre griechischen Züge, so leidenschaftlos und so kalt: ihre helle Haut, die zu Krallen gefeilten Fingernägel; die kräftigen, grimmigen milchweißen Zähne; und ihre gelben Augen, die nun ein wenig greulich anzusehen waren, als hätte unlängst ein wildes Feuer in ihnen gebrannt. »Konntet Ihr nicht in des Herzogs Spuren wandeln, den Ihr soeben den größten Sieg eines Mannes erringen sahet, nämlich seine Macht zu spüren, ohne sie zu gebrauchen?«

»Ich bin kein Mann«, antwortete sie. »Es war höchst notwendig. Und«, sagte sie, wobei sie sich die Lippen leckte und ihre Fingernägel betrachtete, »man kann's mir nicht verübeln.«

Vandermast schwieg. »Nun«, sagte er schließlich, »ich zumindest nehm's Euch nicht allzu übel.«

KAPITEL XIII

Kurzschluß

Es war Ostern in England, fünf Jahre später, wie wir sie in dieser Welt zählen: 1919. Die Sonnenscheibe, die plötzlich hinter der Schulter der Illgill-Spitze aufleuchtete, schleuderte ihre weißen Lichtblitze durch die Terrassentür des Frühstückszimmers in Nesther Wastdale und in Lessinghams Augen, als er mit dem Porridge-Teller in der Hand von der Anrichte zu seinem Platz am Tisch ging. Durch die Fensterkreuze in Vierecke zerschnitten, breitete sich der Lichterschein auf dem weißen Tischtuch aus: tanzte über das Silber, schimmerte warm auf den durchscheinenden gelben Glocken und grünen Blättern der wilden Narzissen in der großen venezianischen Vase mitten auf dem Tisch. Linker Hand trat durch die weit geöffneten Fenster die Morgenluft ein; von hier konnte man nordöstlich über den See hinauf zum Giebelfels blicken, dessen Umrisse aussahen wie ein im Augenblick des Brechens zu Stein erstarrter Wellenkamm, eingerahmt von rauhen, ungestümen Bergen, über und über mit Geröll bedeckt. Weiße Wolken, zu spinnwebartigen Streifen zerzupft, und dahintreibende scheckige Tupfer strebten strahlenförmig, von der Sonne ausgehend, wie Kiele und Federn eines Fächers über den klaren Himmel. Ländliche Laute, das Blöken von Lämmern, ein krähender Hahn, Hundegebell, das heisere, schnarrende Gezeter eines Fasans, brachen hin und wieder die Stille, die bei genauerem Hinhören gar keine Stille, sondern ein Schwall hintergründiger Geräusche war: dünner Vogelstimmen, murmelnder Wasser. Hier im Zimmer knisterte fröhlich das Feuer im Kamin und verbreitete seinen Geruch. Frühstücksdüfte in einem freien Fugato aus gebratenem Cumberland-Schinken, Nierchen, gefüllten Eiern, scharf gewürzten und gegrillten Hühnerschenkeln, dampfendheißer Milch, frischgeröstetem Toast und dem feineren Tee- und Kaffee-Aroma strömten vom Sideboard herüber, wo Stövchen aus blankem Kupfer diese Dinge und die Stapel heißer Teller zum Portionieren warmhielten.

Noch war niemand unten. Lessingham streute Salz, dann Zukker über sein Porridge und ertränkte gerade alles in einer steigenden Sahneflut, als Mary, noch in ihrem grünen Reitkleid, an die Scheibe der Verandatür klopfte. »Wieso dieser Umweg ums ganze Haus«, sagte er, als er den Riegel zurückschob, öffnete und zur Seite trat, um sie vorbeizulassen, »wenn die Natur doch eine Tür in der Halle vorgesehen hat?«

»Bin hungrig. Will essen.« Ihr terpsichoreisch wippender Schritt, als sie über die Schwelle trat, verflachte zu festeren Bewegungen, mehr wie eine Schwanenjungfrau. »Schau, wie schön die Sonne auf den Narzissen ist!« sagte sie und beugte sich auf dem Weg zum Sideboard kurz über die Blumen. »Und ich hab draußen an der großen Esche einen Baumläufer gesehen. Wenn er über den Stamm klettert, kann er's nicht lassen, ständig zu piepsen.« Als ob in solchen Spiegeln die Quellen eines solchen Aprilmorgens und seiner Schecken und seines duftigen Liebreizes zu suchen wären: eines Liebreizes, der sich von innen entfaltete, nach außen strahlte und alles entblößte, außer sich selbst, und alle Augen auf sich lenkte, die in seinem Licht Licht bekamen. Als ob in solchen gebrochenen Spiegeln eher als in Mary.

»Es ist wohl der Prüfstein der Genialität«, sagte Lessingham, während er einen Deckel um den anderen abhob, um ihr zu zeigen, was sich darunter verberge.

»Ein klitzekleines Stückchen Schinken: nur die Hälfte dieser kleinsten Scheibe«, sagte sie und deutete mit dem Finger darauf. »Und Rührei. – Was ist?«

Er teilte die Speisen aus, während Mary den Teller hinhielt. »Tun, was kein normaler Mensch sich je träumen ließe, aber es nur so tun; so, daß alle, sehen sie es, denken: Zum Kuckuck, wie konnte einem nur träumen, es anders zu tun!«

»Wollte nur sehen«, sagte sie, »wie du von draußen aussiehst. Wo sind die anderen?«

»Wie Sardanapal im Bett, nehme ich an.«

»Im Bett! Wie kann man nur im Bett sein um diese Jahreszeit!«

»Na, da bin ich anderer Meinung. Ich erinnere mich an Zeiten . . .«

»Nun, das ist etwas anderes. – Woran denkst du?« fragte sie, wobei sie ihn aus Augen ansah, in denen die Frage ruhte wie der Glanz der Sonne auf welligem Wasser: halb neckisch, halb ernst.

»An Erinnerungen. Und die Señorita?« fragte er, als sie am Tisch Platz nahmen.

»Ich denke.« Die Diamanten und Smaragde an ihrem Ring blitzten auf und fielen wieder in Schlummer, als sie mit der Gabel ein Stückchen Ei aufspießte: wobei sie genauso behutsam und stirnrunzelnd und fein und präzise vorging, wie ein Künstler den Pinsel ansetzt, um ein letztes entscheidendes Detail anzubringen. »Ich denke nach über dich und deine Methoden.«

Sie frühstückten schweigend weiter. Nach einer Weile sagte er aus heiterem Himmel: »Kommst du mit ins Ausland?«

»Ins Ausland?«

»Ein halbes Jahr weg von allem hier. Um wieder Tritt zu fassen.«

Mary machte große Augen und nickte dreimal. »Ja. Wann geht's los?«

»Je eher, desto besser. Morgen. Dienstag. Mittwoch.«

»Prima.«

»Wohin sollen wir?« fragte er, um das Spiel weiterzuspielen. »Südamerika? Glühwürmchenhöhlen möchte ich mir mal ansehen, irgendwo in einem hintersten Eckchen Neuseelands? Island? Ein bißchen zu früh von der Jahreszeit her für Island, glaube ich. Wohin möchtest du? Die Welt ist wieder frei, und wir sind auch frei. Also triff eine Wahl. Mir ist es egal, solange es nicht Ostdeutschland oder Frankreich ist.«

»Wie wär's mit einer Insel?«

»Die Marquesainseln? Wir könnten ein Königreich gründen auf den Marquesas. Ich darf wohl behaupten, daß die französische Regierung, bei all der Liebe, die sie für mich empfindet, ein Auge zudrücken würde. Ein Freisassengut mit dem Recht über Leben und Tod. Ich König: du Königin. Jim könnte Haushofmeister sein: Anne die zweite Dame im Lande mit dem Titel einer reichsfreien Prinzessin: Charles Großadmiral. Ich setze mich nach dem Frühstück mit Milcrest zusammen und arbeite die Einzelheiten aus.«

»Mach besser schnell, oder jemand findet eine andere Arbeit für dich, bevor wir fort sind. Wir haben viel nachzuholen für diese versäumten Jahre.«

»Ich dachte soeben«, sagte Lessingham, »an die Dolomiten und bin froh, sie gekannt zu haben, bevor die Verrottung einsetzte. Fünf Jahre werden es in diesem Sommer, daß wir das letzte Mal dort waren. Einmal kommt mir diese Zeit vor wie eine Generation: ein andermal wie fünf Minuten.«

»Und du bist erst seit fünf Tagen zu Hause. Und morgen ist Robs vierter Geburtstag.«

Lady Bremmerdale kam von der Halle herein. »Guten Morgen,

Mary«, wobei sie sie von hinten küßte: »Guten Morgen, Edward. Nein nein, keine Umstände. Ich nehme mir selbst. Wie lange seid ihr denn schon auf?«

»Seit Sonnenaufgang«, sagte Mary.

»Ach komm.«

»Viel später war's nicht.«

»Sind nach Wastdale Head geritten«, sagte Lessingham.

»Zur Frühmesse?«

»Zurück zu alten Bräuchen.«

Anne nahm Platz. »Und hier kommt meine Patentochter.«

Janet, die ihr bestes Verhalten an den Tag legte, küßte alle der Reihe nach und machte es sich auf Annes Knie bequem. »Ich hatte zum Frühstück auch Rühreier. Weißt du, Tante, ich hatte einmal einen bösen Traum. Von schrecklichen Schlangen und einem großen, riesigen Drachen: viel größer als ein Haus. Und er hatte ein Gesicht wie ein Kamel.«

»Hatte er einen langen Hals?« fragte Anne.

»Nein. Er war viel dicker. Ein riesenhaftes grünes Ding.«

Lessingham fragte: »Und was hast du mit ihm gemacht?«

»Wollte ihn aufessen.«

»Und was hat er mit dir gemacht?«

Janet blieb stumm.

»Naja, hast du schon richtig gemacht. Aufessen ist immer gut. Dann können sie einem nichts mehr tun.«

»Schönen guten Morgen«, sagte Fanny Chedisford, die sehr hübsch war in ihren neuen grauen Tweedsachen. »Bin ich wie immer die letzte? Ach nein, Charles fehlt noch. Wieder gerettet.«

»Aber knapp«, sagte Charles Bremmerdale. »Liebste Mary, verzeih.«

»Du kennst doch Jims Gedicht: ›Zu spät zum Frühstück: zeigt den Charakter‹ – und so weiter, und weißt, daß es in diesem Haus strenge Regel ist.«

Janet hatte ein Blatt Papier, das sie andauernd auseinander- und wieder zusammenfaltete. »Mutt, ich hab eine Geschichte geschrieben«, sagte sie. »Es ist für Rob alles Gute zum Geburtstag. Soll ich es zuerst Vater zeigen?«

»Ja, würde ich«, sagte Mary.

Janet kletterte hinunter: brachte Lessingham den Zettel. »Willst du mir meine Geschichte vorlesen, Vater? Liest du sie mir bitte laut vor? Nur dir und mir?«

Mit viel Heimlichtuerei nahm er den Zettel und las flüsternd die Geschichte vor, Wange an Wange mit seinem Töchterchen.

»*Die Küche.* – Die Katze hat ein Kätzchen, und das Kätzchen ist drei Wochen alt. Der graue Papagei hat einen roten Schwanz. ›Oje!‹ sagte der Papagei. ›Wäre nur die Köchin da.‹ – ›Wir sind nicht traurig, weil sie draußen ist‹, sagten Katze und Kätzchen. Stapf! Stapf! Stapf! ›Die Köchin‹, flüsterte die Katze. ›Wie dumm!‹ sagte das Kätzchen. Herein kam die Köchin. Sie trug ein großes Bündel in der Hand. Plötzlich wurde die Katze zornig. Sie lief zum Papageienkäfig und wollte die Köchin kratzen. Schließlich konnte sie die Köchin aus der Küche treiben. ›Gott sei Dank‹, sagte das Kätzchen. ›Voriges Jahr‹, sagte die Katze, ›hatte ich sechs Kätzchen, aber die blöde Köchin ertränkte sie.‹ – ›Sie ist wirklich das Letzte‹, sagte das Kätzchen. ›Weißt du was?‹ sagte die Katze. ›Ich *fresse* den Papagei, sobald ich ihn erwische.‹ Und die Katze sprang auf den Papageienkäfig, bekam die Tür auf und fraß ihn. – *Ende.*

Toll«, sagte er.

»Gefällt sie dir? Echt?«

»Ja, sie gefällt mir«, sagte er und überflog die Geschichte noch einmal, als würde er den Nachgeschmack einer leckeren Speise auskosten.

»Wirklich, Vater? Wirklich und echt?«

»Sie gefällt mir. Sie hat einen gewissen Stil.«

Sie lachte vergnügt. »Was heißt das?«

»Mach dir nichts draus.« Er läutete die Glocke mit dem Fuß. »Mir gefällt die Art, wie sie sprechen und die Dinge tun. Und mir gefällt der Schluß. Wenn du so weiter schreibst, wirst du mal zwischen Emily Brontë und Joseph Conrad stehen, wenn du groß bist: eine Sappho des zwanzigsten Jahrhunderts.«

»Wer ist das, Emily?«

»Sagen Sie Mr. Milcrest, ich möchte ihn sprechen«, trug er dem Diener auf. Zu Janet sagte er dann: »Nein, nicht diese Emily. Sie ist eine Frau, die eine Geschichte schrieb; und Gedichte. Geh jetzt und lies das Sheila vor, solange wir noch frühstücken. Vom Postamt ist wohl nichts gekommen?« fragte er seinen Sekretär.

»Nein, Sir.«

»Sind Sie sicher, daß mit Ihren Vorkehrungen alles klappen wird, sollte etwas kommen?«

»Völlig sicher.«

»Gut. Der Ostertag ist auch der beste Tag, den sie sich für ein solches Holterdiepolter aussuchen können. Ich werde den ganzen Tag in der Nähe bleiben, im Falle daß. Aus Snittlegarth was Neues?«

»Ja, Sir. Ich komme gerade vom Telephon. Mr. Eric erhielt Ihren Brief gestern abend. Er will unbedingt einige Dinge mit Ihnen besprechen. Er reitet herüber: brach heute früh um sechs auf und will vor Mittag hier sein.«

»Es müssen schon die Marquesasinseln sein, unter diesen Umständen«, sagte Lessingham mit einem komischen Blick zu Mary. Dann zu Milcrest: »Kommen Sie mit ins Arbeitszimmer, Jack: ein, zwei Sachen sind zu erledigen.« Er ging hinaus, Milcrest folgte ihm.

»Eric. Ach, du meine Güte«, sagte Bremmerdale *sotto voce.* Seine Frau lächelte über diese offen geäußerten Gefühle hinsichtlich ihres ältesten Bruders.

Mary lächelte ebenfalls. »Mach dir nichts draus, Charles. Du und ich, wir werden gemeinsam fliehen. Sei so nett und füttere, nachdem du gegessen hast, die Tiere«, sagte sie zu Anne. »Läute, wenn du irgend etwas haben möchtest.« Sie hob Janet vom Teppich vor dem Kamin auf und verließ das Zimmer.

Charles schüttelte den Kopf. »Man läßt Edward keine fünf Minuten Pause: wie er all diese Hetze übersteht, weiß der Himmel. Ich glaube nicht, daß er seit Kriegsausbruch bis jetzt auch nur vier ganze Tage am Stück für sich hatte.«

Anne sagte: »Keinesfalls, da bin ich mir ganz sicher. Aber Edward ist eben Edward.«

»Es sollte mich nicht wundern, wenn sie ihn bald wieder in irgendeines dieser komischen Länder als Militärgouverneur entsenden. Ihm würde das gefallen.«

»Ich kann mir einfach keine Namen merken«, sagte Fanny. »Wo war es, daß er Briefmarken herausgab, die seinen eigenen Kopf trugen, und das Außenministerium ihn zurückrief, weil er seine Befugnisse überschritten hatte?«

»Er überschreitet immer seine Befugnisse«, sagte Charles. »Und es bringt ihm um so mehr Ehre ein. Ich hoffe nur, er bringt sich nicht um vor lauter Arbeit, ehe er am Ende ist.«

Anne sagte: »Wir Lessinghams sind zäh.«

Die Welt im Umkreis von dreißig Metern erlangte Kenntnis von Eric Lessinghams Ankunft allein durch seine Stimme. Nicht daß es eine besonders laute Stimme war, aber sie hatte einen Klang wie tönendes Messing; so daß, als er sich mit normaler

Lautstärke an der Vordertür nach Lady Mary erkundigte, seine Stimme am langen Westflügel vorbei bis hinauf zu den Terrassen über dem Fluß hallte und dort eine Drossel in Angst und Schrecken versetzte, die schnell ihren Wurm fallen ließ und das Weite suchte. Trotz winkliger Flure und Doppeltüren vernahm Lessingham sie deutlich im Arbeitszimmer. Bei den Ställen schnatterten die Gänse in der Koppel. Östlich im Wassergarten, wo inmitten von wilden Narzissen und plätschernden Wasserläufen der vom See gespeiste Fluß Irt verläuft, runzelte Mary ein wenig belustigt die Stirn, und Charles Bremmerdale rief seinen Schöpfer an.

»Soll es dieses Mal wirklich ein Urlaub sein?« fragte Anne.

Mary nahm freundlich den von Lessinghams Sohn und Erben überreichten Blumenstrauß entgegen. »Ich weiß nicht. Ich weiß nicht. Ich weiß nicht. Ich habe gelernt, mich auf nichts zu verlassen. Wenn man keine Pläne macht, braucht man sie nicht zu ändern. – Ja, Rob, Mutti mag Schlüsselblumen gern.«

»Trotzdem, Bruder Eric wird doch nicht alles über den Haufen werfen?«

»Aber nein doch.«

Rob sagte: »Wir legen auch ein paar aufs Grab. Auf das Grab der Fledermaus, die Ruth gestern abend im Kinderschlafzimmer umgebracht hat. Ich weinte, als sie tot war. Vater begrub sie. Wir stellten auch einen Grabstein auf. Vater schrieb die Inschrift. Ich sagte ihm, was er schreiben sollte: ›Diese Fledermaus war klein.‹«

»Arme kleine Fledermaus«, sagte Mary.

»Ich hätte sie gern gehabt.«

»Paß auf. Wir dürfen nicht auf die Narzissen treten.«

»Nein, nein, nein, das dürfen wir nicht. Da dürfen wir nicht drauftreten«, sagte er, sehr zufrieden und sehr überzeugend.

»Wie zum Teufel, mein lieber Freund«, sagte Lessingham gerade zu seinem Bruder, als sie zum obersten der drei Treppenabsätze kamen, die hinunter in den wilden Wassergarten führten, »kannst du erwarten, daß ich meine militärischen und diplomatischen Aufgaben über Bord werfe und heimkomme, um nach deinem Wunsch diese verflixte Wahlkampagne vom Stapel zu lassen? Sei doch vernünftig.«

»Es ist deine Pflicht: bei all dem Geld, das du hast, und bei all dem Hirn, das du hast in einer Generation von Idioten.«

»Das hast du bereits vor dem Krieg gesagt. Und bereits damals erklärte ich dir, daß meines Erachtens der einzige Nutzen von Geld der ist, kein Sklave zu sein. Und ich bin nicht so unbedarft in bezug auf die moderne Politik, daß ich Lust hätte, da einzusteigen und steckenzubleiben.«

Eric schob seinen Hut aus der breiten knöchernen Stirn und zwirbelte seinen Schnurrbart, den er lang wie ein Wikinger trug. Ansonsten war sein Gesicht glattrasiert. Seine Miene wies in Nase, Schläfen, Wangenknochen und Kinnbacken kräftige Züge auf, und unter der Sonnenbräune wechselte die Farbe mit jedem Stimmungswandel. Sein Haar, dunkelbraun und graumeliert, war dicht und kraus: reichte fast bis an die Ohren und in den Nacken hinein. Aus seinen groben Ohren wuchsen Haarbüschel. In seinen Brauen fiel eine dämonische Krümmung auf. Breitschultrig und stark war er, leicht eins fünfundachtzig groß, wuchtig und ein bißchen schwerfällig, doch trotz seiner siebenundvierzig Jahre ohne auffällige Fettpolster. Er wiederholte: »Es ist deine Pflicht. Wenn ein jeder mit deinen Fähigkeiten eine solche Einstellung hätte, wo würde es dann mit unserem Land hingehen?«

Lessingham blieb in der Mitte der zweiten Treppe stehen und lachte. »Ich kenne keinen, der exakt meine Fähigkeiten besitzt, also läßt sich dein kantisches Universalprinzip hier nicht gut anwenden. Und was meine Pflicht angeht, so erfülle ich diese, so gut ich es verstehe. Und in dieser Hinsicht bin ich selbst ein besserer Richter als du.«

»Bei allem Respekt, du bist ein elendiger Schurke, und ich bin nicht zufrieden mit dir.«

Lessingham sagte nichts, aber rümpfte die Nase darüber. Als sie weitergingen, sagte er leise und in gutmütigem Spott, um den Worten ihre beißende Schärfe zu nehmen: »Ich dachte, du hättest etwas Wichtiges mit mir zu besprechen. Wenn du nur gekommen bist, um mit mir zu zanken, kannst du gleich wieder gehen. Ich habe bereits genug um die Ohren.«

Sie waren nun auf der Wiese angelangt, und die anderen kamen ihnen zur Begrüßung entgegen. Großartig wie ein Caballero schwang Eric den Hut vor seiner Schwägerin, beugte sich herab und küßte ihre Hand, dann ihre Wangen. »Sei gegrüßt, verehrteste Mary«, sagte er. »Mach, daß er etwas tut. Ich kann ihn nicht bewegen. Wenn er in die Politik gegangen wäre, als ich ihm dazu riet, 1914, hätte er einige unserer Probleme vielleicht längst beseitigt. Würde er es jetzt tun (grüß dich, Anne. Grüß dich, Charles. Lange nicht gesehen. Steht Taverford noch? Werdet ihr im Herbst Fasane haben? Ich schieß sie euch: wenn ich eingeladen werde, natürlich) – würde er es jetzt tun«, wandte er sich wieder an Mary, »wäre er recht bald Premierminister, zum Teufel noch mal. Würd es selber tun, wenn ich eine Frau wie dich hätt.«

»Das ist die wichtigste Qualifikation, nicht wahr? Wirklich, du beschämst mich mit deinen Schmeicheleien.«

»Bedauerlich ist«, sagte Eric, »daß ich schon dreimal verheiratet gewesen war, als du und ich uns kennenlernten. Und wäre ich's nicht gewesen, hätte er mich trotzdem überboten, bevor ich überhaupt in der Lage gewesen wäre, ihm zuzusetzen. Das ist der Trick von jüngeren Brüdern. Und er ist der jüngste, und der schlimmste. Schau dir nur die gegenwärtige Situation des Landes an«, sagte er. »Streiks in allen Ecken, Minen, Eisenbahn, weiß Gott was noch alles. Hol's der Teufel. Sie brauchen einen Herrn.«

»So gib ihnen einen«, sagte Lessingham trocken.

»Das versuche ich ja. Der Haken an deinem Mann ist«, er nahm Marys Arm, »und das darfst du mir glauben: er ist dreihundert Jahre zu spät auf die Welt gekommen.«

Lessingham sagte: »Dreihundertsechzig, habe ich mir immer gedacht. Raus, bevor die Stuarts an die Macht kamen: mir ist die Tudor-Atmosphäre lieber. Oder sagen wir, vor sechshundert Jahren geboren zu sein: ein Herzogtum in Italien zu haben: die freien Künste und die Kriegskunst, beide *in excelsis.* Krieg war Teil der Geisteswissenschaften, so wie der Condottiere ihn führte, bis die Franzosen und Spanier über die Alpen kamen und ihnen was anderes beibrachten. Ich hätte mich auch wohlgefühlt in der Haut unserer Vorfahren mütterlicherseits, Friedrich II. von Hohenstaufen. Oder gehen wir tausend Jahre zurück in die Zeit unseres anderen Ahnen und deines Namensvetters: Erik Blutaxt. Oder zu den Persischen Kriegen. Oder Troja. Aber welche Rolle spielt sie schon, die Zeit, in der man geboren wird? Ein Mann kann sich in jedem Jahrhundert, in jedem Land seine Freiheit aufbauen. Ich kann heute genauso gut leben, wie ich es in der Zeit Egil Skallagrimsons oder Sir Walter Raleighs gekonnt hätte. Könnte ich das nicht, wäre ich auch damals ein Versager gewesen.«

Eric schnaubte wie ein Stier. »Burschen wie dich kann ich nicht verstehen. Schon sehnt ihr euch wieder nach dem nächsten Krieg oder einer Revolution.«

»Daß du mich nicht verstehst, ist klar«, sagte Lessingham sehr leise.

Charles schüttelte den Kopf. »Es wird keinen nächsten Krieg nicht geben.«

»Wirklich nicht?« fragte Lessingham. »Und wer wird ihn verhindern?«

»Weiß ich nicht. Aber er muß verhindert werden. Sonst geht alles drauf. Meinst du nicht auch, Edward? Wofür haben wir beide denn gekämpft?«

Lessingham erwiderte vorläufig nichts: nur eine Unzahl kleiner, feiner Veränderungen ließen auf den Adler in ihm schließen. »Wofür gekämpft?« wiederholte er schließlich. »Meinst du das Motiv? Oder was wir damit erreichten? Wir kämpften wohl, weil wir Soldaten sind und weil wir verteidigen wollten, was uns lieb und teuer ist. Und wie der Fall steht, haben wir England zwar erhalten, aber Eunuchen bevölkern es; haben die Welt zwar wieder sicher gemacht, aber für kurzhaarige Frauenzimmer.«

»Das ist sehr oberflächlich betrachtet«, sagte Charles.

Eric brach in schallendes Gelächter aus. »Zwei verschiedene Eingriffe, meine Damen und Herren; dennoch ist das Ergebnis in beiden Fällen identisch. Nun habe ich dich schockiert, Mary. Das tut mir leid.«

»Nein, gar nicht. Schockiert bin ich nicht. Nur kann ich über solche Witze nicht herzlich lachen. Lassen wir sie allein. Das sollen sie unter sich ausmachen«, sagte sie zu Anne und entfernte sich mit ihr in Richtung Haus.

»Oberflächlich, mein lieber Charles? Vielleicht«, sagte Lessingham. »So ist auch die Grasnarbe, von deinem Flugzeug aus gesehen: oberflächlich. Trotzdem läßt sich an ihr erkennen, wo die vergrabenen Städte liegen; Straße um Straße, ganz genau, metertief unter der Erde, in Mesopotamien.«

»Diese Erscheinungen gehen wieder vorbei. Sind alle durch das Chaos bedingt. Doch sollen sie vorbeigehen und vorbeigehen können – dann darf es keinen nächsten Krieg geben. Ein neuer Krieg, und es wäre alles endgültig aus.«

»Ich sehe noch keine Anzeichen, daß das sich wieder legen wird«, sagte Lessingham. »Es hat ja kaum begonnen. Und es hat eine vielversprechende Zukunft, dieses Zeug und alles, was dahintersteckt.«

Charles Bremmerdale knurrte. »Ich leugne die Gefahr nicht«, sagte er, sehr leise und ernst. »Es ist unbedingt vonnöten, daß sich in unserem Inneren, in unserem Herzen, wirklich etwas ändert. Wir haben das über den Feind gesagt, bis es uns zum Kotzen war. Müssen es jetzt zu uns selbst sagen und es tun, oder ... Ich tue, was ich kann. Das muß man wohl.«

Lessingham sah ihn an mit einer komischen und ungewohnten Zärtlichkeit in seinen gesprenkelten grauen Augen. »Fünfundvierzig Millionen Herzen?« sagte er. »Und das wäre nur ein Anfang. Mein lieber Charles, was uns wirklich bevorsteht – wenn wir können –, ist, die Welt sicher zu machen für die Großindustrie und Finanz: für eine neue Art von Sklavenstaat: das ist die erste tiefe Strömung unter der Oberfläche, eine Entwicklung hin zu Hobbes Leviathan und weg vom Individuum. Und deine haarlosen Frauen (von denen es bald wimmeln wird) und deine entmännlichten Männer sind Teil der Maschine, Arbeiterameisen, Arbeitertermiten, Geschlechtslose: an sich wertlose Lebewesen, die nur da sind, die Maschine am Laufen zu halten, welche wiederum nur da ist, um zu laufen. Bis es sich ausgelaufen hat und alles stinkend *ad Tartarum Termagorum* stinkt.«

Als Eric kurz lachte, klang es scharf und heiser wie ein Adlerschrei. »Das einzige wahre Wort aus dem Munde Platos«, sagte er in seinem blechernen Tenor, der sich klar absetzte vom tiefen Baß seines Bruders: »daß die Welt est dann ins rechte Lot käme, wenn Philosophen Könige seien.«

»Daneben gab er auch ein paar andere Dinge von sich, die wahr sind«, sagte Lessingham.

»Was? O ja, mir fällt was ein: über den Hochherzigen, den *μεγαλόψυκος*.«

»Daß solche Männer sowohl für Städte als auch einzelne Menschen größtes Unheil, aber auch größten Nutzen gebracht haben – ihrer Geisteshaltung entsprechend? Ja, und weiter sagt er, eine schwache Natur könne nichts Großes bewirken, weder im Guten noch im Bösen. Aber das stimmt nicht. Viele schwache Naturen zusammen können die größten Übel bewirken: insbesondere, wenn sie von einem schurkischen Genie als Werkzeug mißbraucht werden. Und das ist das Kliff, an dem alle Revolutionen scheitern.«

Charles sagte: »Und ein genialer Mann, könnte er sie nicht für gute Ziele einsetzen?«

»Nein, wegen ihrer niedrigen Gesinnung«, antwortete Lessingham, »die ein geeignetes Werkzeug des Bösen ist, ein unhandliches aber für das Gute. Und trotzdem plappert man heute überall davon, daß demokratische Einrichtungen die Rettung der zivilisierten Welt seien.«

»Nun«, fragte Charles, »welche Alternative hast du anzubieten?«

»Keine, im großen und ganzen. Die Torheit besteht nicht darin, Demokratie als *pis aller* zu unterstützen, sondern Hymnen auf sie zu singen und sie als etwas grundsätzlich Gutes zu betrachten. Es fehlt an strengem Denken, an politischer Entschlossenheit, just wenn wir ihnen den Fuß in den Nacken setzen: statt dessen aber werden uns ständig tröstende Gemeinplätze wiederholt (wie von einem Haufen ausgedienter Schulfräulein), Beschwichtigendes in Hinblick auf die Wahlurne. Wir haben das Preußentum besiegt. Haben wir das? Ich dachte, das Ziel eines Krieges sei es, den Feind zu besiegen, nicht etwas absurdes bloß Gedachtes. Wir boten ihm den Waffenstillstand, als er mit dem letzten Atemzug darum winselte. Nun werden wir, in Paris offenbar, die Bedingungen des Friedens diktieren. Ich hätte lieber den Vernichtungskrieg durch ganz Deutschland getragen, es total besiegt und aller Krittelei und Doppelzüngigkeit vorgebeugt; hätte den Deutschen seine Schrecken in den eigenen vier Wänden spüren lassen und dann in Berlin den Frieden diktiert. Wenn uns dieses Vorgehen hunderttausend Menschenleben gekostet hätte (und das hätte es nicht, bei weitem nicht), so wäre es diesen Preis wert gewesen.«

»Und du einer davon, hm?« meinte Charles.

»Sicher: gern: ich einer davon. Wenn wir aber das getan hätten, dann könnten wir jetzt großzügig sein, ohne befürchten zu müssen, mißverstanden zu werden. Wie es jetzt aussieht, werden wir, fürchte ich, eher kleinlich sein. Und ein Haufen Unheil folgt dem auf den Fuß. Auch wenn es uns nicht um die Früchte dieser letzten vier Jahre bringt und uns zwingt, das Ganze von neuem anzupacken.«

Eric sagte: »Ich spreche nicht gern mit dir über Weltpolitik, Edward. Du deprimierst mich.«

»Du solltest dich nicht so leicht deprimieren lassen.«

»Ich werde nie vergessen, was du vor dem Krieg über die moderne Kriegsführung zwischen Großmächten in Europa sagtest: was es bedeuten würde. Erinnerst du dich? Schlägt man zwei Kastanien an Schnüren zusammen (Spiel um die Entscheidung): so passiert nichts Schlimmes. Versuche das gleiche aber mit zwei teuren Golduhren und schau, was passiert.«

»Obwohl sich nicht gezeigt hat, daß dieser Vergleich standhält«, sagte Charles.

»Noch nicht«, sagte Eric. »Aber glaube ja nicht, daß wir schon aus dem Schneider sind, alter Junge. Noch lange, verteufelt lange nicht. Edward ist ein verdammter Zyniker. Aber was er sagt, ist vernünftig.«

»Edward ist kein Zyniker«, sagte Charles. »Er ist ein Philosoph. Und ein Dichter.«

»Und ein Maler. Und ein Staatsmann. Und ein rechthaberisches Ekel. Und (das muß man ihm zugestehen) ein verdammt guter Soldat«, sagte Eric.

Lessingham lachte. »Wenn ich ein Philosoph bin, liebe ich England und dich, Bruder, als richtigen Engländer. Doch wir leben in der Zeit, wo wir uns in fremden Spiegeln betrachten müssen. Scaliger sagte vor vier Jahrhunderten: ›Die Engländer sind stolz, ungestüm, überheblich, verlogen, faul, ungastlich, plump, dumm und voller Tücke.‹«

»Du meine Güte«, sagte Eric. »Und es gibt ein japanisches Sprichwort: ›Spuckt ein Tor in den Himmel, fällt die Spucke ins eigene Gesicht zurück.‹«

Es kamen ihnen auf dem Weg zur Terrasse Mary und Anne Bremmerdale entgegen. Sie fragte: »Hast du Mr. Milcrest gesprochen?«

»Nein«, sagte Lessingham, »und ich habe auch kein großes Verlangen danach.«

»Er jagt mit ein paar Sachen vom Postamt hinter dir her.«

»Zum Henker damit!«

»Dort kommt er schon.«

»Sie sind zwar mein Sekretär, aber was nützt mir das?« sagte Lessingham, als Milcrest, vom Laufen ganz erhitzt, ihm zwei braune Kuverts überreichte. »Hätten Sie diese verdammten Dinger nicht verbrennen oder in den See werfen oder bis morgen verlieren können?«

»Gern, wenn Sie mir im voraus Straflosigkeit zusichern, Sir.«

»Was reden Sie da?« Lessingham öffnete den Umschlag mit der Aufschrift *Dringend*: überflog den Inhalt, las ihn ein zweites Mal langsam, vergaß auf seine Begleiter und begann fluchend, mit finsterer Miene, die Hände in der Tasche, hin- und herzugehen. Nach zwei oder drei Kehrtwendungen öffnete er das zweite Telegramm und blieb, nachdem er es gelesen hatte, etwa zwanzig Sekunden wie in sich selbst zurückgezogen stehen. »Schlechte

Nachricht für dich, mein Alter«, sagte er und wandte sich seinem Bruder zu. »Und für mich und das liebe Mädchen.« Er blickte zu Anne, deren graue Augen, den seinigen sehr ähnlich, gespannt auf seine Lippen gerichtet waren. Er drückte Eric das Telegramm in die Hand. »Es wartet bestimmt schon eins bei euch in Snittlegarth.« Anne kam und las es über Erics Schulter: es fiel ihr schwer, den Text zu entziffern, denn seine große Hand zitterte und ließ die Buchstaben verschwimmen. »Hat nicht mehr viel von seinem K.C.B. gehabt«, sagte er barsch, fast ruppig; aber Mary glaubte, in seinen harten blauen Augen, als er sich abkehrte, etwas so Unvereinbares wie Tränen zu sehen.

Fanny Chedisford schrieb gerade Briefe im Salon. Mary kam herein und sagte zu ihr: »Du und ich, wir werden uns morgen Gesellschaft leisten müssen.« Fanny blickte mit strahlender Miene auf, aber die Freude wich aus ihrem Gesicht. »Wir haben soeben erfahren«, sagte Mary, »daß mein jüngster Schwager, Will Lessingham, gestern abend in London plötzlich verstorben ist. Wir hatten ihn alle sehr lieb.«

»O Mary, das tut mir schrecklich leid.«

»Edward muß jedenfalls mit dem Nachtzug morgen nach London. Eine wichtige Konferenz wurde kurzfristig im Außenministerium anberaumt. Anne und Charles werden sofort nach dem Lunch heimfahren, im Auto. Er war, wie du weißt, Junggeselle, und Anne eigentlich schon immer die Liebste für ihn in der Familie. Wir wissen nichts Näheres: nur daß er in seinem Sprechzimmer in der Harley Street zusammengebrochen ist.«

»Fährst du selbst nicht?«

»Nein. Ich könnte sowieso nichts tun. Ich mag keine Beerdigungen, und Edward mag nicht, wenn ich zu welchen gehe. Ich mag auch nicht, wenn Edward zu welchen geht. Trotzdem.«

Fanny stach mit dem Füllfederhalter kleine Löcher in das Löschblatt. »Ein furchtbarer Verlust für seinen Stand. Ich kann mich so gut von früher an ihn erinnern: kam oft auf Besuch zu Anne. Wie alt war er?«

»Eric, Frederick, Anthony und Margaret, William, Anne – er kam zwischen den Zwillingen und Anne: einundvierzig in diesem Jahr, glaube ich.«

»Jung.«

»Vierzig ist zwar nicht gerade jung, auf jeden Fall aber zu jung.«

»Ich kann Edward nicht erwischen«, sagte Eric, der aus der Halle hereinkam. »Hat sich anscheinend im Arbeitszimmer eingeschlossen und die Diener angewiesen, daß man ihn keinesfalls stören dürfe.«

»Ihr kennt euch, nicht wahr?« sagte Mary. »Mein Schwager . . .«

»Mr. Chedisford? Sicher kennen wir uns!« Sie gaben sich die Hand. Fanny wirkte etwas nervös.

»Edward hat sich eingeschlossen, weil er zu arbeiten hat«, sagte Mary. »Muß noch einiges vorbereiten für diese Blitzkonferenz am Dienstag.«

»Oh. Nun, ich sehe ihn ja beim Lunch. Ein paar Dinge, bei denen ich seinen Rat brauche.«

»Ich glaube nicht, daß du ihn beim Lunch zu Gesicht bekommen wirst. Womöglich nicht einmal beim Dinner. Viel besser wäre, wenn du über Nacht bliebest: es ist für alles gesorgt. Hübscher Seidenpyjama. Brandneue Zahnbürste. Was du willst. Mir zuliebe.«

»Ganz furchtbar nett von dir, Mary. Abgemacht, ich werde bleiben.«

»Prima. Wir rufen Jacqueline an, damit sie sich keine Sorgen um dich macht.«

»Sie doch nicht! Nach vierzehn Jahren mit mir hat sie gelernt, sich keine Gedanken darüber zu machen, wo ich hängengeblieben bin. Aber sag, glaubst du, daß Edward seine Berserkerwut bekommen hat?«

»Es würde mich nicht überraschen, so wie er sich auf seine – was weiß ich für eine – Arbeit gestürzt hat.«

»Augenrollend, zähneknirschend, brüllend wie ein Bulle?«

»Im übertragenen Sinne, ja.«

»Schade, das hätte ich sehen wollen. Passiert das öfter dieser Tage?«

»Nun, wir haben einander in diesen alptraumhaften Jahren nicht oft gesehen. Nicht öfter, soviel ich weiß, als früher. Es liegt in der Familie, nicht wahr? Mir war immer klar, daß du Zeiten hast von – sollen wir sagen – heftiger Inspiration, gefolgt von einem Plumpsen wie ein ausgewrungenes Geschirrtuch?«

»Von wem weißt du das, meine liebe Mary? Von Jacqueline?«

»Vielleicht.«

»Geheimnisse der Hochzeitsnacht: zum Kuckuck, ein starkes Stück. Nun, ich kann versprechen, wenn's mich überkommt, so ist das harmlos, verglichen mit Edward. Erinnerst du dich an den berühmten Vorfall von Avignon im letzten Sommer vor dem Krieg?«

»Und ob!«

»Ja, aber du hast nur erlebt, wie es dazu gekommen ist. Ich hingegen hatte einen richtigen Logenplatz beim großen Finale.«

»Was war denn da?« fragte Fanny.

»Oh, eine tolle Geschichte.«

»Erzähl sie Miß Chedisford.«

»Eine tolle Geschichte. Ich und meine Frau, Edward und Mary, wir saßen alle in einem dieser Straßencafés: laue Sommernacht, schöner Mondschein und so weiter, viele Stühle und Tische, plaudernde Leute, Musik von einer Kapelle. An unserem Nachbartisch ein hübsches Mädchen – eine Französin – und ein junger Freund: nette, stille, harmlose Menschen. Plötzlich kommt ein schwerfälliger Riese, ein Halbneger, der aussieht wie ein Preisboxer, schlendert an den Tisch, guckt sich die junge Dame genauer an und pflanzt sich an ihren Tisch. Nun, sie tun so, als würden sie ihn nicht beachten, stehen auf und gehen. Der Bursche folgt ihnen: holt sie scheinbar ein: hat einiges intus: jedenfalls macht er sich an die junge Dame ran. Der junge Mann, dem Aussehen nach etwas schüchtern, weiß nicht recht, was er tun soll. Edward nun schaut dem eine ganze Weile zu, und allmählich platzt ihm der Kragen. Verflixt, sagt er, da werde er dazwischenfunken. Ich will ihn abhalten: gehe uns nichts an: wollen keine Szene machen. Will davon nichts hören. Schon steht er auf und spaziert hinüber in seiner frechen Art, die Ruhe in Person. Stellt sich vor ihn hin und fordert ihn auf, sich anständig zu benehmen. Es war zu weit weg, und wir konnten nicht verstehen, was sie sagten, aber offenbar gab es eine Auseinandersetzung. Schließlich hob der Mann das Glas in der Hand, als wollte er es Lessingham ins Gesicht schütten: überlegte es sich aber dann, so schien's, doch anders. – Erinnerst du dich, Mary?«

»Ach je! Ach je! Erzähl weiter. Es schwebt mir wieder deutlich vor Augen.«

»Lustig«, sagte Fanny. »Gefällt mir.«

»Als nächstes stehen sie auf; gehen beide fort. Der Bursche ist verdammt zornig, geht tobend, wie unter einem Marschbefehl, voraus und schimpft und schnauzt über die Schulter zurück: Edward dicht hinter ihm, als wollte er ihm Beine machen. Mein Gott, sagte ich, da möchte ich dabeisein. Ließ die Frauen allein und ging hinterher, ohne mich sehen zu lassen, um für Edward nicht aufdringlich zu wirken; nur im Falle daß. Sie durch eine Passage hindurch, die es da gibt, in Richtung Papstschloß und schließlich zum Hotel – wie hieß es? Silberadler oder so – vor dem ein Hoteldiener in Uniform steht: ruhige Straße, menschenleer. Der arme Boxertyp immer voraus, wie übertölpelt: paßte ihm nicht, aber hatte keine andere Wahl; abgeführt wie ein Taschendieb. Edward sagt zum Dienstmann: ›Sie kennen mich?« – ›Oui, Monsieur.‹ – ›Sehen Sie diesen Mann da?‹ fragt er. ›Oui, Monsieur.‹ – ›Also gut. Sie sind Zeuge.‹ Und zu dem Früchtchen sagt er: ›Sie haben in meiner Gegenwart eine Dame belästigt und mich beleidigt. Und als ich Sie aufgefordert habe, sich zu entschuldigen, haben Sie mich wieder beleidigt. Stimmt das?‹ – ›Ja‹, antwortet er und macht eine Fratze wie ein tollwütiger Hund. ›Es stimmt, du dümmlicher Dümmling, du verdummter, dummer Dummerjan, gleich wirst du dumm als dümmer schaun, wenn ich dich dumm und dämlich hau!‹ stürzt auf ihn, will ihm eine reinhaun, in dieser typischen Schlägerart: aber im Handumdrehen packt Edward ihn irgendwie – wie genau, konnte ich nicht sehen: es ging zu schnell, und es war zu dunkel – aber blitzschnell hat er ihn vom Boden gestemmt und wirft ihn gegen die Wand – peng! Und dort sackte er zusammen.«

»Warf ihn? Wollen Sie sagen, er warf ihn durch die Luft?« fragte Fanny Chedisford ungläubig.

»Ja, wie eine Katze. Und der Kerl war wirklich ein Schrank von Mensch. Zuerst dachte ich, er sei tot: er sah verdammt danach aus. War ganz schön zugerichtet . . .«

»O danke«, sagte Mary, »die schmückenden Einzelheiten können wir auslassen.«

Fünf Minuten später, als sie Eric sein Zimmer zeigte, sagte sie: »Ich hätte dir über Fanny Bescheid sagen sollen. Sie führt nicht mehr das *Mrs.*«

»Was sagst du da? Führt es nicht mehr? O Gott, da ist mir ja ein böser Schnitzer passiert. Kann man nichts machen. Was ist geschehen?«

»Allerhand, das besser nicht hätte geschehen sollen.«

»Stellte sich der Mann als faule Nuß heraus?«

»Wie es fauler nicht mehr geht.«

»Sie heiratete einen Cousin ersten Grades, nicht wahr? Und beide Eltern waren dagegen. Zu Recht, muß man sagen. Sind sie geschieden, oder was?«

»Ja.«

»Ist ja modern. Verdammter Idiot. Sie ist eine feine Frau. Die meisten Leute sind irgendwie ganz schön idiotisch. Was ist denn aus ihrem netten Bruder, diesem Tom Chedisford, geworden?«

Mary gab keine Antwort.

»Hör mal, meine Liebe«, sagte er plötzlich: »du bist in letzter Zeit viel mehr mit Anne zusammen als sich. Läuft bei ihr alles, wie es soll? Du weißt, was ich meine.«

»Unbedingt, würde ich sagen. Warum?«

»Dieser Charles. Behandelt er sie gut?«

»Ist ganz vernarrt in sie. War schon immer so.«

»Er ist ein Einfaltspinsel. Meinst du, sie sind glücklich zusammen?«

Mary lachte. »Du meine Güte, wieso stellst du lauter solche Fragen? Natürlich sind sie das.«

»Nicht ein bißchen eintönig?«

»Bei den meisten von uns wird's ein bißchen eintönig im Laufe der Jahre.«

»Bei den meisten von uns, bei einigen aber nicht.«

»Vielleicht kommen manche Leute so besser zurecht. Man kann keinen *Code Napoléon* für glückliche Ehen festsetzen.«

»Meinst du, sie hat, was sie wollte?«

»Bestimmt. Und wenn nicht, könnten wir es ihr bestimmt auch nicht geben.«

Eric rümpfte die Nase und schürzte die Lippen. »Was mir nicht gefällt, ist, daß die liebe Anne immer mehr wie eine alte Jungfer wird: dieses irgendwie entrückte Aussehen. Hätte den Burschen lieber nicht heiraten sollen, wenn sie durch ihn so altjüngferlich wird. Edward macht aus dir nicht so etwas. Und ich auch nicht aus Jacqueline.«

»O je, wir werden jetzt aber sehr persönlich. Sollen wir nicht lieber einen Schlußstrich ziehen?«

»Wie du willst, meine Liebe. Aber bevor wir das Thema wechseln, möchte ich dir doch gern sagen, daß du und Edward das einzige Ehepaar seid, das ich kenne, von dem ich immer den Eindruck habe, daß ihr gar nicht verheiratet wärt, sondern eine heimliche Beziehung hättet, von der niemand anders Wind bekommen dürfte. Und das hält euch jung und lebenssprühend und läßt euch jugendlich bleiben. Von Altwerden keine Spur. Und wenn du mich fragst, wem von euch die Ehre dafür gebührt, so gebührt sie euch meines Erachtens gleichrangig. Und du kannst ihm von mir ausrichten, wenn du willst, daß das meine Meinung ist.«

Es war nach dreiundzwanzig Uhr an diesem Abend. Lessingham saß im Arbeitszimmer, umringt von Papieren, Büchern, Karten, Statistiken und Zigarrenrauch. »Legen Sie sich jetzt lieber hin, Jack: damit Sie morgen frisch sind. Das meiste ist nun geheftet und geordnet. Ich mache noch ein bißchen weiter: muß mein Memorandum noch in Form bringen: eine heikle Sache, denn damit steht oder fällt das Ganze, und es geht am besten, wenn ich das allein mache. Die Anlagen haben Sie nun alle vervielfältigt auf dem Roneo-Apparat, nicht wahr?«

»Alle bis auf Anlage V«, sagte Milcrest.

»Dafür haben Sie genügend Zeit vor dem Lunch. Sind Sie sicher, daß man uns nicht im Stich lassen wird mit dem Flugzeug?«

»Ganz sicher, Sir. Der General hat es persönlich versprochen. Die schriftliche Bestätigung ist auch hier«; er wühlte zwischen den Papieren auf dem Schreibtisch und zog sie hervor.

»Großartig. David wird Sie zum Flughafen bringen. Er muß rechtzeitig zurück sein, um mich nach Carlisle zu fahren: ich breche um Punkt sieben Uhr auf. Mit meinem Schlafwagen alles in Ordnung?«

»Ja.«

»Und im Carlton House Terrace wissen sie Bescheid, mich für Bad und Frühstück am Dienstagmorgen zu erwarten, und daß Sie Montagnacht dort schlafen?«

»Ja.«

»Es kann sein, daß ich sofort weiter nach Paris muß: weiß das erst nach der Konferenz am Dienstag. Wenn ja, sollen Sie mich begleiten. Stellen Sie sich bitte auf diesen Fall ein.«

»Schon recht, Sir.«

»Und nun ab ins Bett mit Ihnen. Wir haben heute verdammt viel geschafft. Gute Nacht.«

Als Lessingham allein war, steckte er sich eine Zigarre an, streckte die Beine auf dem Sofa aus und hing eine Viertelstunde seinen Gedanken nach. Dann sprang er auf, ging an den Schreibtisch und stürzte sich auf seine Arbeit. Es schlug zwei, und immer noch war er eifrig am Schreiben. Die fertigen Seiten warf er neben sich auf den Boden. Um drei legte er seinen Füllhalter weg, reckte sich und ging hinüber zum Sideboard, wo unter weißen Servietten ein leckeres kaltes Abendessen hergerichtet war: Huhn in Aspik, grüner Salat mit Radieschen und Sachen zum Kaffeekochen. Um zwanzig nach saß er wieder über seiner Arbeit. Allmählich drang Tageslicht durch die Vorhänge. Es schlug fünf. Er zog die Gardinen auf: aß ein Sandwich, öffnete eine Flasche Clicquot: sammelte die Blätter vom Boden auf, setzte sich und sah sie durch: korrigierte, strich zusammen, brachte hier und dort Zusätze unter, kürzte drei Seiten zu einer, zog einen Nachtrag in den Haupttext vor oder verlegte einen Textabschnitt zurück in den Anhang, stellte manches um, ließ anderes weg, so daß zum Schluß statt siebentausend Wörtern dreitausend übrigblieben. Acht oder neun zweizeilig geschriebene Maschinenseiten vielleicht: drei Kanzleiformat-Seiten, höchstens dreieinhalb, würde das Sekretariat des Außenministeriums daraus machen; abgesehen von den Anlagen, die das wirklich Wichtige enthielten, die Fakten und den logischen Unterbau, worauf sich das Memorandum stützte. Die aber keiner lesen würde, sagte er bei sich, als er den Deckel des Abfertigungsbuches über dem Ganzen schloß. Was sind Fakten, und was ist logisch? Dinge, mit denen sich spielen läßt, die man vorführen und mit denen man hausieren gehen kann. Mit Fakten und Logischem kann man für alles triftige Gründe finden. Die große Mehrheit der zivilisierten Menschheit ist, politisch gesehen, eine Mischung zwischen Schaf und Affe: verschlagen, heuchlerisch, wild. Diese Fakten fehlen in den Anlagen, aber sie sind die Leitfaktoren; stets wird Politik auf diese gegründet und vor der Welt gerechtfertigt als der Niederschlag der wohlwollenden Ambitionen der wollenen Herde und der Arglist des Rhesusaffen. Und die Frucht solcher Politik fällt so aus, wie diese Welt, die Hebammendienste dabei leistet, sie verdient: eine Art ägyptische Tier-Gott-Gestalt, mit dem Hinterteil eines Schaflamms und einem Gorillakopf und den ehernen Klauen der Sphinx; behaftet mit der plumpen und leidigen Neigung zum Harakiri: Kopf und Klauen machen Blutwurst aus dem eigenen Hinterleib und gehen als natürliche Folge der derart unintelligent beseitigten lebenswichtigen Organe zugrunde.

Es war fast halb zehn, als er nach Milcrest läutete. »Es ist da drinnen, im Abfertigungsbuch. Ich will's nicht wieder sehen. Ziehen Sie Kopien zum Austeilen ab: ich verlasse mich auf Sie wegen etwaiger Korrekturen: wecken Sie mich, wenn Ihnen irgend etwas wirklich fragwürdig erscheint, sonst nicht. Lassen

Sie mir zwei Kopien in der Tasche: bringen Sie den Rest persönlich zu Whitehall Gardens 2, unbedingt noch heute abend. Je eher, desto besser.« Er gähnte und reckte sich. »Ich bin ein Narr«, sagte er, »daß ich mit dem Kopf durch die Wand will.«

Plötzlich hundemüde, ging er nach oben und ließ sich, so wie er war, weil er zum Ausziehen keine Kraft mehr hatte, aufs Bett fallen. Zweiundzwanzig Stunden lang hatte sein Kopf härteste Denkarbeit geleistet. In weniger als einer Minute war er eingeschlafen. Mary spähte durch die Tür herein: kam leise ins Zimmer: deckte ihn mit einem Federbett zu, ging wieder hinaus und schloß lautlos die Tür hinter sich.

Er wurde am späten Nachmittag wach, nahm ein Bad, kam zum Tee herunter, löste Erics Probleme und war gegen sieben Uhr längst auf dem Weg nach Carlisle. Dem alten David rutschte das Herz in die Hosen angesichts der mörderischen Geschwindigkeit und der gelassenen Art, wie Lessingham den Wagen lenkte.

Die Sommernacht senkte sich über die Außenterrassen von Memison: der Mond war aufgegangen: Venus stand in ihrer Pracht wie ein junger Mond hoch im Westen. Der König sagte: »Er ist nach Acrozayana heimgekehrt, um morgen seine wöchentliche Audienz zu halten. Er tat gut daran. Indes werdet Ihr sehen, wie ihn seine Neigungen bald wieder hierherführen werden.«

Vandermast strich sich über den Bart.

Der König sagte: »Es beschäftigt mich eine Frage über Gott. Allmacht, Allgegenwärtigkeit, Allwissen: der Er über diese Vorzüge verfügt, was hat Er noch zu erhoffen? Bei meiner Seele, wucherten oder sprössen in mir selbst diese schwellenden Knospen – alles tun, alles wissen, alles sein –, ich wette, ich würde vor Langeweile sterben.«

Vandermast sagte: »Eure Durchlauchte Hoheit mögen folgendes nicht vergessen: je größer die Macht, oder die Wonne, um so größer muß die *ἄσκησις* oder Disziplin sein.«

Der König sagte: »Ihr meint, der Allwissende und Allgegenwärtige muß Sich und Seine Macht und Sein Wissen einer Disziplin unterwerfen, wie auf einer Brücke aus zwei gespannten Seilen über dem Abgrund gleichzeitig den Weg der Vernunft und den Weg der Sinnlichkeit beschreiten?«

Vandermast sagte: »Ja. Innerhalb dieser beiden Wege und ihrer Vertauschungen finden sich zwei Millionen Wege, worin ein

Mensch, oder ein Gott, vollkommen leben kann. Oder zwei Billionen. Oder wieviel Ihr wollt. Denn wer möchte Gottes Macht, oder Ihr Ränkespinnen, Ihr *δολοπλοκία* in Schranken weisen?«

Der König fragte: »Was ist dann *τὸ τέλος*? Was ist Ziel und Endzweck des Lebens in dieser Welt, in der wir leben?«

Vandermast sagte: »Ziel und Endzweck ist Sie. Selbst wenn der Himmel vergeht, wird Sie bestehen. Ein Mann ist entmannt, strebt er ein niedrigeres Ziel an. Gott kann nicht höher greifen.«

Der König sagte: »Aber was ist mit dieser alten Weisheit, *Deus se ipsum amore intellectuali infinito amat*: Gott liebt sein eigen Selbst mit einer unendlichen, geistigen Liebe? Und ist das nicht ein höheres Ziel?«

Vandermast sagte: »Das ist eine gute philosophische Frage: aber Eure Hoheit haben nicht in die Rechnung aufgenommen die grundlegende Zweiheit in Einheit der göttlichen Natur. Einzig in dem, das es liebt, hat das Selbst Sein – ist es wesentliche, formale, wirkende Ursache, Urgrund und Endzweck aller Dinge. Und dennoch birgt es, in einem unlösbaren Widerspruch, eine Notwendigkeit in sich, die unabhängig ist von dem, was es liebt. Denn in der Liebe muß es notwendigerweise das nämliche Selbst und das Andere geben.«

Der König fragte: »Wer seid Ihr, alter Mann, der Ihr mir aus dem grundlos tiefen Born der Weisheit Sterne heraufholt, als spräche ich selbst zu mir selbst, obschon diese Geheimnisse sind, auf die ich bis jetzt nie meinen Sinn zu lenken wagte?«

Vandermast sagte: »Das Selbst hat, wie wir sagten, sein Sein einzig in dem, was es liebt.«

Und der König sagte unter den Sternen in Memison: »Und aus demselben Grund liebt auch Sie, die schreckliche, goldbekrönte, hehre Aphrodite, die sich und Ihre Vollkommenheit liebt, jene wohl nicht um Ihrer willen, sondern wegen Ihm, der Sie liebt und geliebt wird von Ihm.«

Vandermast sagte: »Das ist gewiß. Und es ist das zweifache Ankertau von Wahrheit und Wahrheit. Und ist so, in Ihr und wegen Ihr, die höchste *ἄσκησις*: eine Unendlichkeit formaler Grenzen, wobei das tote, ungeformte unendliche Sein und Werden Leben erlangt.«

Der König sagte langsam, wie aus behäbiger, tiefer Versenkung heraus: »Und das ist so, um – sollte es Gott sein – vielleicht durch den Geist dieses Rosses, dieses Fisches, dieses Sklaven, dieses Weisen, dieses Sturmvogels, als Er oder Sie, hier und dort

Unsere Augen zu öffnen: von innerhalb der Welt sehen, welche Art von Welt es ist. Und um das Spiel spannend zu halten, vor dem Schauen Lethe trinken: eine Weile Unserer olympischen Heimat und Abstammung vergessen. Gar durch viele Fenster«, sagte er nach einer längeren Pause, »gleichzeitig schauen, durch viele Augenpaare auf einmal. Wie verschüttetes Quecksilber: viele glänzende Kügelchen; eine jede spiegelt nach außen hin alle anderen, ist aber durch die eigene Haut von allen anderen getrennt; das Innere einer jeden ist verborgen: bringt man sie indes miteinander in Berührung, verschmelzen sie wieder.«

Vandermast sah von einer Antwort ab. Der König, der in die Augen dieses Greises blickte, blickte in Schlünde der Nacht: der Nacht, die Schwester des Todes ist, aber auch Mutter des Verlangens und Mutter der Träume, und zwischen deren Bettpfosten die unermeßlichen Weiten des Weltraums liegen.

Es war 1923, die erste Februarwoche, ein düsterer, regnerischer Tag, vom Ostwind gebleicht. Mary reparierte ihr Pferd am Rand der Kelling Heath-Heide. »Wir bleiben besser aus dem Weg«, sagte sie über die Schulter zu Anne Bremmerdale, die ein oder zwei Meter hinter ihr angehalten hatte. »Ziemlich gefährlich mit diesen vielen alten Schützengräben. Man sollte sie auffüllen.«

»Sind nützlich für den nächsten Krieg«, sagte Anne.

Sie bleiben eine Weile stehen und schauten nordwärts und seewärts über die Heide. Mary drehte sich im Sattel und ließ den Blick landeinwärts wandern. Alles war braun und kahl, und die Bäume trugen kein Laub; nahebei jedoch zeigten sich in den Weißdornsträuchern mit ihrem dunklen Dornengeflecht und der Unzahl kleiner Sterne erste Anzeichen des erwachenden Lebens: grüne Kügelchen, das erste Schwellen der Knospen in ihrem Himmel aus kreuz und quer laufenden Zweigen. Keine Butterblumen um diese Jahreszeit, keine Mädesüß mit ihren cremefarbenen, wohlriechenden Blüten, mit Tauperlen beträufelt; die Dorngrasmücke sang nicht ihr hübsches, abwärts gleitendes Liedchen, und die Feldlerche tirilierte nicht, um den jungen Morgen zu begrüßen; und dennoch waren dieses weite Heideland und der aufgewühlte Himmel darüber voll des Widerhalls von einem fünfzehn Jahre alten Echo all dessen, und voller Hufschläge, die wie vor dem Morgen flüchtendes Dunkel gewesen waren, mit gedämpftem Rollen von Dunkel im Herzen wie von fernen Trommeln. »Glaubst du, wir werden älter?« fragte Mary, als sie wieder in die Straße einbogen und im Schritt landeinwärts ritten. »Oder meinst du, wir sind wie die Zuschauer in einem Ino: sitzen still und sehen zu, wie all das an uns vorüberzieht?«

Die stolzen Züge von Annes Gesicht verhärteten sich und wurden denen ihres Bruders Edward noch ähnlicher. »Ich glaube, wir werden älter«, sagte sie. »Die meisten von uns werden's.«

Der Wind schien auch so zu denken. Älter werden und sterben. Manchmal zuerst sterben. Mary sagte: »Ich glaube, wir werden älter.«

Und dennoch: konnte man die Tage verleugnen und die Stunden wettmachen? Das war der Tag jenes letzten dieser Kricket-Spiele gewesen, die jedes Jahr seit so vielen Jahren gegen Hyrnbastwick ausgetragen worden waren. Armer Hugh, blind vom Krieg heimgekehrt: wenigstens hatte er seine Frau: vermutlich die Richtige. Und Lady Southmere war dort gewesen. Ob Anne sich daran erinnere? Natürlich erinnerte sie sich: längst gestorben, diese beiden alten Leute. Und Mr. Romer, den Jim so bewundert und gern gehabt hatte im Trinity-College: auch Edward mochte ihn sehr, diesen Mann, der in normalerweise unvereinbaren Sphären eine herausragende Stellung innehatte, als College-Leiter ebenso wie als weltlicher Herr: allein ihn gekannt zu haben, war eine erzieherische Aufwertung. Er starb 1915. So viele dieser Leute hatte der Krieg erwischt: Jack Bailey, gefallen: Major Rustham, Hesper Dagworth, Captain Feveringhay, tot, tot, tot: Norman Rustman, dieser entzückende kleine Junge, mit der *Hawke* untergegangen. Nigel Howard: gefallen: arme Lucy. Und ihr Bruder verheiratet mit dieser – nun, wir wollen nicht Edwards Bezeichnung für sie wiederholen. Und Tom Chedisford, ausgerechnet er, trinkt sich, wie's scheint, zu Tode: unglaublich: entsetzlich. »Was macht Janet Rustham dieser Tage?« fragte Mary.

»Gute Werke.«

»Und diese schrecklichen Playter-Gören?«

Anne lächelte. »Eine wurde Nonne: die andere hat irgendeinen Job bei der Regierung. Cuthbert Margesson war in diesem Jahr Captain eurer Mannschaft gewesen, nicht wahr? Ist mir unerträglich der Gedanke, daß Nell bis heute nie erfuhr, was aus ihm wurde: wirklich schauderhaft, so eine Vermißtenmeldung.«

»Schlimmer war's für Amabel«, sagte Mary. »Ihr Nicholas wurde vor ihren Augen in Kiew von brutalen Kerlen ermordet. Sie ließ man laufen, weil sie Engländerin ist. Aber du bist schrecklich trübsinnig: bringst mich fast zum Weinen, mit diesem häßlichen Wind und all dem. Vergiß nicht, es gab auch viele erfreuliche Dinge: Tom Appleyard ist nun Admiral und ziemlich unversehrt: Rosamund eine richtige Marquise: du und Charles: Edward und ich: der liebe Jim, Salz der Erde, den meiner Meinung nach nicht einmal der Jüngste Tag ändern könnte; und Onkel Everard und Tante Bella: und Vater, so rüstig und munter, obwohl er auf die Siebzig zugeht.«

»Aber einsam«, sagte Anne frei heraus.

»Einsam.« Es barg dieses Wort eine entblößende Wirkung in sich, und wie auf einen Jagdruf hin schien sich der rauhe Wind darauf zu stürzen: raubte ihr den Atem, fuhr durch ihre dicke Winterkleidung, so daß sie eine Gänsehaut bekam. Sie schauderte und setzte ihr Pferd in Trab. Eine Zeitlang ritten sie schweigend weiter, nur in der Gesellschaft der heimlichen Geister von einander: Mary leisteten Gesellschaft Annes tote Brüder, Fred und Will Lessingham, und die einzige andere Schwester, Margaret, die diesen verschrobenen Forscher geheiratet hatte und im Orinoko-Becken an Gelbfieber gestorben war; und Anne leisteten Gesellschaft alle drei toten Brüder Marys: der älteste und jüngste waren im Krieg gefallen und Maxwell, der mittlere, Jahre zuvor bei einem Jagdunfall umgekommen. Geist der Vergangenheit, klamm und fröstelnd. Aber nicht bedrohlich wirkend, wie dieser eine geheime Geist, der nur für Lady Bremmerdale gegenwärtig war und trotz der anderen kommenden und gehenden Gedanken nicht an Boden verlor. Der Fuß faßte mit einer irgendwie höhnischeren Unterwürfigkeit und zur Schau stellte, daß er sich ihrem Willen beuge: ein anfänglicher Geist, grau, mit seinem Atem den Blick auf die Zukunft trübend: ein Geist ohne klare Gestalt, außer daß er wie der Hanswurst in altmodischen Pantomimen unentwegt Hülle um Hülle abzulegen schien. Und bei jedem Ablegen war die Wirkung keine enthüllende, sondern ein immer klareres Aufzeigen immer öderer Leere.

Als sie im Schritt aus der Senke zum Anger von Salthouse ritten, sagte sie: »Ich habe eine Frage an dich, Mary, die unters Allgemeinwissen fällt: etwas, das mich in der letzten Zeit sehr beschäftigte. Meinst du, es wäre möglich, daß zwei Menschen glücklich einfach nur als Freunde zusammenleben können? Eheleute, meine ich: in einer platonischen Ehe, sozusagen?«

Mary neigte den Kopf, als wägte sie ab, ehe sie antwortete. »Ich denke, ich würde hier Dr. Johnsons Spruch über den auf

Hinterbeinen gehenden Hund anwenden: es geht nicht sehr gut, aber man ist verblüfft, daß es überhaupt geht.«

»Ich habe auch Zweifel, ob es möglich ist«, sagte Anne. »Sicherlich sollte es das sein. Nicht, daß es eine gewisse Tugendhaftigkeit darstellt: es ist ja wohl ganz klar eine Frage des Geschmacks. Aber der Geschmack fällt sehr ins Gewicht, denkt man zum Beispiel an siamesische Zwillinge. Ich bilde mir ein, Geschmacksunterschiede zu einer solchen Sache können unüberwindliche Hindernisse sein, nicht wahr?«

Mary sah sie an, aber Annes Gesicht war abgekehrt. »Darüber habe ich wohl noch nie wirklich nachgedacht. Unüberwindlich ist ein großes Wort. Ich würde meinen, wenn sie einander lieben, dann finden sie auch einen *Modus vivendi.*«

»Aber natürlich kann es doch Leute geben, deren Vorstellungen derart auseinanderklaffen.«

»Wenn sie sich wirklich lieben«, sagte Mary, »dann sollten Vorstellungen eigentlich keine so große Rolle spielen.«

»Vorstellungen in bezug auf Liebe, meinte ich. Was sie ist.«

»Nun, wenn sie einander lieben würden?«

»Aber könnte es nicht sein, gerade weil sie einander lieben, und weil ihre Ideen (oder Ideale) so unterschiedlich sind, daß sie sich dann auf einen *Modus vivendi* einigen, der diese entgegengesetzten Ideen und Vorstellungen umgeht? Und wird nicht gerade das dazu führen, daß sie oberflächlich leben: sich vor den tiefen Beziehungen drücken? Wenn man farbenblind ist, kann man kaum eine sehr unterhaltsame Gemeinschaft mit jemandem eingehen, dessen ganzes Interesse Farbzusammenstellungen aus Rot und Grün gilt.«

Mary sagte: »Ist mir fraglich. Gewiß ist das Heiraten ein Unterfangen, das Spiel gemäß bestimmten Regeln zu spielen. Beide sind sich darüber klar. Es kommt mir ein bißchen wie eine lahme Ausrede vor, davon abzusehen, weil für den einen oder anderen oder beide die Regeln das Spiel nun mal besonders schwierig machen.«

Anne schwieg eine Zeitlang. Dann sagte sie: »Du sprichst, als wärst du die geborene Meisterin des Spiels, meine Liebe. Ich dachte an weniger begabte Stümper, die eine nicht so glückliche Hand besitzen.«

»Vielleicht fällt es dir und mir schwer, uns in deren Lage zu versetzen«, sagte Mary.

»Vielleicht, ja.«

»Da bin ich mir ziemlich sicher«, sagte Mary, »daß, wenn es solche Schwierigkeiten gibt, es viel besser wäre, wenn von den beiden die Frau weniger stark verliebt wäre.«

Anne sagte nach einer Weile: »So glaubst du also nicht an das Lösen des gordischen Knotens?«

»Nein.«

»Nie?«

»Nein, nicht bei Leuten, die in besagtem Schlamassel stecken.«

»Aber warum nicht? Mich würde interessieren, warum du so denkst.«

Mary schien eine ganze Zeitlang nachzudenken, wobei sie ihrem Pferd über den Hals streichelte. »Eigentlich deshalb, weil wir, wie ich glaube, in diese Welt gesetzt sind, um uns einzig und allein darin zu üben, gordische Knoten zu lösen.« Sie sah zu Anne, dann wieder weg: schloß sehr sachte: »Uns darin zu üben, sie zu lösen: nicht um uns auf sie zu setzen und so zu tun, als seien sie nicht da.«

Lady Bremmerdale seufzte. »Ich kann mir vorstellen, wirklich schwierig wird es in einem Fall, wo die Spieler sich das Spiel zehnmal unspielbarer gemacht haben, als überhaupt nötig gewesen wäre: es vielleicht direkt bei Beginn verdorben haben, indem sie den Knoten so verhedderten, daß es kein Entwirren mehr gibt. Und wenn es kein Entwirren mehr gibt, so bleibt nur die Wahl, sich draufzusetzen und so zu tun, als sei er nicht da (was wohl unehrlich und schädlich für die Selbstachtung wäre), oder ehrlich zu sein und ihn durchzuhauen. Oder ihn hinzuschmeißen und Schluß damit.«

»Ich für meine Person würde mich gewiß nicht draufsetzen«, sagte Mary. »Es wäre auch bestimmt sehr qualvoll für den Sitzapparat! Aber was das Durchhauen oder Fortwerfen angeht«, sagte sie mit größerer Eindringlichkeit, «– nun, Liebste, das ist gegen die Regeln.« Anne sagte nichts. »Außerdem«, sagte Mary, »leuchtet mir nicht ein, wie man im wirklichen Leben im voraus überhaupt sagen kann: Hier ist ein Knoten, der unlösbar ist.«

Nach einer langen Pause sagte Anne: »Jim ist genau derselben Ansicht wie du.« Sie wandte sich um zu Mary und blickte in ihre Augen, und es war so leicht und wohlig, den Blick in ihnen ruhen zu lassen, als würden ihre eigenen Augen in einem Spiegel sich selbst betrachten.

»Aha, Jims Allgemeinwissen wurde auch auf den Zahn gefühlt, nicht wahr?«

»Ihr seid die einzigen, die ich auf der Welt kenne, die man zu einem solchen Thema befragen kann.«

»Die Leute sprechen mit Jim, weil er mit niemandem spricht. Es freut mich, daß Jim meiner Meinung ist. Abgesehen davon würde sich wohl auch Edward als Dritter auf der Liste eignen.«

»Ihn zähle ich nicht«, sagte Anne. »Ihn kann man kaum als andere Person zählen.«

Marys Schweigen, klarer und sanfter als Worte dies vermocht hätten, ließ sie wissen: »Schon verstanden.«

»Edward meint, durchhauen und zum Teufel damit.«

»Würde ich auch meinen«, sagte Mary, »falls ein dritter im Bunde wäre: *tertium quid.* Natürlich ist so einer meistens im Spiel. Praktisch immer. In diesem angenommenen Fall aber, wenn ich's recht verstand, nicht?«

»In diesem angenommenen Fall bestimmt nicht.«

»Nun, dann . . .«

Es wurde spät. Sie waren in einem Kreis geritten, durch Glanford und die Downs und dann weiter durch Wiveton und Cley mit seiner großen Kirche und Windmühle und wieder hinauf zum Anger, und stiegen nun über Salthouse den Hügel hinunter. Auf dem Fluß wimmelte es von Wasservögeln. Jenseits davon lag die Nordsee wie aufgerauhtes Blei, und der ganze Himmel war dunkel und bleiern in der Dämmerung, von hohen Wolkentürmen im Norden verfinstert; ein Graupelschauer zog von der Küste landeinwärts. Mary sagte: »Ich meine, Charles' Ansicht wäre nützlich.«

Lady Bremmerdales hübsches Gesicht verfinsterte sich. »Ich habe Charles nicht danach gefragt«, sagte sie nach einer Pause. Sie kamen nun nach Salthouse, am Flußufer gelegen. Sie sahen, wie ein Zug Ringelgänse, zwei Dutzend oder mehr, plötzlich steil herniederschoß von diesem bedrohlich finsteren Himmel wie ein Pfeilhagel, um auf dem Wasser zu landen: wild flatternd, die schwarzen Köpfe und Hälse und weißen Schwänze pfeilgerade in Fluglinie ausgerichtet, wie zuckende Blitze vor dem Dunkel der einbrechenden Winternacht.

Anne sagte langsam: »Ich glaube aber, ich pflichte eher dir und Jim bei.«

»Und wir Madonna, sind wir nicht wie Verbannte noch?
Bei unserer ersten Begegnung
Tat eine schattige Tür sich auf,

Eine schwache Stimme rief,
– Dereinst überhört
Im lärmenden Tischgeplauder: Fiedeln, Lichterglanz,
Walzer, dunkle Stufen, Düfte, anderes Frauenlachen – indes
Hatte sich in dieser Nacht der Nächte
Hinter dem Berge
Ein Licht, das nicht vergeht,
Gezeigt und wiedergegeben
Die neue Welt, den neuen Morgen.

Ich habe das nicht ernst gemeint, als ich das vor Jahren geschrien habe«, sagte Lessingham: »in jener Nacht, als du ein so schlimmes Mädchen gewesen bist in Wolkenstein.« Er arbeitete an einem lebensgroßen Porträt von Mary in einem smaragdgrünen Kleid von einzigartigem, aber wunderschönen Schnitt, bei künstlicher Beleuchtung, zwischen Tee und Dinner desselben Nachmittags in der alten, ursprünglichen Zuflucht von Anmering Blunds. »Ich meine, ich fühlte es, aber ich hatte nicht den intellektuellen Mut zu meinem Gefühl. Seltsam, wie die Worte vor dem Gedanken kommen können«, sprach er, halb wie zu ihr, halb wie zu sich, während er arbeitete: »zumindest vor dem bewußten Gedanken. Als ob man Wörter zu Papier bringen oder Farbe auf der Leinwand auftragen würde, und diese Symbole nachher auf unerklärliche Art die Macht hätten, zum Leben zu erwachen und dir (der sie schuf) zu sagen, was in Wahrheit in deinem tiefsten Innern vorging, als du sie schufst; obschon du niemals ahntest, daß es da sei, und es verworfen hättest, hättest du es erahnt.«

Mary sagte: »Das erschließt faszinierende Möglichkeiten. Gemäß diesem Grundsatz könnte man sich einen unbewußten Allmächtigen vorstellen, der sich, während Er das Universum erschafft, sagt: »Moi, je ne crois pas en Dieu.«

»Ich weiß. Es leuchtete mir nicht ein, warum nicht. Ein atheistischer Schöpfer ist ein Widerspruch. Aber ist nicht auch die Wirklichkeit, je tiefer man ihr auf den Grund kommt, in Widersprüche eingebettet? Ich bin ziemlich sicher, daß unsere heimlichsten Wünsche es sind.«

»Gewiß sind sie das.« Ein merkwürdiges Licht umspielte nun fast unwahrnehmbar Marys Mundwinkel. »Wirklich, einem atheistischen Allmächtigen zu begegnen, wäre bestimmt viel amüsanter als einen Allmächtigen vor sich zu haben, der todernst an sich selbst glaubt. Kannst du dir irgend etwas Blasierteres oder Langweiligeres vorstellen?«

Lessingham sagte eine Weile nichts, da er sich mit größter Sorgfalt und Aufmerksamkeit dem Malen widmete. Dann hielt er inne, blickte ihr in die Augen und lachte. »Wie ein stolzgeschwellter Wordsworth, Shelley oder Napoleon: stinklangweilige Burschen, trotz ihrer ganzen Genialität. Unvorstellbar, daß Homer oder der Mann, der die *Njals Saga* schrieb, oder Shakespeare oder Webster oder Marlowe von sich genauso dachten.«

Mary lächelte. »Marlowe«, sagte sie, »als er auf dem Sterbebett lag ›und aufgefordert wurde, seine Seele für Gott zu bereiten, gab zur Antwort, daß er seine Seele auf den Gipfel eines Berges tragen würde – und lauf, Gott, lauf, Teufel, hol er sie, der sie will.‹ Ich könnte ihn küssen für diesen Ausspruch.«

»Ich auch. Sie waren viel zusehr in ihren Beruf verliebt, als daß sie sich mit sich selbst als Schöpfer all dessen abgegeben hätten. Sie waren sich natürlich klar über das Kaliber ihrer Werke: Beethovens Ausspruch über die *Cavatina* (war's die) in Op. 130: ›Eines Tages werden sie ihre Freude daran haben.‹ Aber natürlich liegen Welten zwischen dem und der todernsten Selbstzufriedenheit dieser einseitigen Spinner, die keine Männer sind, sondern ein Scherz der Natur. Wie würde dir Shelley als dein *Inamorato* gefallen?«

»Ich würde ihm wohl die Nase abbeißen«, sagte Mary.

Etwas flackerte in Lessinghams Augen auf. Zügig malte er eine ganze Weile stumm. »Genauso wie ich weiß«, sagte er und nahm den Faden wieder auf, »(und zwar besser als ich Bescheid weiß über die sogenannten akzeptierten wissenschaftlichen Fakten), ob ein Bild von mir gut ist, wenn ich es vollendet habe, oder ob es wertlos ist. Es ist entweder das eine oder das andere: eine dritte Möglichkeit gibt es nicht. Wenn ich es vollendet habe. Vorher kann man gar nichts sagen. Das hier, zum Beispiel: weiß Gott, ob es was wird oder nicht. Dabei wünsch ich's mir doch so, zum Kuckuck.«

»Ja. Früher hast du sie in Stücke zerfetzt oder überschmiert, die halbfertigen Bilder. Bis du dich eines Besseren besannest.«

»Bis du mich eines Besseren belehrtest. Du, indem du Mary bist.« Er trat schnell zurück, um Modell und Porträt zusammen zu betrachten. »Du bist vielleicht das unerträglichste und hoffnungsloseste Malermodell, seitdem Menschen Menschen sind. Warum versuche ich es immer wieder?«

»Es ist dir einmal gelungen. Vielleicht ist das der Grund. Der Appetit kommt beim Essen.«

»Das Porträt *Vision Zimiamvias*? Ja. Es verewigt einen Augenblick, von denen es bei dir unzählbar viele gibt: einen vollkommenen Augenblick. Wirklich. Doch was ist schon einer unter hundert Millionen? Überdies will ich von dir einen vollkommenen Augenblick für die Augen der ganzen Welt. Denn jenes Bild ist nur für dich und mich und die Götter. Oh, der Teufel steckt in ihm«, sagte er und wechselte den Pinsel: »es ist Wahnsinn, Irrsinn, dieses Bild. Und Schreiben ist genauso schlimm. Und Handeln ist genauso schlimm und schlimmer.« Er trat vor und setzte behutsam einen Tupfer an den Mund: trat zurück, überlegte und besserte ihn aus. »Est-ce que vou pouvez me dire, madame, quelle est la différence entre une brosse à dents et un écureuil?«

Marys Antwort bestand aus einer höchst kuriosen Mischung kleiner, träger, höhnischer, abwehrender Laute, die sich scheinbar – wie ein schläfriges Kind sich rekelt, wenn es gestreichelt wird, oder ein schläfriges Hündchen – wohlig reckten, wieder umdrehten und die Nase in der daunenweichen, tiefen Zufriedenheit ob allerlei geliebter Albernheiten vergruben: wie dumm du bist, und wie lieb du zu mir bist, weil du so dumm bist, und wie behaglich es ist, sind wir zwei zusammen, und wie albern doch die Welt ist, und wie amüsant, du und ich zu sein.

»Kennst du die Antwort?« Seine Augen glitten hin und her.

»Nein«, sagte sie mit einer Stimme, die sich scheinbar noch tiefer in die lieblichen, schwellenden Daunenkissen kuschelte.

»Quand on les mit tous les deux en dessous d'un arbre, c'est celui qui le grimpe qui est l'écureuil.«

»Blödes Rätsel!«

»Weißt du, was du damals getan hast?« fragte Lessingham, der den Pinsel plötzlich mit äußerster Genauigkeit und Sicherheit führte. »Du bewegtest dein Kinn wie ein Miezekätzchen, als würdest du eine Halskrause tragen und den Hals strecken und drehen, um ihr besseren Sitz zu verschaffen. Ich weiß jetzt, was diesem Bild fehlt. Hast du einen Rüschenkragen? Können wir nicht einen machen? Ich sehe es schon vor mir: könnte es aus dem Kopf malen. Aber ich möchte trotzdem nach einer richtigen Vorlage arbeiten.«

»Angier kann bis morgen einen machen. Ich kann ihr zeigen, wie.«

»Müde?«

»Nein.«

Er legte Pinsel und Palette aus der Hand. »Wie dem auch sei, hören wir auf und machen Pause. Komm, schau es dir an. Dort. Hab ich nicht recht?«

Mary, die neben ihm stand, betrachtete eine Weile schweigend das Bild. »Aber nicht so eine riesige«, sagte sie, »wie ein ganzes Pfauenrad.«

»Du meine Güte, nein.«

»Und auch nicht so eine, die aussieht wie eine um den Hals gewickelte Ziehharmonika, als hätte man gar keinen Hals.«

»Nein, nein. Sie soll recht schmal sein: höchstens fünf Zentimeter tief, wie bei Isabella d'Este in unserem Tizian im Musikzimmer daheim. Aber viel länger natürlich, auf den Ausschnitt deines Kleides abgestimmt.«

»Als du dieses Kleid entworfen hast«, fragte Mary, »hast du da ein Zimiamvisches Kleid im Sinn gehabt?«

»Ein rein Zimiamvisches. Es kleidet, aber verhüllt nicht übermäßig: schmückt, aber ist nicht so töricht, es gleichtun zu wollen: stellt zur Schau, aber verzerrt nicht.«

»Nach dem Prinzip von Herricks *Lilie in Kristall*?«

»Genau. Das ist ein Zimiamvisches Prinzip, nicht wahr? Bis zu einem gewissen Grade schlechthin Zimiamvisch.«

»Eher schlecht und recht.«

»Eigentlich mehr schlecht als recht. Da haben wir's: wieder einer dieser Widersprüche im Kern der Dinge. Jede Erfahrung reiner Schönheit ist klimakterisch; das heißt, sie birgt in ihrem Sein alles, was zu ihr führte, und umgekehrt hat alles, was zu ihr führt, nur dadurch Wert, weil es zu ihr führt. Man kann nicht nur von Höhepunkten zehren.«

»Worte!«

Er war damit beschäftigt, neue Pinsel auszusuchen und die Palette auf Grün umzustellen. »So vorwurfsvoll? Eine konkrete Parallele also. Denk nur an den Höhepunkt, eingeleitet von diesen gewaltigen Termoli am Ende der *Arietta* in Op. III. Für sich allein gespielt, was wären sie anderes als eine brillante, technisch außerordentlich schwierige Geschicklichkeitsdarbietung? Aber im Kontext gespielt, gleich nach dem selbstzerstörerischen Harmageddon und Ragnarök beim *Alegro con brio ed appassionato*, und nach dem ersten Anklingen der *Arietta* selbst ...«

»Ah, dieser feine, schlichte Beginn«, sagte Mary, »mit dieser ländlich-heilen Stimmung, wie kleine Gehöfte an der Küste einer makellosen See; und alle Wiesen und Weiden übersält mit kleinen Pünktchen, Lämmern im Frühjahr.«

»Und so, langsam, schrittweise, empor zum Empyreum. Das an sich nur die höchste Verdichtung ist, voll des tieferen Sinns all dieser Dinge. Zur Weißglut verschmolzen.«

»Oder ein hoher Gipfel«, sagte sie. »Ushba, wie wir ihn das erste Mal von den Hängen der Gul-Klamm über Betsho im Morgengrauen sehen. Denkt man sich den Himmel fort: denkt man sich den Fuß des Berges fort: die Wälder am Fuße des Berges, die Büsche und Sträucher und Pflanzen und Blumen: denkt man sich dieses schmückende Beiwerk fort, so verliert man seine Größe und wunderbare und lebendige Pracht aus den Augen, und es bleibt einem nichts mehr anderes als ein Eisklotz und Gesteinsbrocken.«

»Der unerbittliche Höhepunkt. Totales Nichts.«

Mary studierte das Bild auf der Staffelei. »Du hast mit dem Haar angefangen, sehe ich.«

»Nur grob skizziert.«

»Es sollte schwarz sein. Pechschwarz.«

»Wirklich?«

»Etwa nicht? Und das Kleid scharlachrot?«

»Weil ich diese Pik-Königin-Stimmung um den Mund eingefangen habe?«

»Ja, natürlich. Warum soll sie auf Rotgold und Grün beschränkt sein. Gefällt ihr nicht. Muß sich damit abfinden in dieser schwerverdaulichen Welt; aber wenn du so malen kannst, ist es höchst herzlos, ihr nicht ab und zu ein eigenes Äußeres zu geben. Schließlich ist sie ich, genauso wie ich ich selbst bin. Du hast sie einmal in deinem Walkürenbild gemalt, aber ich hatte immer den Verdacht, das war mehr eine Kostümierung. Ich kann kein Mohnrot oder Gelb tragen, nicht einmal Honiggelb. Aber ich brenne darauf, sie zu tragen: werd's eines Tages auch tun. Denn (das wissen wir, du und ich) es wird Tage dort geben, nicht wahr?«

»Tage. Und Nächte. Wie könnten wir, du und ich, ohne sie auskommen?«

»Warum sollten wir? – Nun«, sagte sie, »ich bin bereit. Eine Stunde haben wir noch, bis wir uns zum Dinner umziehen gehen müssen.«

»Den Kopf lassen wir vorerst«, sagte Lessingham, als er sie

wieder in Pose brachte. »Ich bin nur beim Kleid. Das kann ich nicht mehr ändern«, sagte er, als er zur Staffelei zurückkehrte. »Und offengestanden, ich könnt's nicht ertragen. Aber ich mache dir eine Kopie, wenn du willst – gleiche Pose, gleiches Drum und Dran, aber als Dunkle Dame –, sobald das hier fertig ist.«

»Und vielleicht auch ein Selbstporträt«, sagte Mary, »auf demselben Prinzip?«

»Also gut.«

»Es würde ihr gefallen. Ich persönlich ziehe meinen König natürlich in Schwarz statt in Rot vor. Aber wenn sie die Oberhand gewinnt – und vergiß nicht, sie ist ich . . .«

Lessingham lachte. »Wie gut, daß diese Kain-Abel-Veranlagung in uns nicht auf beiden Seiten zur Promiskuität führt. Wie kommt das?«

»Wenn du dich nach *La Rose Noire* sehnst, so bin doch ich es, nach der du dich sehnst. Der leere Körper, oder mit jemand anders als mich dahinter: was würdest du darauf geben?«

»O madonna mia, wer wohl hat dich in diese Welt geschickt?«

»Wer hat uns in diese Welt geschickt?«

Lessingham malte eine Weile, ohne etwas zu sagen. Die Uhr tickte, während die in Öl verrührten passiven Pigmente, fein in Form und Farbe vielfältigst in Beziehung gebracht, langsam zum Leben erwachten: quälend langsam, wie die Narzissentriebe im Frühling die harte Erdkruste durchbohren, wurden sie unentbehrliche Zeugen der Vision, durch Lessinghams Augen gesehen, von Marys warmem und atmendem Körper in jenem Kleid, das vom Hals bis zur Hüfte – ähnlich den Wespentaillen des fünfzehnten Jahrhunderts – wie eine zweite Haut saß. Immer noch malend, fing er zu sprechen an: »Was ist, wenn wir alt werden: in zwanzig, dreißig, vierzig Jahren? Was wir aus Liebenden, meine ich? Man wird alt, und die Kräfte lassen nach: blind, taub, impotent, gebrechlich? Reicht die Erinnerung aus? Aber selbst das Gedächtnis versagt. Schlimm, sich das vorzustellen: alles wird trüb und dunkel. Alles Geistige ist so eng mit dem Körper verknüpft. Und der Körper ist (unserer Erfahrung nach) Materie. Der Zahn der Zeit nagt daran. Und was bleibt?«

Mary gab keine Antwort, sondern saß ganz still, atmend, schön, begehrenswert, während die Uhr unaufhörlich tickte.

»Etwas Absolutes? Irgendein universales Sein? Das Selbst, wiederaufgenommen wie ein Wassertropfen in einem Fluß, oder wie elektrischer Strom im Stromnetz, um vielleicht anderswo, in einer anderen Glühbirne vielleicht, sein Wirken zu entfalten? Gewiß sind alle diese Vorstellungen monströse Spielzeuge der Phantasie, die alle das gleiche bedeuten: Tod, von Meinem und Deinem Standpunkt aus betrachtet: vom Standpunkt des einzigen Grundwertes aus betrachtet. Nichtige Spielzeuge obendrein. Bloß Gedachtes. Unwirkliches.«

»Nichtige Spielzeuge«, flüsterte Mary.

»›Die Liebe ist stärker als der Tod‹«, sagte Lessingham. »Wie fix die Leute mit so oberflächlich optimistischen Phrasen bei der Hand sind, bis die rauhe Wirklichkeit sie zunichte macht. ›Die Seele lebt weiter.‹ Orthodoxe christliche Ideale der Liebe. Nun«, sagte er, »das Gute zählt«, und malte eine Zeitlang stumm weiter. »Und in dieser Welt schlägt das Gute fehl«.

Mary öffnete halb die Lippen. »Ja«, antwortete sie schließlich mit einer Stimme, die kummervoll über Meere an einen Ort der Vergessenheit zu streichen schien.

Lessinghams Worte kamen langsamer, während die Geschwindigkeit seines Malens schneller wurde, seine Pinselführung sicherer und herrlicher. »Das Tragische ist«, sagte er, »wenn bei anderen Leuten das Gute fehlschlägt: wenn man erlebt, wie jemand, den man liebt, ungerecht leidet. Jedem guten Menschen ist es völlig schnuppe, wenn das Gute bei einem selbst fehlschlägt. Vermutlich deshalb, weil das Gute, von innen gesehen, doch nicht so gut ist.«

Mary sagte: »Ich glaube, am richtigsten sehen wir von außen.«

»Das hoffe ich.«

Nach einer Pause, während die Pracht des Bildes sich immer schneller auf der Leinwand entwickelte, sagte er: »Das Ideal der Ungebundenheit. Ein Ideal mit Zugeständnissen. Ein saurer Apfel, dieses Ideal. Ein geistloses, schwaches Verneinen, die Güter dieser Welt, den Himmel der Sinne zu verwerfen. Sinneslust schlechthin ist etwas bloß Gedachtes, deshalb Wertloses. Aber im rechten Zusammenhang umfaßt sie den ganzen Erdball: wird sie zum Herzblut, zur beseligenden Vision.«

Mary sagte: »Das ist reine Wahrheit, *mon ami*.«

»Es ist die oberste Wahrheit«, sagte er; »und ihr entspringt die große Wahrheit des Gegensätzlichen und Widersprüchlichen. Denke an die zwei guten Eigenschaften von Vollkommenheit: das Statische und das Dynamische. Man muß über beides verfügen. Aber genau das kann man in diesem Leben nicht haben. Alles ist in sich vergänglich hier; das Sonnenröschen mit seinen zitternden, zartrosa Blütenblättern, am Mittag voll entfaltet, am Abend abgefallen, so daß nur die kahlen Stiele bleiben: das Leuchten des Abendrots auf dem Sella (erinnerst du dich?): die Geburt eines Menschen, die Blüte seiner Jahre, Verfall und Tod, das Kätzchen, das zur Katze wird: die Nacht, die dem Tag weicht, der Tag der Nacht: all die Ungewißheit der uns verborgenen Zukunft. Ist nicht all das Teil des Vollkommenseins schlechthin? Das sich stets Wandelnde: das *γλυκύπικρος* Bittersüße: das nicht Umkehrbare: das nie Wiederkehrende: das ›Nie wieder‹-Sagende. Aber genauso auch das unvergängliche Gelächter: die Sonne, die nie untergeht: der Mond, der für Liebende stillsteht: die ewigen Augen der Götter: das nie sich Wandelnde.«

Mary sagte: »Sich stets wandeln: Nie sich wandelnd. Du hattest das in meinen Aexandrit-Ring eingraviert.«

»Aber wie all das in Einklang bringen?« Er drückte mehr Farbe heraus. »Können wir, du und ich, das?«

»Nur die Allmacht kann es.«

»Und die Allmacht ist ein Schwindel, wenn sie es nicht kann oder tut?«

»Dürfen wir das sagen?«

»Mit unserem letzten Atemzug müssen wir es. Oder wir lästern Gott.«

Nach einem kurzen Schweigen sagte Mary: »Wohin paßt das: *Gottes Gegner sind gewissermaßen Sein Eigen; und weil Sein Eigen, übt Er Geduld?«* Wieder schwieg sie kurz und sagte dann: »Ich bin manchmal so erstaunt über die unaussprechliche Seligkeit einer verstreichenden Minute, daß ich es nicht übers Herz brächte, undankbar zu sein, selbst wenn ich sicher wüßte, es gäbe daneben nichts anderes mehr: nichts vor dieser Minute und nichts nach ihr, für immer und ewig und alle Zeiten. Und auch diese Minute, ein Nichts, sobald sie verstrichen ist.«

»Und meine Antwort darauf ist«, sagte Lessingham sehr langsam, »daß das reine Gute und Vollkommene, das diese Worte in diesem Moment aus deinem Mund hervorbrachte, eine flammende Wirklichkeit entfachen, in der die Zweifel, zu denen diese Worte einladen, zu Asche zerfallen und in alle Winde verstreut werden.«

Sie sah ihm beim Malen zu, während er sprach. »Also glaubst du es?« fragte sie schließlich.

Lessingham sagte: »Wegen dir.«

»Du glaubst es tatsächlich, als nüchterne Tatsache? So fest, daß du in diesem Glauben sterben könntest?«

»Ja«, sagte er: »so fest.«

»Selbst auf die Gefahr hin, daß es ein Irrglaube sein könnte? Denn woher (wie du mir schon so oft selbst gesagt hast) soll man das wissen?«

»Meinst du nicht, ein Glaube, der so fest ist, daß man in ihm sterben könnte, ist zu stark, um falsch zu sein? Muß er nicht, rein wegen seiner Stärke, wahr sein?«

»Würde ich meinen. Was aber, wenn der andere sterben sollte? Wenn ich jetzt augenblicklich tot umfallen würde. Was dann?«

Lessingham malte zügig weiter. »Zugeständnisse machen«, sagte er, »ist eine Tugend in einer unvollkommenen Welt: ist eine Tugend der Staatskunst. In der Philosophie aber ist der Kompromiß ein Verzicht auf den unumschränkten Geist in uns und eine Verschleierung der Streitfrage. Unsere Liebe, deine und meine, entstammt einer vollkommenen Welt, wo Geist und Fleisch eins sind: wo man seine Rosinen sowohl essen als auch trotzdem behalten kann. Stimmt das nicht?« Nach einer Pause fügte er sehr leise hinzu: »Und wenn's ans Sterben geht, wär's mir eigentlich lieber, du gingest voraus. Nicht lange voraus, hoffe ich: aber voraus.«

Ihre Blicke begegneten sich.

Mary sagte: »Ich weiß. Und ich weiß warum. Und aus demselben Grund wär's mir eigentlich umgekehrt lieber.«

Sie beobachtete ihn eine Weile schweigend: seine olympische Anmut und Stärke, die einzigartige Mischung von Nordischem und Südländischem in einer Körpergestalt, den leuchtenden Gerfalkenblick seiner Augen, die empfindsame, mächtige Hand, die beim Malen den Pinsel führte, den großen schwarzen Bart. Vom halbfertigen Porträt zum Original sprang sein Blick und verweilte dort wie gebannt. Äußerst unbefangen schien Mary, wie sie dort saß, ganz nach außen zur Welt gekehrt; dennoch mit jener Unbefangenheit, die Bewunderung annimmt, welche ihre natürliche Umgebung ist, wie eine Blume den Sonnenschein annimmt: wie selbstverständlich. Der Knoten ihrer Steckfrisur ruhte tief im Nacken, und die Flechten waren so verflochten, daß die dicht verschlungenen Gewinde in immer neuen Gold- und Kupfer- und Rottönen schillerten; an der Seite, am Hals unter dem Ohr, wölbte sich das äußere Haar, hauchzart wie einzelne

Fäden der Seidenraupe, in feinen und mannigfaltigen Schlingen köstlich nach oben, wie vom Wind seitwärts geblasene Flammenzungen oder der hüpfende Wasserstrahl eines Springbrunnens. »Du sagst, es sei glaubhaft wegen mir«, sagte sie sachte. »Das muß wohl immer so sein: 's ist leicht erkennbar, wie das Göttliche in dem Menschen, den man liebt, durchschimmert: ziemlich unmöglich, es in sich selbst zu erkennen oder zu erahnen.«

Plötzlich ging durch einen Kurzschluß im Stromnetz das Licht aus. Weder er noch sie bewegten sich.

»Hinterließ einen seltsamen Eindruck in mir«, sagte er aus der Dunkelheit heraus. »Meine Augen waren wohl ganz ausgefüllt mit dem Grün deines Kleides, so daß ich beim Ausgehen des Lichts in der Finsternis noch einen kurzen Moment lang klar und deutlich dein Kleid sah, aber in leuchtendem Scharlachrot.«

Er zündete ein Streichholz an.

»Hier bin ich«, sagte Mary, »und mein Aussehen ist immer noch gleich. Wieso denn scharlachrot?«

»Ist die Komplementärfarbe.«

»Und auch die passendste, *mon ami,* nach dem, worüber wir soeben sprachen!«

KAPITEL XIV

Das Fischessen: Präludium

Es wandelte im schönen Memison in der Zwischenzeit (falls es zwischen hier und dort überhaupt etwas anderes als gemeine Zwischenzeit geben könnte) die Lady Fiorinda, die Sinne an den balsamsüßen Wohlgerüchen in der Luft dieses Zimiamvischen Gartens erfreuend, mit nichts als ihren unerforschlichen Gedanken zur Begleitung, in der schattigen Pracht, weitstrahlig, wolkenlos, golden, heiter, der langsam sinkenden Julisonne. Hier, am Geburtstag der Herzogin vor nur einem Monat, hatte sie unter diesen Pappeln und neben diesem Lilienteich geruht, damals jedoch in brütender Mittagshitze: einen Monat und einen Tag war es erst her. Und es kam nun, als wär's ein Refrain, das Vorspiel zu dieser Mittsommernacht mit seinem Erklingen einzuleiten, durch die Bäume der werte Kanzler Beroald, schöngeputzt in Wams und Hosen aus goldgewirktem Brokat.

»Guten Abend, guter Bruder. Ist dies Eure Trauerkleidung für Euren verschiedenen Schwager?«

»Nein«, sagte er. »Sind dies Eure für Euren verschiedenen Gemahl?«

»Wenn ich's mir überlege? geeignet wären sie schon.« Sie blickte nieder zu ihrem Mieder mit der Wespentaille, aus abertausend winzigen Perlenschnüren mit gelben Saphiren gewoben, hauteng, wie ein Handschuh anliegend, und zu ihrem samtenen Rock, schwarz wie der Rabe, tief an den Hüften festgemacht mit einem breiten Gürtel, der überzogen war mit Geißblattranken aus feinem Blattgold und trüben erdbeerroten Turmalinen. »Ich habe meine Rechnung mit Euch beglichen«, sagte sie und begegnete mit Stolz in den Augen seiner hochnäsigen Pose spöttelnder Ruhe. »Ihr setztet Eure Raufbolde an, mich von der ersten schlechten Karte zu erleichtern, die Ihr mir ausgeteilt hattet: nicht aus ungebührlicher Rücksichtnahme auf meinen Vorteil, sondern weil Ihr dadurch einen Trumpf in die Hand zu bekommen glaubtet. Und nun stach ich auch Euren zweiten Trumpf (von der fast gleichen Garnitur) aus dem Spiel.«

»Welchen Weg wähltet Ihr, ihn Euch vom Leib zu schaffen?« fragte Beroald gleichmütig, als ginge es darum, zu fragen: »Ritt er am Dienstag nach Rumala?« oder um derart Belangloses.

Fiorinda lachte. »Habt Ihr das denn nicht von Euren Kundschaftern erfahren? Ihr, der Ihr in jedem Haus von Sestola bis Rialmar einen gedungenen Mann sitzen habt?«

»Er wurde in den Wäldern hier gefunden – in Stücke gerissen«, sagte der Kanzler. »Dieses Gerücht geht in der Gegend um. Mehr weiß ich nicht.«

»Es genüge zu sagen, er tat mir Unrecht. Mehr brauchen Eure Lordschaft wohl nicht zu wissen. Ich tauchte nicht in Eure Tiefsinnigkeit anläßlich dieser Sache von Krestenaya, denn Euer höchst geniales Vorgehen halte ich allein für Eure Sache. Möget Ihr Euch genauso in Verschwiegenheit üben, wenn (wie jetzt) meine persönlichen Angelegenheiten in Frage stehen.«

»Manchmal, werte Schwester«, sagte er, »fürcht' ich mich fast ein wenig vor Euch.«

Fiorinda sah ihn durch ihre Finger hindurch an. »Ich weiß. Es ist heilsam für uns beide, daß Ihr mich mit Respekt behandelt. Wenn ich Euch dann und wann bei der Erledigung Eurer großen Geschäfte zur Hand gehe, so seid mir dankbar dafür. Doch vergeßt nicht, Bruder, ich lasse mich nicht für Zwecke außerhalb meiner selbst benutzen: von keinem Mann nicht, und wäre er gar mein Geliebter: schon gar nicht von einem Staatsmann wie Euch.«

Des Lord Beroalds schmale Lippen unter seinem gestutzten Schnurrbart wölbten sich zu einem zynischen Lächeln. »Ihr seid geladen wie ein Sommergewitter heute nachmittag. Etwas Unüberwindliches liegt dem zugrunde«, sagte er. »Nichtsdestoweniger haben wir wohl genug Verstand, einander zu verstehen. Nun ist's aber genug. Ich kam nicht, über solch Nebensächliches zu sprechen, sondern Euch wissen zu lassen, daß Ihre Gnaden mich für heute abend zu einem persönlichen Gastmahl, einem Fischessen, eingeladen haben. Wißt Ihr, wer zugegen sein wird?«

»Der König. Der Herzog. Der Parry. Ihr. Der werte Admiral (die Götter seien seiner arglosen Seele gnädig). Das sind alle, denke ich.«

»Keine Damen?«

»Ich selbst.« Alle köstlichen Wonnen und irdischen Ergötzen atmeten aus diesem Wort, als sie es sprach.

»Mehr nicht?«

»Oh, ein, zwei weitere, aus rein förmlichen Gründen.« Sie sah ihn eine Weile an und sagte dann: »Ich möchte Euch etwas verraten, das mir gerade in den Sinn kommt. Mir wurde die Ehre eines neuen Heiratsantrags zuteil.«

»Ha?« Des Kanzlers kalte Augen funkelten. »Ich weiß, von wannen.«

»Ihr wißt's?«

»Ganz Meszria weiß es.«

»In der Tat? Nun, und ich lehnte ab.«

»Nein, potz Blitz! War's denn er?«

»Fragt nicht so neugierig.«

»Doch nicht der Herzog von Zayana.«

»Der Herzog von Zayana.«

»Habe ich mir ja gedacht. Aber Ihr scherzt, Schwester. Ihr habt den Herzog zurückgewiesen?«

»Ich tat's, einmal und zweimal.«

»Und beim dritten Mal?«

»Tritt er auch hundertmal mit einem solchen Antrag an mich heran, so soll er alle hundert Mal ein Nein von mir hören.«

»Aber weswegen? Herzog Barganax?«

»Ich weiß nicht«, sagte sie. »Vielleicht bin ich dieses nichtigen Brauches überdrüssig geworden, wobei mir Gatten ausgesucht und auferlegt werden, wie man Untertanen zum Kriegsdienst zwingt, gegen meinen Willen.«

Wie Wind auf klarem Wasser, der die Oberfläche kräuselt, so daß unerkennbar wird, was unter ihr liegt, verbarg eine Art Lachen die Tiefe ihrer untrübbaren grünen Augen. Beroald zuckte mit den Achseln. »Ich würde gern einen gewichtigeren und ernsteren Grund erfahren, warum du eine so große Partie ablehntest.«

»Aus einem Grund, der zu schön ist, als daß ein Rechtskundiger ihn enträtseln könnte«, sagte sie. »Weil ich mich wahrlich und ehrlich manchmal frage, ob ich mich vielleicht ein bißchen in ihn verliebt hätte.«

Beroald sah ihr in die Augen. »Verliebt, in ihn? Und deshalb wollt Ihr ihn auf eine harte Probe stellen? Und deshalb wollt Ihr Euch nicht dazu hergeben, seine Herzogin zu werden?«

»Mein Bruder, wie er leibt und lebt!« sagte Fiorinda und gab ihm einen sehr schwesterlichen Kuß.

Als der Kanzler sich zurückgezogen hatte, wandelte Fiorinda wieder hin und her unter den Bäumen, von der Helligkeit in den Schatten und vom Schatten wieder in die Helligkeit, je nachdem, ob die goldenen Lichtspeere sie trafen oder verfehlten bei ihrem Gehen. Es ließ sich auf dem Kies am jenseitigen Teichrand eine Wasseramsel nieder und betrachtete sie, eifrig nickend und knicksend und das Augenweiß rollend. Ob nun deswegen, weil sie allein war und nicht einmal das ungebannte Auge eines Bruders auf ihr ruhte, oder aus irgendeinem anderen Grund, Ihre Anwesenheit schien in dieser Stunde, wo alle minderen Schönheiten der Natur zum Schlafen sich bereiten, all das, was nicht Sie war, wesen- und gehaltlos zu machen. Der tiefschwarze Samt und diese Milchstraße aus Staubperlen und gelben Saphiren: das enganliegende Mieder, Gewand und Gürtel: schienen fein wie der Schleier der Nacht geworden zu sein: augenfällig, mehr ent- als verhüllend. Wie der Abend langsam seine Fittiche über dem Land ausbreitete, so öffnete allmählich eine Vollkommenheit ihr Herz und umfing Luft und Himmel und schattige Erde.

Sogleich schwirrten zwei gelbe Schafstelzen heran und strichen verspielt wie Schmetterlinge durch die Luft über dem Wasser; auf und ab und vor und zurück. Sie streckte die Hand aus: sie hörten zu spielen auf, ließen sich auf ihren Fingern nieder und küßten und kosten dort einander schwärmerisch.

»Die kleinen dummen Vögel auch!« sagte Barganax, als sie, sich seiner Anwesenheit hinter ihrem Rücken plötzlich bewußt, die Vöglein wieder in die Luft setzte.

»Ja, glauben Euer Gnaden denn, daran sei irgend etwas neu?« fragte sie, wobei sie ihn über die Schulter aus wimpernverhangenen Augen ansah. Es war ihre Stimmung an diesem Abend von etwas Anrüchigem gefärbt. Ihre Lippen, wo soeben noch wie das frostige Funkeln des Hundssterns in Winternächten ihre bunten Gedanken tänzelten, waren mit einem Mal starr wie aus Sand oder Karneol gehauene Lippen: so steinern-starr, so unverhofft barmherzig in ihrer strengen Krümmung, als zerrten Angelhaken an ihren Mundwinkeln. »Meint Ihr, daran sei irgend etwas neu? Bestimmt sind sie mir dankbar für die Kunststückchen, die ich sie lehre.«

»Schamlos witzig, mehr als Aretino«, sagte er.

Ihr Gesicht war vor Scham von einer glühenden Röte übergossen.

»Verzeiht mir das«, sagte der Herzog. »Ich vergesse mich. Kein Wunder: es ist alles schwank und wechselhaft, was ich aus Euch lese. Aber ich vergesse nicht . . .«

Sehr geziert beugte sie sich, während er noch zögerte, mit geblähten Nasenlöchern zu einer gelben Lilie, die sie am Ausschnitt ihres Kleides angesteckt trug. Mit forschender Miene fragte sie sodann: »Was wird Euer Gnaden ungebändigter Sinn nicht vergessen?«

»Dienstag nacht«, antwortete er; und beobachtete, wie das Leuchten ihrer Augen erstarrte und undurchdringlich wie Flint oder Eisenstein wurde.

»Nun? Was wünschen Euer Gnaden, das ich darauf sagen soll?«

»Was Ihr wollt. Das größte Leid in der Welt wäre für mich, wenn Ihr je auf Befehl handeltet oder sprächet.« Er machte eine kleine Pause; dann: »Und ich meine, Eure Ladyschaft sollen darauf ebenfalls nicht vergessen.«

Die sphinxischen Krallen zerrten grimmiger an ihren Mundwinkeln. »Ich muß erst lernen, daß eine Nacht nur eine Nacht und eine Nacht wie jede andere ist.« Es kreuzten sich in der regungslosen Stille die Klingen ihrer Blicke: erfühlten wie in einem Kampfspiel das Gemüt des anderen.

»Soll ich meinerseits es der Ehrlichkeit Eurer Worte gleichtun, Madam«, sagte Barganax, »und genauso Wahres eingestehen?«

»Wie Ihr wollt. Ein widriges und nichtiges Spiel, dieses Gestehen von Wahrheiten. Und wohlgemerkt, Ihr verlangtet nicht von mir, die Wahrheit zu sprechen, sondern zu sagen, was ich wolle.«

»Wißt Ihr, was dumme, böse Zungen landauf, landab zwischen hier und Zayana behaupten?«

»Ich kann's mir vorstellen.«

»Was? Daß Ihr in unbezahlter Seide durch Paläste rauscht? Nur heiratet, um Euch zu trennen und davonzulaufen? Oder gar mit dem Vorsatz, Euren Gatten ermorden zu lassen, seid Ihr seiner erst einmal überdrüssig?«

»Schön gesprochen und gar nicht so unwahr.«

»Und heimgezahlt, wie's verdient ist. Es tut mir leid, Madam, aber der letzte, der solche Reden am großmäuligsten schwang . . .«

»Ein Duell?«

»Ging alles etwas zu schnell. Kaum hörte ich ihn seinen Unflat über Eure Ladyschaft verbreiten, packte ich ihn auch schon am Kragen und Hosenboden und schmetterte ihn gegen die Wand.«

»Und weiter?«

»Nichts weiter.« Der Herzog zuckte mit den Achseln und blickte auf seine Fingernägel. »Nun«, sagte er nach einer Weile und sah auf: »das war der dritte. Ihr seht, wie wirksam und anreizend Euer Ladyschaft kürzliches Tun mit mir war: das Blut dreier Männer«, er klopfte auf sein Schwertheft, »Euch von diesen Verleumdungen reinzuwaschen.«

Sie roch abermals an der Lilie, wobei sie ihn ansah, so daß unter den zart geschwungenen Brauen hervor ihre Augen aufglimmten: langsam trat ein Lächeln in ihre Miene. Die Flüsterlaute des Abends in diesem Garten, das Rascheln des Laubes, das Murmeln und Plätschern des Wassers, das Brummen und Summen von Mücken, Käfern oder Bienen, schienen plötzlich anzuheben zu einem Tosen und Brausen.

»O Ihr Unheilbare«, sagte er, und seine Stimme stockte: »Unvergleichliche: Unbeschreibliche: Unaussprechliche.« Und er sagte, sehr tief und leise:

Im stillen Mond auf nachtfinstrem Rain
Steht eine Schwarze Iris fein,
Die Schwarze Moschusrose mein:

Ihr Moschusduft – mein Todestrank:
Macht mich heiß und fieberkrank,
Bis Blick und Sinne trüb und schwank.

Hehre Blüte – lockiger Bausch,
Schwarze Lippen, krauser Flausch:
Die Welt ertrinkt in deinem Rausch.

Blume der unerforschlichen Nacht,
Schwarzes Feuer von gleißender Pracht,
Augenblendende Übermacht –

So laß mich zuletzt, o Uferlose,
In dir ertrinken, meine Rose.«

Ihr unergründlich ernster Blick ruhte, während sie lauschte, in seinem. Immer noch war sie über die schwefelgelbe Lilie mit den scharlachroten Staubbeuteln gebeugt, wo diese so lieblich im süßen Ausschnitt ihrer Brüste nistete. Gewiß wurden alle Freuden der Unentschlossenheit und Ungewißheit, alle entweihenden Gelüste des Fleisches und unrechten Verlangen der Seele, jedes tiefste Kämmerlein der Natur, die ihre Natur verlor, in zuhöchst entblößtem, perlmuttschillerndem Ausmaß lebendig im höchst trägen und verstohlenen Lächeln dieser Dame. Sie sagte schließlich:

»Si tu m'aimes dix fois
Qu'une nuit de mai,
Onziesme j'y croys
Que ton amour soit vrais. –

Und wohlgemerkt, Ich will immer neu umworben werden, *chaque fois, mon ami: mais chaque fois.«*

Es klang in ihrer Stimme ein Unterton mit, wie von klirrenden Fußringen, oder wie vom Trommeln eitel lackierter Fingernägel auf hängenden Spiegeln, oder wie vom Zuziehen der Vorhänge, um die Wärme und die Dinge der Herzenslust drinnen und die Nacht draußen zu halten. Dann, wie eine tagmüde süße Kreatur, die erwacht, sich reckt und für die Nacht und Jagd von ihrem Lager aufsteht, wandte sie sich hochaufgerichtet an ihn. »Gar mancher treibt es übertrieben bunt«, sagte sie. »Oder bat ich Eure unverschämte Gnaden etwa zu einem Stelldichein für heut abend hierher?«

»Chaque fois?« wiederholte der Herzog und sah sie aus halbgeschlossenen Lidern an. »So war es, und so wird es immer sein, und um so besser werden unsere Geschmäcker im Geschirr gehen. Ich halte es nicht mit dem Dichter, sondern meine:

Unverhofft bescherte Liebe ist gut, erhoffte ist besser.«

»›Ce que femme veut, Dieu le veut?‹ Nun?« sagte sie. »Ihr sprachet von ›unseren Geschmäckern‹? Vornehme meszrische Pracht, meint Ihr, und wohlgestaltete Schnurrbärte?«

»O bei gewissen Dingen habe ich auch Euren Geschmack kennengelernt.«

Sie kehrte sich von ihm ab: nach ein, zwei Schritten blieb sie in einer wohlig-trägen Pose von schmachtender Sinnlichkeit am Teichrand stehen und blickte, die Hände leicht am Rücken gefaltet, zum eigenen Spiegelbild auf dem kühlen Wasser hinab. Ihr Haar war für den Abend in einer neuen Art von ihr gemacht: in zwei strenge Zöpfe geflochten, die jeweils zweimal um das Haupt geschlungen, durchzogen mit Schnüren aus honiggelben Katzenauge-Chrysoberyllen, eine Art Krone in der Form zweier zusammengeknüpfter Herzen bildeten; wie ein Glorienschein aus poliertem Gagat aus der hellen Stirn zurückgesteckt, und aus dem Scheitel darüber, wo das schwarze Haar, obzwar mit peinlichster Sorgfalt auf beiden Seiten zurückgebürstet, sich dennoch so große Unbezähmbarkeit und ungebändigte Eigenart bewahrte wie die leichten, sanften Wellen des Meeres bei stockfinsterer Nacht. Der Herzog verweilte wie ein Mann, der einer Unbeherrschtheit in sich Zügel anlegt, eine ganze Zeitlang an Ort und Stelle und musterte sie aus dieser Entfernung ein zweites und drittes Mal vom Scheitel bis zur Sohle. Ohne ein weiteres Wort trat er an sie heran und stellte sich neben sie, so daß sie beide hinabblickten zu ihren zwei Ebenbildern, die dort Seite an Seite gespiegelt wurden.

»Ich glaube«, sagte er sogleich, »daß ich erst in Euch mich selbst allmählich erkenne. Meine Art war es lange gewesen, der ich unehelich und unrechtmäßig geboren, zu tun und zu lassen, wonach mir der Sinn stand, wie ein Wirbelwind, jählings, unwiderstehlich. Aber Ihr werdet sehen, ich bin nicht ein Mann, der rasch Feuer und Flamme ist, und bei dem's sich rasch ausgebrannt hat.« Er hielt inne. Es war, als wäre sein Herzschlag nach außen hin hörbar geworden. »Diese vier Tage«, sagte er: »Dienstag, und heute ist Samstag: heim nach Zypern und wieder zurück: das unstillbare Verlangen nach Euch. Wäret Ihr nicht mehr in der Welt«, sagte er, »so wäre die Welt keine Welt mehr.«

Wie dieser leidenschaftlichen Stille entsprungen, ließ sich eine kleine Eule auf Fiorindas Schultern nieder. Barganax, der ihr das Gesicht zuwandte, sah in die scharfen, undeutbaren Augen des Vogels, der ihn mit stieren Blicken anstarrte. Das liebliche Antlitz dieser Dame und das liebliche, ein wenig nach vorne geneigte Haupt, hoben sich, von der Seite gesehen, klar von der allmählich scharlachroten untergehenden Sonne ab: klar erkennbar, unverdeckt durch das davor auf ihrer Schulter kerzengerade sitzende kleine Federvieh. Ihre ganze unermeßliche Schönheit schien sich von Augenblick zu Augenblick zu wandeln, schien zu wachsen, zu schwinden und aufs neue zu entflammen; so daß nun eine griechische Reinheit der Züge, dann ein Anflug von ungekostetem sinnlichen Liebreiz oder von alter tartareischer Grimmigkeit an den Wangenknochen und Nasenflügeln sich in ihre Schönheit als ihr eigen hüllten. »Wieder ein gemeinsamer Geschmack«, sagte er: »für das Feuer, das ewig brennt, sich nie verzehrt.«

Völlig regungslos verharrte sie, außer daß ihr Busen sich hob und senkte und wieder schwoll, wie die rastlose See in ihrem Gedenken an früher.

Barganax sagte: »Ihr seid unerreichbar. Ich habe den Beweis. Die aufgehende Sonne, eine glühende Kupferscheibe vor dem Hintergrund einer purpurroten Wolke: man möchte wetten – sieht man es doch mit eigenen Augen –, sie sei nähergekommen, habe sich herabgelassen zur Erde, zwischen uns und die Wolkenbank; schiebt sich indes ein dichter Turm dieser Wolkenbank zwischen uns und das göttliche Tagesgestirn – wissen wir's plötzlich besser. So ist es auch mit Euch. Selbst als ich Euch zum Äußersten besaß, besaß ich Euch nicht. Das Bekannteste und Unbekannteste in der Welt.«

»Und ist das nicht«, sagte sie, »der Liebe Kern und vollkommene Natur schlechthin?« Ihre Worte waren wie die gefiederte Stille des Eulenflugs, die nun auf lautlosen Schwingen, genauso plötzlich wie sie gekommen war, von ihrer Schulter in die Lüfte sich erhob. Der Quälgeist, der an ihrem Mundwinkel schlummerte, schielte plötzlich nach ihm aus feurig funkelnden, fröhlichen Augen, als sie sich ihm zukehrte und mit beiden Händen die Flechten ihres Haares am Hinterkopf wieder feststeckte. »Ich hoffe, Euer Gnaden grollen mir nicht, weil ich keine bin, die eine ungeschälte Birne ist? Und weil es mehr bedarf, als mich zu be- und zu entkleiden, auch wenn Ihr mich fügsam findet?«

»Ihr und ich!« sagte der Herzog. In ihrem stillen Blickaustausch erbebte Finsternis um Finsternis. »Und ich denke, ich werde«, und hier berührte er mit der Hand seine linke Schulter, »den Abdruck Eurer höchst ausdrucksvollen Zähne mit in mein Grab nehmen, Madam.«

Wie goldene Glöcklein durch sternenbeschienene, nachtstille Fluchten aller Traumwelten läuten, so klang Fiorindas Lachen. »Kommt«, sie hielt ihm die Hand entgegen, »Euer Gnaden dürfen Rache dafür üben.«

Er nahm ihre göttliche weiße Maßliebchen-Hand: nahm den kleinen Finger: sanft, den Blick auf sie gerichtet, wie eine scherzende Katze, um die Zähne spüren zu lassen, aber nicht, um wehzutun, biß er hinein.

»Eure Ladyschaft lächeln.«

»Vielleicht. Über einen Gedanken.«

Die Hand ruhte zart in seiner. Er drehte sie langsam um: die Unterseite des Handgelenkes nach oben: die Stelle, wo Hand und Arm verwachsen sind, und der bläuliche Schimmer der Adern die weiße Unbeflecktheit der Haut ziert, worunter, wie ein Vogel im Bauer, der Puls flattert oder rastet. Er küßte die Hand plötzlich, heiß auf ihren warmen Ballen: dann gab er sie in aller Form zurück. »Über einen Gedanken? Und der wäre, wenn man das wissen darf?«

»Daß Euer Gnaden ein Künstler sind.«

»Mögt Ihr einen Künstler?«

»Ich habe einen schwer zu befriedigenden Geschmack. Was ich mag, ist ein guter Diener.«

Ihre Lider gingen schnell auf und ab.

»Genug. Nehmen Eure Ladyschaft mich als Euren Diener an.«

»Ach, mein ungeduldiger Herr, tat ich's nicht bereits«, sagte sie, und dieser seitliche, nach unten gerichtete friedliche Blick ihrer Augen war eine Liebkosung, verschwiegen, präzise, schmetterlingszart, geist-entthronend, »Mal um Mal auf unserer Reise zur Vollziehung unserer Liebe?«

Barganax funkelte sie an. »Ah«, sagte er: »ich wünsche aber, daß es immerfort so ist, durch einen Dienstvertrag geregelt.«

»O nein, keine Verträge. Ich behalte meinen Diener, solange ich Gefallen an ihm habe.«

»Und ebenso halt ich's mit meiner Geliebten: so ungewiß, wir beide, was wir morgen im Sinn haben. Und es gibt dagegen, Madam, keine andere Abhilfe, als daß wir sofort heiraten.«

»Niemals. Ich habe schon zweimal darauf geantwortet.«

»Mit Antworten, die keinen Pfifferling wert sind.«

»Ich antwortete unbeantwortbar.«

»Darauf, meine Herzogin zu werden? Eure Ladyschaft sind die erste Frau, die so eigensinnig ist, dieses Angebot abzulehnen.«

»Und die erste, hoffe ich, welche die Möglichkeit bekam, dazu ja oder nein zu sagen?«

»Wieder ein Beweis unserer Einmütigkeit.«

»Eurer, meint Ihr, mir *in extremis* einen Bund anzubieten, obschon es Euch zuwider ist, derartig gebunden zu sein, während ich, aus weiser Mildtätigkeit, mir – und Euch – einen Gefallen tue, indem ich ablehne?«

»Mein Leben, meine Königin, wieder halte ich um Eure Hand an«, sagte der Herzog. »Und dieser Antrag sei auf morgen vertagt. Aber«, sagte er, »alle Dinge haben ihr Maß. Sommernächte sind nur halb so lang. Ich halte mich für heute nacht gebunden.«

»Nun, für heute nacht also«, sagte sie und ließ ihn gewähren, als er ihre Hände nahm und sie an sich zog: sie so von Armeslänge, luftig-leicht gleitend, langsam und gleichmäßig allmählich wieder an sich zog, wie ein Schwan in windstillem Juliwetter auf spiegelglattem Wasser in der Strömung reibt: »für heute nacht vielleicht will ich die Knoten meiner Weigerung nicht unaufknüpfbar fest knüpfen.«

»Sodann, um dieses Recht zu besiegeln«: und wie sehr sie sich mit all ihrer geschmeidigen Kraft auch zu wehren und zu entwinden suchte, küßte er sie in den Mund. *»Copula spiritualis.* Und weil einmal keinmal ist: weil alle Universitäten nur mit der Zwei rechnen: deshalb« – und abermals küßte er sie tief und lang und weidete seine Augen in dieser unmittelbaren Nähe an ihren, welche, aufgeschlagen, unpersönlich wie Taubenaugen, immer noch seinen Blick meidend, wirkten wie in leichter Verwunderung, allem Äußeren verschlossen, nach innen gekehrt. »Und ein drittes Mal: ein Nein war's wieder. Doch zum Kuckuck! Ich will, weil . . .« Von ihrem heftigen Atmen ausgelöst, strömte unentwegt Berauschendes aus von ihr und dieser Lilie, zerdrückt in der festen Umklammerung ihres an ihn gepreßten süßen Leibes; und so geknickt und zerdrückt, versprühte sie all ihre Köstlichkeiten. »Weil sein muß, was sein muß. Weil ein Blinder nach dem geht, was er fühlt. Weil . . . Was ist da?«

»Mädchen«, sagte sie und löste sich kühl aus seiner Umarmung. »Haben Euer Gnaden noch nie so ein Geschöpf gesehen? Frau Anthea: Frau Campaspe: gehören gewissermaßen auch zu meiner Dienerschar.« Sittsamst machten sie ihre Knickse vor dem Herzog. »Sie gedeihen«, sagte die Lady Fiorinda, »wie Rosmarin in jeder Luft. Nun höchstwahrscheinlich geschickt mit Empfehlung Ihrer Gnaden: uns zu Tisch zu bitten. Nein, argwöhnt ihnen nicht: sind von höchster, bewährter Verschwiegenheit. Meint Ihr, Ihre Gnaden nähme sie weiter in Dienst? Oder ich tät's?«

»Ich wette keine Wetten darauf«, versetzte er. »Genug, daß ich sie bisher noch nie zu Gesicht bekommen hatte; noch je von ihnen gehört hatte.«

»Und dennoch, weil zuerst sie plapperten, müssen sie zu unserer Frau Herzogin Hofhaltung gehören. Selbst hier also gibt es noch Dinge, die Euch verborgen sind, Mylord.«

Barganax betrachtete die beiden. »Wenn ich eine Katze wie einen Ochsen brüllen hörte«, sagte er, »überraschte das mich. Und so nun auch, sähe ich einen hübschen Bergluchs mit einem Spitzengoller aus Batist und einer pfirsichfarbenen Marlotte bekleidet; oder eine Dorngrasmücke«, und hier tauschte er Blicke mit Campaspes scheuen, schwarzen Perlaugen aus, »mit einem purpurroten Haarnetz und einem samtenen Gewand in der Fellfarbe einer Schwimm-Maus, und mit braunen, nach Moschus duftenden Handschuhen . . .«

Anthea lachte hinter ihrem Fächer. Ihre Augen, die über seinen Rand zu ihm blickten, waren gelb und hatten senkrechte, funkelnde Schlitze als Pupillen.

KAPITEL XV

Das Fischessen: Symposium

Es war in ihrem Affodill-Garten unter der Südmauer des alten Bergfrieds, über und zum See von Reisma gelegen, wo die Herzogin von Reisma an diesem Abend für wenige erwählte Gäste ein Essen gab. Die Tafel war ringförmig und im äußeren Durchmesser elf oder zwölf und im inneren Durchmesser neun Fuß breit, so daß die Tafel über eine Tiefe von etwa zwei Fuß verfügte. Wo bei einem Ring der Ringkasten sitzt, und wo die beiden runden Tafelenden aufeinander zustrebten, war eine ungefähr vier Fuß breite Öffnung ausgespart für das Kommen und Gehen der Serviererinnen, welche der Gesellschaft aufwarteten, wo sie an der Außenseite um die Tafel verteilt saß. »Ein Fischessen«, sagte die Herzogin, als sie ihre Plätze einnahmen: »Meeresfrüchte zur Ehre Ihrer, die aus dem Meerschaum geboren ward.« Leiser, nur für das Königs Ohr an ihrer Seite bestimmt, fügte sie hinzu: *»L'absente de tous bouquets.* Erinnert Ihr Euch, Mylord?«

Der große König sagte: »Ich erinnere mich.«

Sie setzten sich nun nieder: mitteninne der König in seiner Majestät, und die Herzogin zu seiner Rechten, auf Prunkstühle aus wohlriechendem Sandelholz mit fester Polsterung aus silbernem Plüsch und Einlegearbeiten aus Gold und Elfenbein und allerlei Edelsteinen. Neben dem König hatte Barganax seinen Platz; neben dem Herzog der Vikar von Rerek; neben dem Parry der werte Admiral Jeronimy; und so als letzter auf dieser Seite am Tafelende der werte Großkanzler Beroald. Auf der anderen Seite, dieser gegenüberliegend, saß als erste zur Rechten der Herzogin Prinzessin Zenianthe, Nichte von König Mezentius und als Gast Ihrer Gnaden in Memison weilend; zu Zenianthes Rechter Mylady Fiorinda; und wiederum dahinter Anthea und Campaspe, womit die Runde von zehn voll war.

Die Tischbeine bestanden durch und durch aus verschiedenstem Marmor in verschiedensten Farben, wunderlich behauen, und die Tischplatte aus beschnitztem Eiben- und Rüstern- und Zedernholz, und die Kanten trugen mit Silber und Lapislazuli und Panteronstein und mattem Berggold eingelegte Zierleisten. Eine hohe Pergola mit viereckigen Säulen aus trübem Rosenquarz spannte sich über die Tafel unter freiem Himmel. Von

ihrem Dach aus Gitterwerk, überzogen mit uraltem Spalierwein, dessen Stämme am Boden hüftdick waren, hingen die Früchte in hundert Trauben, die um diese Jahreszeit noch kaum Farbe hatten: üppige, zartgetönte Rispen runder Juwelen hoch oben, gerade noch vom Licht der Kerzen erfaßt. Derer brannten dreimal zwanzig und mehr auf der Tafel, aus wohlriechendem Wachs in zarten Farben in vielarmigen Ständern aus glänzendem Gold. Es wehte kein Lüftchen in dieser Sommernacht, so daß die Flammen der Kerzen regungslos wie schlafende Krokusse waren: nur daß sie hin und wieder in einem kleinen Luftzug aufflackerten, wie Sprechen oder Lachen ihn verursacht, oder die vorbeihuschenden Mamsellen in ihren ärmellosen griechischen Gewändern, manche grün, manche himmelblau, andere safrangelb, bei ihrem unentwegten Hin und Her, um Teller zu wechseln oder neuen Wein nachzugießen. Granatäpfel, Zitronen, Orangen, Liebesäpfel und süße Pfirsiche waren in gefälliger Aufmachung in gewaltigen Schalen aus Silber oder Alabaster aufgetürmt und in gleichmäßigen Abständen entlang der Tafel verteilt. Kleine Schalen trugen gefüllte und ungefüllte Süßigkeiten; und es gab eine Fülle von Oliven, eingelegte Auberginen, Kaviar auf geröstetem Weißbrot, Anchovis, Sardellen, Pilchards, Mandeln, rote Heringe, Parmesankäse, rote und grüne Paprikaschoten: Dinge dieser Art, welche den Magen gegen üppiges Schlemmen feien und den Gaumen auf edle Weine vorbereiten. Obendrein wurden Rahmwaffeln gereicht und Rahmkäse; aber als Hauptgang kein Fleisch außer Fischfleisch allein, auf unzählige Arten köstlich zubereitet, von allerlei verschiedenen Fischen und Seetieren, in endloser Folge der Reihe nach auf großen Platten aufgetragen: Aale, Neunaugen und Langusten: junge Hechte, geräucherte Lachse, Thunfischrogen; Seehahn und Nagelrochen in Muskatellersauce; große und kleine Barben, Flußaale, Flußbarsche, Schmerlen, weibliche Hummer, Flußkrebse, Miesmuscheln, Herzmuscheln, Frösche, Schnecken und Krabben; große Garnelen, eine Schildkröte; ein Stör; Rochen, Makrelen, Steinbutt und feine Regenbogenforellen mit festem Fleisch.

Alle Anwesenden trugen Festtagsgewänder. Der König war bekleidet mit einem kostbaren Wams aus goldenem Tuch, versehen mit weinroten Schlitzen aus Samt. Der Gliedergürtel um seine Mitte bestand aus gediegenem Gold, besetzt mit Smaragden und nachtfinstren Saphiren, ein jeder so groß wie ein Drosselei: die Schnalle des Gürtels in der Gestalt zweier Flügelrosse aus Gold gearbeitet, mit ausgebreiteten Schwingen; und zwischen den Flügelrossen ein Löwengesicht, garniert mit kleinen Rubinen und als Augen zwei Granatpampeln, die wie glühende Kohlen leuchteten. Der Herzog zu seiner Linken war vom Hals bis zur Sohle angetan mit weichem, dunkelbraunen Atlas, kunstvoll ausgezackt und mit Lochmustern aus Seide und Silberdraht bestickt: eng sitzend, legte sich das Gewebe um die geschmeidige Anmut seines kräftigen Leibes und wurde immer wieder gekräuselt von einem taktmäßigen Schütteln, genauso wie die Haut sich wellt und fließende Ringe sich auf ihr fortpflanzen, wenn ein Panther schreitet oder eine Riesenschlange zu kriechen beginnt. Seine Halskrause und Ärmelrüschen waren gestärkt und mit Safran gefärbt, und sein Schwertgürtel aus Ochsenleder oben und unten eingefaßt mit wie Perlen aufgezogenen Opalen und Feueropalen und Balasrubinen; seine Schnalle schmückten zwei Hyazinth-Cabochons in der Farbe eines Teiches im Torfmoos, durch welchen tief die Sonne watet. Der Vikar an seiner Seite war ganz in Scharlachrot, mit einer Halsberge aus mattem Gold um den Nacken. Es hatten, wenn er sich bewegte, seine Brust und sein großer breiter Bauch ein hartes, steifes Aussehen, ein Zeichen dafür, daß er unter dem äußerlich friedvollen Gewand aus feiner Seide heimlich ein Panzerhemd trug gegen unverhoffte Dolchstiche; hatte er doch viele Neider und Gegner im Lande, insbesondere hier in Meszria, und unter allen Ständen. Sein gestutzter, struppiger Bart leuchtete rot wie Thors Bart im Kerzenschein. Des weiteren trugen der Kanzler goldgewirkten Brokat in der Farbe einer mondlosen Sommernacht, wenn das Blau am schwärzesten ist; der Admiral einen weitärmeligen Halbmantel aus ungeschorenem Samt in nüchternem Grün mit einer schwarzen Brokatjacke und weißen Kniehosen. Was aber den kostbaren, prächtigen Putz dieser Damen anging, so hätte ein Mann, wäre er plötzlich an diese Tafel getreten, ihn gar nicht gesehen, so blendend war dieser, sondern stände sprachlos ob ihrer Gesichter allein, welche in sich selbst so unübertrefflich liebreizend waren – bei ihrem Atmen, Nicken, Plaudern –, daß sie allen Schmuckes entbehren konnten in diesem flackernden Kerzenschein: eine jede Dame in sich allein ein natürlicher Himmel, in sich versiegbar alle Wonnen bergend.

Malvasier und Muskateller, starke Süßweine, wurden sogleich in Laufrichtung der Sonne um die Tafel gereicht; und frei entfaltete sich nun ihre Unterhaltung, und geistvolle Worte wurden gewechselt, und Gedanke um Gedanke schlug wie Flint auf Flint Funken, sprühend vor Witz. König Mezentius beteiligte sich vorerst nur wenig an dem Wortaustausch, schien diesen aber allein durch seine Anwesenheit zu lenken. Es war beinahe so, als säße dieser eine Mann hinter einer Maske, als unerkannter Zuschauer eines Spieles, das er in die Welt gesetzt hatte, und dessen Spieler nur Geschöpfe seines verborgenen Ratschlusses waren, nach seiner geheimnisvollen Vorsehung gezeugt. Und in jedem dieser freien Menschen schien er einen jeden einzelnen Satz, Blick oder gar Gedanken ins Leben zu rufen, wann, wie, in wem und von wem er wollte.

»So still, Madonna?«

Ein Lächeln machte Grübchen in den Wangen der Herzogin. »Ich überlegte nur, welche vorzügliche Gabe es wäre, fähig zu sein, die Zeit anhalten zu können, stillstehen zu lassen.«

»Um den vollkommenen Augenblick auszukosten?«

»Was sonst?«

»Aber wie? Wenn die Zeit stillsteht und keine Zeit mehr ist, in der man ihn auskosten könnte?«

»Ich tät's wohl«, sagte sie, »in einer Art zeitloser Versenkung.«

»Zeitlos?« fragte die Prinzessin Zenianthe.

»Warum nicht?«

»Zeitlose Versenkung. Ein langer Ausdruck. Ihn auszusprechen, beansprucht Zeit. Es zu tun, noch mehr, hätte ich geglaubt.«

»Ach, so beschneiden wir eben die Klauen der Zeit«, sagte die Herzogin. »Auf daß sie mir nichts mehr entreißen kann.«

Barganax lächelte. »Angenommen, ich wäre ein Eichkätzchen, säße in der Astgabel eines Haselnußstrauches und fräße vergnügt eine Nuß. Steht beim ersten Biß die Zeit still, was würde dann aus meinem zweiten?«

Die Herzogin rümpfte die Nase. »Ach! in was für eine üble Laune die Götter diese unsere liebe Welt doch haben sinken lassen! So ist es. Muß es aber so sein in einer vollkommenen Welt?«

»Einer vollkommenen?« fragte der König.

»Hin und wieder malte ich mir in Gedanken eine solche aus.«

»War sie dieser Welt ähnlich?«

Sie nickte. »Merkwürdigerweise, ja.« Und nun, als mit Musik der Stör in einer goldenen Schale aufgetragen wurde, fragte sie insgeheim: »Entsinnt Ihr Euch, werter Mylord, einer gewissen Frage, die ich Euch stellte: in jener Nacht, als ihr allein mit Beroald gen Norden rittet und mich – so gut wie frisch vermählt und frisch verwitwet – verließet? Wenn wir Götter wären, Welten nach Lust und Laune schaffen und wieder niederreißen könnten, welche Welt wir haben wollten?«

»Ja, ich entsinne mich.«

»Und Eurer Antwort? Entsinnt Ihr Euch dieser?«

»Ich könnt's und würd's vielleicht. Doch das Gegenwärtige, *Madonna mia,* ist besser als das beste Andenken.«

»Genau Eure Antwort!« sagte sie. »Nicht wörtlich, aber dem Sinn nach.« Sie schwieg kurz. »Macht mir manchmal angst«, sagte sie, noch leiser, den Blick gesenkt.

»Angst?«

»Wenn ich allein bin.«

»Wir sind, wie die Götter uns machten.« Ungesehen schob sich unter dem Tisch seine Hand kurz auf die ihrige: Amalies Hand, Herrin und äußeres Zeichen einer solch unerschöpflichen Fülle und gewisser unzerstörbarer, scheuester und zärtlichster Züge von Weisheit, Güte und Edelmut des Herzens, angehäuft während so vieler langer Zeitalter zu solch köstlichem Reichtum und Überfluß; dennoch äußerlich so lammsanft und ungefeit gegen die grausame, nackte Gier der Welt und gegen der Zeit und des Wandels und des Todes Schrecken.

»Es sitzen genug kluge Köpfe an dieser Runde, könnte man bloß ihre Zungen lösen«, sagte er nach einem kurzen Schweigen laut. »Genug gescheite Geister, die Welt zu zerpflücken und eine nagelneue aufzubauen. Mylord Horius Parry: was für eine Welt machtet Ihr uns, sagt, wenn wir Euch zum Allmächtigen Gott bestallten?«

»Geht, gar oft«, sagte er, »und nicht immer aus schlichter Liebe zu mir, nannte man mich einen Mann hochfliegender Ambitionen. Aber der Teufel beschirme uns! Hier haben wir ein neues Rätsel. Ich habe noch nicht hinter den Mond geblickt. Ich vermag und weiß nicht zu antworten.«

»Antwortet, Vetter, ohne all diese Beteuerungen«, sagte der König, »die mich wie verdorbener Fisch dünken. Ihr und ich, wir kennen einander inzwischen gut.«

»Eure Hoheit kennen mich. Gäbe Gott, ich könnte mit Gewißheit behaupten, ich kennte Eure Hoheit genauso gründlich.« Prost, leerte er sein Glas: spielte eine ganze Weile mit dem leeren Kelch. »Nun, was Welten angeht«, sagte er, »so taugt mir diese Welt: ich verlange keine andere. Eine Welt, wo der beste Mann« – und hier bekam sein Auge, das demjenigen des Königs standhielt, einen im tiefsten Grunde weniger unerforschlichen Blick, als der Betrachter wahrscheinlich vermutet hatte – »eine Welt, wo der beste Mann den Sieg davonträgt. Wein, Weiber, Krieg: nein, ich halte sie für gut genug. Und unter gewissen Bedingungen«, er ließ einen feurigen, kühnen Blick um die Tafelrunde wandern, »kann sogar Frieden«, sagte er, »erträglich sein.«

»Pax Mezentiana«, sagte der Herzog bei sich.

»Aber der Frieden«, sagte der Vikar, »macht einen Mann weichlich und weibisch«; und mit Rücksicht auf die Damen galt sein Blick ausschließlich dem Kanzler, dem Admiral und schließlich dem Herzog. Fiorinda, von einem Blick des Herzogs getroffen, tat nichts anderes, als eine seiner Gesten vor einer Stunde im Garten zu wiederholen: sie blickte auf ihre Fingernägel.

»Kurz und gut, mein Herr und König«, sagte der Vikar, »ich bin ein einfacher Mann. Kenne mein Handwerk. Kenne mich selbst. Gehorche meinem Meister. Und im übrigen (mit Verlaub, Herrschaften)« – er blickte links und rechts und funkelte den Herzog, Admiral und Kanzler an: *»nemo me impune lacessit.«*

»Kurz und gut«, sagte der König. »Ihr mögt diese Welt und würdet tunlichst die Finger von ihr lassen?«

»Das ist meine Meinung, wenn's erlaubt ist.«

»Mögen Eure Exzellenz«, sagte der König, »in dieser weisen und zuträglichen Ansicht handeln.«

Es war, als hätte sich für einen schauerlichen Augenblick lang die Schneide einer aufblitzenden Axt gezeigt. Die hageren Züge der Lippen und Nasenlöcher des Kanzlers verhärteten sich zu einem zynischen Grinsen.

»Ihr und ich«, sagte der König und wandte sich an den Lord Jeronimy, »wir sind die ältesten hier. Was sagt Ihr?«

»Mein Herr und König«, antwortete er, »ich bin, glaube ich, fünf Jahre älter als Eure Durchlauchte Hoheit. Und je älter ich werde, desto mehr glaube ich, weniger meinem Wissen, sondern meinem Urteil trauen zu müssen. Dinge, die ich zu wissen glaubte«, sagte er, stützte einen Ellbogen auf den Tisch und zog hinein in die Stirn eine Strähne seines strohigen hellen Haares, während er die Anwesenden mit sehr freundlichen, sehr duldsamen, sehr philosophischen Blicken beschickte, »erweisen sich als falsch. Was sind gewissermaßen Sicherheiten, die zu Zweifeln zerrinnen. Kurzum . . .« Er sprach nicht weiter.

»Hier erlebt Ihr, in seinen Worten verdeutlicht, die innere Natur unseres edlen Admirals«, flüsterte die Herzogin Zenianthe ins Ohr: »ein weiser Mann und ein guter, dennoch so reichlich mit scharfsinnigem Urteilsvermögen gesegnet, daß er, gilt es zu handeln, oft wie gelähmt ist, vermag er es doch nicht, sich zwischen zwei höchst ausgewogenen aber unvereinbaren Alternativen zu entscheiden.«

Wohlwollend begegnete man den Blicken des Admirals. Ein belustigter Zug versüßte sogar Beroalds spöttisches Lächeln, als er, weil der König ihn angesehen hatte, zur Erwiderung gab: »Auch ich halte es mit den Umständen unseres körperlichen Daseins. Diese Welt reicht aus. Es läge mir fern, sie durch launisches Hantieren mit den Gegebenheiten zu verderben.«

Der Herzog zuckte mit den Achseln. »Vielleicht nur insofern«, sagte er, wobei er diese Lady Fiorinda über den Tisch hinweg beäugte: »soll eine Welt doch sozusagen ein Gewand sein – nicht wahr? – das demjenigen paßt, für den es gemacht . . .«, und etwas Flüchtiges kräuselte die gerade Linie ihrer Unterlider, wie das Tagesgestirn bei Tagesanbruch plötzlich den geraden Horizont der See durchbricht; ». . . sich stets wandelnd, nie sich wandelnd?«

»Und ist das mit der unsrigen nicht so?« fragte der König, die Augen ebenfalls auf diese Dame gerichtet.

»Sich stets wandelnd«, sagte der Herzog: »ja. Aber nie sich wandelnd«, Campaspe vernahm die Änderung in seiner Stimme! wie wenn der Nachtwind plötzlich durch Salweiden am Ufer eines einsamen Sees streicht, »das weiß ich nicht. 's ist vielleicht am besten, es nicht zu wissen.« Auch Anthea spitzte die Ohren ob dieser Änderung: ein Getrippel von Hagelkörnern zwischen Moräne und Eishöhle, wenn es aufgrund der Kälte innerhalb des Gletschers völlig still ist.

»Ja, und selbst wenn wir Götter wären«, sagte der König, und die Stille schien gespannt auf jedes neue Wort zu lauschen, »wär's vielleicht am besten, es nicht zu wissen. Besser nichts über unsere eigene Unveränderlichkeit wissen, über unsere immerwährende Macht und unaussprechliche, schlechthin unbeschreibliche Majestät. Denn es liegt vielleicht im Zweifel und Ungewissen eine bestimmte Würze, ein Salz, ohne das schließlich alles in Überdruß münden würde, alles zuletzt seinen Reiz verlöre. Selbst auf jenem Olymp.«

»Zeit«, sagte die Herzogin und brach das Schweigen. »Und Wandel. Zeit, wie ein Strom: und jeder von uns wie Andromeda ans Ufer gekettet, um zu sehen, wie auf dem Rücken des Flusses das sich stets wandelnde Gute oder Böse unserer Tage an uns vorübergetragen wird: erst dann greifbar, wenn es da ist: zu unserer Freude und Erquickung nicht verweilend: unausweichlich, und mühen wir uns noch so sehr: unwiederbringbar, wenn erst einmal vorüber, und ersehnen wir es noch so sehr zurück. Und als letztes Unheil schließlich tritt der Tod an uns heran.«

»Ein gutes Gleichnis«, sagte der Admiral. »Und wie bei den Wassern des Stromes gibt es kein Verweilen: kein Zurück.«

»Ja, so kann man es sich vorstellen«, sagte Zenianthe. »Was aber, wenn es anders wäre, als wir es uns vorstellen? Wir am Ufer, regungslos an unserem Fenster: die Zeit und die Welt fließen vorüber. Doch was, wenn das Fenster (ohne daß wir es wüßten) das Fenster einer Karosse oder Sänfte wäre, in der wir getragen würden in solch leichter, sanfter und unwahrnehmbarer Bewegung, wie Morgennebel an einem See schwebend durch die Luft getragen werden . . .?«

»So daß wir nur dadurch, daß wir aus der Kutsche stiegen, sagen könnten, ob die Bewegung gewissermaßen in uns oder in der Szenerie, die wir betrachten, wäre? Indes ist's einerlei: indes geht die Maskerade, die unser Leben ist, allemal weiter.«

»Ach, ist es wirklich einerlei, werter Admiral?« fragte die Herzogin. »Denn unter dieser Annahme gäbe es nicht nur einen Fluß, der auf seinem Rücken Lasten vorüberträgt: wir könnten die ganze weite Welt durchfahren, vorwärts, zurück und rundherum, vermöchten wir nur über den Kutscher zu gebieten.«

»Oder einfach abspringen vom Wagen und von der Welt frei gehen, wie ein Mensch geht«, sagte der Herzog.

»Oder wie Gott und Göttin – von der Gesamtheit aller möglichen Welten frei«, sagte der König.

»Sozusagen«, sagte Barganax, *»ich will, daß es nun Dienstag nacht vergangener Woche ist, Mitternacht;* und mit einem Wort, einem Gedanken, würde das Wirklichkeit werden.« Seine Augen waren auf Fiorinda gerichtet, deren Blick, wie in einer bewölkten Nacht auf der See der Leitstern, ihn flugs mit grünem Feuer beschickte.

»Es wäre ein Gott vonnöten, würde ich meinen«, sagte sie, und ihre träge Stimme hatte einen spöttischen Ton angeschlagen, »es sich angesichts solch unendlicher Wahlmöglichkeiten mit Weisheit zu erdenken. Setzte einzigartiges Urteilsvermögen voraus, würde ich meinen, Eure Zeit in die Größe ihrer Vollkommenheit einzupassen.«

Der König wandte sich an sie. »So meinen Eure Ladyschaft also, es sei gut so, daß wir alles bereit zur Hand haben, indes ohne alle Macht, zu verweilen oder zurückzugehen oder eine andere Straße zu wählen: geschweige denn, von allen Kutschen und Straßen abzuspringen und frei zu sein?«

»Es ist gut so, würde ich sagen«, und gemächlich strich ihr sich selbst herausputzender Blick zum Vikar: »für manche von uns. Eure Durchlauchte Hoheit werden sich des alten Märchens vom Väterchen und seiner Frau und den drei Wünschen entsinnen.« Ihr Bruder, der Lord Beroald, erstarrte: rutschte auf seinem Stuhl hin und her. »Oh, keine Angst, ich werde es nicht erzählen, lieber Bruder: schlichte, nackte, aus ihrem Hemd geschälte Worte – pfui! doch sind sie die beste Lehre, die man sich zu Gemüte führen kann. Ich meine, durch ihren dritten Wunsch, daß sie doch wieder aus dem Schlamassel freikämen, in das sie sich durch die beiden ersten gebracht hatten, waren sie genötigt, diese wiederaufheben zu lassen, wodurch alles wieder *in status quo prius* war. Und hier handelte es sich lediglich um drei schlichte Wünsche: nicht um die Unzahl über Unzahl, die Ihr wohl bräuchtet, eine neue Welt zu erdenken.«

Der König lachte in seinen Bart. »Will sagen«, und er blickte über die linke Schulter in Barganax' Gesicht, »daß ein Gott, will er sich auf das Erschaffen von Welten einlassen, am besten nicht nur Gott, sondern auch Künstler sein sollte?«

»Weil beide schöpferisch tätig sind?« fragte Amalie.

Barganax lächelte: schüttelte den Kopf. »Der Künstler ist kein Schöpfer. Angenommen, ich male Eurer Gnaden ein Bild: mache ein Gedicht: so ist das kein Erschaffen. Ich finde nur, wähle und ordne.«

»Dennoch sagen wir, Gott habe die Welt erschaffen? Stimmt das also nicht?« Sie blickte vom Vater zum Sohn. »Wie ist dann die Welt entstanden?«

Schweigen senkte sich über die Runde: mitten darin der Vikar mit den Zähnen eine Hummerschere zerknackte. Amalie sah zum König, der in Reichweite zu ihrer Linken saß. Sie sagte, als beantwortete sie die eigene Frage: »Wohl lag sie in aller Pracht in Seinem Denken ausgebreitet.«

Barganax zögerte offenbar auf die Worte seiner Mutter hin. »Eine so gelegene«, sagte er, »ist indes noch keine Welt. Um eine solche zu sein, muß sie außerhalb ausgebreitet liegen. Noch kann sie bestimmt nicht in ihrer Gesamtheit in Seinem Denken ausgebreitet liegen, ehe sie nicht zuerst außerhalb ausgebreitet ist. Bevor man sich eine Welt also erdenken kann, muß man sie erschaffen.« Er hielt inne: sah zu Fiorinda. »Und selbst ein Gott«, sagte er, »vermag's nicht, Schönheit zu erschaffen: kann sie nur finden.«

»Unser Streitgespräch«, sagte der König, »macht uns wie zu Kindern, die an der Küste spielen und in ihrer kindlichen Einfalt die unerschöpfliche See abstecken und vermessen wollen. Dennoch, ist sie nicht köstlich, die göttliche Philosophie, und ein hübscher Zeitvertreib bei Tische?

Aber zu einem Primenspiel braucht man zuerst Karten. Angenommen also, die Welt sei immerwährend (nicht diese Welt: ich spreche von der Gesamtheit aller Dinge und alles Seienden und aller Zeiten). Angenommen, Gott sei allmächtig. Muß dann nicht die Gesamtheit immerwährend sein aufgrund der Allmacht Gottes? Sie ist Leib und Seele derselben, diese Allmacht. Und so ist also die Erschaffung dieser Gesamtheit, dieser unendlichen Welt, weder eine große Sache, noch der Göttlichkeit würdig: sie ist der unwillkürliche, natürliche Atemzug oder Herzschlag Seiner Allmacht. Aber eine gewisse eigene Welt wie diese unsere zu machen: diese *ὕλη*, diese *prima materia,* diesen primitiven Haufen Chaos zu formen und einem seine Welt der Herzenslust zu gestalten – nun, das ist fürwahr ein Werk für einen Gott!«

»*Εμην δ' ἔντυνον ἀοίδην*«, sagte Fiorinda langsam, als ließe sie die einzelnen Wörter auf der Zunge zergehen: *»Du aber stimme mein Lied an.* – Ich hing nur Erinnerungen nach«, sagte sie wie in Erwiderung von des Königs flinkem Blick.

Aber Anthea, die wie Schäfer zur Morgenröte im April ausblickte und das Schattenspiel der Lippen und Wimpern dieser Dame verfolgte, flüsterte insgeheim in Campaspes Ohr: »Honigtau: Sternenspeichel. Gleich werden wir ein blaues Wunder erleben.«

»Habe ich Euer Hoheit Gedankengang recht verstanden?« fragte der Herzog: »daß in der zum Kern entschalten Wahrheit alles Vorstellbare genauso wahr wie alles andere und unvergänglich und ewig ist?«

»Ja«, sagte der König: »das Vergangene, das Gegenwärtige und das Kommende. Und genauso alles, was nicht kommen wird. Gleichermaßen das Vorstellbare und Unvorstellbare.«

»So daß ein Gott, der wandelt, wo Er will (wie Ihr, Madam«, sagte er zu seiner gnädigen Frau Mutter, »in Eurem Garten einen Blumenstrauß pflückt), dieses oder jenes auflesen, beachten mag: sich die eigene besondere Welt schafft, wie Er will.«

Der König nickte.

»Und sie, sobald gemacht, wieder fortwirft, wenn Ihm der Sinn danach ist, wie Ihr Euren Blütenbund. Dennoch gibt es einen Unterschied: ob Rosenknospe oder Baumkrebskeim, Seine Blüten sind unsterblich. Welten mag Er erschaffen und wieder zerstören: nicht aber das Zeug, aus dem Welten sind.«

»Nein«, sagte der König, »das übersteigt meine Worte. Macht jedoch nichts. Sprecht weiter.«

»Das übersteigt Eurer Hoheit Worte? Aber sagtet Ihr nicht, es sei immerwährend, dieses Zeug, aus dem Welten gemacht sind?«

»Richtig: aber wer seid Ihr, die Allmacht des Allerhöchsten beschneiden zu wollen? Wollt Ihr dem Allmächtigen Gott die Fähigkeit absprechen, mit einem Atemzug alles Sein auslöschen und im nächsten Atemzug alles wieder genauso hübsch wie zuvor aufrichten zu können?«

»Auslöschen?« fragte der Lord Beroald: »und damit gleichzeitig auch sich selbst?«

»Und gleichzeitig auch sich selbst. Warum nicht, wenn das Sein Wille ist?«

»So ist die Allmacht also, wie Eure Hoheit uns dartaten, durch das schiere Vermögen zur Allmacht auch der Ohnmacht fähig? *Quod est absurdum.*«

»So sei es absurd: doch was bedeutet es mehr, als zu sagen, Er ist zur Erschaffung von Chaos fähig? Chaos ist etwas Absurdes. Die Bedingung von Chaos ist Unvernunft. Dennoch kann Chaos existieren.«

Beroald lächelte sein kaltes Lächeln. »Mögen Eure Hoheit Nachsicht mit mir üben. In diesem empyreischen Licht bin ich so eulen-äugig geworden, nicht mehr zu sehen, als daß die Vernunft auf die Entthronung der Vernunft abzielen und alles zur Verwirrung verdammt ist.«

»Ihr dürft es nicht so eng sehen: *sub specie aeternitatis:* im Hinblick auf die Ewigkeit. Die Annahme lautet, daß alle erdenklichen Umstände, das heißt alle erdenklichen Welten existieren: aber nicht zu einer Welt zusammengefügt, ungruppiert: für unser groberes Vorstellungsvermögen also ein unvergänglicher Sumpf oder Schwall von Meeren, Städten, Flüssen, Seen, Heiden und Wüsten und Gebirgsketten, alle mit ihren Pflanzen, Wäldern, Moosen, Wasserkräutern, was Ihr wollt; und mit allerlei Menschen, Tieren, Vögeln, Fischen, kriechenden Kreaturen, Landstrichen, Träumen, Lieben, Ekel, Greuel, Zerfall, Hoffnungen, Ängsten, Vergessenheit, in unendlicher Vielfalt und Zahllosigkeit, Alpträume und Wahnsinn übersteigende Vorstellungen. Alles *in potentia.* Alles ist vorhanden, genauso wie alle Einzelheiten in einer Landschaft vorhanden sind: Er wählt aus und ordnet, genauso wie der Landschaftsmaler. Der eine malt ein Bild, der Andere erschafft eine Welt.«

»Eine Aufgabe, die selbst die himmlische Geduld eines Gottes auf eine harte Probe stellt!«

»Nein, Beroald: es geht schnell und leicht von der Hand, ist man allmächtig und allwissend.«

»Wie der Dichter spricht«, sagte der Herzog und kniff die Augen zusammen wie einer, der im Gegenwind nach immer ferneren Horizonten ausspäht:

»Für einer freien Seele flinker, flugser Behendigkeit
Fallen Sterne, denken Sinne mit gar träger Langsamkeit.«

»Und wie steht es dann mit der Zeit?« fragte die Herzogin.

»Ganz einfach«, sagte Barganax: »eine eigene Zeit für jede eigene Welt – genannt Erde, Himmel, was Ihr wollt –, die Er erschafft.«

Die Herzogin überlegte. »Während Er selbst, meint Ihr, indessen Er so verfährt, nicht in dieser gemeineren, zusammengepferchten Aufeinanderfolge, genannt Zeit, sich bewegt, sondern in einer göttlicheren Zeit, genannt Ewigkeit? So muß es sein«, sagte sie, lehnte sich zurück und blickte nun ebenfalls wie in ungesehene Entfernungen ausschauend. »Und diese Welten existieren, voll und tatsächlich, nach des Gottes Willen, bestehen oder vergehen, wenn Er sie vernachlässigt oder zerstört, gemäß diesem weniger klaren Zustand, genannt Möglichkeit – *Blüten wachsen aus Knospen heran.*«

»All diese möglichen Welten«, sagte der König, »diese unendlich vielen, unendlich verschiedenen, sind eine wie die andere gleich, sind sie doch, eine wie die andere, Seiner Wahl gleichermaßen unterworfen.«

»Nur daß ein Gott«, sagte die Herzogin, »die Beste wählen wird.«

»Von einer unendlichen Anzahl vollkommener, wo eine jede ihre höchste und einzigartige Vollkommenheit birgt, was wäre die beste?«

»Und eine unendliche Anzahl unvollkommener?«

»Was sonst? Und unendlich vielfältige und unzählige Himmel. Und unendlich vielfältige und unzählige Höllen.«

»Aber ein Gott«, sagte Amalie, »wird niemals eine der Höllen als Wohnung wählen.«

»Er ist Gott, wohlgemerkt«, sagte der Herzog, »und kann sich ihrer wieder entledigen, wenn Ihm danach zumute ist.«

Der Vikar lachte dumpf. »Ich kann nicht sprechen wie ein Gott. Aber ich wette meine Seele, einen solchen gibt es nicht auf der Welt, der freiwillig in der Haut eines Mannes stecken wollte, der zu einem schlimmen Tod verurteilt ist, so zum Beispiel bei lebendigem Leibe (mit Verlaub) abgezogen zu werden; da liegt er nun splitterfasernackt, auf handliche Art auf eine Planke gebunden, und der Henker mit seinem Messer schlitzt, schneidet und löst die Haut ab und rollt sie auf von seinem Bauch, wie man eine Decke zusammenrollt.«

Zenianthe biß sich in die Knöchel. »Nein, nein.«

Der König sprach, und seine Worte kamen wie eine Finsternis. »Da Sein Maßstab unendlich ist, ist Sein Wissen unbegrenzt.«

»Allein dabei zuschauen: und man hat genug gelernt, würde ich glauben«, sagte der Parry. »Oder selbst abhäuten. Nicht abgehäutet werden.«

»Sogar das«, sagte der König, als hätte tiefe Finsternis zu sprechen angehoben. Das Adlerweibchen spähte aus Fiorindas Augen.

»Geht«, sagte der Vikar: »das halte ich für reine Gotteslästerung.« Fiorinda, deren unerforschlicher Blick auf ihm ruhte, leckte mit der Zunge über die Lippen, indessen sie wunderlich und verstohlen lächelte.

»Kommt, unser Gespräch ist in Trübseliges entglitten«, sagte der König. »Aber ich beraube Gott nicht Seines Zepters der Allwissenheit: verkürze nicht Seine Wahl: nein, nicht einmal wenn Er dadurch zu einem kleinen, stinkenden Schmutzstäubchen würde, das man aus einer unsauberen Ecke fegt. Für einen Moment. Um's zu erfahren und zu wissen.«

Aber die Herzogin Amalie schauderte. »Nicht das – diesen Unflat, den der Mann von sich gab. Gott ist gut: will das Böse nicht sehen.«

»Ah, Madam«, sagte der König, »hier, wo diese gemeinere Zeit von Augenblick zu Augenblick unser Geschick bestimmt, und wo es kein Zurück gibt: hier gibt's fürwahr Gutes und Böses. Aber *sub specie aeternitatis* ist alles, was IST, gut. Denn wie könnte Gott, der die höchste und unbrechbare Macht besitzt, in diesen unendlichen Abfolgen der Ewigkeit zu kommen und zu gehen, der Zeit, dem Wandel oder dem Tod unterworfen sein? Seine Spielzeuge sind diese, nicht Bedingungen Seines Seins.«

Eine Pause trat ein. Dann sagte der Herzog, indessen er nachdenklich mit seiner silbernen Gabel das Fleisch von den Gräten einer Seebarbe löste: »Somit ist es vonnöten (so spricht zumindest die Unerfahrenheit meiner Jugend zu mir), daß Tod und Auslöschung wirklich sind: der quadrierte Kreis: die Quadratwurzel von minus Eins, eine reelle Zahl. Es ist vonnöten, daß jedes einzelne Wesen, nein, jeder unumstößliche Geist (gibt es solche), ohne Anfang oder Ende in der Zeit, zum Nicht-Sein gebracht wird; und damit der Eine einzige, das alleinig-seiende Wesen in Vergessenheit gerät, aus dem Gedächtnis verloren wird, *vox inanes,* Nichts.«

Der Vikar, der gerade einen kräftigen Schluck Weines nahm, besudelte sich Bart und Wange, weil er den Kelch zu hastig hochgekippt hatte. Der Lord Jeronimy, als wäre er plötzlich zum Greis gealtert, stierte mit schlaff hängendem Mund und eingefallenen Augen in die Leere, während sein Finger nervös eine Zeitlang den Edelstein des Königlichen Hippogryph-Ordens betastete, der um seinen Hals hing. Auch Zenianthe sah stieren Blicks vor sich hin, trug aber keine Spur von menschlichem Entsetzen in den Augen: nur schien der Liebreiz ihrer Jugend tiefer zu dringen, wie verwurzelt in den rechten und fest verankerten Harmonien einer gewaltigen Eiche, wenn der Rost ihres Laubes in der Glut einer stillen Abendröte im November schmilzt, wo sich die Sonne von der Kraft des Sommers nährt und hin zum Frühling scheint. Anthea flüsterte Campaspe zu: ihre nymphenhaften, flinken Blicke hüpften vom Antlitz der Herzogin zum Antlitz ihrer Hofdame: so und zurück: und so wieder zurück.

Nach einer kleinen Pause fing die Herzogin zu sprechen an,

indessen ihr Augenmerk Lady Fiorinda galt: »Aber es gibt, glaube ich, einen, der im Innersten wohnt, der dennoch IST, selbst wenn dieser unermeßliche Tod es allen Seins beraubt hat. Und dieses Innewohnende ist, glaube ich, die Liebe. Ich frage mich, ob am Ende überhaupt etwas anderes als Liebe und Liebende SEIN werden; und Gott ist die Liebe, welche sie vereint.«

Es senkte sich Schweigen über die Runde. Und inmitten dieser Stille vernahm der Herzog die Stimme des Königs seines Vaters: »Nun? Aber welche Welt bleibt dann für uns, Amalie?«

»Beantwortet mir zuerst«, sagte sie, »warum will Gott diese Welt und nicht jene unter den unendlich vielen, die Ihm zur Wahl stehen?«

Der König antwortete: »Sie ist für *Sie* gemacht.«

»So ist's Ihre Wahl?«

»Müssen wir das nicht annehmen?«

»Aber wie soll Sie wählen?«

»Wie kann Sie falsch wählen? Ist doch Ihr Wählen allein durch Ihre Natur eine Art Schönheit.«

»Aber wenn Er so leicht und verschwenderisch schaffen und vernichten kann, kann er so nicht Sie schaffen und vernichten?«

»Das müssen wir annehmen«, sagte der König. »Aber nur auf Kosten Seiner eigenen Erschaffung und Vernichtung.«

»Unser werter Kanzler lächelt.«

»Nur weil ich beobachte«, sagte der Kazler, »wie Seine Durchlauchte Hoheit trotz dieser Schlußfolgerung, von welcher er so viele vernünftige Grundsätze ableitete, sich gezwungen sieht, nein zum Allerhöchsten zu sagen.«

»Es ist Er selbst, der's sagte, nicht ich. Es liegt dieses Nein fürwahr in Seiner Natur, würde ich sagen«, antwortete der König. »Der Einzige und Alleinige zu sein und dennoch allein mit sich zu bleiben, obschon dieses Ihm möglich wäre: das ist etwas, das kein Gott sich erträumt: es zeugt von Armut, Kargheit; eine Vorstellung, wie sie nur blutleere Insekten hegen können, die genauso tief unter den Menschen stehen wie die Menschen unter den Göttern.«

»Wie der Philosoph spricht«, sagte Barganax: »*Infinitus Amor potestate infinitâ Pulchritudinem infinitam in infinitâ perfectione creatur et conservatur:* unendliche Liebe, von Seiner unendlichen Macht, schafft und erhält unendliche Schönheit in Ihrer unendlichen Vollkommenheit. Ihr seht, ich saß zu Füßen Doktor Vandermasts.«

Fiorindas unvergleichliche Lippen wurden wieder kalt wie die Lippen der Sphinx, als sie mit einer Stimme, wo sich der Bienenstachel durch die Honigwabe in den schaudernden Sinn bohrte, sagte: »Aber ob das nicht nur windige Worte sind, wer von uns kann das schon wissen?«

»Ja – wer von uns, werte Herrin der Streitgründe?« sagte der König.

»Und was braucht es uns zu grämen?«

Anthea, federleicht, bebend wie der flatternde Flügel eines Weidenlaubsängers von Campaspes Hand am Arm berührt, sah zu ihr um: mit wilden, lohfarbenen Augen in die schwarzen Perlenaugen wie von einer Schwimm-Maus: tauschte mit diesen einen höchst wunderlichen, ernüchternden, unerträglichen Blick aus. Und das war ein Blick, wie man ihn von menschlichen Augen nicht gewohnt ist: höchstens von Tieraugen, in denen plötzlich tiefe Schlünde ein Versteck- und Guck-guck-Spiel trieben, herrührend, so hätte ein gelehrter Mann vielleicht erraten, von einer nahen Kopulation mit Göttlichem.

Amalie sprach: »Die Antwort lag mir auf der Zunge, werter Mylord (aber ich überlegte es mir anders): ›Ah, was für eine Welt, wenn nicht diese? Aber diese gewiß gemacht, gesichert. Rosen, aber keine Dornen. Wandel, aber kein Altwerden. Verklärung, aber kein Tod.‹«

»Eine Welt ohne Marder oder Wiesel?« rief Anthea und lachte ein kleines Wildkatzenlachen, sehr befremdend und seltsam.

»Mir scheint eine solche Welt«, sagte der Admiral, »mit *ζιὸρη*, mit Anmaßung behaftet, die gewissermaßen leicht den Neid der Götter erregen könnte.«

»Ich halte es schlicht für gottlos, solches Gerede«, sagte der Vikar, puterrot vom wilden Prassen, und leerte seinen randvollen Becher Muskateller.

»Nein, Ihr solltet nicht so leichtfertig«, sagte der Kanzler, »die Götter mit solch niedrigen, die Menschheit zuhöchst entstellenden Leidenschaften belegen, werter Herr Admiral. Dennoch scheint mir eine solche Welt voller Schutzlosigkeit und Unlogik.«

»Ein Teich ohne Wellen?« sagte Campaspe. »Ein Himmel, den niemals ein Falke durchzieht? Tag, aber keine Nacht?«

Wieder fletschte Anthea ihre luchshaften Zähne. »Soll es, weil Sie tugendhaft ward, kein Blut mehr zum Saugen geben?«

Der Herzog biß sich auf die Lippen.

»Ich könnte Marder und Wiesel Sanftheit lehren«, sagte die Herzogin sehr leise; langsam zeichnete sie mit ihrem Fächer kleine Figuren auf den Tisch. »Aber ich besann mich eines Besseren.«

Der König wartete. »Nämlich, *Madonna mia*?« fragte er und legte seine Hand mit den Ballen nach oben auf die Tafel, öffnete sie: es schob die Herzogin die ihrige zart unter ihrem Schimmer der Juwelen zu der seinigen und berührte sie wählerisch mit dem Mittelfinger mitten in der Handfläche: zog ihn flugs zurück, ehe er ihn umgreifen konnte.

»Denn ich überdachte ein wenig«, sagte sie, »was Eure Hoheit vor einer kleinen Weile sagten, daß es ein Segen sei, nicht zu wissen – ja, und wären wir in der Tat Gott und Göttin – und daß Nichtwissen Reiz und Würze in sich birge. So daß ich diese Welt wählen will, werter Mylord, und nicht beschnitten, sondern ganz wähle. Hält man sich doch einen beschnittenen Kapaun nur, weil man ihn verspeisen will. Diese Welt aber gilt es nicht zu verspeisen, sondern in ihr zu leben. Und sie zu lieben. Und selbst die Zeit versteht sich in ihrem Wandel kunstvoll darauf, wie Mondschein liebreizend und liebenswert zu machen. Alles andere sollte man wohl besser nicht wissen.«

Während sie so sprach, fiel Barganax' Augenmerk, der seinen Blick nach oben schweifen ließ, auf das saphirblaue Funkeln der Vega, die durch das Weinlaub vom Himmel leuchtete: ein reineres, untrüglicheres Auge, das sich zu dem gemeinen und naturgemäß kurzlebigen Schein der Kerzenflammen gesellte, um zu erforschen, was dieser erforschte und, wenn auch aus größerer Ferne und mit nicht so flatterhaften Strahlen, zu liebkosen und für gut zu heißen. Von diesem Stern beschienen, folgte er den Worten seiner Mutter: den honigsüßen Silben, den mit Eulenschwingen beflügelten Gedanken, dem in den Farben des Regenbogens schillernden Netz von Andenken, dem allem zugrundeliegenden, ungehörten innerlichen Lachen, zart und köstlich wie der Tau der Nacht. Dann begegnete sein Blick, als er ihn wieder senkte, der Dunklen Dame. Es brannte ein Feuer aus ihren Augen, prächtiger und hehrer als die Glut dieses natürlichen Gestirns, grüner als der Schimmer des Glühwürmchens, vielsagend obendrein, so daß ein Schauder über seinen Rücken lief. Als spräche ihr Blick: Ja, Mein Freund. Diese Worte sind Meine Worte: Meine an Dich, genauso wie sie Ihre an Ihn sind.

»Zeit. Und Wandel. Und als letzte Wandlung«, sagte der König: »Eure eigenen Worte, Madonna: ›als letztes Unheil, der Tod.‹«

Eine längere Zeitlang sah die Herzogin von einer Antwort ab. Dann sagte sie: »Ich möchte Euch die tragische Geschichte von den Volsungen und Nibelungen ins Gedächtnis zurückrufen, als sie nach der Schlacht in König Atlis Saal über Hogni hergefallen waren und ihm das Herz herausgeschnitten hatten. Und sie zeigten es Gunnar, seinem Bruder, und dieser sagte: ›Das mächtige Herz von Hogni, klein wie das schwache Herz von Hjalli; wenn es nun auch wenig zittert, so zitterte es noch weniger, als in seiner Brust es noch steckte.‹ Wir kennen den Tod nicht: aber ohne diese Unbekannte, ohne ihm ins Auge zu blicken, genau wie Hogni und auch Gunnar es taten, als sie in die Schlangengrube geworfen wurden: ohne dieses, so frage ich mich, könnte es da Großmut und Beherztheit in der Welt geben? Nein: wir wollen diese Welt und selbst den Tod. Denn wir wollen keine Welt, die nicht nobel ist.«

KAPITEL XVI

Das Fischessen: Kaviar

»Ihr und ich«, sagte der König, »wir also wollen diese Welt? Eine klare Antwort. Aber das Spiel ist schon zu Ende, noch ehe es überhaupt begonnen hat; denn diese Welt ist bereits fertig und zur Hand.«

»Müssen wir denn anderswo Streiche spielen, so soll sie wählen«, sagte Amalie und sah zu Fiorinda. »Sie ist so schweigsam. Soll sie sprechen und entscheiden.«

»Lieber nicht«, sagte er. »Sie hat heute abend eigensinnige Launen. Eine Welt ihrer Wahl würde in ihrer jetzigen Stimmung eine wahrlich wunderliche, unglückliche Welt werden.«

»Nein, ich bin neugierig«, sagte die Herzogin. »Nein, ich wünsche, daß sie für heute abend ihre Welt auswählt, wie immer sie auch sein mag. Kommt, Ihr habt es versprochen.«

»Nun?« fragte der König.

In Fiorindas Augen saß das Lächeln, barmherzig, olympisch, unverliebt, von Ihr, welche die alte goldene Welt in Ihrem Gefolge führt. »Die Wahl ist leicht«, sagte sie. »Ich wähle *das, was ist.*« Es war ein Widerspruch zwischen ihren Worten, so schlicht und einfach, und der Art, wie sie diese gesprochen hatte, als ob aus einem gebieterischen Gelüste heraus, das nichts aufhalten könnte, wäre es erst einmal entfesselt.

Der König sah von einer Erwiderung ab. Die Herzogin blickte zu ihm um, wie er so nahe zu ihrer Linken saß, daß Ärmel Ärmel streifte, dennoch anzusehen war wie ein abgelegener Wachturm, düster und gewaltig zwischen Bergen: wie Unser Vater Zeus auf Seiner Warte im Ida-Gebirge. »Das, was ist?« sagte er schließlich. »Aus Eurer Ladyschaft Mund kommend, suchen wir hinter solch schlichten Worten Bedeutungen, wie wir bei Gewitterstürmen zuckende Blitze erwarten. Kommt, es ist doch nur wieder diese Welt, welche Ihr meint?«

»Ich spreche«, sagte sie, »offen und ehrlich. Ich wünschte, Eure Durchlauchte Hoheit würden das auch so auffassen.«

Campaspe und Anthea grinsten einander insgeheim hinter ihren Fächern an.

»Also *das, was ist*: offen und ehrlich, was könnte das anderes bedeuten«, sagte der König, »als die höchsten Zwei allein? Sie und die seligen Götter und Göttinnen, Bewahrer des Himmels, von vielleicht geringerer Wirklichkeit als Er und Sie, aber allemal wirklicher als solche Eintagsfliegen wie Menschen? Ist dies also Eure Wahl, und das goldene Haus des Vaters? Wenn ja: so schildert es mir. Gebt mir eine Vorstellung davon.«

Diese Dame drückte zart die Wange gegen ihre Halskrause, wie eine Katze. Blickte man nun in ihre Augen, so sah man wunderliche Dinge, als tanzte etwas einen gefährlichen Tanz am Rande eines finsteren Abgrundes. »Nein, nein«, sagte sie. »Wie Ihre Gnaden, will auch ich mich eines Besseren besinnen: nicht so hoch schauen.

Nun«, sagte sie nach einer Weile, »ich habe mir eine Welt ersonnen. Werden Eure Hoheit sie mir tatsächlich gemäß meinen Angaben machen?« Ihre verklingende Stimme, in melodischen, schwachen Dissonanzen schwelgend, hatte durch ihre schiere Trägheit etwas Bedrohliches an sich, als wären ihre ungezügelten Neigungen allein ob ihres Standes nicht zu bändigen und würden ob ihrer Macht gar grimmig wüten.

Der König betrachtete sie so eine Weile schweigend; dann sagte er: »Ich werde mir alle Mühe geben.«

Fiorinda hob den Kopf wie ein witterndes Pantherweibchen. »Gut«, sagte sie; und ihre Augen kehrten sich ab von denen des Königs und ruhten nun beständig in denen des Herzogs Barganax, der sie stieren Blicks ansah wie ein in Stein Gehauener. »Und ehe wir zur allgemeinen Belustigung heut abend mit unserer neuen Welt beginnen«, sagte sie, »will ich, die ich so einzigartig verwöhnt werde, Euch nennen, was ich von Euch als dem Baumeister meiner Welten wünsche. In Anbetracht dessen, daß ich Sie bin, werde ich mich nicht mit bloßer Schau und leerem Schein zufriedengeben. Der Wein unseres Umtrunkbechers soll die ausgesuchte Rebe unseres ausgesuchten Weinberges sein. Die zusammengeschusterten Flickstellen meiner Schuhe sollen gar die geistreichsten und ehrlichsten und gefälligsten in der ganzen Welt und die besten ihrer Art sein. Eine Welt soll nicht genug sein für mich. Noch eine pro Lebenszeit. Auch eine pro Tag nicht. Äonen von vergessenen Zeitaltern sollen in die Entstehung einer Krume fließen, die ich von meinem Kleid wische, wenn ich vom Tisch aufstehe. Generationen von Menschen, unzählbar wie die Generationen von Eintagsfliegen in einem Jahrhundert, sollen leben und sterben zu keinem anderen Zwecke, als für fünf Minuten meine Sinne zu erfreuen, wenn ich aus Kurzweil dies wünsche, indessen ich an meinem Spiegel sitze und mein geflochtenes Haar löse. Der langsame Verfall von den alten Gebirgen der urtümlichen Erde soll nur der Bereitung eines weichen Erdpolsters auf einem Hügel dienen, für den Fall, daß es mich gelüstet, mich nach einem Spaziergang in den Bergen eines Tages darauf auszuruhen. An Millionen von Bäumen sollen Abermillionen von Blättern sprießen, auswachsen, welken und abzufallen beginnen, nur um mir eines sonnigen Novembermorgens von meinem Fenster aus einen süßen Anblick zu gewähren. Wegen mir sollen weder Troja noch diese Welt allein, sondern das ganze weite Weltall und die gewaltige Gesamtheit aller Dinge insgesamt verworfen, vernichtet und vergessen werden.«

Amalies Augen, die in des Königs Augen blickten, lasen dort, klar als hätten seine Lippen gesprochen: Ja, Madonna. Diese Worte sind Eure Worte: Eure an Mich, genauso wie sie Ihre an Ihn sind.

Der Herzog aber, bleicher als Gras im Sommer, stand auf, stieß seinen Stuhl zurück, stellte sich ein kleines Stück hinter den König seinen Vater und seine Frau Mutter und lehnte sich gegen den Stamm eines Erdbeerbaumes. Hier, außerhalb des Lichtes selbst kaum sichtbar, konnte er über ihre Schultern von der Seite Fiorinda sehen: diesen unvergleichlichen Mund, sein Peinigen, für das es keine Linderung gab, seine dunklen Formen, die wer zu entziffern vermochte? diese mondfahle, schauderliche, gebieterische Blässe ihrer Wangen und Stirn: all dieses Herausfordernde, Feurige, Auflauernde, Gegenspielende, diese Tigermilch und dieses Schlängeln schwarzer Wasserschlangen, welches (wenn sie den Kopf drehte) nackt und spürbar vor seinen Augen lag, herrührend von dort, wo in der Rundung ihres zarten Nackens die schwarzen Flechten sich wanden und aufwärts wölbten: zuletzt (und dies verband all diese Dinge zu einer unaussprechlichen Einheit) ihre Augen, die sich hin und wieder auf ihn richteten und bewußt seinem Blick begegneten.

»Sprecht weiter«, sagte der König zu Fiorinda, aber sein Augenmerk galt nur Amalie. »All dies ist recht und billig und absolute Bedingung aller denkbaren Welten. Zu den Einzelheiten nun.«

»Ich wünsche von Euch, hier und jetzt«, sagte diese Dame, »eine solche Welt, wie es sie noch nie gab, auch in Gedanken nicht. Und auf diesem ersten Grundsatz soll sie gründen, daß sie eine vollkommene Welt sein soll, die sich selbst genügt.«

»Nun«, sagte der König. »Woraus sollen wir sie bilden?«

»Ihr sollt sie«, antwortete sie, »bilden aus den Unendlichkeiten: von Zeit ohne Anfang und Ende; und von Raum ohne Mitte und Grenze.«

»Von welcher Machart soll sie sein?«

»O von unendlicher. Aber alles der Regel gemäß.«

»Aber wie, wenn Ihr sie aus diesen Unendlichkeiten wünscht, soll sie vollkommen sein? Vollkommenheit bedingt ein Ende und eine Grenze.«

»Das läßt sich leicht beantworten. Sie soll aus Zeit und in der Zeit sein: aber ohne Zeit darin. Und im Raum und aus Raum; aber ohne Raum darin.«

»So daß diese Unendlichkeiten nicht Teil unserer Welt sind«, sagte der König, »sondern sie Teil von ihnen ist: wie dieses Brot aus Weizenmehl gebacken wurde, obschon es reichlich anderes Weizenmehl gab und geben wird, das nicht in diesem Brot enthalten ist, und Mehl anderer Formen obendrein?« Er tunkte ein Stück in Sauce und warf es seinem großen Hund, der neben ihm hockte, zum Fressen hin. »Nun, soweit weiß ich Bescheid«, sagte er: »aber soweit handelt es sich nur um den Schatten einer Welt: nur um leeren Raum und leere Zeit.«

Sie sagte: »Ich bitte Eure Durchlauchte Hoheit, sie für mich zu füllen.«

»Und womit soll ich sie füllen?«

»Oh, mit unendlich vielen kleinen Wesen, wenn Ihr wollt: so winzig, daß tausend gleichzeitig auf einer Nadelspitze tanzen können. So winzig gar, daß zwischen und unter ihnen, wo sie tanzen, Platz und Raum für weitere Tausend wäre.«

»Für weitere Tausend? Und für mehr nicht?«

»Oh, wenn Ihr wollt, für unendlich mehr: bis Ihr, der Ihr unermüdlich seid, ermüdet. Stopft, wenn Ihr wollt, Unendlichkeiten zwischen Unendlichkeiten, bis das Denkvermögen schwindet.«

»Wird gemacht«, sagte er sogleich. »Und dennoch bleibt, trotz dieser Vielzahl, die Welt eine einförmige. Was mehr?«

»Ist es dann (ergebenst) nicht an Euch, Hand daran zu legen, Herr: zu ersinnen und fortzufahren? Habe ich mir nicht die Machart unendlich gewünscht? Und muß ich Euch, dem großen Urheber, wirlich sagen, welchen Weg Ihr gehen oder beschreiten sollt?«

»Müßt Ihr. Denn was, Frau, ist diese Sache anderes als eine emporgekommene Grille von Euch? Ich will Euch sagen, was Ihr Euch einbildet. Ich soll sie für Euch unendliche Tänze ausführen lassen, unendliche Schritte, unendliche Figuren. Ihr wolltet sie sodann beobachten: obzwar jeder Tänzer jedem anderen aufs Haar gleicht, sind die Figuren oder Gestalten ihres Tanzes unendlich vielfältig. Aus einer Pavane, seht, mache ich Euch Gold: aus einer Courante, Luft: aus einer Bourrée, Granit: Schwefel, Quecksilber, Blei, Kupfer, Spießglanz entströmen den verschiedenen Figuren dieses universalen Tanzes, ja, und selbst die Elemente Wasser und Feuer, und alle Mineralien, welche die natürliche Erde bilden; sogar dieses habe ich Euch aus der Allemande gemacht: dieses Eisen, welches die archäische traumlose Seele der Welt ist. Nun?« er sah sie forschend an.

Sie, indessen sie herablassend lächelte, antwortete ihm, mit einer kleinen, feinen Aufwärtsbewegung des Kopfes: »Soweit soll's mir recht sein, Herr. Es ist gar nicht so verkehrt.«

»Pah! es ist eine tote Welt«, sagte er. »Eine tote Seele.«

»Ach, dann laßt sie von Leben wimmeln«, sagte sie, »wenn's sein muß. Und das fürchterlich.«

»Und was«, fragte die Herzogin, »ist Leben?«

Indem sie sich mit wählerischer Heikelkeit über ihren Teller beugte, suchte Fiorinda ein einzelnes Kaviar-Kügelchen aus und hielt es auf der Gabel hoch, auf daß alle es sehen könnten. »In solch einer Welt«, antwortete sie und bot ihr auf dem Zinken der Gabel zum näheren Beschauen das kleine gallertartige Fischei dar, »was sonst wünschten Eure Gnaden, daß es sei, wenn nicht solch Minderwertiges wie das hier?«

»Eine Fischwelt!« sagte der König.

»Nein, es steckt eine zuhöchst gottgegebene, erlesene Präzision darin«, sagte Fiorinda. »Leben! Nichts weiter als ein neuer Tanz, aber mit verwickelteren Figuren, von denselben einfältigen Dingen ausgeführt. Man wähle nur die passende Zahl, stimme die Zeitfolge der Schritte gut ab, das Verneigen und Verbeugen, das Drehen, die Kurbetten und Kapriolen – und man hat es schon. Aus toter Substanz, lebendige: genau wie dieses garstige Stückchen bitterer Gallerte. Und um es um so spöttischer zu gestalten, läßt man es aus dem Meer aufsteigen: eine sehr neuzeitliche Anadyomene, würdig der Welt, zu der sie, die Schaumgeborene, aufsteigt.«

Es war ein schöner Anblick, den Händen des Königs, die vor

ihm auf dem Tisch hantierten, bei ihrem geschickten, feinfühligen, kraftvollen Spiel zuzusehen. Bald öffnete er sie und nahm sie langsam auseinander. Und langsam wuchs, im Gleichmaß zum Auseinandernehmen, sein Werk – eine Welt – zwischen ihnen heran: ein höchst duftiges, scheinbar kugelförmiges Gebilde, das bei flüchtiger Betrachtung in tausend Farben schillerte, beim näheren Hinschauen aber überaus düster, finster und ungewiß ward. Und in ihr drinnen tat sich Tiefe um Tiefe auf: worin es offenbar wallte und brodelte, und in einem fort Dunkel und Hell zusammen- und wieder auseinanderflossen. »Nun, ich gab ihr Leben, wie Ihr wünschtet. Nur Leben. Keine Lebewesen.«

Fiorinda, welche das Gebilde eine Weile stumm betrachtete, bekundete mit einem sanften Nicken ihre Zustimmung. Alle anderen bestarrten das Werk mit ausdruckslosen, blinden Blicken, als sähen sie sich, plötzlich aus dem Licht aufgetaucht, einer Leere oder Dunkelheit gegenüber: alle außer der Herzogin allein. Ihre Augen, auf diese Spielerei gerichtet, waren vor Verwunderung groß wie unschuldige Kinderaugen.

»Nun?« erkundigte sich der König bei Fiorinda. »Sind Eure Ladyschaft denn zufrieden?«

»Eure Hoheit sind leider schlecht unterrichtet, wenn Ihr meint, ich sei jemals zufrieden. Leben im allgemeinen, wie Ihr es mir hier darbietet, ist zwar Leben, mir aber nicht genug.«

Die Herzogin betrachtete es von nahem. »Ihr habt ihr, glaubt ihr, Leben gegeben?« fragte sie sehr sanft. »Was ist Leben?«

»Es ist«, antwortete er, »in dieser von uns ersonnenen Welt, wie Ihr sehen könnt, ein aus drei Bestandteilen zusammengesetztes Ding: einmal zu fühlen, zusammenzuzucken, auf jede von der Außenwelt eindringende Regung anzusprechen: zum zweiten, zu wachsen: drittens: zu zeugen und sich fortzupflanzen, Gleiches aus Gleichem.« Sein Blick, der sich von ihr losriß, wanderte zurück zu jener Dunklen Dame und dann wieder zu Amalie. »Ihr«, sagte er zu beiden: »Ihr, die Ihr bei mir wart im Anfang meiner Wege, ehe ich etwas schuf, von Anbeginn her: was nun?«

Fiorinda, die es immer noch neugierig musterte, lachte leise. Die Herzogin indes, die in der lauen Nachtluft plötzlich fröstelte, lehnte sich zurück gegen den König, als wollte sie sich an ihm wärmen.

»Ich will«, sagte die Lady Fiorinda, und jedes honigsüße Wort schien wie ein Küssen oder lüsternes Berühren einer neuentdeckten Einzelheit in ihrem Denken: »Ich will, daß Ihr nach diesem Anfang aus diesem nichtswürdigen Schleim die ganze Vielfalt von Lebewesen und ihren Gattungen hervorgehen läßt: kleine schleimige Polypen in den warmen Meeren: kleine Seeanemonen, Quallen, Würmer, Schnecken, Krabben, Libellen, Pilze, Gräser und alle Arten von Kräutern und Bäumen, die da wachsen. Laßt mir keine dieser plumpen Formen aus: Fische, Vögel, Großtiere, selbst die Menschenrasse.«

»Selbst die Menschenrasse? Was, Männer und Frauen wie wir?« sagte die Herzogin.

Fiorinda aber, als hätte sie diese Frage nicht gehört, fuhr einfach fort; aber langsamer: »Ich will«, sagte sie, »daß dieses das Leben von ihnen sein soll, eines jeden Dings, das in dieser unserer neuen Welt den Odem des Lebens atmet: nur teilzuhaben, wie die Wasser an einem Strudel teilhaben, wo nie wieder etwas gezeugt noch vernichtet, sondern stets nur umgebildet wird: wo die lebendige Substanz stets hineingesogen wird, in eine lebendige Gestalt geformt und wieder ausgeschieden wird, nachdem sie ihren Zweck erfüllt und ihre Kraft abgegeben hat an diese Senkgrube, diesen Pfuhl des Daseins. In dieser meiner Welt, selbstgemacht und selbstbedacht, soll also alles aus dieser einzigen Vorlage hervorgehen: aus dieser schleimigen Gallerte.«

»Eine unendlich komplizierte Welt«, sagte der König.

»Nein, ich gebe ihr als Grundlage einfache Gesetze zum Ausgleich.«

»Welche Gesetze denn?«

»Zum ersten (um meiner vollkommenen Welt in ihrem vollkommenen Ablauf vollkommene Ordnung zu geben) dieses Gesetz: daß in jedem nachfolgenden Monat ihres Daseins die Gesamtheit meiner Welt und alles, was sie enthält, billigerweise und unabänderlich bestimmt wird durch das, was einen Moment vorher war.«

»Ein geordnetes, in Unendlichkeit verankertes Chaos.«

»Was«, sagte diese Dame, »die belastbare Macht des Schicksals ist. Keine Wandelbarkeit. Und kein Finger Gottes, der in die unantastbare Entwicklung meiner Welt eingreift. Wie eine Rosenknospe sich enthüllt und nach außen kehrt, so soll ihr Ablauf sein: so unabänderlich wie eins und eins zwei ist, eins und zwei drei und so fort, immer weiter, *ad infinitum*. Die allgemeinen Formen sind konstant, unwandelbar, unverformbar; alles andere aber ändert sich so oft wie die Fahne im Wind sich dreht. Wahrlich eine Musterwelt, die ein Mann des Gesetzes begreifen kann?« Sie richtete den Blick auf den Lord Beroald, der als Erwiderung nur sein ungläubiges Lächeln lächelte.

»Gewiß aber keine Welt«, sagte der werte Admiral, »für die Lebewesen, die in ihr leben müssen. Was für eine Freiheit haben sie, wenn alles vorherbestimmt ist und abläuft wie ein Uhrwerk?«

Ein grausamer Zug huschte über Lippen und Zähne jener Dame, als sie wählerisch ein wenig vom Kaviar aß. Sie blickte zum König, über dessen Augäpfel sich plötzlich eine Haut zu schieben schien, als wären es die Augen einer Giftschlange. »Ich glaube«, sagte sie, »ich werde sie mit meinen Gesetzen ein bißchen necken. Sie sollen tatsächlich der Meinung sein, in Freiheit zu leben; wir indes, die wir zusehen, wissen, daß es so etwas nicht gibt. Und sie sollen der Meinung sein, zu leben; und selbst wenn, so ist's indes ein Leben, das ihnen nicht gehört. Und sie sollen sterben. Jeder, der in meiner Welt das Leben erfährt, soll auch den Tod erfahren. Die kleinen einfachen Dinge sollen nicht sterben. Wohl aber die Lebewesen. Sterben und zerstreut werden, wie die Sandburgen von Kindern, wenn die Flut sie überkommt, obschon die Sandkörner bleiben. Ist es nicht eine gerechte Wahl? Entweder ein kleines, sinnloses Stück Gallerte oder tote Materie zu sein und ewig fortzubestehen; oder aber ein Vogel, ein Fisch, eine Rose, eine Frau unter der Bedingung, zu schwinden, zu altern und schließlich als Aas und Staub zu vergehen?«

»Männer und Frauen wie wir?« sagte die Herzogin. »Oh, Ihr habt mir eine Antwort gegeben! Oder«, flüsterte sie, »gab Mein Selbst Mir die Antwort selbst?« Und wieder löste sich der Blick des Königs von demjenigen Fiorindas und ruhte gespannt auf seiner Amalie. Sie starrte gebannt in das übervolle Innere dieser Kugel, welches abgesehen von dem kaum wahrnehmbaren Pulsieren der Außenhülle von innen heraus völlig still wie eine schwere Blase von etwa einem Fuß Durchmesser zwischen ihr und dem König auf dem Tisch lag. Es herrschte eine Weile Schweigen, während unter den Augen dieser Tafelrunde Miniatur-Äonen ihr unbenanntes Gefüge von Tod und Geburt innerhalb der Grenzen dieses künstlichen Kosmos heranbildeten.

Sodann sprach Fiorinda: »Wie wir? Das bezweifle ich (mit Verlaub, Euer Gnaden). Wie wäre das möglich, aus so etwas? Steckt denn Geist in diesem?« Lieblicher als die silberne Sichel des kalten Mondes war die Rundung des Arms dieser Dame anzusehen, als sie sich, das Kinn in die Hand gestützt, tiefsinnig über den Tisch beugte. »Es sei denn«, sagte sie, und der träge Klang ihrer melodischen Stimme schlug neue Tiefen an: »Es sei denn, Wir selbst gingen in sie hinein und beträten sie. Lernten sie so kennen. Ließen Uns herab . . .«

»Sie heimlich von innen aus zu begreifen«, sagte der König. »Für einen Moment. Um's zu erfahren und zu wissen.«

Die Herzogin zitterte. Es war, als hätte sie in dieser Stille seinen Verstand und Sinn so tief in ihren Geist eindringen lassen, daß sie im Grunde ihres Herzens und unabhängig von überflüssigen Worten sein Innerstes erfühlte: erfühlte, daß er, wie ein in einem fremden Bett Erwachender wieder in den Schlaf und zum Ort seiner Vision sinkt, in der bodenlosen Klarheit eines Traumes nun eine Wiese gewahrte, überzogen mit weißgrauem Rauhreif, der in vielen Farben glitzerte, als die Sonne aus den kleinen Kristallen Sterne machte und wieder auslöschte. Eine Platane warf in der fast windstillen Luft ihre goldenen Blätter ab, die langsam erdwärts taumelten: jeweils zu zweien oder dreien warf sie das Laub ab, und wie hauchzartes Blattgold schimmerte es im Flug in der Morgenröte und bildete am Fuße des Stammes, wo es hinfiel, einen dunkel glänzenden Goldteppich. Und wie es bei Träumen nun einmal der Fall ist, daß nämlich Dinge wie selbstverständlich miteinander verknüpft werden, welche im täglichen Leben nichts gemein haben und in keinem Zusammenhang stehen, gewahrte er nun, wie mit jedem in diesem reichen Danaë-Regen der Schönheit fallenden Blatt etwas abfiel und niedersank, was sein gewesen war. Sein alter Königspalast und Herrschersitz im doppelt-gehornten Rialmar, seine Flotten, Armeen, großen Vasallen, Prinzen und Räte und Lords der Drei Königreiche, seine Königinnen, Herrinnen, Kinder, ob lebend oder tot, jene seiner Höfe und Haushaltungen fern oder nah, und seine Untertanen: all seine weiten Lande von Meszria, Rerek und Fingiswold, festgefügt und seinem Willen ergeben: das schöne Memison, dessen Duft seine Nase umschmeichelte, und dessen Gartenerde so weich unter seinen Füßen war: sogar Amalie selbst, die nun neben ihm saß und atmete: sein ganzes Leben, diese eigentliche Welt, in der er lebte, sanken nieder, unbeachtet, abgelöst, golden, durch diese kalte, stille Luft im hellen Schein der ungetrübten Sonne: schwebende Gedankenfetzen und Andenken, von denen ein jeder und ein jedes, noch ehe der darum ringende Verstand seiner habhaft werden konnte, verflogen und ausgestreut war, das Bett aus Gold am Fuße des Baumes zu bereiten.

Fiorinda blinzelte nur. »Sie bewegt sich«, sagte sie sodann. »Gefällt mir. Sie bewegt sich unaufhörlich. Wandelt sich stets. Doch wie sehr sie sich auch wandelt, es wird weder eine Wendung zum Beßren noch zum Schlechtren geben.« Sie hielt inne. Der Anblick ihres Antlitzes, so versonnen und still, bot ein solch ruheloses Vergnügen, wie das Betrachten der Sterne es darstellt. »Auch das gefällt mir«, sagte sie sogleich: »zu sehen, wie durch das schlichte Ablaufen eines Uhrwerks eine Art Vollkommenheit geschaffen wird, zur vollen Reife gedeiht und bestehen bleibt.« Der schuppige Geselle an ihrem Mundwinkel duckte sich gespannt, wie eine Eidechse einer Fliege auflauert. »Gefällt mir, wie in einem Hohlspiegel diese Vollkommenheit zu betrachten, die nur einer winzigen Beigabe bedarf, um ein Meisterwerk zu sein, und diese Beigabe ist . . .«

»Daß sie wahr wäre«, sagte Barganax aus dem schattigen Dunkel heraus.

Es war, als führe plötzlich ein eisiger Windstoß durch diesen Garten, welcher so jäh, wie er gekommen war, binnen eines Augenblicks wieder hinter der blumensüßen Finsternis und dem warmen, behaglichen Kerzenschein verschwand.

Barganax und Fiorinda gewahrten, wie die Herzogin ihre Hand auf des Königs Hand neben ihr auf dem Tisch legte: gewahrten, daß ihre Schönheit wuchs wie eine sich aufrichtende Schlange, indessen sie so, die Brauen und Augen gerade, saß als Königin von edlem Geblüt, furchtlos am Rande des Verderbens. »Das Spiel ist allzu ernst«, flüsterte sie dem König ins Ohr. »Wartet auf mich. Ihr und ich«, flüsterte sie: »wir sind gebunden: sind geleimt. Wir sind mitten drinnen.«

KAPITEL XVII

Im tiefen Schatten

Es war nun Oktober desselben Jahres 1923: der neunzehnte Oktober. Die Nacht senkte sich über Nether Wastdale, begleitet von schwerem Regen und Windstille: unaufhörlich goß es aus allen Wolken, die als geschlossene Decke den Himmel vorzeitig verfinsterten. Es war nichts zu hören außer dem Rauschen des Regens: nichts zu sehen außer den verschwommenen Umrissen der Stämme und belaubten Äste, die sich kreidebleich und gespenstisch vom Dunkel absetzen, wo das gleißende Licht der Scheinwerfer die Steineichen westlich des Hauses anstrahlte; nichts außer diesen und den dichten Regenfäden, die in den kalten beiden Scheinwerferkegeln sichtbar wurden, und einem schwächer glänzenden Gegenstand weiter entfernt, als stünde auf der Straße vor der Toreinfahrt ein zweites Automobil.

Jim Scarnside drückte die Klingel an der Tür und wartete. Drückte sie ein zweites Mal: wartete wieder: drückte ein drittes Mal mit dem Daumen fest auf den Knopf und läutete ununterbrochen etwa eine halbe Minute lang, während er dem schrillen Klirren tief drinnen im Haus lauschte. Dann gingen Lichter an im überdachten Hauseingang: Schritte wurden in der Halle vernehmbar: der Schlüssel wurde umgedreht, ein Riegel zurückgezogen, und die Tür ging mit angelegter Kette einen Spalt auf. Ruths Gesicht erschien darin, und während sie eine Entschuldigungsfloskel murmelte, schloß sie die Tür wieder, um die Kette herauszunehmen, und öffnete sie dann angelweit. Eine Weile standen sie schweigend da, sie in der Tür, Jim ihr gegenüber auf der Schwelle. Ihr Gesicht war totenblaß: ihre Augen dumpf und geschwollen.

»Ist der Hausherr daheim?« fragte er. Wie er nun sah, stürzten ihr helle Tränen aus den Augen.

»Wir erwarten ihn nicht vor morgen zurück.«

»Unsinn. Wieso steht dann der Wagen an der Einfahrt?«

Sie sah hilflos zu Jims Automobil hin. Ihre Hände, mit gichtigen Knöcheln und faltiger Haut, zogen nervös an ihrer Schürze.

»An der Einfahrt. Draußen auf der Straße. Es ist sein Wagen. Leer, und die Lichter brennen.«

Sie faßte sich mit den Händen an den Mund. »Oh, nicht auch

das noch. Bitte, lieber Gott, das nicht. Obwohl«, sagte sie schluchzend . . .

»Schon gut«, sagte Jim. »Wahrscheinlich ging's schneller, als er geglaubt hatte.« Er klappte den Kragen seines Regenmantels hoch: schickte sich an, die Treppe hinunterzueilen. Auf der ersten Stufe drehte er sich wieder um. »Irgendein Mann im Haus?«

Sie schüttelte den Kopf. »Nein, nur ich und die Mädchen. Wir waren gerade dabei, alles für den Winter dicht zu machen im Haus, als Mr. Edward ganz überstürzt zurückkam (Sie kennen seine Art, Sir) und zu packen begann und was weiß ich alles; und dann, am Dienstag war's, dieses Telegramm . . .« Die Stimme stockte ihr. »Und dann. Dann fuhr er weg«, sagte sie. »Nein, kein Mann im Haus. Nur der alte David, Sir, und den nahm er mit, in Dover auf den Wagen aufzupassen, solange der gnädige Herr drüben . . .« Entsetzen würgte sie. »Oh, Mr. James, Sir. Die gnädige Frau: dieses Telegramm: es kann nicht wahr sein, Sir: doch nicht tot: Gott könnte das nicht zulassen. Und unsere Miß Janet und alles. Gott könnte . . .«

»Schauen Sie, Ruth«, sagte er freundlich, aber eindringlich, und nahm sie an den Armen, »Sie und ich, wir müssen uns jetzt um einiges kümmern: Weinen nützt nichts. Ist das Zimmer des Herrn bereit? Feuer gemacht? Und Hunger wird er auch haben. Kümmern Sie sich nur darum! Ich bin in ein paar Minuten zurück.«

»Ja, Mr. James, Sir. Sie haben recht, Sir«, sagte sie schwer schluckend: »vollkommen recht.« Ihre Hände legten sich fest um Jims Rechte und drückten sie. Plötzlich wurde der Druck krampfhaft fest. Er drehte sich um und folgte ihrem Blick. Ihre Hände lösten sich. Lessingham stand neben ihnen im Flur: ohne Kopfbedeckung, in Reisekleidung, offenbar bis auf die Haut vom Regen durchnäßt.

»Jim. Gut. Warte, bis ich den Wagen hereingefahren habe!«

Jim, dem der gleichförmige Klang von Lessinghams Stimme auffiel, fiel trotz des schlechten Lichtes ebenfalls ein harter, strenger Zug in Lessinghams eiserner Miene auf, so daß er davon absah, ihm seine Hilfe hierbei anzubieten und gehorsam im Flur wartete. Nach einer Weile bemerkten sie, wie die Lichter sich in Bewegung setzten und langsam durch die Einfahrt krochen; dann wanderten die grellen Lichtkegel direkt auf sie zu, als der Wagen die letzten Erdbeerbäume an der Einfahrt umrundet hatte, und verschwanden hinter dem Haus in Richtung Garagen.

»Werden Sie zum Dinner bleiben, Sir?«

Jim zuckte mit den Achseln. »Ich weiß nicht.«

»Das sollten Sie, Sir. Es ist nicht gut, wenn Mr. Edward zuviel allein ist. Gerade jetzt ist das nicht gut.«

»Wir werden sehen.«

Lessinghams geschmeidige, feste Schritte knirschten auf dem Kies, als er zurückkehrte. »Stell deinen Wagen dort unter, wenn du willst. Ruth wird uns gleich etwas zu essen bringen. Du könntest gern hier schlafen, aber es kann sein, daß ich heute nacht schon wieder außer Haus muß.«

Jim verkniff sich alle Fragen. »Schon recht«, sagte er und ging zu seinem Wagen.

»Nun, Ruth«, sagte Lessingham. Eine Weile blickten sie sich in die Augen. »Ich bin wohl patschnaß.« Er sah hinunter zu seinem triefenden Mantel, seiner regennassen Hose und seinen durchweichten Schuhen, als hätte er das jetzt erst gemerkt.

»Das Gepäck, Sir? Wenn Sie mir den Schlüssel geben, kann Sally im Ankleidezimmer die Sachen herrichten und ein Bad zurechtmachen, während ich mich ums Essen kümmere. Ich mache ihr nur die Gangtür oben auf.«

»Nein. Bringen Sie die Sachen ins Spalier-Zimmer. Hier ist der Kofferschlüssel.« Er nahm ihn von seiner Kette ab. »Decken Sie für zwei.«

»Im Eßzimmer?«

»Nein. Decken Sie in der Waffenkammer. Und ein paar Flaschen vom Lafite. Aber aufpassen beim Umfüllen in die Karaffe.«

»Und hier sind bitte noch Briefe, Sir.« Sie reichte sie ihm auf einem Silbertablett vom Tisch in der Halle. Das Tablett zitterte ein bißchen in ihrer Hand, als Lessingham rasch die Kuverts durchsah, ein bestimmtes herausnahm (ihr Blick hatte daran geklebt) und es ungeöffnet in seine Tasche steckte.

»Das kann warten.«

Die alte Frau legte die Post auf den Tisch zurück. Sie zögerte und blickte wie aus treuen, traurigen Hundeaugen zu ihm auf. »Nichts Neues, oder, Sir? Von drüben, oder?«

»Nichts.«

»Hoffnung?« Das Wort war beinahe unhörbar.

»Nichts«, sagte er. »Ich habe gesehen, was es zu sehen gab.«

Die Tür zur Halle stand weit offen und leuchtete Jim die Stufen hinauf, als er wiederkam: erleuchtete die dichten Regenfäden. Er konnte hören, wie Lessingham gemessenen Schrittes auf dem blanken Dielenboden der Halle hin- und herging, und das Wasser bei jedem Schritt in seinen Schuhen gluckste. Als er hinter sich die Tür schloß, hastete Ruth mit einem Tablett aus der Küche herein: stellte es auf den Tisch: Schwenkgläser, Siphon und eine ausgefallene purpurrote Flasche aus Bristolglas, die als Whisky-Karaffe diente. »Bad fertig in zehn Minuten, Sir. Und hier etwas zum Aufwärmen, so naß wie Sie sind, Sir.«

Lessingham goß für beide ein. Seine Miene war unerforschlich: wie die großen Felswände der hochgeschossenen nördlichen Gipfel von Mickledore, zwei oder drei Meilen von hier, mit einer Höhe von dreitausend Fuß, allein nun in der lichterlosen Finsternis und im Regen, der dort oben bestimmt als Graupelschauer fiel.

Als sie das Glas leerten, ließ die Leere des Hauses Jim Scarnside erschaudern: zerrte wie mit Klauen an seiner Magengrube.

Sie aßen zuerst in Stille, die hörbar wurde durch das Klappern von Messer und Gabel, Ruths leisen Schritten auf dem Parkettboden, das leichte Rascheln ihres schwarzen Kleides, als sie kam und ging, das unentwegte Ticktack der großen italienischen Uhr über der Tür und das Knistern und Zischen der Holzscheite, immer wenn sich ein Regenguß im Kamin verirrte. Unbeschirmte Kerzen in venezianischen Silberständern aus dem Cinquecento beleuchteten den Tisch, und Kerzen in Wandhaltern glänzten mit ihrem hin und wieder im Zug flackernden Licht auf den Waffen und Kriegsgeräten. Häßliche Schatten reckten sich, schrumpften, zitterten oder lagen still: Schatten dieser Dinge an den Wänden: der großköpfigen Kesselhaube aus der Zeit um 1400 mit ihrem Halsschutz aus Kettenpanzer: der italienischen Sturmhaube aus dem späten fünfzehnten Jahrhundert, ein Erbstück, das Lessingham von seiner Mutter vermacht worden war, genauso wie dieser vergoldete und versilberte Morgenstern aus feinstem Damaszener Stahl daneben, gemäß der Familienüberlieferung aus dem Besitz des Prinzen Pietro Luigi, dieses Bastards von Papst Paul III. und Cellinis meistgehaßter Bedrücker – Signor Pietro Luigi Farnese, dessen Porträt von Tizian, in schwarzer Rüstung, schwarzbärtig, mit einem Wolf in jedem Auge und auf seiner Stirn und in jedem Zug seines Gesichtes das Brandmal eines gestürzten Erzengels, über dem Kamin hing und erschrekkende Ähnlichkeit (wie Jim plötzlich ganz klar erkannte) mit Lessingham aufwies. Des weiteren hingen da Streitkolben, Keulen mit geätzter Goldplattierung, Streitäxte und dutzendweise Schwerter – aus Deutschland, Italien, Frankreich, England, Spanien: Pistolen, reich verzierte Arkebusen, ein Dolch aus rostbraunem Stahl (angeblich von François Premier), eingelegt mit Gold und Perlmutt: ein kompletter Harnisch für Mann und Roß, ein einzigartiges Stück, das Lessingham von jenem arabischen Sultan irgendwo im Mittleren Osten vor zwei oder drei Jahren zum Andenken an geleistete Dienste erhalten hatte: und dort, in einer Glasvitrine, das von der Zeit geschwärzte, eingekerbte, wie eine Mumie geschrumpfte Wikingerschwert, das Lessingham vor zwölf Jahren gefunden hatte, als sie einen Sommer lang Ausgrabungen in Alstenö, weit oben an der norwegischen Küste vor Halogaland durchführten: Thorolf Kveldulfsons wiedergefundene Waffe. Genau an der Stelle im Gelände entdeckt, wo sich vermutlich der alte Saal in Sandness befunden hatte: Thorolfs Haus, in dem er vor mehr als zehn Jahrhunderten gefallen war, als er sein Leben gegen die große Übermacht des Königs verteidigte, um den er sich sehr verdient gemacht hatte. Alle Experten waren sich einig, daß es sich sehr wohl um Thorolf Kveldulfsons Schwert handeln könne: der Fund stammte nämlich aus genau dieser Zeit: um das seinige oder um das eines der Seinigen, die Seite an Seite mit ihm kämpften, während das brennende Haus ihnen von hinten leuchtete, und König Harald Schönhaar mit seinen dreihundert Mann von vorne auf sie einrannte. Sie hatte den langen, sonnigen arktischen Sommer geliebt: das Leben unter freiem Himmel, die weiten Berge, das norwegische Landvolk und seine Lebensart (wie mühelos sie doch die Landessprache beherrscht hatte), das Segeln, das schier endlose Abend- und Morgenrot, die vergeistigte Stimmung, als laufe die Uhr der Zeit ab. Aber sie . . . Jim leerte sein zweites Glas mit einem Zug: der rote Bordeaux, dessen feines Bukett er zwar nicht registrierte, linderte zumindest die Trockenheit seiner Kehle, die ihn würgte. Wie er sah, hatte Lessingham, der zwar aß, sein Glas noch nicht angerührt. Vor sechs Wochen hatten sie in diesem Saal getanzt; ein Dutzend Paare, zumeist Angehörige, wie es seit langem Tradition in Anmering Blunds war. Die Zeit ging wirkungslos an ihr vorüber: sie war mit dieser göttlichen, köstlichen Gabe gesegnet, ihre Jugend zu bewahren, nicht zu altern, nur zu reifen; ein bißchen gesetzter und lieblicher. Sechs Wochen: was hatte das schon zu bedeuten? Sie war tot. Starb bei diesem Zugunglück in Frankreich. Er sah zu Lessingham, der unentwegt, als wäre er sich seiner gar nicht bewußt, vor sich hin blickte mit einem Blick, dem es scheinbar an Schärfe fehlte, und der zurückgedrängt wurde auf sich selbst: sich nach innen kehrte.

Lessingham sprach. »Nun, Jim, wie gefällt dir unsere Nachkriegspolitik?«

»Welche, die in unserem Land?«

»In Europa. Der Welt.«

»Du meinst das Ruhrgebiet? Die heutigen Schlagzeilen? Gefällt mir ganz und gar nicht.«

»Bist du darüber erstaunt, wie die Dinge sich zuspitzen?«

»Nicht sehr. Eher enttäuscht.«

»Angst und Dummheit. Die zwei universalen Führer und Wegbereiter der Menschheit. Es ist wirklich nichts Neues daran.«

»Ich weiß, du hast es vor langem kommen sehen.«

»Du auch.«

»Als du es mir klargemacht hast. Aber ich hab's wohl nie richtig geglaubt. Wie keiner geglaubt hat, was du vor einem Jahr sagtest, als hundert Mark etwa zwei Pence wert waren.«

»Was sagte ich denn damals?«

»Daß du nicht eine Million von ihnen für ein Sixpenny-Stück auf zwölf Monate Ziel diskontieren würdest.«

»Zu optimistisch, so wie es jetzt aussieht.«

»Wie steht es heute? Hundert Millionen oder so zum Dollar?«

»Du und ich, wir dürfen nicht vergessen«, sagte Lessingham, »daß wir in fast beispiellos friedlichen und ruhigen Zeiten auf die Welt gekommen und aufgewachsen sind. Etwas anderes gab es für uns nicht: wir kannten nur die kleinen Strudel im großen Strom der Dinge. Ließ uns glauben, Krieg sei etwas Besonderes, obwohl Krieg in Wirklichkeit nicht mehr als ein kleines Plätschern auf dem Strom ist. Du entsinnst dich des Ausspruchs von James Bryce über das Mittelalter: daß zu keiner anderen Zeit die Theorie, wenn auch unter ständigen Beteuerungen, über der Praxis zu stehen und diese zu lenken, so unüberwindlich von dieser getrennt war: ein grausames und sinnliches Zeitalter, das dennoch der Demut und Askese frönte: nie gab es ein reineres Idealbild der Liebe, noch schändlichere Lasterhaftigkeit. Eine große Lüge. Die Beschreibung ist richtig, nicht nur für eine bestimmte

Epoche. Es war an diesen unglücklichen fünf Jahren nichts neu: höchstens daß vielleicht ungewöhnlich viele selbstgerechte Phrasen gedroschen wurden.«

»Da bin ich mir nicht sicher«, sagte Jim. »Vielleicht steckt gerade hinter diesen doch ein bißchen was Neues.«

»Was? ›Krieg, den Krieg zu beenden? Eine sichere Welt für die Demokratie? Ein für Helden würdiges Land?‹ Scheint mir fraglich. Ich habe mehr Achtung vor dem alten Clemenceau. Er erkannte zumindest, in was für einer feinen Gesellschaft er sich befand, als er neunzehn-neunzehn zwischen einem Napoleon- und Christus-Spielen entscheiden mußte.«

»Du tust ihnen unrecht. Selbst die Parolen stehen für etwas. Daß man sie überhaupt in den Mund nimmt, bedeutet schon etwas.«

»Das stimmt. ›Liberté, Egalité, Fraternité‹ zu sagen, war schon etwas.« Lessingham spielte mit seinem unangetasteten Weinglas und legte die Hand um den Stiel des feinen Murano-Kelches, zwischen seinem Fuß und seiner Trinkschale. »Ziemlich unanfechtbare Schlagworte. Binsenweisheit. Aber (lustigerweise) führten sie in der Praxis dazu, daß die Köpfe unter dem mechanischen Hackbeil nur so rollten. Erinnerst du dich an dieses Drahtspiel aus Deutschland, das ich manchmal mit in die Schule brachte, als wir in der Mittelklasse beim alten Harry Broadbent waren? Es hieß *Die fröhliche Enthauptung ohne Hosen*?« Er lächelte; aber mitten unter seinem Lächeln ertönte ein Knirschen wie von zusammengebissenen Zähnen. Jim kehrte seinen Blick ab: hörte, wie durch ein Medium der Fortdauer hindurch, das Ticken der Uhr: dann Lessinghams Stimme, die klanglos, gleichförmig, entrückt weitersprach wie aus einem Nachgedanken heraus: »Frauenköpfe: massenweise.« Und wieder die Uhr, unerträglich laut und klar: einmal, zweimal. Dann ein Klirren, und wie etwas umkippte. Jim sah rasch auf. Der Stiel des Glases war unter Lessinghams festem Griff zersprungen, und der große rote Fleck breitete sich aus und sickerte langsam durch die weiße Tischdecke.

»Wie unachtsam von mir. Macht nichts. Laß gut sein! Nicht mein Geschmack«, sagte er nach einer Weile, während er sich sorgfältig die Hand mit der Serviette abwischte. »Dschingis-Khan ist mir unendlich lieber. Aber ich hatte ja schon immer mehr für die großen Fleischfresser als für die Gattung der Affen übrig.«

Sie schwiegen. Dann sagte Jim: »Du solltest nach Ruth läuten, damit sie dir einen Verband oder etwas bringt. Deine Hand . . .«

Lessingham sah sie sich an. »Nichts Tragisches.« Er nahm ein sauberes Taschentuch heraus. »Hilf mir doch schnell: dann hört das Bluten gleich auf. Tut mir leid«, sagte er, als Jim, nachdem er die Enden verknotet hatte, sich sehr blaß zurücklehnte. »Mach nur: mußt sie austrinken.« Er schob ihm die Karaffe hin. Jim goß sich ein, trank und lehnte sich wieder zurück, wobei er sich mit der Hand leicht von den Brauen über die Stirn und weiter übers Haar bis zum Haarkopf strich. »Eine rein körperliche Sache«, sagte Lessingham: »wie Seekrankheit oder ein schlimmer Kopf in den Bergen. Mein Vater, zum Beispiel: war wohl der rauheste Seemann von ganz England; aber hätte man ihn auf irgendeine Höhe gestellt, wäre ihm übel geworden: hätte er weiche Knie bekommen. Das ist genau dasselbe.«

»Vermutlich, ja.« Jim leerte sein Glas: zwang sich zu einem Lächeln. »Jedenfalls fühlt man sich wie ein verdammter Idiot. Du natürlich . . .« Er stockte.

»Ja«, sagte Lessingham gefaßt; während Jim beobachtete, wie seine Gestalt und Miene durch eine unerklärliche Wandlung dem Tizian an der Wand noch ähnlicher wurden. »Ich hab's erlebt. Zur Genüge, so daß der Reiz des Neuen vergangen ist. Du bist mir ein Trost, Jim«, sagte er nach kurzem Schweigen. »Du bist durch und durch ein Tory, der größte, den ich kenne.«

»Ich? Ich habe keine Politik.«

»Du bist der whiggistischste Whig überhaupt. Folglich ist deine Politik (wie ich dir schon des öfteren sagte) erstens, verdammenswert und zweitens, völlig veraltet.«

»Ich habe, das stimmt«, sagte Lessingham, »ein gewisses Interesse an Politik: ich verfolge sie, wäge ab und schätze ein: stelle fest, wie unter jedem neuen Gewand derselbe Leib, dieselbe Seele unvändert weiterlebt. Offenbar unveränderlich. Eine amüsante Studie, mein lieber Signor Giacomo. Und Machiavelli ist jener Philosoph, der genial und ehrlich genug war, die Wahrheit über Politik niederzuschreiben.«

»Es ist allerdings eine beschränkte Wahrheit.«

»Beschränkt auf diese Welt. Das hoffe ich.«

»Ich würde die Grenze noch enger ziehen. Außerdem hörte ich dich noch nie unseren modernen Praktizierenden applaudieren, die nach dem Evangelium gemäß Machiavelli handeln.«

»Als Künstler empfinde ich eine gewisse Achtung für den einen oder anderen unter ihnen: immer dann (was dich seltsam anmuten mag) wenn das Aktionsgebiet vergleichsweise klein ist. Im Mittleren Osten bin ich auf so etwas gestoßen: im Balkan: unter den Arabern hie und da.«

»Ja, und du hast's auch praktiziert.«

»Nun, als ich sie hin und wieder regierte, geschah's zu ihrem Besten. Im rechten, kleinen, menschlichen Umfang.«

»Aber der echte Machiavelli tat's im großen Umfang. Für den Machiavelli in Rußland hast du ja auch nicht viel übrig.«

»Der Fuchs im Löwenfell«, entgegnete Lessingham, »ist bewundernswert bis zu einem bestimmten Punkt. Aber im Fell des Leithammels, ungegerbt und in Verwesung übergehend, stellt er kein schönes Bild mehr dar; während die Mischung aus stinkendem Fuchs und stinkendem Aas . . .« Er brach ab, als hätte er sich auf die Zunge gebissen. Jim spürte, wie die eigenen Zähne klappernd zuschnappten und ihm vom Nacken aus ein Schauder über den Rücken kroch: ein Schüttelfrost, der ihn aus Frankreich anwehte.

»Mussolini?« sagte er schnell.

Lessingham zuckte die Achseln, als er antwortete: »Es gibt immer Bessere, und es gibt immer Schlechtere. Aber das Unheil liegt mehr im Spiel als im Spieler. In der Menschheit, nicht in einem einzelnen Menschen. Das Spielfeld und der Spielapparat sind viel zu üppig gewuchert und ausgedehnt.«

»Du weißt, hier stimme ich nicht ganz mit dir überein«, sagte Jim. »Du und ich stimmen nie ganz überein, wenn's um Grundlegendes geht. Ich sage, die Schuld liegt beim Spieler.«

»Ich weiß. Ich sage das auch. Aber doch unter einem etwas anderen Aspekt.« Er schob seinen Stuhl zurück. »Noch mehr Wein? Nein? Dann komm, wir rauchen im Arbeitszimmer.«

»Nicht in der Zuflucht«, sagte Jim bei sich, als er aufstand, ihm zu folgen. »Gott sei Dank, auf alle Fälle.«

Lessingham blieb, wie plötzlich in verborgene Gedankengänge versunken, regungslos am Tisch stehen, die Hände in den Taschen, den Kopf auf die Brust gesenkt, aber Rücken und Schultern aufrecht, unbeschwert und majestätisch wie bei einem olympischen Gott. Sodann schritt er langsam in Richtung Tür, wobei er hin und wieder bei einer Waffe oder einem Stück Harnisch beim Vorübergehen innehielt, es sich genau betrachtete und mit dem Fingernagel antippte. Die Hand auf dem Türknauf, drehte er sich, den Kopf nun hoch aufgerichtet, zum Zimmer um und ließ seinen flinken, forschenden Blick über alle vier Wände der Waffenkammer wandern. Als er die Tür öffnete, legte er eine Hand auf Jims Schulter und drehte ihn herum, so daß auch er sein Augenmerk auf diese Dinge richtete. »Es gibt ein gutes Beispiel«, sagte er: »der Tod all dessen: Schießpulver. Der erste große Gleichmacher.« Er lachte in seinen mächtigen schwarzen Bart, während sich seine Finger mit aller Kraft wie eine Eisenklammer in Jims Schulter bohrten. Der reine Schmerz davon spendete Jim eine Art Trost; als könnte diese stellvertretend erlittene Qual Lessinghams Pein etwas mildern; ein ganz klein wenig (was gewöhnliche Worte nicht vermochten) durch Teilen sein Leiden lindern.

»Ganz abgesehen nun von deiner Orthodoxie und meinem Pyrrhonismus«, sagte Lessingham auf dem Weg ins Arbeitszimmer, »mir scheint, es liegt endemisch eine Art ἄτη, eine Art Blindheit oder Fluch auf allen menschlichen Angelegenheiten. Ein langsamer Tod. Schon gut, das verlangt eine Erklärung, aber mach dir nichts draus: die Tatsachen sprechen dafür; sie lassen sich gut beobachten. Nach einem gewissen Stadium sieht man, wie's anfängt: von da an, wo sich die Technik Schritt für Schritt weiterentwickelt, hebt sie sich gleichzeitig Schritt für Schritt selbst auf. Nach einem gewissen Stadium wird sie beherrschend, als wäre sie durch irgendeine innere Notwendigkeit bei jeder Erweiterung ihres Bereiches gezwungen, sich mehr und mehr einzuverleiben, was zu besitzen sie nicht würdig ist. So daß das Spiel zu einem nicht spielenswerten Spiel wird. Nicht für Menschen spielenswert.«

»Das Maschinenzeitalter.«

»Es geht noch viel weiter. Der Trugschluß, alles sei von materiellem Maß und Grad. Der Mensch ist ein so unbelehrbares Tier, wie es schlimmer nicht geht. Betrachte es im großen Rahmen, das ganze menschliche Bestreben in diesem Spiel des Lebens, wie wir es kennen – was willst du zu deinem Kaffee, Jim? Alten Brandy? Grand Marnier? Kümmel?«

»Nichts, danke.«

»Du mußt. Komm! 's ist gut für die Verdauung. Dünstet aus und macht auch einen klaren Kopf. Destillierte Vollkommenheit der Orange: Blüte und Frucht.« Lessingham füllte ein Glas. »Es war ein Ritual von uns, jedesmal wenn wir in Frankreich im Zug saßen. Immer seit der ersten Fahrt: vor fünfzehn Jahren.«

Jim sah vor sich hin: wagte nicht, ihm in die Augen zu blikken.

»Komm!«

»Nun, wenn du auch was trinkst. Den ganzen Abend hast du noch nichts angerührt.«

Lessingham füllte das andere Glas und bot dann seine Zigarrenkiste an. »Das sind Partagas: deine alten Freunde. Es gibt sie auch jetzt noch, wie du siehst.«

»Ich seh's.«

Es herrschte Schweigen, während sie die Zigarren anzündeten. Lessingham erhob sich aus seinem Lehnstuhl. Jim beobachtete ihn, wie er zu seinem Schreibtisch ging, Marys Photographie nahm, ohne sie anzusehen, sie aus dem Rahmen und zweimal mittendurch riß und die Fetzen ins Feuer warf. Als er wieder Platz nahm, begegneten sich ihre Blicke. »Ich habe eine Abneigung gegen das«, sagte Lessingham, »was die Deutschen *Ersatz* nennen.«

Jim schluckte den Grand Marnier in einem Zug: goß sich ein zweites Glas ein: leerte es. Sein Gesicht war ausdruckslos wie ein Wachskopf.

»Worüber sprachen wir?« fragte Lessingham. »O ja: über den großen Trugschluß des Fortschritts. Die kalte Geilheit nach *mehr und mehr*. Alles menschliche Bestreben, als wäre ein Kricket-Match, sozusagen auf einer hundert Yard langen Mittelfeld: mit einem Ball von der Größe eines Fußballs, einem Schläger so groß wie ein Kahn von der Themse. Nun ja. Eins von beiden also: entweder wir ändern die ganze Art des Spiels, oder aber werden zu Riesen. Wir können uns nicht zu Riesen machen (und wenn wir's könnten, würden wir es schnell wieder rückgängig machen wollen; es sei denn, wir änderten gleichzeitig das ganze materielle Universum – die organische und anorganische Welt, Mikrokosmos und Makrokosmos und alles – um es unserer neuen Größe anzugleichen. Und daraufhin wären wir genau *in status quo prius*: ja, daß wir lediglich größere Geschöpfe in einer größeren Welt wären, würden wir uns einer Veränderung gar nicht erst bewußt werden.) Und da uns diese Tür verschlossen ist, sind wir hier also eifrig zugange, die Art des Spiels zu verändern. Und in seiner veränderten Art wird das Spiel des Lebens, das Spiel des Krieges, das Spiel der Politik, das Spiel des Herrschens und Beherrschtwerden, des Existierens schlechthin, die ganze materielle Apparatur und Maschinerie unseres Alltags: werden all diese Dinge mehr und mehr zu einem Spiel nicht für Menschen, sondern für Termiten.«

Jim schmerzten allmählich die Augen vom langen Blicken in das Feuer, wo die letzten glühenden Fetzen ihrer Photographie schließlich zu Asche zerfallen waren. Es war ein bedrückendes Schweigen aufgekommen, das nichts Gutes verhieß. »Was möchtest du dann?« fragte er schließlich.

»Die griechische Stadt. Ich spreche aus Erfahrung, ganz klar: hatte das und will's wieder. Ein bißchen mehr vielleicht; aber das soll das Zentrum des Staates sein. Stadt und umliegendes Land: ein Staat von der Größe Englands – vielleicht kleiner. Und eine Bevölkerung, die sich auf ein paar Zehntausend beläuft. Wenn's mehr sind, wird alles zum Humbug.«

»Die Griechen machten einen schönen Mischmasch daraus.«

»Weil sie an einer Kirche erstickten, die sie hinunterschlucken wollten, scheint mir ein schwacher Beweggrund, den ganzen Kuchen in einem Bissen hinunterwürgen zu müssen.«

»Es ist eine unendlich feinere Errungenschaft, einen modernen Staat zu regieren.«

»Das glaube ich nicht. Auf der Grundlage einer ehrlichen Auslegung des Wortes ›regieren‹ ist das nicht praktikabel. Du könntest es ebenso als feinere Errungenschaft bezeichnen . . .«

»Ich sagte ›edlere‹«, erwiderte Jim.

». . . auf einem See Schlittschuh zu laufen, wenn das Eis nicht trägt, als wenn es trägt. Es ist nicht schwieriger. Es ist überhaupt keine ›Errungenschaft‹. Es ist schlechterdings unmöglich. Auf der Basis einer großpolitischen Zivilisation geregelte menschliche Angelegenheiten lassen eine gute Regierung einfach nicht zu. Es gibt zwei Möglichkeiten: Tyrannei oder die Herrschaft des Pöbels.«

Jim hielt den Mund.

Bald fuhr Lessingham fort, als folgte er einem flüchtigen Gedanken in den aufsteigenden Dunstfahnen des Zigarrenrauches: »*Wein, Weib und Gesang*: denn was mehr ist schließlich vonnöten? Ich hasse Verrücktheit, die falschen Ziele, die Irrlichter. Samuel Butler wußte es besser: sagte, die drei wichtigsten Dinge, die ein Mann tat, sind schlicht seine . . . – nun, mein lieber Jim, ich erspare dir das Rotwerden – und sein Geld, und seine religiösen Überzeugungen.«

»Ja, wie alle echten Whigs bist du im Grunde unmoralisch. Und unreligiös.«

»Ich habe nie behauptet, irgendeine Moral zu haben. Und was Religion angeht . . .«

Jim Scarnside drückte seine halbgerauchte Zigarre im Aschenbecher aus. »Was ich wissen will«, sagte er ungestüm, »ist, warum du es zerrissen und ins Feuer geworfen hast.« Und ohne auf eine Antwort zu warten, vergrub er das Gesicht in seinen Händen.

Lessinghams Miene verriet nichts, außer daß ihm das Blut oder die Farbe aus Stirn und Wangen wich. Jim sprang auf: begnete in Lessinghams Augen ein Funkeln rotglühenden Zorns: kehrte sich von ihnen ab und lehnte sich mit Ellbogen und Stirn gegen den hohen Kaminmantel. »Ich kann es nicht mehr ertragen: dieses Versteckspielen im Dunkeln. Ich weiß nicht, was in dir vorgeht. Weiß nicht, was du fühlst – falls du überhaupt etwas fühlst. Ich gehe jetzt lieber«, sagte er. »Nur, um Gottes willen . . .«

Lessingham erhob sich. Seine grauen Adleraugen wirkten nun, als Jim in sie blickte, dumpf und unnahbar. Jedoch hielt er ihm die Hand hin: die Linke. Jim sah, wie in der frischen Klarheit eines Temperagemäldes, das Blut am Taschentuch, mit dem die Rechte eingebunden war. Jims Ring wurde bei ihrem Händedruck in das Fleisch seiner Finger getrieben wie ein Zahn.

»Es war nett von dir, zu mir zu kommen, Jim. Ich denke, nun solltest du besser gehen.«

»Ich bin nicht sicher. Ich bin nicht sicher, ob ich soll.«

Lessinghams Schnurrbart sträubte sich bei seinem zynischen Lächeln. »Diesbezüglich kannst du ganz beruhigt sein, mein lieber Wächter. Und überhaupt mache ich, was ich will. Und alle Fürsten der Hölle – geschweige denn du – könnten mich je daran hindern.« Die kalten Worte erstarben in der Luft wie in einem großen, stillen Miasma des Unglücks, in der Einsamkeit einer Nacht, wo einem die Arbeit nicht von der Hand gehen will, durch die (für ihn) kein Weg mehr führt. »Es hat mich gefreut, dich hier zu haben«, sagte er, als er ihm in den Mantel half.

»Ich habe dir nicht viel genützt.«

»Ein bißchen. Hauptsächlich weil du auch . . .«

»O mein Gott!«

»Und doch ist es nur eine weitere geniale Fügung, die Jene erfreut (falls es ›Solche‹ gibt), Welche all dem von oben herab zusehen«, sagte Lessingham, »daß ein jeder von uns, jedes Lebewesen in der Welt, allein leiden muß. Leibhaftig, allein.«

KAPITEL XVIII

Hölle der Finsternis

Lessingham ging zurück ins Arbeitszimmer: läutete. »Nehmen Sie diese Sachen hier mit, Ruth. Ansonsten werde ich heute nacht nichts mehr brauchen. Gehen wir lieber alle früh zu Bett. Wecken Sie mich um halb sechs: Frühstück Punkt Viertel nach sechs: um halb sieben will ich fort sein. Die Beerdigung ist am Sonntag in Anmering. Ich werde unverzüglich zurückkommen. Sie machen inzwischen weiter alles dicht. Ich werde nur zurückkommen, um fertig zu packen: dann geht's unverzüglich ins Ausland. Gute Nacht.«

»Gute Nacht, Sir. Und verzeihen Sie Ihrer alten Dienerin, Mr. Edward Sir. Wir wissen, wir sind in Seiner Hand; und es steht geschrieben, *Unser Retter Jesus Christus hat den Tod überwunden.*«

»Ja, ja, ich weiß. Gute Nacht, Ruth. Gute Nacht.«

Sie hatte von der Halle einen Stapel Briefe mitgebracht. Diese nahm Lessingham sich vor, und einige Stunden saß er über ihnen am Schreibtisch; er schob einige, um die sich Milcrest später kümmern sollte, zur Seite, zerknüllte andere und warf sie in den Papierkorb und beantwortete etwa zwei Dutzend handschriftlich. Als die Post erledigt war, öffnete er ein, zwei Schubfächer, verbrannte ein oder zwei weitere Photographien und ging dann durch die Halle und den Flur in die Zuflucht.

Dort brannte kein Feuer. Es lag dort auf dem Sofa ihre Jagdpeitsche: es stand dort ihr Bücherschrank, Meredith, Jane Austen, die Alice-Bücher, Edward Lear, Ethel Sidgwicks *Lady of Leisure* und *Duke Jones*, ein halbes Dutzend Conrad-Bände, Keats, Sappho, Homer: *Peter Ibbetson* – seine Nasenflügel weiteten sich:

Ich ernte, sprach der Tod und ging seines Weges.

Hier in dieser Schublade ihr Kontobuch: Süßigkeiten in einer Blechdose: Nähzeug, kleine Baumwoll- und Seidengarnspulen in allen möglichen Farben, und diese kleinen Wollknäuel, in die sich Mischi so gern mit seinen weißen Hinterpfoten verkratzte: Mischis Spielzeugvogel, der als Flügel zwei echte Federn hatte: alles in der Schublade war so wunderschön ordentlich und roch nach diesem besonderen französischen Duft von ihr. Er schloß die Schublade behutsam: ging hinüber zum Kaminmantel: einige weitere Photographien verschiedenen Datums waren zu verbrennen. Er zerriß sie, ohne sie anzusehen: entfernte nach kurzem Zögern aus ihrem Rahmen die Bleistiftzeichnung, die er 1907 angefertigt hatte, und zerriß sie.

Eine knappe halbe Stunde brauchte es noch bis Mitternacht, als er ohne Hast über die große Treppe nach oben schlenderte, rechterhand durch die Galerie ging und sich mit dem Rücken zur alten Eichenbalustrade vor die Gangtür stellte. Hinter und unter ihm, im viereckigen Treppenhaus der Halle, war alles, als er über die Schulter flüchtig zurücksah, kalt und tot. Die gelöschten Kerzen in den vergoldeten Wandhaltern ragten empor: steif wie tote Frauenfinger. Der Ofen war ausgefegt und leer. Ein Kranz von Glühbirnen, hoch in der siebenseitigen Laterne der Deckenleuchte – nur installiert, weil es sich gelegentlich als zweckmäßig erwies, nicht um, wie mit Lampen- und Kerzenlicht, damit zu leben – verbreitete sein mattes, minderes Gefunkel. Er hatte den Schlüssel ins Schloß gesteckt. Schritte näherten sich von hinten: Ruth in einem grauen Schlafrock aus Flanell, das Haar offen in Zöpfen hängend, eine Kerze in der Hand.

Ihre Miene war ängstlich. »O entschuldigen Sie, Sir. Ich dachte, etwas gehört zu haben. Dachte, Sie würden vielleicht etwas brauchen, Sir.«

»Nein, danke. Ich gehe gleich schlafen. Muß nur noch ein paar Dinge da drinnen für morgen früh herrichten. Und Sie gehen wieder zu Bett.«

»Soll ich Ihnen noch schnell Feuer machen da drinnen? Es wird lausekalt sein, Mr. Edward Sir.«

»Kann ich selber machen, wenn ich will.«

»Es liegt alles bereit, Sir, wie's jederzeit war, für den Fall . . .«

»Ich weiß. Gehen Sie jetzt zu Bett, Ruth. Ich mache das schon.«

»Schon recht, Sir.« Sie sah ihn an, und die Besorgnis in ihrer Miene legte sich ein bißchen.

Lessingham ging hinein und schloß die Tür hinter sich ab. Es war dunkel in der Diele. Auf dem weichen Teppich war sein Tritt lautlos. Mit einem halben Dutzend Schritte gelangte er zur inneren Tür, die in das Lotuszimmer führte. Sie war flügellos, aber verschlossen mit schweren Vorhängen in der dunkelgrünen Farbe des Moosachats, nun jedoch in dieser durchdringlichen Finsternis schwarz vom alles-beherrschenden Dunkel.

Beim Berühren der unsichtbaren Vorhänge, dick, seiden, weich für die Hand, stieg ihm ein höchst feiner, aber riechbarer Duft in die Nase, der in sich (wie alle Düfte) Andenken barg, genauso wie bis zum kleinsten Detail in beispielloser Anschaulichkeit Eintagsfliegen in Bernstein eingeschlossen und verewigt sind: bei dieser Berührung und beim Einatmen dieses Parfums wärmte ein Andenken die Schwärze, flammte plötzlich in ihr auf und stürzte seine Sinne in eine Halluzination. Es war ihm, als hätten seine Hände, die in Wirklichkeit regungslos am Mittelteil dieser Vorhänge ruhten, sie auseinandergezogen: als wäre der Moment, der in Wirklichkeit zehn Jahre zurücklag, auf wunderbare Weise wiederhergestellt worden, und als säße Mary, umspielt vom warmen Feuerschein und Kerzenlicht, an ihrem Toilettentisch vor ihrem Schildpatt-Spiegel: das Kleid aus meerblauer Seide, überzogen mit einem Staubperlennetz, wie mit Ranken und Blüten aus Meerschaum, fallengelassen, so daß es sich bauschig um ihre Hüften schmiegte. Es war ihm, als kehrte sie ihm das Antlitz zu: kehrte ihm auch, schattig im Spiegel, wo die Kerzen immer neue Strahlenmuster webten, ihren köstlichen Rücken zu: die Rundung ihrer Wange, ein wenig von hinten und von der Seite gesehen; und die verflochtenen Locken, die in allen Farben leuchteten: von einem dunklen Kastanienbraun über das lohfarbene Funkeln eines sizilianischen Weines bis zum feurigen Ton rotglühenden Goldes. Es war ihm, als lauerte die Gesamtheit aller Zeiten und Dinge aus Marys Augen. Ihre Lippen teilten sich, aber kein Laut kam über sie.

Er öffnete die Vorhänge: knipste das elektrische Licht an. Es war ihm, als ob außer der Stille, außer der Unhäuslichkeit dieses herzlosen Zimmers nichts anderes verbliebe: nur hier, eine kleine Weile noch, der gräßliche Grund der Welt, die keine Welt mehr war, in sich den letzten Nachgeschmack der unumstößlichen Endgültigkeit des Todes bergend.

Eine kurze Zeit harrte er auf dieser Schwelle aus, wie ein Mann, gegen peitschende Sturmböen ankämpfend, weiterschreitet. Dann bahnte er sich den Weg in die Leere, als müßte er sich durch eine zähe Masse hindurcharbeiten: eine Masse, die schwer auf alle Sinne drückte, durchdringbar und atembar, wie gewöhnlich Luft atembar ist, zu still indes. Es war seltsam, wie er hastete und hetzte, nun die Kerzen anzuzünden: entfachte ihrer Dutzende, die bereitstanden auf dem Toilettentisch, den Schreib-

tischen, den Kaminsimsen, in Wandhaltern und neben dem großen Himmelbett: machte das Feuer aus Zedernholz in beiden Kaminen an: schaltete dann das gleißende elektrische Licht aus. Noch waren seine fünf Sinne tief berauscht, als er den Wandschrank aufschloß, der das Bild aller Bilder beherbergte. Ohne das Gemälde anzusehen, schnitt er es aus dem Rahmen, rollte es auf und legte es auf seinen Schreibtisch. Dann sperrte er den feuersicheren Safe auf, der in einem Paneelfach in die Wand links vom hinteren Kamin eingelassen war, und öffnete die gewichtige Stahltür angelweit, entnahm zwei Kassetten, warf die Safetür zu und schloß sie ab und setzte sich hin, nachdem er die zwei Urkundenbehälter auf den Schreibtisch gestellt hatte. Zuerst schloß er die Kassette mit dem hellblauen Saffian-Lederbezug auf: sie war mit Briefen gefüllt, in Bündeln nach Jahren geordnet: Hunderte, alle in ihrer Handschrift, ein jeder im Originalkuvert, manchmal mit einer Notiz oder Bemerkung in Lessinghams Handschrift versehen. Er legte zwei Briefe aus seiner Brieftasche zu der Sammlung in der Kassette und schloß sie wieder ab. Die zweite Kassette, eine schwarze, enthielt Dokumente. Er blätterte sie rasch durch: Ernennungsurkunden, sein Testament, Marys letzter Wille, insgesamt an die zwanzig verschiedene Papiere. Ein Schriftstück riß er entzwei und in Fetzen und warf es ins Feuer: die Feuerversicherungspolice für das Gutshaus von Nether Wastdale: den Rest schleuderte er in die Kassette zurück: schloß sie wieder ab. Nach kurzem Zögern, als überlegte er, ob er nicht etwas vergessen habe, nahm er noch einmal den Schlüsselbund zur Hand: öffnete das Schubfach unter seiner Rechten: entnahm ihm ein paar Notizen, Scheckbuch, Reisepaß und ein, zwei griechische Edelsteine. Sein schwerer Dienstrevolver und daneben ein Päckchen Patronen lagen auch in diesem Schubfach. Er betrachtete ihn eine Zeitlang mit einem komischen Zucken an den Nasenflügeln, wie wenn ein Mann angriffsbereit einem knurrenden Schakal mit seinen fauligen Fängen gegenübersteht, knallte dann das Schubfach zu und sperrte es ab.

Und nun, während er immer noch am Schreibtisch stand, begann er damit, die Sachen darauf langsam und nachdenklich zu ordnen: Kassetten, aufgerollte Leinwand, Brieföffner aus Schildpatt, Scheckbuch, silbernes Tintenfaß, Reisepaß, Ringe: so daß sie alle in einer geraden Linie zu dem Tintenlöscher aus schwarzem Seal mit goldenen Ecken zu liegen kamen. Genauso würde jemand, der auf den nächsten Gang wartet, Messer oder Löffel (geistesabwesend) mit peinlicher Genauigkeit tangential zum leeren Teller ausrichten. Plötzlich sank er auf den Stuhl nieder, taumelte nach vorne und drückte in einer ungemein viehisch-primitiven, bohrenden und mahlenden Bewegung die Stirn auf die Tischplatte.

Er stand wieder auf: wartete eine Weile, die Hände flach, mit den Ballen nach unten auf den Tisch gestützt. Langsam drehte er sich schließlich um: durchmaß mit verhaltenen Schritten das Zimmer von einem Ende zum anderen, hin und her, als wäre dies sein Käfig oder Gefängnis: Lotusfries, kostbare gewirkte Tapeten, Wandbehänge, große Spiegel, die tief das Zimmer wiedergaben, und dieses große Bett mit seinen beschnitzten und eingelegten Säulen, seiner goldenen und seidenen Pracht. All dieses war von einer Scheußlichkeit, wie Bruchstücke oder Wracktrümmer, garstige Verstümmelungen, ohne Wurzel oder Grund in der Vernunft.

Er hielt sodann am hinteren Fenster inne, zog die Gardinen zurück und schob den unteren Rahmen empor. Draußen in der Nacht regnete es: Oktoberregen in seiner ekelhaften Einförmigkeit ohne Wind, ihn vor sich herzutreiben oder abzulenken, fiel aus stockfinsterer Dunkelheit in stockfinstere Dunkelheit: glukkernde Dachrinnen: hin und wieder das Plätschern auf der durchweichten Erde von Wasser aus einem übergelaufenen Abfluß, der verstopft war mit Blättern. »Was ich in Amiens sah«, sagte er bei sich, »ist bedeutungslos, wie ein toter Vogel, ohne alle . . .«, mit einem fürchterlichen Seufzer atmete er plötzlich heftig durch die Nase ein. »O meine Königin, meine Herzensliebste, meine Schöne – Gott sei's gedankt, sollte mich dieser Schlag kurz und schmerzlos treffen.« Er stand und starrte dorthin, wo das Licht von hinten in schwacher Reflexion vom Angesicht des Regens zurückgeworfen wurde. Dann nahm er, als hätte er seine Sinne wieder wachgerüttelt, sein Hin- und Herschreiten wieder auf.

»Sie: sich ihrer bewußt, wie ich mich meiner bewußt bin.« Dann plötzlich, laut hinaus: »O sprich zu mir, meine Liebe, meine Liebe . . .« Und seine Zähne verbissen sich knirschend.

»Nein«, nach der zwei- oder dreihundertsten Kehrtwendung in diesem Käfig oder Zimmer (wieder bei sich gesprochen). »Nein. Denn das ist die wahre, leibhaftige Hölle. Denn die Vorstellung oder Illusion von ihr, die ich mir bildete, ist . . .« Es fing etwas, als säße ein Skorpion in seinem Hirn, zu sprechen an und Unflätigkeiten auszustoßen, die sowohl das Leben als auch den Tod, den Leib und die Seele entweihten und schändeten, bis Vergangenheit und Gegenwart und Zukunft sich drohend abzeichneten wie plötzlich in zerfetzten Flitterschmuck von eigentümlicher Nichtigkeit verwandelt, wuchtig zwischen Totenkerze und Beinhaus aufflackerten und die süße Luft wie mit Übelkeit erregendem Blutgeruch vergifteten.

»Allein. Strafe der Verdammten: überholte Narrheiten, die des Widerlegens nicht lohnen. Dennoch ist's da. Es sei denn«, er warf einen Blick zum Schreibtisch, »es sei denn, damit ließe sich dem ein Ende machen. Aber diese Möglichkeit kommt nicht in Frage.«

Er gab mehr Holz aufs Feuer neben dem Toilettentisch. »Ich wußte es. Weiß es nun. Wissenschaftliche Tatsache. Höchstwahrscheinlich wahr. Hat aber nichts zu bedeuten. Mag die Erklärung sein für Edward Lessingham und Mary Scarnside. Keineswegs aber eine Erkärung für Mich und Sie.« Wie am Ende seiner körperlichen und geistigen Kräfte, ließ er sich in den tiefen Lehnstuhl fallen und sah zu, wie die Borke sich wellte, rollte und in Flammen aufging: die Funken hinaufstoben: verschwanden.

Nach langer Zeit wurde in seinen fieberhaft arbeitenden Gedanken eine Stimme laut und sagte: »Aber hier – worauf bauen? Auf die empirischen Tatsachen? Oder das Wissen in deiner Brust, das schneidet und brennt? Das Wissen darüber, was vollkommen ist: was das einzig Wünschenswerte in sich selbst ist. Was ich liebte, womit ich lebte. Dessen Gedanken ich dachte. Dessen Atem ich atmete. Nackt im Bett damit lag.«

Er sprang auf.

»Und ich werde keine Kompromisse schließen.«

Wieder fing er zu gehen an, zweimal, dreimal hin und her zwischen der äußersten und innersten Wand. Dann holte er, wie auf einen plötzlichen Einfall hin, Marys ungeöffneten Brief aus der Tasche. Er war nicht sehr lang: aus diesem Hotel auf den Champs-Elysées, mit dem Datum vom Sonntag, dem vierzehnten Oktober. Rasch überflog er ihn, übersprang zuweilen eine oder zwei Zeilen, hielt zuweilen inne, als würde es vom Lesen hinter seinen Augäpfeln glühend heiß. Er stand am Fußende des Bettes, den Brief in der linken Hand. Er streckte die Rechte aus, um sich an der massiven Atlasholzsäule des Bettes festzuhalten, und las ihn so zu Ende.

Als der Brief aus seiner Hand aufs Bett flatterte, schlug die große italienische Uhr vier. Wie zu Stein erstarrt lauschte er zuerst den vier hellen, dann den verräterischen vier dunklen Tönen; kerzengerade stehend, drückte er nun mit beiden Händen diese Säule des breiten Bettes an seine Brust und starrte hinab auf seinen golden gefransten Seidenüberwurf in der dunkelgrünen Farbe des Lorbeerblattes:

O lente, lente, currite noctis equi!

Gemach, gemach, o ihr Wagenpferde der Nacht! – Die Andenken, die mit diesen Worten verknüpft waren, stahlen sich, mit warmer, weicher Schnauze immer schneller und tiefer um- und aufwühlend, in die tiefsten und dunkelsten Winkel seines Herzens und lösten plötzlich einen so fürchterlichen, unerträglichen Schmerz aus, als würde ihm mit einem langsamen Schnitt von der Magengrube aus nach oben der Leib eröffnet.

KAPITEL XIX

Zehn Jahre: Zehn Millionen Jahre: Zehn Minuten

»Man muß aber mit der Zeit gehen«, sagte der kleine Mann mit dem klobigen Kinn. Er putzte mit seinem Taschentuch die Linsen seiner Brille aus Schildpatt-Imitation, während er seinen Blick mit diesem kurzsichtigen, verkniffenen Ausdruck, wie er typisch ist für einen Brillenträger, der seine Gläser vorübergehend abgenommen hat, über das Bild wandern ließ, das sich ihm bot: die weite Piazza Brà, weiße Tischchen unter freiem Himmel, spielende Kapelle, Gelächter, sitzende Leute, promenierende Leute, Touristen, Veroneser, Stammgäste, Zugvögel, Alte und Junge, Männer und Frauen, des öfteren ein paar Militäruniformen hier und dort und die wippenden Feuerbüsche der Bersaglieri: sie rauchten und tranken, gingen oder ruhten, waren ernst oder fröhlich, aber redeten in einem fort: in einem fort zog sich der nachhaltige Rhythmus der italienischen Sprache wie ein Vorhang vor die wechselnde Klangkulisse; und über allem die römische Arena mit ihrer geschwungenen, blinden Fassade. Und über alles ergoß sich der gleißende Schein der elektrischen Bogenlichtlampen, überaus profan und grell verglichen mit dem Mondschein, dennoch von belebender Wirkung auf die Triebe und emsigen Träume des Verstandes.

»Ich muß schon sagen, Frank, was für eine tiefsinnige Erkenntnis!« sagte der jüngste von ihnen am Tisch. Er hatte schwarzes Haar und eine Stimme, die an das Schwirren eines Moskitos erinnerte.

»Es ist schon wahr. Glaub mir das, Ronald.«

Der älteste (dem Aussehen nach etwa fünfunddreißig) drehte sich behutsam eine Zigarette. »Oh, es ist eine göttliche Wahrheit, zweifellos, mein lieber Michael. *Vox populi, vox Dei.* Und ›mit der Zeit gehen‹ ist das Papageiengeschwätz vom kleinsten gemeinsamen Vielfachen der Volksdummheit seit dem Beginn der Geschichte gewesen.«

»Worüber wir sprachen, war moderne Kunst«, sagte der Mann mit dem kurzen Backenbart, dem braunen, zurückgekämmten Haar und Augen wie ein Baßtölpel. »Ich bin selber ein moderner

Künstler; jedenfalls wurde mir das schwarz auf weiß von Willie bescheinigt, also muß es stimmen. Aber ich teile Ronalds Meinung, daß neunundneunzig Prozent davon bloß Fraß für Ingenieure und Eunuchen sind.«

»Bleib doch, Willie!«

»Ich höre mir das nicht länger an. Stinklangweilig. Wirklich, Ronald, alter Junge. Wir sind in den meisten Dingen verschiedener Meinung, und es macht mir Spaß zu diskutieren; aber zu dieser Kunstfrage – echt, ich will dich nicht kränken, doch du verstehst das Problem nicht einmal, und deine Ansichten interessieren mich nicht.«

»Oh, schon ist er weg! Macht nichts«, sagte der Maler.

»Ich vertrete mir ein bißchen die Beine mit Willie.«

»Tu das, Frank! Sprich mit ihm über ›Mr. Jones‹. Nicht zu laut, oder ihr werdet beide verhaftet. Wäre ein großes Pech für dich, in solcher Gesellschaft angetroffen zu werden: so ein guter kleiner Neubekehrter des Regimes, wie du bist. – Nun, Peter. Vielleicht hat Willie recht. Vielleicht verstehe ich es nicht.«

Der Maler zuckte die Achsel. »Um das zu verstehen, muß man Psychoanalytiker sein.«

»Eine Art Sublimierung?«

»Eine Art Exkrement.«

»Des Verstandes? Eine interessante Idee.«

»Mein Gott, ich bin mir nicht sicher, ob's nicht so ist. Aristoteles' *Katharsis.* Schien mir schon immer eine recht unangebrachte Interpretation von *Agamemnon,* sein Vergleich mit einer Dosis Kalomel. Aber du warst gerade bei den Fehlgeburten unseres Freundes Daldy Roome . . .«

»Es stimmt meines Erachtens«, sagte Ronald Carwell. »Zwar nicht die Wirkung aufs Publikum (was Aristoteles meinte, als er vom Reinigen der Emotionen sprach): die Wirkung auf Roome.«

»Nun, so braucht er keine Galerie zu mieten, sie dem Publikum aufzubürden.«

»Richtig, Michael. Nur wird das Publikum stets und ständig bewundern, was man als bewundernswert herausstreicht. So daß Geld dabei rausspringt. Und wir Künstler müssen unseren Lebensunterhalt verdienen.«

»Also prostituiert er sich mit seiner Kunst, weil es das ist, was das Publikum will – oder was Willie und Konsorten ihnen als wollenswert einreden?«

»Nicht die Spur. Roome ist ein Künstler. Er hat nicht die leiseste Ahnung, warum er es tut. O ja, er ist ein feiner Künstler, Ronald, was das betrifft, so darfst du mir glauben. Er hat ein, zwei nette Sachen gemacht.«

»Warum macht er das dann nicht immer, statt dieses pathologischen Krams?«

»Ich weiß nicht. Und er weiß es auch nicht.«

»Weiß es selber nicht?«

»Nicht die Spur«, sagte der Maler. »Schau dir Matisse an: die Nackte ist fast ein Musterbeispiel, glaube ich. Hervorragend, die abstrahierte Linienführung. Der Haken ist nur, daß Kunst nicht abstrakt ist, sondern konkret. Nehmen wir hundert Nackte von Matisse: ich würde sagen, unter diesem Gesichtspunkt gehören zwanzig in die gleiche Schublade wie Roomes Bilder: weitere siebzig, sage ich, kranken mehr oder weniger an einer ungebührlichen Verzerrung. Unter den verbleibenden zehn finden sich dann vielleicht ein, zwei Meisterwerke. So gut wie die Besten. So gut wie Lessinghams Bilder.«

»Nach Gottes Ebenbild. Wenn schon göttlich, wieso muß man dann die menschliche Gestalt so verzerren?«

»Um zu beweisen, daß wir gescheiter als der Allmächtige sind.«

Der Maler schüttelte den Kopf. »Sie ist nicht immer ›göttlich‹, wie du weißt. Sogar Phryne, hätte man sie leibhaftig vor sich, wäre nicht ganz so göttlich wie die Aphrodite von Knidos.«

»›Göttlich?‹ Was soll der Maßstab sein? Ein Kugelassel-Weibchen wäre göttlicher als Phryne und Aphrodite zusammen in den Augen eines Kugelassel-Männchens; oder, wenn du willst, eine Negerin für einen dickwanstigen Neger.«

»Es gibt keinen Maßstab – für Schönheit.«

»Wonach«, sagte Carwell, »soll man sich dann richten? Mit dem, was du gerade über die Aphrodite von Knidos sagtest, läßt du ja eine gewisse Verzerrung gelten (wobei ich unter Verzerrung Abweichung von der Norm verstehe). Schau dir Lessingham oder Matisse an.«

»Wenn von ›Schönheit‹ die Rede ist«, sagte Otterdale, »dann packe ich ein. 's ist ein vollkommen unfehlbares Symptom.«

»Wofür?«

»Quatsch. Blödsinn. Fehlende graue Substanz.«

»Wie hinreißend kindlich du doch bist, dich von einem Wort so ins Bockshorn jagen zu lassen.«

»Nun, es stimmt, ich habe erst zwei Jahre nach dir zu sündigen begonnen, Peter; aber sogar mein dämmerndes Bewußtsein von dreiundzwanzig Sommern kann unterscheiden zwischen einem Wort, das etwas bedeutet, und einem Wort, das zwar die Gemüter erhitzt, aber nur Luft ist. Solche Wörter fürchte ich nicht: ich bekomme nur Bauchschmerzen davon.«

»›*Crede experto* – glaube einem, der's erfahren hat‹«, sagte der Maler: »ob so oder so ausgedrückt, keine Formulierung trifft den Nagel auf den Kopf. Worte sind unzureichend, wenn's um dieses Ding Schönheit geht. Schönheit in der Natur: Schönheit in der Kunst. Reine Zauberei, wie der Zauber des Medizinmanns. Das ist alles dazu.«

»Das wär's dann also.«

»Hallo, Willie, wieder zurück?«

»Ein ganzes Heer der Großen und Guten betreibt hier heut abend sein schmeichlerisches Parasitentum. Und der Größte von allen ist dieser – wie heißt er gleich wieder? – Lessingham. Wir sahen ihn, nicht wahr, Frank? Vor ein paar Minuten, wie er allein einherstolzierte: in Überlebensgröße, aber recht gekünstelt: in dieser typisch hochnäsigen Räusperpose . . .«

»Sei still! Da kommt er.«

Sie beobachteten ihn. Als er vorübergegangen war, blieben sie noch eine ganze Weile still.

Michael Otterdale brach das Schweigen wie ein Moskito. »Mann, das war fast Körperkontakt. Endlich konnte ich ihn mir mal genauer ansehen. Was ist er denn wirklich, Willie?«

»Ein aristokratischer, plutokratischer, zudringlicher Dilettant.«

»Er ist ein bißchen mehr als das«, sagte Ronald Carwell, der immer noch eine Zigarette nach der anderen rauchte.

»Wie erklärst du dir, daß all die Experten ihn für einen Meister ihres jeweiligen Faches halten? Militärs schätzen ihn als Spitzensoldaten – ich hörte General Sterramore bei einem Dinner neulich abend darüber sprechen: nannte Lessingham den besten Taktiker in irregulärer Kriegsführung seit Montrose. Maler loben ihn als Maler, Schriftsteller als Schriftsteller. Und so weiter. Das ist eine Tatsache. Und sehr außergewöhnlich.«

»Und was hat er an guten Dingen vollbracht? Verdammt noch mal.«

»Verdammt viel, wie du es in deinem ganzen Leben nicht zustandebringen wirst.«

»Hängt davon ab, was man unter ›gut‹ versteht.«

»Du weißt wohl, daß es ihm als Hintermann mehr als jedem anderen zu verdanken ist, daß Bela Kuns Tyrannei im August neunzehn zerschlagen wurde. Ich weiß es. Ich war damals Korrespondent in Budapest.«

»Auch der Ostafrika-Feldzug festigte seinen guten Ruf als Soldat.«

»Und wie steht's mit diesen erstaunlichen Guerilla-Kämpfen im Rif vor erst zwei Jahren?«

»Oh, ein Abenteurer. Keiner will bestreiten, daß er irgendwie ein großer Mann ist.«

»Und während dieser ganzen Zeit, wohl als eine Art Hobby, dieses gewaltige Werk über Kaiser Friedrich II. Erschien in diesem Frühjahr. In Cambridge wird dir jeder Kenner bestätigen, daß es in dieser Richtung seit Gibbon nichts mehr Vergleichbares gab. Und obendrein ist es noch als eine Art Geschichtsphilosophie anzusehen.«

»Gab es da nicht einmal eine große Liebe in seinem Leben? Ich glaube, ich kann mich an etwas erinnern . . .«

»Ja. Vor dem Krieg. Fast schon bevor du auf die Welt kamst, Willie. Heiratete Anmerings Tochter: eine berühmte Schönheit. Sie starb bei einem Unfall, glaube ich: das muß jetzt zehn oder zwölf Jahre her sein. Brannte sein Haus nieder nach ihrem Tod: hat sich seither nie mehr irgendwo fest niedergelassen.«

»Brannte sein Haus nieder? Klingt nach Hollywood, was?«

»Ein großes Haus in Cumberland oben: voller Kunstschätze. Er ist einer von dieser unberechenbaren Sorte.«

»Man sagt, er habe danach alle Bilder seiner Frau vernichtet«, sagte der Maler: »jede Darstellung von ihr, die er in die Finger kriegen konnte. Darunter Meisterwerke von ihm selbst: das berühmte *Grüne Kleid* und so fort. Vor zehn Jahren: 1923: ein, zwei Jahre später studierte ich in Paris: erinnere mich, welche Sensation das sogar damals schon machte. Finde ich schlimm, so etwas zu tun.«

»Konnte sie wohl nicht ausstehen?«

»Keine Ahnung, mein lieber Michael.«

Nach einer kurzen Pause fuhr Carwell fort: »Komisch, ich kann nicht mehr als zehn Jahre alt gewesen sein: neunzehn-acht war's. Das wird dich als Freudianer interessieren, Willie. Zum ersten Mal wurde mir bewußt, was unter – nun, unter *Schönheit* – in einer Frau zu verstehen ist.«

»Sieh dich vor! Du hast mich und du hast unseren Willie schockiert. Verwende nicht dieses Wort. Du mußt ›Sex-Appeal‹ sagen.«

»Ich sage ›Schönheit‹! Die Illustrierten waren damals voll von ihr, und es wurde viel geredet. Lady Mary Scarnside hieß sie damals. Etwas an ihrem Namen hat mir außerordentlich gefallen: weiß der Himmel, was – Maria, Jungfrau Maria, vielleicht irgendeine Assoziation in dieser Richtung. Jedenfalls erinnere ich mich, ein seitengroßes Bild von ihr in ihrem Reitkleid heimlich aus der *Illustrated London News* ausgeschnitten und monatelang in einem Versteck aufbewahrt zu haben: ich wäre vor Scham gestorben, hätte jemand . . .«

»Du meine Güte, Ronald! was mußt du doch für ein hübscher kleiner Salonlöwe gewesen sein!«

»Sei still, Michael! Ich will das hören.«

»Nun, später, am Lord's Kricketplatz in London – ich wurde genommen, weil ich in diesem Jahr einen Bruder in der Eton-Elf hatte – sah ich sie: ganz aus der Nähe, im Teezelt. Ich erkannte sie aus den Illustrierten und . . . mein Gott, Peter, ich kann dir sagen, eine solche Frau habe ich seit diesem Tag nicht wiedergesehen. All deine Schönheiten, jede andere Venus, die ich gesehen habe, verblassen einfach neben dieser. Und so charmant, wie sie war. So lieblich. Klassisch, wenn du willst, aber nicht kalt. Mit einer Art Wildheit. Eine Art Ἀρτέμιδος κελαδεινῆς – jagende Artemis. Sie begegnete mir nur ein Mal, aber hinterließ einen riesigen Eindruck in mir. Einen dauerhaften. Wie ein Brandmal. Wenn ich die Augen schließe, sehe ich sie wieder vor mir, heute noch. Bis in alle Einzelheiten.«

»War wohl ein besonderes Erlebnis.«

»Ein günstiger Anfang für dich, Ronald. Nein, ich will dich nicht aufziehen damit.«

»Höchst interessant in diesem Alter.«

»Ein Erlebnis, auf das ich nicht gern verzichten würde«, sagte Carwell, und mehr nicht.

»Und der umjubelte Mr. Lessingham sitzt dort drüben an seinem Tisch und sieht aus wie Sir Richard Grenville . . .«

»Oder wie ein moderner sizilianischer Brigant . . .«

»Wie ein aus dem weiten Himmel verstoßener Gott«, sagte der Maler.

»Schauderhaft romantisch!«

»Ich zitiere nur aus seinem Buch.«

»Und die ganze Zeit, kann ich mir denken, dieselbe Vorstellung im Kopf wie du, Ronald.«

»Dieselbe wohl kaum, kann ich mir denken. Man sagt, er sei ein richtiger Matrose. In jedem Hafen eine Frau.«

»So sieht er auch aus! Offengestanden macht das die ganze Romanze ein bißchen fad.«

»Wer weiß?«

Sie schwiegen – fast eine Minute lang.

»Schau, dort . . .!«

Mit einem reizenden, schnellen, wiegenden Gang bahnte eine Dame sich ihren Weg zu Lessinghams Tisch. Sie war groß: schwarzhaarig, mit schrägen Augen, einem weißen Fuchs um den Hals, schwarzem Hut, schwarzem Kleid: köstlich, lebendig, stark. Von jeder ihrer Bewegungen strahlte etwas merkwürdig Erregendes aus, als führte sie wie ein Komet, hinter sich bei jedem Schritt, einen feurigen Schweif her.

Lessingham erhob sich zur Begrüßung: küßte ihr die Hand. Sie nahmen an seinem Tisch Platz.

»Hatten Sie mich aufgegeben?«

»Nein, Signora, ich wußte, daß Sie kommen würden.«

»Woher wußten Sie das, wenn ich es nicht einmal selbst wußte?«

»Ich wollte und wünschte es.«

Sie blickte rasch in sein Gesicht und dann genauso rasch wieder weg. »Ihre Worte passen zu Ihren Augen«, sagte sie aus einem bedrückenden, kleinen, stillen Schweigen heraus.

»Worte sollten das aussagen, was sie bedeuten, weder mehr noch weniger. Ich habe meine geschult, gute Hunde, bellen nur, wenn sie etwas aufgespürt haben. Wollen Sie Vino rosso? Oder bianco?« Er winkte dem Kellner.

»Die scharlachrote oder die goldene Rose? Oh, ich glaube, die scharlachrote heut abend.«

»Dachte ich mir ebenfalls, wie Sie sehen können«, sagte Lessingham, als er bestellte, und nahm gleichzeitig aus einer Vase auf dem Tisch eine Rose, rot wie Blut, die das Köpfchen neigte, als wäre die Bürde ihrer eigenen Lieblichkeit zu schwer. »Sind Sie, neben Ihren anderen Talenten, auch des Griechischen kundig, Signora? – *ἦρος ἀνθεμόεντος ἐπάϊον ἀρχομένοιο.*«

»Ich hörte den blühenden Frühling beginnen.« So sachte gab sie die Worte wieder, es hätte die rote Rose sein können, die gesprochen hatte, während sie an ihr rochen, nicht ihre roten Lippen. »Aber wir haben Herbst, nicht Frühling«, sagte sie, während sie die Rose an ihr Kleid steckte. »Oder verfügen Sie als großer Mann über die Macht, über die Jahreszeiten zu gebieten und sie Ihren Gelüsten unterzuordnen?«

Die beiden Tische standen zwar außer Hörweite, aber in bequemer Sichtweite. Peter Sherrill beobachtete diese Dame aus seinen Baßtölpelaugen. Als bei einer Bewegung ihre Fuchsstola auseinanderrutschte und die Schönheit ihres Nackens und Haares enthüllte, schnappte er sich Speisekarte und, aus seiner Tasche, Kreide; fertigte rasch eine Zeichnung. Carwell starrte sie seinerseits unentwegt an, als hätte er vergessen, wo er war: wie ein Träumender.

»Aber der Vorteil völliger Skepsis«, sagte Lessingham gerade, wobei er sich eine neue Zigarre ansteckte, »besteht darin, daß man, sobald man dazu in der Lage ist, völlig frei ist: frei zu glauben oder nicht zu glauben, ganz wie man will.«

»Wie zum Beispiel?«

»Wie zum Beispiel, daß Sie und ich vor fünfundzwanzig Jahren auf dieser Piazza saßen - hier, in Verona, fast an diesem gleichen Tisch, glaube ich - und über Gottes Wege mit den Menschen sprachen.«

»Vor fünfundzwanzig Jahren! Das ist aber kein sehr nettes Kompliment für mich.«

»Private Himmel sind die einzige Lösung.«

Sie schwieg.

»Sie sind noch keine fünfundzwanzig?«

»Ich bin neunzehn, Signor.«

»Sie sind unermeßlich älter. Sie sind älter als die Welt. Wohl älter als die Zeit.«

»Eine komische Einbildung.«

»Stimmt es nicht?«

»Es klingt nicht sehr danach, als wär's wahr.«

Lessingham beobachtete sie eine Weile von der Seite: diese rücksichtslose, ungebundene, versonnene Pose: die das griechische Ideal übersteigende Schönheit, die jedoch im hohen Jochbein, in der Krümmung von Lid und Lippe und im Nasenflügel einen rauheren und schärferen Zug trug, der würzig auf der Zunge brannte; und diesen Beigeschmack vermittelte auch ihr hochgestecktes Haar, wo es sich in der Rundung ihres Nackens wand und schlang in Eigenliebe, wie ein geschmeidiges Raubtier der Nacht: Flechte um Flechte in stiller Heimlichkeit und Grenzenlosigkeit das eigene Verlangen auskostete und schläfrig in der eigenen Verborgenheit schwelgte. »Ich bin keine Handelsware«, sagte sie, sehr leise: »für keinen Mann.«

»Ich sehe Frauen«, sagte er, »nicht als Handelsware, sondern als Gewänder von Ihr.«

»Und wer ist ›Sie‹?«

»Hat nichts zu sagen. Ich kannte Sie. Intim. Jahrelang. Wenn Sie ›Sie‹ wären, Signora, würden Sie diese Erde dann besuchen?«

Er sah, daß sich etwas drehte und reckte, wie eine selbstgefällige Katze, in der Gegend ihres Mundes und ihrer Nasenflügel, als sie erwiderte: »Vielleicht. Manchmal. Wenn's mir gefiele. Nicht oft.«

»Und gefällt's Ihnen. ›Ça m'amuse‹ – sagten nicht Sie das, vor fünfundzwanzig Jahren?«

»Wie soll ich wissen, was ich sagte, ehe ich geboren war?«

»Diese Welt, wie ein Räderwerk, dieses Possenspiel, aufgeführt von der Zeit und der endlosen Kette von Ursache und Wirkung? Und das zweite Gesetz der Thermodynamik, das uns versichert, daß im Laufe der Zeit, in ein paar Millionen oder Milliarden Jahren vielleicht, dennoch aber im Laufe der Zeit, die ganze Sache zu Ende gegangen sein wird. Nicht tot; denn tot zu sein setzt einen Zustand namens ›Tod‹ voraus, und der Tod selbst wird zu sein aufgehört haben. Auch nicht vergessen; denn es wird niemanden geben, der das Vergessen besorgen könnte. Weder vergessen noch erinnert. Das Ende, festgelegt im großen Gesetz der Entropie: die unüberwindliche Leere des äußersten Nichts. – Ça vous amuse, madame?«

Mit einer fast merklichen, halb spöttischen, halb lauschenden Neigung des Kopfes antwortete sie: »Pour le moment, – oui, monsieur, ça m'amuse.«

»Pour le moment? Und im nächsten Moment wird es gelangweilt aus der Hand und weggelegt und etwas Neues versucht. Ah, wenn wir das könnten.«

»Es ist einfach.«

»Pistole? Überdosis Veronal?«

»Aber dieser Weg ist meines Erachtens zu einfach.«

»Erfordert Mut. Den Mut eines Spielers. Wenn die Menschen wüßten, ohne Einschränkung oder Zweifel wüßten, was sie hinter der Tür erwartet, dann wäre die Welt vielleicht entvölkert?

Der Tod, etwas so Einfaches, so Vertrautes, so Furchtloses für einen Gläubigen?«

»Kann man das – sozusagen – wissen?«

»Was ist ›wissen‹? Weiß ich, ob mein Hotel noch dort steht, wo ich es nach dem Dinner zurückgelassen habe?«

»Haben Sie manchmal gedacht, daß wir vielleicht vergessen haben?«

»Ich habe schon vieles gedacht. Sagen Sie, Signora: wenn all das langweilig würde, kam Ihnen da nicht Selbstmord als empfehlenswert in den Sinn?«

Sie sah ihn mit ihren grünen Augen an: lächelte langsam ihr profanes Lächeln. »Gott ist nicht wie eine Biene, die nach dem ersten Stich nicht noch einmal stechen kann. Außerdem würde ich wohl von Euch erwarten, Signor Lessingham, das Spiel streng nach seinen Regeln zu spielen.«

»Und wir können nichts aus der Welt mitnehmen? Stimmt das nicht?«

»Ist es nicht eher so, daß wir alles mitnehmen können, was das Mitnehmen wert ist?«

»Ich bin mir nicht sicher. Das, was für mich das Mitnehmen am meisten wert war, ist bereits gegangen. Und doch, wie soll ich diese Welt nicht mehr lieben, die so lange mein Herzensschatz war? Und doch, nichts als Worte, Signora. Wer sind wir, über so etwas zu sprechen? Was bin ich? Sie können mir keine Antwort geben; wenn Sie denn überhaupt da sind, mir eine Antwort geben zu können. Denn alles, was ich weiß, ist, daß Sie nicht da sind. Ich bin, ich selbst: aber Sie – nun, wie all das hier, diese Leute, dieser Ort, die Zeiten: sie strömen durch meine Finger wie der ungreifbare Wind, oder Träume.«

»Vielleicht vertrauen wir uns nicht genügend, und nicht so sehr, wie wir sollten, dem Himmel an, Signor.«

»Sie haben vergessen«, sagte Lessingham. »Also muß ich Sie daran erinnern, was Sie vergessen haben: wie Sie, als ich Ihnen vor langem sagte ›Je ne crois pas en Dieu‹, das guthießen: es als bedauernswerte Charakterschwäche (in einem jungen Mann) bezeichneten, an Gott zu glauben. Ich bin noch kein alter Mann, Signora: aber nun weiß ich mehr, als ich damals wußte. Und habe mehr durchgemacht.

Und das, amüsiert Sie das auch?« fragte er plötzlich: »Sie, die Sie noch immer durch die Welt wandeln in ihrer rechten Gewalt, gewappnet und klauenbewehrt?«

»Ja. Sehr«, sagte sie, hob dabei das Kinn und blickte ihm unverwandt in die Augen. Das unstillbare Verlangen von Ihr schien, mit der Kraft eines Sturms oder der Flut, die ganze Nacht zum Erbeben zu bringen.

»Es ist nach zehn«, sagte Lessingham nach einer Weile und beugte sich über den Tisch näher. »Wollen Sie mir die Ehre erweisen, Signora, und mit mir in meinen Zimmern im Hotel über dem Fluß und der Ponte Vecchio zur Nacht speisen? Wir können dort besser alles absprechen wegen des Porträts, das ich von Ihnen malen soll.«

Vielleicht waren es in diesem Augenblick nicht die stahlgrauen, gesprenkelten Adleraugen Lessinghams, in die sie blickte; sondern unruhigere, faunischere Augen, braun, aufpeitschender in der Wirkung: Augen von Zayana. Langsam, ohne ein Lächeln, den Blick noch immer in seinem, nickte sie. »Ja«, antwortete sie. »Ja.«

Der Morgen dämmerte in Verona. Lessingham, in seinem Schlafrock aus weinroter brokatener Seide, beobachtete von seinem Balkon aus den rosa Schimmer entlang der zinnenbewehrten Brüstung aus Backstein auf der Ponte Vecchio: beobachtete, unter sich, die strudeligen Wasser der Etsch, die unaufhörlich von den Bergen meerwärts eilten. Eine lange Zeit verharrte er dort im tauigen Morgen, unsäglich gelabt mit der Labe seiner Erinnerungen an die verflossene Nacht: so den jüngsten, an ihr schlafendes Antlitz und ihren schlafenden Körper, wie im Morgen des Lebens: an das offenbarte Wunder, das stets neue, von ihm in ihr: die Unpersönlichkeit, die Unschuld und den Zauber einer schlafenden Frau; und, wie die schilfgrasrauschende Weise von Schwanenschwingen, hoch oben, in Nebel gehüllt, die alten Rätsel von Schlaf und Tod.

Sie indes, als die Zeit gekommen war, trat mit nur einem Tritt vom Herbst Italiens in den Sommer Zimiamvias: von diesem Zimmer, das zur Ponte Vecchio und zur goldbeschuhten Morgendämmerung zeigte, in den sternengeschützten Schatten der Erdbeerbäume, wo Herzog Barganax, immer noch stiller Zuschauer bei dem nun stillen Festmahl, alleine wartete.

Der Herzog regte sich nicht, blickte sie nicht an, flüsterte nur: »Ist das der Traum? Oder war er das?«

»Was denkt Ihr, mein Freund?« Der schwache Hohn, der die

Laute dieser Dame Stimme begleitete, war wie ein Vorbote für Dinge nicht von dieser Welt.

»Was meint Ihr, woran ich denke?« antwortete er. Er tastete nach ihr in der Dunkelheit, fand sie, zog sie an sich.

»κάλϑ' ὅσα μαίνῃς μ' ἅδεα καλλόνα!
Komm – die du mich mit deiner Schönheit betörst!«

Ihre Hüfte fügte sich seinem Arm, wie die junge Nacht, von der untergehenden Sonne herabgezogen in dieses westliche Lager, sich fügt und mit dem Abendstern zu voller Schönheit erblüht. »Ihr verbrennt mich«, sagte er. »O Ihr mit Gaben reich Gesegnete.«

Sie lachte unter Ihres Dieners Lippen. Und er, indessen sie lachte, wurde gewahr einer Musik in ihrem Lachen, dessen besänftigende Weise scheinbar das Augenlicht blendete, als wäre ein Schleier gelüftet worden, der bis nun die unerfahrbaren inneren Dinge der Dunkelheit bedeckte; und er war allein mit diesen Dingen, durch sie und durch diese Musik, in ihrer unsäglichen Seligkeit. Und indessen er sie so hielt, schien die Seligkeit sich auszubreiten vom Nadir zum unsichtbaren Zenith, und das Herz der Dunkelheit schien schneller zu schlagen, wie, in einer irdischen Nacht, die östlichen Gauen in Erwartung des aufsteigenden Mondes; bis, hoch über dem schwächsten, entlegensten, kaum vermuteten Stern, die Klänge dieser unveränderlichen, hastlosen, heimlichen Musik aufstoben und leuchteten wie in ihrer weißglühenden Verzückung sichtbar gewordene Laute. Und damit dröhnte ein Donner von Dunkelheit zu Dunkelheit wie die Posaune Gottes, als ob die Fundamente von Himmel und Hölle zusammenprallten, die Schatten niederzureißen und die Zeiten zu verwehen. So ersinnt sich der ewige Moment aufs neue am Gestade der ewigen See, welche beim himmlischen Paphos schlummert.

Es herrschte Schweigen, außer Campaspes Geflüster, wie das Rauschen kleiner Strudel zwischen Binsen in einer windstillen Herbstnacht: »Der König der Welten, unsterblich und unschaubar.«

Aber der König, immer noch den Ellbogen auf dem Tisch, immer noch von oben den Blick auf dieser wunderlichen Welt von seiner Hand, wartete mit der wohligen Trägheit von einem, der zufrieden weiterschlummert in diesem Grenzland, wo das wechselnde graue Licht die einzige Wirklichkeit ist, und diese von geringerem Gehalt als das flüchtige Aroma eines vergessenen Traumes. Sein Schnurrbart regte sich unter dem Anflug eines Lächelns, als er erkannte, wie lange er schon mit der Hand auf dem Türgriff gestanden haben mußte, indessen seine Gedanken, in der Zeitlosigkeit innerer Versenkung, mit jener Musik davongeflogen waren. Mit einem Geschick, das Auftun und Enthüllen einer erwarteten Freude durch die feinste, halb zurückgenommene Berührung zu verfeinern, nahm er die Hand vom Türgriff, trat ein, zwei Schritte zurück und betrachtete, mit dem Rücken zur alten Eichenbalustrade stehend, diese Tür. Hinter und unter ihm, im viereckigen Treppenhaus der Halle, flackerten und tänzelten warme Lichter und warme wandernde Schatten; hie und da schoß ein Lichtspeer bis herauf zu ihm und schlug in das dunkle Holz des Türblatts, wenn beim Niederbrennen der Scheite eine neue Flamme aufloderte. Er blickte über die Schulter hinunter. Vor goldenen Wandhaltern brannten knapp zwei Dutzend Kerzen an den Mauern. Auf einem Stuhl lag ihre beiläufig hingeworfene Jagdpeitsche, auf einem anderen Nähzeug und Blumensamentüten (er konnte die farbigen Bilder auf der Rückseite erkennen); und auf dem Tisch in der Mitte der Halle lagen Briefe, versandbereit mit Adressen und Briefmarken versehen, ihr Kontobuch und kleiner goldener Bleistift. Auf dem großen weißen Bärenfell vor dem Kamin ihre Sheila, ein schmales Hündchen fast ohne Beine, bleigrau und langhaarig und mit buschigen, zurückgelegten Fledermausohren: hin und wieder zuckte Sheila in ihrem Schlaf und stieß halb gedämpft aufgeregte, kleine Traumschreie aus. Narzissen in einer silbernen Vase auf der Tischmitte mengten zum Wachs- und Holzgeruch ihren Frühlingsduft.

Er ging zur Glastür am linken Ende der Galerie, die zur Bucht zeigte und, um einen letzten tiefen Zug dieser vielversprechenden Luft zu nehmen, öffnete sie weit und trat kurz auf den Balkon hinaus. Dunkelheit war über den Garten und den Fluß gebreitet. Die letzten leisen Rufe von Amseln und Drosseln waren zu hören, die sich an ihren Schlafplätzen einfanden. Die Berge Copelands im Westen zeichneten sich hart ab vom Himmel, an dem tief unten noch ein dünnes Orange nachglühte. Weiter oben war der Himmel weder blau noch grau noch grün noch rosa, sondern gleichzeitig alles davon, und dennoch viel zu blaß für irgendeine dieser Farben, als ob die grenzenlose Weite des Himmels bloßgelegt wäre und sich in ihrer Reinheit und Vollkommenheit im versprochenen Wechsel zwischen Nacht und Tag zeigte. Über diese Reinheit zogen zwei oder drei gewaltige, rauchtrübe Wolken meerwärts; andere, schieferig-dunkle, waren entlang des Horizonts südlich der untergegangenen Sonne aufgereiht. Der Wind legte sich unter den Apfelbäumen zur Ruhe. Die Nacht, die sich anschickte, ihren Schmuck anzulegen, setzte sich den Abendstern auf die Stirn.

Er ging zurück, öffnete die Tür, trat ein und schloß die Tür hinter sich ab. Vor ihm erstreckte sich schattig die Diele, wo in den Mauerlaibungen links und rechts Nachtlichter mit Duftkerzen brannten. Auf dem weichen Teppich war sein Tritt lautlos; mit einem halben Dutzend Schritte gelangte er zur inneren Tür; sie war flügellos, aber verschlossen mit schweren Vorhängen in der dunkelgrünen Farbe des Moosachats. Zwei Vasen aus Amethyst auf goldenen Tischen links und rechts von dieser Tür bargen unsterbliche Blumen: stille, schwärzliche Blüten der elysischen Nepenthe, welche mit ihrem Duft die Luft beluden.

Er teilte die Vorhänge und trat auf die Schwelle. Mary saß, umspielt vom warmen Feuerschein und Kerzenlicht, an ihrem Toilettentisch vor ihrem Schildpatt-Spiegel.

Durch einen augenblendenden Glanz gewahrte er, wie sie nun aufstand: gewahrte, wie sie sich ihm zukehrte, und dieses Meerschaum-Gewand hinabfiel und wie Schaum ihre Füße bedeckte. Wie der Wind in den Bergen gegen die Eichen anrennt, rannte Ihre Schönheit gegen ihn an, so unerträglich, daß kein Auge sie zu schauen vermag. Und es ertönte ein Schrei, schrecklich, allesdurchdringend, wie von einer Stimme, die anhub und rief, daß alle Götter und Menschen und Tiere und Vögel und Fische und kriechende Kreaturen niederfallen und lobpreisen sollen wegen Ihr; und daß die Sonne und der Mond sich freuen sollen, und die Sterne singen, und die Winde und Berge lachen sollen wegen Ihr, und daß das goldene Haus des Vaters und die ersehnenswerte Gesellschaft der Götter Ihr offenstehen solle, wie es war und ist und sein wird. Gewiß war er wie tot geworden und bedeckte sein Angesicht vor Ihr an diesem zeitlosen Gestade: er, der als Sterblicher – nicht einmal, sondern zehntausend Mal, sondern zehntausend Mal –

ἀθανάτῃ παρέλεκτο Θεᾷ βροτός, οὐ εἴδως

– mit einer unsterblichen Göttin – ohne es deutlich zu wissen. Bei diesem Gedanken: wie das Herz ihrer Tauben erkaltet, und sie die Flügel hängen lassen – so auch er.

Der König, der sich aus dieser Versenkung wachrüttelte, in die er in diesen vergangenen Minuten scheinbar entglitten war, lehnte sich in seinen goldenen Stuhl zurück. Von der Seite betrachtete er Sie eine Weile, wo Sie neben ihm saß mit diesem gesenkten, nach innen lauschenden Blick; die Oberlider gerade und still, die Unterlider still und weit geöffnet, den Mund leicht geschlossen in einer Heimlichkeit, kühl und jungfräulich wie der innere Schlund einer weißen Lilie, dennoch umwittert am Mundwinkel von einer Tigerin, lebendig, aber schlafend. Er sagte, sehr leise: »Nun, Señorita Maria?«

Mit einer kaum sichtbaren Bewegung neigte sie sich näher. Die mottenhafte Berührung ihres Armes an seinem Ärmel ließ ihn wissen, daß sie zitterte. Seine Hand fand die ihre in ihrem Schoß unter der Tafel. Sie flüsterte: »Es tat nicht weh, oder? ... das Herauskommen.«

»Nicht das Herauskommen«, antwortete er, »sondern das Nicht-Wissen.«

»Das Nicht-Wissen? Ihr, der Ihr alles wißt? Das Vergangene, Gegenwärtige und Zukünftige, und ebenso alles, was nicht kommen wird?«

»Das Nicht-Wissen – dort – daß es, für Euch, nicht wehtat. Fünfzig Jahre harrte ich dort noch aus, wohlgemerkt, und sehnte mich nach Euch.«

»Aber sicherlich wußtet Ihr, selbst dort drinnen, mein Freund? –

Und wir, Madonna, sind wir nicht wie Verbannte noch ...

Sicherlich entsinnt Ihr Euch dessen?«

»Manches wissen wir selbst dort drinnen. An manche Dinge erinnern wir uns.«

»Aber wozu ist es gut, sich an Wahres und Vollkommenes zu erinnern? Wo doch alles unser ist. Wozu ist es gut, sich des gegenwärtig vorhandenen Gutes zu besinnen?«

Der König lächelte. »Es sind nur Wörter: ›entsinnen‹, ›besinnen‹, ›erinnern!‹ Schimpfwörter.«

Sie betrachteten eine Weile das ungewisse Ding vor sich auf der Tafel. »Fünfzig weitere Jahre noch wirkte und werkte ich dort«, sagte der König: »doch was war das hier schon? Ein Wimpernschlag, ein Augenzwinkern. Und Ihr seht, sie trägt in sich, diese Welt, die Saat ihres eigenen Verfalls. Sie schreitet nicht voran, sondern alles wendet sich gegen sich selbst, so daß jede

Art von Leben im Laufe der Zeit sich vermischt mit der Fäulnis anderer Arten. Wie des Nachts alle Katzen grau sind, und wie der Staub aller rechten Lebewesen, mit Wasser vermengt, grauer Lehm wird.

Es ist – wie Ihr sagtet, daß es sein würde – eine wunderliche, unglückliche Welt«, sagte er. »Dieser wirklichen Welt sehr ähnlich, aber verdreht. Das gleiche Leinen, die gleichen Seiden, die gleichen Muster, die gleichen Farben; dennoch ermangelt sie etwas in ihrem Gefüge. Als hätte ein ungezogenes Kind hier Nähte aufgetrennt, dort Fäden durchschnitten, seine Späße mit ihr getrieben.« Ihre Hand ruhte noch in der Hand des Königs unter dem Tisch. »Ihr und ich träumten ihn: diesen Traum. – Ich fürchte mich«, sagte sie plötzlich und vergrub ihr Antlitz in seiner Schulter neben ihr. Unter der tröstlichen Kosung der Hand des Königs, welche sachte, als wären es Dinge zu teuer zum Berühren mit der Hand, über ihren gebeugten Hals streichelte, dann über die hochgesteckte rote Pracht ihres Haares, ward sie Zenianthes Stimme gewahr: der Stimme einer Hamadryade, wie aus dem stillen Herzen eines großen Eichenwaldes:

Es war kein Traum; oder einen Traum es nenn';
Der Götter Träume sind wahr, und munter verstreichen
Ihre Wonnen in einem langen, unsterblichen Traum.

»War es ein Traum?« flüsterte die Herzogin, »oder ist dies der Traum? Was ist wahr?«

»Daß ich Euch liebe«, sagte er, »und meine Liebe alles Träumen oder Wachen übersteigt. Was darüber hinausgeht, soll man besser nicht wissen.«

Sie hob den Kopf. »Alles andere außer Euch. Ich glaube Euch nun.«

»Ich weiß«, antwortete er. »Aber ich kann vergessen, wie Ihr vergeßt. Es ist notwendig, zu vergessen.«

»Es ist nur ein Wort, sagt Ihr, dieses ›entsinnen‹. Sollen Ihr und ich uns entsinnen . . .?«

Der König zog sie näher, um ihr ins Ohr zu flüstern: ». . . des Lotuszimmers, heut nacht?«

»Ja, mein Lieber, mein Geliebter und mein Freund: des Lotuszimmers.«

»Und für uns, Madonna«, sagte der Herzog insgeheim zu dieser Dunklen Dame von hinten im Dunkel: »unser Lotuszimmer?« Wie das Weiß ihres Nackens, wo ihre juwelengeschmückte Hand ihn streichelte, glatt, geschmeidig und zart unter den geschmeidigen, festverschlungenen Flechten ihres pechschwarzen Haares, ist frischgefallener Schnee nicht so makellos.

»Euer Gnaden«, versetzte sie, ohne sich umzusehen, »sollten klugerweise diese Rolle verlernen.«

»Welche Rolle, werte Herrin der Zwietracht?«

»Als ob Ihr mein Gemahl wäret.«

»Gäbe der Himmel, ich wär's.«

»Und Ihr so zum Hahnrei oder Gehörnten vorherbestimmt wäret?«

»Ich will Eure giftigen Worte nicht hören. Wer mich um mein Weib brächte – nun, Eure Ladyschaft haben es erlebt: der kehrte nicht unbeschnitten heim.«

Sie lachte: ein Schlagen von Lautensaiten, so daß die ganze samtene Nacht plötzlich erfüllt war von aufstiebenden Glühwürmchen. »O Euer Gnaden sprechen mit einer Zunge, welche die Kehle der Nachtigall an Reiz übertrifft, all meine Macht entkräftet, ein Schlüssel ist, mich ganz zu erschließen, mich zu einer armen Dame macht, der nicht mehr zu helfen ist, überwältigt vom herzoglichen Himbeergeist und Ochsenfleisch.« Geschmeidig wie eine Leopardin entwand sie sich ihm, trat aus dem Schatten hervor und näherte sich gleichgültig der Tafel. Ihre Schönheit, so schien es den unruhigen Augen, welche sie betrachteten, leuchtete trotz des engen Mieders und verhüllenden Gewandes durch das Tuch hindurch in solcher Freizügigkeit, wie sie Tizians Venus ziert, nackt ausgestreckt auf ihrem Lager in jenem sonnenbeschienenen Palast zu Urbino: ein Körper von höchst gefügigem, schwanenweichem, schmerzendem Liebreiz, vergeistigter und duftig-zarter als andrer Frauen Seelen.

»Was man versprochen, soll man halten«, sagte der Herzog, der ihr folgte, in ihr Ohr.

»Ich bin noch unentschlossen. Und fürwahr«, sagte sie, »ich glaube, hab ich's erst beschlossen, werd ich mich schnell wieder anders entschließen.«

Der König erhob sich in seiner Majestät, die Herzogin Amalie mit ihm. Alle standen daraufhin von der Tafel auf: alle außer dem Vikar, welcher, in Philosophischem unbewandert, die langwierigen Abhandlungen, die wenig nach seinem Geschmacke waren, klugerweise in Wein ertränkt hatte und nun trunken auf seinem Stuhle schlief. Und der König, Amalies Hand in der seinigen, sprach und sagte: »Es ist höchste Zeit, gute Nacht zu sagen. Denn wie der Dichter gesungen –

Und nun ruhn die Gebirge mit Gipfeln und Klüften,
Auch die Höhen und die Talung,
Alle kriechenden Arten, die nährt die schwarze Erde,
Das Wild der Berge auch und der Stamm der Immen,
Die Ungeheuer tief unten in der Purpursee;
Und nun ruhen der Vögel
Völker, die Spanner des Flugs.

Und, weil morgen die große Bühne der Welt meinen Auftritt erwartet, und weil wir nicht viele solcher Nächte im schönen Memison genießen können, deshalb wollen wir für heute nacht allen, die an Eurer Tafel saßen, Madonna, wünschen (wie Sappho auf Lesbos wünschte), daß die Länge unserer Nacht verdoppelt sei. Und wieso wir dieses wünschen«, sagte er insgeheim zu Amalie, »wissen wir sehr wohl, Ihr und ich; denn die Nacht, die viele Ohren hat, ruft es uns von der teilenden See herüber.«

Aber nun, da zwanzig kleine Knaben als Fackelträger in zwei Reihen Aufstellung nahmen, ihnen auf dem Weg zu Bett zu leuchten, und die Gäste sich paarweise zum Gehen anschickten, fiel das Augenmerk des Lord Beroald auf dieses kugelige Gebilde, welches nach wie vor an der Stelle lag, wo der König es hingetan hatte, und er sagte: »Was ist mit dieser neuen Welt dort, die Eure Durchlaucht für uns zu machen geruhten?«

Der König blickte flüchtig zurück. »Ich hatte sie vergessen. Spielt keine Rolle. Soll sie dort bleiben. Sie wird sich von selbst auflösen. Denn . . .«, sagte er und warf einen Blick zurück zu Fiorinda, »indem ich hoffentlich die Vorstellung in Eurem Verstand richtig auslegte, Madam, ergriff ich also die Gelegenheit, ihr und all den kleinen Dingen, aus denen sie sich zusammensetzt, als Krönung folgendes Gesetz aufzuerlegen: daß bei jedem Wandel in den Figuren ihres Tanzes ihr unfliehbares Schicksal sein soll, sich immer mehr dieser Figur anzugleichen, die im Wesen der Dinge ihre ähnlichste ist; woraufhin, haben sie dieses schließlich erreicht, kein Tanz mehr sein wird, sondern nur Unbeweglichkeit: sie sind nicht mehr, und damit nicht-seiend: Ende der Welt, Ende aller Dinge.«

Die Herzogin schlang ihren Arm fester um seinen. Fiorinda sagte: »Mir war diese hübsche List und Erfindung darin nicht entgangen. Und ich danke Eurer Exzellenz und Königlichen Hoheit untertänigst, daß Ihr keine Mühen scheutet, mich zu erfreuen.«

»O damit sei es jetzt genug«, sagte die Herzogin. »Mit was sonst fing das alles an, wenn nicht mit einer unreifen Grille von ihr?« Ihr Blick und derjenige Fiorindas trafen und trennten sich wie ein Glühwürmchenpaar: tanzten gemeinsam einen heimlichen Reigen in der Luft. »Ihre Schuld, daß sie überhaupt gemacht wurde.«

»Für mich persönlich«, sagte diese Dame. »Allmählich schmecke ich in ihr nichts recht Köstliches mehr. Und böte sich je die Gelegenheit, könnte Eure Durchlauchte Hoheit sicherlich mit Leichtigkeit eine bessere schaffen.«

Der König lachte in seinen schwarzen Bart. »Das könnt ich sicherlich. Das werd ich sicherlich auch eines Tages tun. Und . . .«, sagte er im Flüsterton nur für das Ohr dieser Dame allein, indessen er ihr plötzlich in die Augen sah: »sicherlich tat ich's bereits. Denn wie sonst, o Herrin der Streitgründe, kamen Wir hierher?«

Anthea flüsterte etwas, unhörbar außer für Campaspe. Ihre Dryadenaugen und jene der Prinzessin Zenianthe ruhten nun auf dem König, nun auf Barganax und nun abermals auf dem König.

Und nun, indes die Gesellschaft sich allmählich zum Sommerpalast der Herzogin zurückzog, löste Mylady Fiorinda, die sich in ihrer mattesten Wohligkeit faul auf Barganax' Arm stützte, träge aus ihrem Haupthaar eine Haarnadel, deren aufgesetzte winzige Diamanten in hellem Gefunkel glitzerten, und träge zerstach sie damit jenes Gebilde. Fast lautlos zerplatzte es und ließ auf der Tafel, wo es gelegen hatte, nur einen kleinen nassen Fleck von der Größe ihres Fingernagels zurück. Der Herzog konnte nun erkennen, daß ihr Haar mit Glühwürmchen überwoben war. Sein Blick traf den ihrigen, wie in einem gemeinsamen, für immer unausgesprochenen Verstehen seiner eigenen wilden, unwahrscheinlichen Mutmaßungen. Wer Sie in Wahrheit sei: Die sich, um der unerforschlichen Tiefgründigkeit seiner Natur willen, und um seiner unstillbaren Verlangen und unbezähmbaren Leidenschaften willen, mit Gewißheit unbeschadet, aber höchst unglücklich ebenfalls so herablassen konnte in ein solch minderes gefährliches Elysium von solch großer Zerbrechlichkeit, von solch schwankenden Hoffnungen: von solch unermeßlichen Wonnen, unvergänglichen vielleicht, doch barmherzigerweise, falls dem so wäre, nicht als unvergänglich erahnten. – Ihre Gabe: die bittersüße Liebe:

γλυκύπικρος ἐρῶς.

»Nun?« sagte sie, indessen sie sich langsam befächelte, als sie von dannen gingen, und ihm langsam abermals, mit blinzelnden Augenlidern, Ihr Antlitz zukehrte, welches Anfang und Ende, von aller unbegonnenen Ewigkeit her, aller denkbaren Welten ist: »Nun? Und was als nächstes, Mein Freund?«

Anmerkung

Die Eigennamen wird der Leser sicherlich so aussprechen, wie er es für richtig hält. Vielleicht wird er aber, um mir eine Freude zu machen, das I in *Zimiamvia* jeweils kurz halten und die dritte Silbe betonen: in *Zayana* die zweite Silbe, in *Rerek* die erste: in *Fingiswold* das NG als Klangeinheit sprechen, wie im Wort »Finger«. Wohlgemerkt ist der Name *Fiorinda* ursprünglich italienisch, *Beroald* (und in diesem Fall auch *Amalie*) französisch, *Zenianthe* und viele andere mehr griechisch. Zum Schluß noch der Hinweis, daß in *Meszria* das ausschmückende SZ nicht davon abhalten soll, es schlicht als »Meßria« auszusprechen.

In Vandermasts Aphorismen werden Kenner von Spinoza die Worte dieses Meisters wiedererkennen, allerdings zweifellos beladen mit Bedeutungen, die seine Absicht übersteigen. Liebhaber der göttlichen Dichterin werden feststellen, daß ich nicht gezögert habe, meine Geschichte mit ihrem Echo zu bereichern, ganz abgesehen von Zitaten: dies aus dem genügenden Grund, daß sie über allen anderen die Dichterin nicht jener »dunklen Venus des hohlen Bergus«, sondern der »furchtbaren, goldbekrönten, schönen Aphrodite« ist.

Bleibt noch zu erwähnen, daß mir die Quellenangaben zu den Gedichtzitaten im Kapitel XII leider verlorengegangen sind.

E. R. E.

Quellen

Kap. I	»Groß, weithingestreckt«	Homer, *Ilias*, XVI, 775. Deutsch von Johann Heinrich Voß
	»So Gott will oder nicht«	Aischylos, *Sieben gegen Theben*
Kap. IV	»Er hat's ihrem Vater«	Alte Ballade: *Katharine Jaffray:* Herd's Manuskript I, 61; II, 56
	»Aphrodite, die goldbekränzte, schöne«	Homer, *Hymne an Aphrodite.* Deutsch von Thassilo von Scheffer
Kap. V	»Derjenige, der in den Bergen der Akropolis«	Homer, *Hymne an Aphrodite.* Deutsch von Thassilo von Scheffer
Kap. VI	»Oft von der Weisheit beehrt«	Thomas Moore, *Irish Melodies:* The Time I've lost in wooing
	»Gleich den Göttern scheint mir der Mann zu seyn«	Sappho, *Ode an Anaktoria.* Deutsch von Wilhelm Heinse
Kap. VIII	»Einst wird kommen der Tag, da die heilige Ilios hinsinkt«	Homer, *Ilias*, VI, 448. Deutsch von Johann Heinrich Voß
	»Eine ruhige Frau«	Webster, *The White Devil*, IV, 2
Kap. IX	»Wird Geist gewendet an den Plan der Lust«	Shakespeare, Sonett CXXIX. Deutsch von Karl Kraus

Kap. XI	»Ein Verlangen«	Chapman
	»O lente, lente«	Marlowe, *Doctor Faustus* (nach Ovid, Amores, I, 13, II 39–40)
Kap. XII	»Hier reift ...«	
	»Vor Weibern wüst und liederlich«	
Kap. XIII	»Gottes Gegner sind ...«	Robert Harris, *Sermon,* (1642)
Kap. XV	»Für einer freien Seele flinker, flugser Behendigkeit«	Donne, *Progress of the Soul* (Erstes Lied, XVIII)
Kap. XVIII	»Ich ernte, sprach der Tod«	George Meredith, *A Ballad of Postmeridian*
Kap. XIX	»Ich hörte den blühenden Frühling beginnen«	Alkaios (Loeb, 166)
	»Komm – die du mich mit deiner Schönheit betörst«	Sappho, *An Atthis* (Loeb, 82)
	»Mit einer unsterblichen Göttin«	Homer, *Hymne an Aphrodite*
	»Es war kein Traum; oder einen Traum es nenn«	Keats, *Lamia*
	»Und nun ruhn die Gebirge mit Gipfeln und mit Klüften«	Alkman (Loeb, 36). Nach der Übertragung von Rudolf Pannwitz)

Personen

Die Handlung beginnt am 24. Juni, *Anno Zayanae Conditae* 775. In dieser Aufstellung ist hinter dem Namen jeder Person in Klammern angegeben, in welchem Kapitel sie *erstmals* erwähnt wird.

KÖNIG MEZENTIUS	(II)	Tyrann von Fingiswold, Meszria und Rerek
BARGANAX	(V)	Herzog von Zayana, unehelicher Sohn des König Mezentius
HERZOGIN VON MEMISON	(II)	Mutter von Barganax
FIORINDA	(II)	Jüngere Schwester des Kanzlers und Hofdame der Königin
STYLLIS	(VII)	Sohn des Königs Mezentius
HORIUS PARRY	(II)	Lord von Laimak und Vikar des Königs in Rerek
JERONIMY	(II)	Großadmiral von Fingiswold
BEROALD	(II)	Kanzler von Fingiswold
RODER	(II)	ein Graf in Fingiswold
BODENAY	(II)	Marschall von Fingiswold
ERCLES	(VI)	Prinzen in Rerek
ARAMOND	(VII)	Prinzen in Rerek
GILMANES	(VII)	Prinzen in Rerek
VALERO	(II)	Prinzen in Rerek
MEDOR	(VI)	Ein Graf in Meszria, Hauptmann von Barganax' Leibwache
BARRIAN	(X)	Lords und Edelmänner von Meszria
IBIAN	(VI)	Lords und Edelmänner von Meszria
MELATES	(VI)	Lords und Edelmänner von Meszria
MORVILLE	(II)	Lords und Edelmänner von Meszria
ZAPHELES	(VI)	Lords und Edelmänner von Meszria

ARQUEZ CLAVIUS MANDRICARD OLPMAN ROSSILION SORMS STATHMAR	(VII)	Lords und Edelmänner von Rerek
VANDERMAST	(VI)	Ein Gelehrter, Sekretär von Barganax
GABRIEL FLORES	(VII)	Sekretär des Vikars
ZENIANTHE	(XV)	Eine Prinzessin von Fingiswold, Nichte des Königs Mezentius
BELLAFRONT PANTASILEA	(VI) (VI)	herzogliche Hofdamen in Zayana
ANTHEA CAMPASPE LYDIA MYRRHA NINETTA VIOLANTE	(VIII) (VIII) (VI) (VI) (VI) (VI)	herzogliche Hofdamen in Memison